**We read the world**

| | |
|---|---|
| 出品人 | 许知远　于威　张帆 |
| 主编 | 吴琦 |
| 编辑总监 | 罗丹妮 |
| 编辑 | 刘婧　沈雨潇　张頔　何珊珊　鲍德月 |
| 英文编辑 | Allen Young |
| 设计 | 李政垿 |
| 特约编辑 | 阿乙　　　　　　　　Isolda Morillo |
| | 柏琳　　　　　　　　孔亚雷 |
| | Eric Abrahamsen　　刘盟赟 |
| | Filip Noubel　　　　索马里 |
| | 胡赳赳 |
| 英文校译 | 刘漪 |

封面图片来自：Marziya Mohammedali　胡亚萍　李熙桐　李政垿　吴琦

Supported by Pro Helvetia Shanghai, Swiss Arts Council

（由瑞士文化基金会上海办公室支持）

In association with:

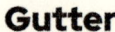　　　

# 和记忆搏斗

2020年好像怎么过也过不完。我试过不同的度量时间的单位，试过直面或是背对它，进入灾难再往后退，试过消费和丢弃，暂停阅读又找回阅读，把注意力拆解分发给运动、三餐或者多余的一杯饮料，试过前所未有的热情与消沉，试过在许多被截成碎片的短途旅行里甩掉它。它却还是像迟缓的噩梦一样久久不散。

要具体地回忆这一年却出奇得困难。所有事都向你奔涌，最终又穿过你呼啸地往前席卷。前所未有的经验摆在眼前，而任何单一、现成的处理路径都显得轻率，甚至愚蠢，因为问题的坐标和规模根本上都已被改变。举出一个例子很快就会被它的反例打倒。这时会想起人文地理学家段义孚的话，尽管历经文明的变迁，"没有经验事实上是一种普遍的人类状况"。

一个难点在于，当人们被迫鼓起全部的勇气去应对病毒式的意外事件，情况仍然可以辨认，批判性的情绪和思考也都被刺激着，去寻找精确的指向。而当悲剧汹涌而过，警报局部地解除，社会心理就迅速进入某种"事后状态"，甚至比意外发生之前更加保守和顽固。此前不同的阵营还会提出不同的设问，而现在，提出问题这个动作本身都变得稀奇。这里发生的还不是阿甘本所担忧的例外成为常态，而是那种即刻复位的漠然——不仅一切仿佛没有发生，甚至拒绝承认、假装忘记，以日常为名，将问题再次简单化、特例化、自我合理化。

如果说历史太远，现实的血泪却如此近。不论是全球治理系统对于疫情的应对，还是不同议题的社会运动，局部战争和个人的绝境，我们几乎亲眼所见，人们选择不记取那些痛苦，而更擅长绕过。比如，如果你下半年还在和人赘述疫情及其后果，无疑会成为所谓"后疫情时代"里的滥调，只会给已经足够辛苦的现代人徒增负累。急遽发生的教训——停留在应激反应的层面上，不出一年就都成了时间的肿瘤。

我们也目睹了，记忆是如何成为一个任人打扮的姑娘。它远不止铭记或遗忘这两个层次，而是一个可以不断事后调整参数、临时排列组合的权力过程。偶然的意志，巨大的利益，趋利避害的本能，都在参与这种重塑和掩埋；而真实的人类经验、现实本身的难度，总是首先被放逐。2020 年已经展示得很清楚了，单向度的义愤不能带领人们创造更好的生活，简单地调换种种二元对立，也只能缓解最浅层的无措，20世纪所埋下的种种非此即彼的逻辑和价值，在新的世纪都难于推进了。而这一年作为转折，不是一个欢庆胜利的年份，也无法宣告任何终结或开始，相反，唯一真实的历史进程是那些随处可见的失败、破裂、流散和谎言。也因为如此，记忆不再具有天然的正当性——在大乱局之中试图看清什么，如同近视验光，会生出一种因为刻意追求清晰而产生的眩晕——我们不得不首先与之搏斗。

而另一个难点，是在什么意义上我可以去谈论"我"。在世界格局发生松动的时刻，个人竟成了唯一确凿的力量，这还是令人生疑。

如果说上半年告诫我们应该知无不言，沉默可耻，下半年急速收缩和倒退的状态却暴露出这条路径的另一面。"自我"已成为这个时代十足的幽灵，它一面扬起热忱的风帆，一面又扎进虚荣的汪洋大海，在内在的构造上它越发玲珑而幽微，在社会关系中却不断粗野、暴戾起来。愤懑、匮乏和扭曲的自我，常常乔装打扮，利用阶级、代际、知识与技术的结构性落差，盗用着冲击着普遍的共情。人们拯救自己，而不修补社会，不断把我们重新拉回到那些过时的对立之中，从而替换了更迫近的矛盾。弱者甚至是同盟者之间的互相攻击正在流行，除了进一步卸载批判本身的能量以外并无益处，共同的反抗对象反而在可控的硝烟中继续主宰一切。

在自我与社会角力这方面，社会学家皮埃尔·布迪厄是一个决绝的例子。他主张接近社会而又拒绝加入其中，将自我作为分析对象而又充分引入历史化的视角，这种"分裂的习性"和"双重拒绝"实在是一面峭壁，让他成为极不讨好的人。但他在《自我分析纲要》中提出的问题，今天需要被重新回答。也可以说，这是"把自己作为方法"和2020年残酷语境的遭遇。自我的位置到底在哪？"我"如何发言？

这种失语状态在写这篇文章的时候正值顶峰。不愿袒露太多情绪，也耻于分析，所有原地踏步的观念都值得警惕。而悖论恰恰也在这里，不断拧干自我情绪的过程，也带走了挺过这一年所需要的最后那点情感和力气。有很长一段时间，我容易被人打动，也努力鼓舞别人。顾晓刚导演在接受我们访问时说，"希望电影能前进，也希望生活能前进"。这种乐观多么动人，几乎没有前提。而随着凛冬又至，悲剧远未终结，这轮回催人清醒，人这个物种本身是由前提构成的。

"无论如何，那个夏天，伴随我成长的所有恐惧，已经成了我的一部分，控制着我看待世界的眼光，像一座高墙横亘在世界与我之间……"几乎可以完全挪用詹姆斯·鲍德温（James Baldwin）近六十年前写的这段话来概括此刻的感受，它标记了一个起点——在历史和现实的双重沼泽中如何举步维艰而又始终往前。但实际上已经没那么无畏了。19世纪的屠格涅夫所写，也许更接近此刻内心的感觉，"生命的洪流在我们身外，同在我们内心，绵绵不息地泛滥"。这一年给我留下的印记，到最后可能仅剩那种无力面对而必须面对、试图抗争却难于着力的幻觉。这是人类奄奄一息的时刻，是我们急于忘记但不可绕过的一年。

撰文：吴琦

## 编者按

一系列社会与环境危机不断累积、爆发，让 2020 年的特殊性被一再凸显。本辑《单读》的编辑思路就从这里开始，我们希望借此记住这一年。

从年初到年末，《单读》向海内外的作者、合作伙伴以及读者发起广泛征文，收集世界各地关于这一年的记录，其中一部分汇编在这本书里。

结构上我们打破了过去按照文体分类的方式，选择"世界—自我—附近"三组关键词及其逻辑演进，来组织文章。同时史无前例地，让诗歌成为另一条起承转合的线索。

上一辑《单读》的主题是"走出孤岛"，意在期盼我们都能尽快走出地理和心灵的孤绝处境，而一年过去了，许多问题依然没有答案：整个世界走出孤岛了吗？这复杂的一年如何改变了我们自己的情感结构？重建附近，还如何可能？

闪烁其词和置若罔闻大行其道。持续的记录与反思，是我们的回应。

| | | |
|---|---|---|
| 001 | 一组短诗：一月到六月 | 平湖 |

## 世界

| | | |
|---|---|---|
| 017 | 在全世界的附近 | 《报道》杂志 |
| 028 | 贝鲁特来信：从革命到瘟疫 | 丽娜·芒泽尔 |
| 046 | 休斯敦来信：让游行照亮美国 | 丹尼尔·佩尼奥 |
| 057 | 东京疫情，我的"三号" | 吉井忍 |
| 070 | 瞥见可能的未来 | 希瑟·帕里 |
| 087 | 疫年双重记 | 李炜 |
| 115 | 我无法呼吸——"黑人的命也是命"运动在波陆 / 珀斯 | |
| | | 玛兹雅·穆罕默达里 |
| 135 | 二〇二〇年三月到八月 | 汉娜·拉维利 |

## 自 我

| | | |
|---|---|---|
| 151 | 无人接触 | 约翰·弗里曼 |
| 159 | （间歇性）结束一切 | 万杰里·加库如 |
| 164 | 中断修辞法 | 亚当·柯利 |
| 175 | 在山上，那里你觉得自由 | 大卫·索洛伊 |
| 182 | 人觉得自己渺小一点也挺好 | 顾湘 |
| 190 | 我们喂养你 | 安德烈·道、迈克尔·格林 |

| | | |
|---|---|---|
| 202 | 不如去摆摊 | 张赛 |
| 217 | 你激烈地越过自身——三月到四月 | 林白 |

## 01　附 近

| | | |
|---|---|---|
| 237 | 渗漏的容器：新冠时代下的共情与第一人称 | 简·卡森 |
| 257 | 双凤 | 许莹玲 |
| 275 | 看门记 | 欢乐的戴维琼斯 |
| 286 | 普通疫情生活图景 | 文珍 |
| 310 | 2020 的谜语 | 巫昂 |
| 321 | 危机中的未来，以及乐观主义时刻 | 战洋 |
| 331 | 乐园 | 昆鸟 |

# 一组短诗:一月到六月

撰文 平湖

一组短诗：一月到六月

# 一月：我以为世界仍有微光

有人歌唱，就有人点灯；
有人吃粮食，就有人
刻着青灰色面庞；
有人穿黑衣，就有人数着
病的天花板；
有人悬挂，就有人烧
白布床单。做肮脏的工作。
有人切开气管，就有人
捧出新鲜的心脏，
"这不是解药吗？"

弦震颤起来。舌头随着
音符变微弱，变暗。
五个、四个、一个。
暗蓝的阴影游荡在街中央。
玻璃窗后闪现惨白
满怀希望瞧着。
以为世界仍有微光。

谁已离开?
还有谁在等待?

建起有病的墙——不,
一切都不是隐喻
我听见人们在深渊里
喘息呼号
而不能伸手。
我是有罪的。

一组短诗：一月到六月

## 二月：年轮

——被剥夺了权利的嘴唇，说吧，
总会有什么事发生，
离你并不远。
　　　　　——保罗·策兰《换气》

瘟疫的黑年轮和我们的白年轮
相间而行。
你无法错开。

生长,被磨损。
树桩咬住斧刃,好让
年轻的嫩芽长出来:
为灾馑之年留一圈记号。

被砍和锯的不只是肉体
墨渗到骨头里
盛开白色结晶。
春天来了,
但种花的人变成了泥土。
泥土上开满白蘑菇。

夜的守门人
沿着寂静走下去。
锁链结结巴巴地响着
拖着伤寒的尾巴,
一群孩子跟着他
不声不响踏进河里

一组短诗:一月到六月

绞着衣角和手指,
一个接一个。
消失在河面上。

四骑士丢了假面,
放牧无尽无边的乌云,
原野尖啸着逃窜,
沼泽在微笑,
倒影里,
蝗群俯冲下来啃噬,
——放过那跪在泥里的孩子!

有时候,我希望这都是
谎言或戏剧或布景;
拖延是美德,
谎言也是美德,有时候。
但那正是死亡本身的形象
再没有诗句,只有蜿蜒的血。

# 三月：耳语

凝视这个城市的寂静。这寂静也凝视着我。

月亮巨大。完美得非现实。

它躲在窗帘后面，不说告别就走了。

留下一片天空，像被涂黑的书页

或是没有皱纹的海面，

微微喘息着。城市微微喘息着。

这个停滞的城市。这个停滞的国家。

一组短诗：一月到六月

## 四月：清明之别

在北方，一个季节就要终了，但瘟疫并未停歇脚步。它流浪，它阴险。面纱下闪闪发光——金色王冠。

战死者的名录逐渐拉长。新的轮回如回旋曲般重叠，赋格般滚动着宿命，新的主题开始涌现。

某种诅咒从未散去。一个童话被读了多少遍，它就复活了多少次，我们就死了多少回。

这时那骑士从远处平原上出现，胯下老马疲惫而厌倦。他瞥见我们身边的巨人，狂热让他刺痛老马，冲来这无望的决战。

钟声摇晃着，天空摇晃，必然发生的决战：全力一刺。 从上方刺穿了水面。
地理书的疆域被模糊，吉卜赛人的忧郁静静蔓延，它随时准备寄生，然后复制自己，攫取、掠夺、侵犯、屠杀。

今夜里，瘟疫写着它的自传：扉页——感谢恐惧；封底——敬勇气。

# 五月：一个时刻

一个悬而未决的时刻
一个空洞的时刻
一个阳光洗刷紫色格子床单的时刻
一个无人走动的酷热时刻
一个蜘蛛丝飘荡，切开回忆的时刻

一个从野地回归的时刻
一个生物试探其领地边缘的时刻
一个蒲公英淹没水泥小径的时刻
一个红火蚁日复一日加高巢穴的时刻
一个水巨蜥在林中小径宣示主权的时刻
一个对话、扭绞、蔓延、制衡的时刻
一个复苏的时刻

一个忧虑的时刻
一个隐居者的时刻
一个被切断触手的时刻
一个街道成为峡谷的时刻
一个锈迹和霉斑装饰外墙的时刻
一个终于厌倦了彼此，更厌倦自己的时刻

一组短诗：一月到六月

一个孤独者更孤独、恐惧者更恐惧的时刻
一个猜疑、恐慌、指责和流言的时刻
一个真相躲藏在窗后的时刻

一个压制的时刻
一个恳求呼吸的时刻
一个人子悲鸣的时刻
一个墓碑和裹尸袋交易的时刻
一个真相必须披着谎言的外衣的时刻
一个我们都可能成为某人的时刻
一个我们再也无法信任邻人的时刻
一个我们和我们对峙的时刻
一个我们不能和我们对话的时刻
一个沉没的时刻

一个万物停滞的时刻
一个注定缺乏意义的时刻
一个人类从世界退却的时刻
一个最后的时刻，
或是，
一个黯淡的闪光的开始？

## 六月：在林间

当我的朋友们在等待，而我
不在那里，不在你们等待的街角。
在林间——我，和三匹马。

沉默的林间立着三匹马，
黑色丝绸外套，犹如湖水起伏，
沉默的瀑布泻下来，沉默的鬃毛。
此刻我们是一体，说相同的语言，
同样被驱逐、孤立、带着同样的烙印。

深密的林间游荡着三匹马。
被遗忘不是你的选择，被遗忘是自由：
如水滴被遗忘于河，名词被遗忘于
历史书，每一个人被遗忘于行列，
三匹马被遗忘于秋日之光。惘然、纯净。

粗野的林间休憩着三匹马。
狂乱的树，狂暴的想法。
蛛网。彩色玻璃。无数神圣十字。
阳光燃烧那些枝条，疯子般舞动手臂吧，

一组短诗:一月到六月

犹如长鬃飞扬,草开始颤抖,
鼓声、鼓声、鼓声!土地醒了。

当朋友们在街角等待,我不在那里。
我和三匹马在林间独处
一匹叫"伤膝",一匹是"浊流"。
而把头藏在"浊流"后面的,
最罕见也最高贵的那匹,它的名字是"宽恕"。

世界

第一部分收录了世界各地的疫情图景,这是 2020 最显性的标记。除了制造悲剧和混乱以外,病毒也不期然地将更复杂的社会机理、被漠视已久的边缘地带重新托出水面。危机从来不是独自到来的,我们应该更加警醒。

## 世界

| | | |
|---|---|---|
| 017 | 在全世界的附近 | 《报道》杂志 |
| 028 | 贝鲁特来信：从革命到瘟疫 | 丽娜·芒泽尔 |
| 046 | 休斯敦来信：让游行照亮美国 | 丹尼尔·佩尼奥 |
| 057 | 东京疫情，我的"三号" | 吉井忍 |
| 070 | 瞥见可能的未来 | 希瑟·帕里 |
| 087 | 疫年双重记 | 李炜 |

# 在全世界的附近

撰文 《报道》[1]杂志（*Reportagen*）
译者 王晓璐

**雅温得，喀麦隆（Yaoundé, Cameroon）｜阿敏德·布莱斯·阿塔邦（Amindeh Blaise Atabong）**

还有几个小时就晚上 6 点了。雅温得通常繁忙喧嚣的主街道有些反常。晃晃悠悠的出租车、私家车、摩托车，都载着乘客颠簸着穿梭在混乱的交通中。这场景极具戏剧色彩，就像是《圣经》里的一场大决裂。但实际上是一场觥筹交错的狂欢。比如，有个弱不禁风的老人，和很多人一样，图着能在禁酒令规定的 6 点之前，尽情灌下尽可能多的这种宝贵的液体。老人迫切地走到一个拥挤的酒吧，小声咕哝着——想必是在计算着当日的饮酒预算。他在一

---

[1] 编者注：《报道》杂志是一家瑞士的老牌杂志。2020 年 3 月 23 日到 5 月 3 日间，《报道》收集了来自 35 个国家的 54 位作者的"封锁"记录，他们的个人观察和反思是这六周的全球隔离的重要现场。本文系其中 10 位作者的记录文字。

位年轻姑娘旁边找了个座位，一口气要了六大瓶啤酒。一会儿摘下口罩，一会儿又戴上，他左右开弓，一瓶接着一瓶地喝得见了底。这位酒鬼表示自己这把年纪了，一旦染了病毒，老命难保，所以希望可以和啤酒瓶子来一场最后的亲密接触。他从没料到居然会有一天，自己的手比嘴喝的酒还多（手上涂的消毒酒精超过饮酒中的酒精含量）。时针一指向晚上 6 点，老人和其他的酒鬼们就准备好把自己锁在酒吧里以躲避执法人员的愤怒，他们非得在回家之前过足瘾不可——管他有没有病毒。

## 开普敦，南非（Kapstadt，South Africa）| 伊芙·费尔班克斯（Eva Fairbanks）

我们如此牵挂着左邻右里，但是却无法和他们相见。在南非，事情一直就是这样的。在种族隔离的过去，政客们竖起有形的屏障——用废矿场和铁路来隔离穷人和富人、也隔离黑人和白人。他们是这么盘算的——假如人们看不到彼此，对彼此就不会有忌恨和顾虑，正所谓眼不见心不烦，就算他们只相隔 100 米远。

从 3 月份开始，南非进入了比任何其他国家都严格的全国封锁状态：禁止喝酒，邮寄，或者散步。西方的观察者推断会有暴乱发生。毕竟，我们是一个贫穷的非洲国家。

但是，每个南非人都深谙被禁止爱自己的邻人有多么痛苦，所以他们深知，能够为邻人做出牺牲是一项特权。

因此，我们的大多数街道就像舞台布景一样空空荡荡。一位自己经济拮据的朋友，为在 Facebook 上说自己正饿着肚子的陌生人筹集了一万美元。有些人问她需不需要他们正在挨饿的证明。她说，我们必须敢于盲目地去爱。除此之外还能怎样去爱呢？

## 布加勒斯特，罗马尼亚（Bucharest，Romania）｜奥娜·菲利普（Oana Filip）

"他时日不多了。但是你们不用担心。你们可以继续住在这里。他就快死了。"房东妻子第一次见我们便这么讲。她有着波浪一般的金发，大眼睛，脖子上戴着一枚木制的十字架。"他还不知道实情。他知道他自己生病了，但不知道如此严重。他必须开始做化疗了，但就目前的状况看，我们不知道要等到什么时候。医院说会给他打电话，但到目前为止一点音信也没有。"我们是在共产主义公寓大楼前谈的这番话。那天有风，树上都开满了花。我们身旁堆着我买来的食物，是为第一次不能和父母一起过的复活节而准备的。"如果有我们能帮上忙的地方尽管说。或许需要的时候我可以开车送他去医院。"我男友说。"对，请一定告诉我们。"我附和道。但是隔着口罩安慰别人,总是有点困难。

**德里,印度(Delhi, India)｜维诺德·K·何塞(Vinod K. Jose)**

我挚爱的医生,
我没能为你找到一块六尺宽、八尺深的安眠之地。
我们目睹了千万人告别他们的病床,再次走进这个世界。
在最残酷的阴差阳错下,你恰恰没能得到你给予他人的尊严。

这个世界,请你听好:
两个小时内,我尸骨未寒的医生被两个公墓拒之门外。
人们把我们当成了拖着可疑赃物的走私犯,落荒而逃。
他们唯恐你的尸体会令病毒蔓延,
于是他们冲我们扔棍子和石头,
搞得我们头破血流;
我们不得不逃跑,
将他抛弃在漆黑的暗夜里。

向警察求助,

他们带着上了膛的枪赶来。
午夜降临,我用铁锹挖了坑,
放下尸体,
慌忙用双手把泥土往下推。

这个世界,请你听好:
你们竟如此埋葬一位良师,
一位多年的榜样。
你们把医院命名为:新希望。
我把你们的墓地命名为:无希望。

我挚爱的医生,
你的良善可亲是一座灯塔,
你的服务精神是我的北极星。
不论是神经衰弱还是强酸袭击,你都疗之以爱,
从金奈到尼日利亚,你办起了免费的医疗营地,
你美丽的神性之光,
此刻正长眠于午夜大地的坟茔之下。

我的手上还残留着泥土的味道,
上网搜索你的名字。
第一个结果是:

"西米恩·赫尔克里士医生,工作日的早晨10点至晚上8点

可网上预约。"

## 汉诺威,美国(Hanover,USA)| 萨拉·史怀哲(Sarah Schweitzer)

前几周去超市,我是仅有的几个戴了口罩的顾客之一。我感到有点难为情。这是在敦促公众在公共场合佩戴口罩的新倡议出台之前的事。快买完菜的时候,一位女士迈向了我身处的走道。她没像其他人一样走到我对面去。她只拿了几个货品,其中有一个盆栽,她咧嘴笑着。她走得越近,那笑容就越显得夸张,透露着一种信息:我的口罩很荒唐,就像一个偏执狂的洞穴。我们居住在一个农业州的自由主义的大学城里。也许,她是一个忠实的福克斯新闻的观众,不相信科学。我从另一个方向逃走了。"你能相信吗?"我一回家就跟我丈夫吐槽在超市的遭遇。"嗯,"他说,"或许她也惶恐不安,笑只是一种掩饰而已。"后来,我平静了下来,又回想起她和她脸上的笑容。也许她不是在讥讽我。那笑容是她的"口罩",把焦虑和恐惧遮掩起来。

## 吉隆坡，马来西亚（Kuala Lumpur，Malaysia）| 鄂龙·李（Elroi Lee）

马路上空荡荡的，酷暑难熬，但是在超市的门口，聚集着一小群人。我们环绕在一瓶消毒洗手液周围。不用言说的规则是：涂上洗手液，你才可以进超市。每个人都迫切地想来一点，但是没有一个人说话。相反，我们紧张兮兮地，在互不触碰的你争我夺中转圈移动，就好像我们的呼吸将我们与彼此分离。当你总算慢慢凑到了洗手液前，整个混乱的人群也认可了你的领取资格，你便以迅雷不及掩耳之势抓起这瓶洗手液，涂上它。这一时刻简直堪称神圣。然后你走向配置着日光灯和空调的货架过道，看到里面挤满了人，每个收银台前都排起了长队。你开始埋怨这一切都是宗教集会的错，但是此时此刻几乎到了滑稽可笑的地步，于是你加入了收银台前的队伍。

## 布鲁克林，美国（Brooklyn，USA）| 萨拉·戴明（Sarah Deming）

在临终关怀医院里，我的家人不愿意靠近我。我的堂兄在窗外的一架梯子上站着。我无法责怪他们。他们那座城市里的火车站像是一座艺术博物馆，而我这边的则像座疗养院。下车后,我把手揣在奶奶给我的那件外套的兜里,回避目光,乘上扶梯,从一片歇斯底里的人群里穿过,回到我自己的城市。没戴口罩的男孩们在一个光线幽暗的大帐篷下玩滑板。我走过空无一人的大道,路过两旁橱窗里被灯光照得亮闪闪的手袋,想起奶奶有多爱她的那些小小的奢侈品。我又路过一家大酒店,她曾穿着那条黑色的裙子站在它的门前。脚很痛,我开始在口罩后啜泣,但是我很庆幸,能够告别也是一种奢侈。在我住的街角的一家墨西哥快餐馆前,一个陌生人让我抚摸他的斗牛犬。我感激地说道,"谢谢。我很需要这样的安慰。"他回答道,"我们现在都很需要。"

**里约热内卢,巴西(Rio de Janeiro, Brasil)| 卡罗尔·皮雷斯(Carol Pires)**

每天晚上 8 点左右,我们都能听到邻居敲锅的声音,他们在抗议巴西总统雅伊尔·博索纳罗(Jair Messias Bolsonaro)坚持否认新冠疫情的严重性。这是每天最精彩的一出戏。狗狗们被激怒了,到处跑来跑去寻找噪音的源头。这出戏刚一拉下帷幕,我十个月大的女儿就睡着了。在一场瘟疫中抚养一个婴儿,是我当初决定当妈妈时绝没有预料到的。要了解尽可能多的信息且不至于焦虑,又要在照顾一个刚学步的婴儿的同时专心写作,这一切经常让我感到挫败。最初,比起整天跟着她在屋子里转悠,其他任何事都显得更迫切。每日的敲锅成了一种提醒——我们闭路循环的生活又绕了一圈。几个星期过去了,我的焦虑不安变成了绝望,随后又变成听天由命。隔离了一个月后,我打量着我的宝贝女儿,对她咯咯欢笑时无忧无虑、纯然快乐的样子心存感激。当她试图站起来却又跌倒的时候,她只是继续爬向下一次冒险,确信生活充满了无限的机会。

**开罗,埃及(Cairo, Egypt)| 优素福·瑞卡(Youssef Rakha)**

一位乘客无法停止咳嗽,拥挤不堪的小型巴士突然一个大转弯,在路边停下来。

司机转向他,用指责的语气说道,"你这听起来是干咳。"

"有很大一口痰呢。"乘客反驳道。

"给我们看看!"

于是,在巴士可以继续沿着尼罗河前行之前,这位乘客必须把他吐了痰的手绢展示出来,一块绿色的黏液明摆着糊在白白的手绢上。

"你看看,"他冲司机厉声喝道,"一点也不干。"

接着,他扫视了一下其他的乘客,这些人慢慢地在两个人之间转换目光,围观着他俩你一言我一语。

"我发誓我也没有发烧。"他说。

### 阿姆斯特丹,荷兰(Amsterdam,Netherlands)| 卡特里恩·戈特利布(Katrien Gottlieb)

他们坐在那儿好一阵子没有说话,年长的男孩在吃雪糕,另外那个,貌似是他的弟弟,在假装读一本书。两个男孩显然是从家里被赶出来的。

"拜托你们别成天盯着电子屏幕,天气多好,出去透透气。"他们的父亲或母亲一定这么说过很多遍了。但是他俩并没有什么值得起身出门的好理由。"外面没什么事情好做。我们不像你们,我们才不出去散步。"他可能还会扮出一副老头子的怪相,来强调他有多么不乐意。但大人们常常是不可理喻的,所以转眼两个孩子发现他们自己来到了公园的长椅上。

吃雪糕的那个孩子的脸颊突然泛起了西瓜一样的粉红色,因为一个看上去跟他差不多大的漂亮女孩坐到了他的旁边,丝毫不遵循我们不断被提醒注意的社交距离。六个星期过去了,越来越多的人为这个依然无法用科学证实的防护策略感到恼火,但是没有人敢和病毒赌一把。

此时他着实陷入了一种困境。要求女孩遵守新的安全规定，就等于给他的社交机会判了死刑。没有时间可以浪费了。他戳了戳弟弟，发出轻微的嘘声，示意他滚远一点，给他未来可能的女友腾出点位置，这事儿谁也说不准嘛。然而弟弟没有领会这个暗示，大大咧咧地喊起来，声音大到周围的人都能听到，"为什么要赶我，你是不是有毛病！"他脸上泛着的西瓜红本来已经褪去，这时又浓墨重彩地重新登场，变成了深红。

而女孩早已悄然无声地离开了。

# 贝鲁特来信：从革命到瘟疫[1]

撰文　丽娜·芒泽尔（Lina Mounzer）
译者　刘漪

贝鲁特 2020 年 4 月 3 日

**最亲爱的 M：**

我好高兴收到你的电子邮件，好高兴知道你在如此糟糕的境况中仍然身心无恙，还能维持生活。在所有电子邮件开头的常用套话里，"见信安好"也许是最缺乏想象力的一句了——然而我刚刚很想对你写下这句话，并且，这当然是我的真实意思。"希望你读到信时是安好的。"安好，意味着一个人健康、完好无损，无论是头脑、灵魂还是身体——或者在现在的情况下，应该把身体排在第一位，而让另外两个紧随其后。这便是这场危机，或者说每一场危机所做的：它为一切装载上意义，即使是那些空洞的套话

---

[1] copyright © 2020 by Lina Mounzer
This article was originally published on The Literary Hub

(引自我永远不会写出来的那本教学手册:《那些内战教会我们的事》)。

至于我,你知道几星期前推特上人们疯转的那些"隔离期名字"的梗:你现在的感觉,加上你最近一次吃的食物,就是你的隔离期名字。

我看到世界各地的人不断转播这条推文,它总是能收集到许许多多个答案:

愤怒的沙丁鱼。抑郁的爆米花。惊恐的墨西哥玉米片。悲伤的饼干。

我每次看到它,都会不由自主地在脑海里想自己的回答:

平静的金枪鱼。兴高采烈的 Zaatar[1]。放松的 kaak[2]。

当然我只是自己想想,不会把这些发出来。我知道这话在别人听来是什么样的。

尽管世界正在分崩离析,但我所感觉到的,或者至少在那时曾感觉到的这种喜悦和轻松——有一部分纯粹是机械的。我不知道有没有跟你提过这个,因为这从来都不是我能坦然谈论的东西,不过就在去年十月革命爆发之后不久,很明显地,经济将比我们之前预想得更快陷入崩溃的

---

1 译者注:一种中东调味料,有人把它音译成"扎塔尔"。
2 译者注:黎巴嫩传统圆圈状面包,用牛奶和香料烤制。

时候，我决定开始停止服用情绪稳定药物。每个人都在议论：我们很快就要负担不起进口商品了，超市里的粮食即将断供，医院的器材和药品补给也即将难以为继，因为它们的供应商都要求用美元交易。你知道，我们已经没有美元了，所有人手里的钱都成了毫无流通性的废纸，因为那些亿万富豪，和坐拥数百万资产的政客已经把他们的钱（我们的钱！）转移到了国外，他们早就预见到了这场危机，而这危机正是他们不择手段的投机欺诈行径酿成的。

况且，服药本来就已经很昂贵了，我们的财产又在一夜间大幅缩水，而将来情况只会变得更糟。此时我们可以支配的资金额度已经受到限制，银行每周最多只允许我们提取三百美元（我们哪里会想到，跟后来相比，这已经算是他妈的好日子了呢！）。所以我就想，何不趁着现在药还能弄得到，而且我还能买得起足够的药以逐步过渡到停药期的时候，就开始停药呢？我害怕，将来某天被迫突然停药，而那对我身体的冲击将是巨大的（如果某天晚上我忘了服药的话，第二天马上就能知道，因为整个大脑里都持续炸裂开一阵阵的电闪雷鸣）。

我以为自己在一段时间的适应期过后，就会平稳着陆。我已经接受了很多年的心理咨询，感觉此时的我已经对自己内心的每个角落，都了解得一清二楚了，我的心灵就像我的一个邪恶的双生兄弟，而我已经设法使他改邪归正，与他握手言和。我已经顺利而平稳地生活了一段时间,最重要的是,在过去的几年里,我设法完成了自己开启的那些写作计划(其中相当大的一部分)。还有,我当时正因为革命(thawra)而感觉精神振奋,并以为这种亢奋的状态能够帮助自己平稳越过停药期最艰难的那道坎。我兴致高昂,几乎像是进入了躁狂阶段,但同时也感到难以置信的神志清明,充满决心和斗志,毫无躁狂发作时那种无处不在的坐立不安。

现在我回想革命刚开始的几个星期时,脑海中对那些日子的记忆,洋溢着生动的色彩和光亮,就像我初次经历它们时那样——成千上万的同胞涌到广场上,一起高喊着口号,身体挤压着身体,头顶上方升起明亮的红色烈焰,燃尽在一片肆意的欢呼声中。我们丝毫不惧怕当局,而且我现在意识到,我们也丝毫不惧怕疾病、病毒和感染。我们的身体多么健康结实,我们多么相信自己可以挺身迎击一切的威胁,我们作为一个团结的整体时多么无坚不摧。然而现在,我们却像躲避瘟疫一样——事实也是如此,唯恐对这种团结避之不及。

于是我从11月初开始逐渐减少剂量,一直到12月中旬把药完全停掉。或许你能猜到接下来发生了什么。我在1月12日的日记里写道:我相当肯定,戒断反应到这个时候早该结束了,但为什么脑子还总是昏昏沉沉,颠三倒四，就像塞满了被粪便粘成一坨的稻草。我觉得我已经不知道怎么写作了。我知道，这种话我之前也说过很多次，但这一次我感觉是真的了。我觉得自己愚蠢，简直是个白痴。语言坏了，思维坏了。看什么的视角都丑陋无比。那点可怜的想象力，连早上把自己拖下床都不够用，更不要说出门了。

不过此时一切都已经分崩离析，无论是我的心智，这个国家，还是这场革命。因此很难辨认我的疾患的根源：它是存在于我得了病的大脑之内，还是来自外面这个病入膏肓的世界？

来参加抗议活动的人越来越少。有时，甚至可以说常常，我也是缺席者中的一员。我很累，很疲倦，其他人也是一样。到处弥漫着一种显而易见的精疲力竭和焦躁不安。警察越来越多地对游行队伍使用暴力，他们总是支起笨重的防暴盾牌，像是黑压压的一大排巨型甲虫。他们的攻击凶恶狠辣，就好像被派了任务，必须折断一定数量的骨头，打破一定数量的脑袋，让一定数量的眼球迸裂，才能回去交差似的。我每次参加抗议活动都胆战心惊，总是要和自己的恐惧搏斗，才能勉强维持正常，总是等待着第一颗催泪弹炸开，然后一切陷入混乱。

里拉[1]在持续贬值，然而现在银行不但拒绝将美元兑换成里拉，除非使用一个虚假的汇率，而且还进一步降低了每个人的提取额度。所有这些规定都是独裁者一拍脑袋想出来的，而且彻彻底底是他妈的违法的，因为没有任何一条经过正式认定、由中央机关颁布的法律，许可他们的这些疯狂行径。但我接下来去问了人们的看法，比如肉店的收银员，或是我家附近杂货店的老板，以及所有被这些操蛋的银行和政府压迫的人们，然后我意识到，许多人以为他们这样做是合法的，因为银行毕竟是银行啊，**银行做的事情怎么可能不合法呢？**（不过从一开始，"合法"就不是"正义"或"公平"的同义词。）

实际上，很多人都相信了，那些可怜的银行只是在尽其所能弥补政府的失职，可怜的银行只是为了全体储户的利益考虑，才勉力维持着不破产，好让货币还能继续流通。即使是在革命的积极分子群体中，以及在我们组织起来的各个团体内部，都有过这样的争论：有些人认为我们不该将愤怒的矛头指向银行，只应集中火力针对那些政客和教派组织，因为究其根本，我们想解决的是个政治问题，而非经济问题。（即使在社运积极分子中间，也有人渴望死死

---

[1] 译者注：这种货币的正式名称应该是"黎巴嫩镑/LBP"，但本地人也会使用它的俗称"里拉"。这里暂按原文翻译。

抓住这样一种幻觉：资本主义以及它所许诺的那一大保险柜的梦想，仍然可以从这个被其凿沉的世界的残骸中打捞起来。）

我非常、非常愤怒，愤怒到了极点。无能地狂怒。我知道这对我的身体有害：我能感觉到愤怒在我的血脉中游走，整个消化系统几乎一刻不停地被火辣辣的烧灼感侵袭。如此骇人的不正义，每天、每时每刻都在你眼皮底下发生，承受其重压的，是每一个你认识和爱着的人，甚至还包括那些你不认识，但依旧爱着的人——出于同胞情谊，或是因为你们曾连续数个星期在同一个队伍里游行，一起穿过街巷，为着同一个目标呼吁。我觉得，或许我可以承受自己的悲伤，但所有其他人的悲伤又由谁来承受呢？那些从一次次战争与劫难中幸存下来的老人，最后被夺走了自己毕生的积蓄。那些本已贫穷的人濒临挨饿。魁梧的男人在银行里崩溃哭泣，对着表情冷漠的经理哀号："我不是在要求施舍，我并不想讨要任何不属于我的东西啊。请您行行好，允许我把自己的钱取出来，让我们全家有口饭吃吧。"

在所有这些如核弹般巨大，也如核弹般不稳定和可怖的愤怒中间，人很难写作或是思考。我所知道的应对愤怒的唯一一种方法，就是让它慢下来。将它砸下去、按下去，一铲一铲地，将打湿的沙子盖在它滚烫灼烧的红焰上。而在此过程中，我也渐渐被这重负压垮，直到动弹不得。

下面这段话来自我 2 月 18 日的日记：你需要找到一个办法，重新为你生活中事物的重要性排序，并依照那一新的排序生活。

世界就是这样，从来如此。你得先经历多少场战争或危机，才能最终相信这一点？现在需要改变的是你。你需要找到一个新的视域，它要足够开阔、足够慷慨、足够灵活包容、足够有同情心、足够有想象力、足够顽皮、足够好奇，足够有探索精神、足够不知疲倦，才能将所有这些丑陋纳入其中，而不至于每遇到一次都要被气到脑子里长出动脉瘤来。这是一个契机，让你知道按照由世界的实际之所是划定的界限去生活，真正意味着什么。在"自我"上来一场革命，如何？

（我知道你要说什么。我应该一开始先把期待自己完成的任务定在"今天洗个澡，或许？"，然后再一步步提高要求。）

我决定重读普里莫·莱维（Primo Levi）的《被淹没和被拯救的》。读完第三页，泪水就模糊了视线，书页上的字看不清了。

又过了一些天，我在滨海大道明媚灿烂的阳光下崩溃哭泣，当时正有个老人过来朝我们讨口吃的。T 温柔地建议说，或许现在停药不是个好主意，或许我们可以把服药作为当前的优先事项，围绕它来调整我们的财务预算。我当时立刻答应了和他一起去药房买药,如果还没涨价的话。但内心深处,我对此很怀疑——这种药真的曾经对我有效过吗?还是仅仅因为过去的整个形势都更好?在这样一个烂透了的、把我们牢牢绑在原地的根本系统里,到底是什么样的人才能长出健全的心智啊?

当晚我重新开始服药。仅仅过了一个星期,瘟疫就降临了。

上面这句话,让它听上去像是个一次完成的事件,但实际上并不是。和许多其他国家的人一样,我们对这场瘟疫的经验,也是一段逐渐认知其严重性的漫长的过程,与Worldometers 网站上的曲线图走势相似。(我看得不如 T 那样频繁,但每天也至少会查一次)。而对我来说,它陡然上升的那天,是原定于 3 月 8 日的妇女节游行被取消的时候。游行前夜,我所在的那个革命小组像往常一样举行了周例会,我们那段时间一直在讨论横幅、会合点和与其他小组的协调工作。通常,到达会场之后即使不拥抱、亲吻,我们至少也会彼此握手致意。但那一晚,我们都只是微笑着耸肩,并难为情地互相挥了挥手。就好像所有人都为自己的小心谨慎感到有些不好意思,但无论如何,"安全总比后悔好"。

会后我约了一个朋友共进晚餐,这位朋友自己的小组也刚刚开完协调会。她对我说,据说第二天的游行要被取消。从伊朗和意大利传来的消息很不乐观（但当时的状况还远没有到最坏的时候），但我们的政府没有采取任何措施切断来自这些国家的航线，或是检查从这些国家入境的人。我们这里已经有了几个病例，而且我们正深陷一场经济崩溃，医疗物资也很缺乏——这个国家该如何应对加之于其医疗体系上的额外压力？各革命小组必须做出负责任的决定，表现出他们至少在把这场瘟疫当一回事。果然，我随即收到了一条群组信息：游行被正式取消了。

我们环顾周围：餐馆一半的座位空着，店里的许多植物不是枯萎，就是疯长。但这状况本身并不那么奇怪。至少从新年起，我们就渐渐习惯了一切看上去都倦怠、破败、精疲力竭，甚至连街道也是这样。街上的车子变少了，餐馆里的人变少了，酒吧里的嘈杂喧闹声变少了，在户外活动的人变少了，超市货架上的东西变少了，我们口袋里的钱变少了，工作变少了，还在营业的店铺也越来越少了——有这么多的铺面大门紧闭，还有这么多"歇业甩卖"的招牌——甚至连光都变少了。我住的那个区域的街灯全都坏掉了，也没人来修；于是每到没有月亮的时候，走夜路就像跳进了一潭黑暗的水里，感觉不到水面的存在，连挣扎都不知道该朝哪个方向。总体上说，当时的一切都让人有这种感觉。

但我一直很期待这场妇女节游行。会有相当多的人来参加——比我们此前很长一段时间里的任何游行都要多。而且这时,我对革命的长期前景,又感觉到了一点(微茫的)希望。加入小组起了很大作用:他们让我知道,尽管现在的状况貌似与革命刚开始那激动人心的几个星期非常不同,但这并不意味着革命完蛋了。我们只是需要改换一下我们付出努力的地点。还有许许多多的工作需要去做,更重要的是,还有许许多多的人愿意投入到这些工作中去。当然,在我大脑深处的某个地方,那些药片也开始了它们微妙而神秘的工作,它们所实现的所有那些微小的改变和调整,都悄然转化进入了外在世界,让我可以再次看到一个未来。

一种疾病正离我而去,而就在这时,我开始意识到另一种的到来。

这些就是我在隔离第一周时,对那条推特的回答背后的原因,一个自然而言的原因。

但当然远没有这么简单。另一个原因是,我当时还沉浸在极为强烈的怀旧情绪之中。

你看,像现在这种囿于室内、而恐怖始终在门外盘桓不去的生活,就是塑造了我的生活,我出生于其中的生活。整个漫长的 1980 年代里,内战在门外肆虐,而我们这些小孩就在卧室、盥洗室、走廊提供的庇护之下,读书、过家家,还玩许多我们自己发明的游戏。有时会一连几个小时或是几天停电,自来水也常常断掉,我们每一场对话的背景音里都是装电池的白炽灯发出的嘎吱声。尽管我以前并没有这样想过，但实际上当时的情况就是，我们所有人都不得不设法利用从内部空间——房屋之内，自己的心灵之内——能搜罗出的任何东西，为自己制造出一个值得过的生活来。而在所有长而幽暗的走廊尽头，总是有一个闪着光的、被许诺了的未来，它会在"这一切结束之后"，辉煌绚烂地在我们眼前展开。（或许这就是为什么我总是觉得，在某个意义上，梦想一种生活要比实际去过那种生活愉快得多。）

这就是我羞耻的秘密：当我想念童年的时候，我发现自己同时也在某种意义上想念那场战争，或至少想念那场战争所强加于我们的文化，想念那个室内的、封闭的空间——我们必须一直以食物、书籍、游戏和爱筑起城墙，来保卫它，以抵挡外界恐怖之物的进犯。我想这和那些从小被家人虐待的孩子，长大后也总是会寻求充满痛苦的爱情关系是一个道理——爱如果不和痛苦结伴出现，他们就认不出那是爱；而在我的情况中则是：我不能完全感觉到安心，或者说安全、保障、稳定等等，除非它们和恐惧、危险、灭顶之灾的威胁捆绑在一起。

千万不要误解了我的意思：战争也是我最大的恐惧。新年刚过那会儿，你们那个傻总统（请原谅我说了脏话——竟然把他称作"你们的总统"）差点把我们拖进一场地区性战争。那几天我走在路上，害怕到嘴唇都没了知觉，被想象中从天而降的炸弹吓得发抖。

另外你也要知道，我讨厌所有将这场瘟疫比作战争的说法。在战争中，没有什么是安全的，就连家也不是。在战争中，没有任何清晰的指南，指引你该如何避开危险，如何保护你爱的人免于伤害。我能对你说上面那些话，只是因为我站到了一个回望者的位置上，因为我和我的家人都活了下来，也因为我们无法纾解童年给予我们的那些复杂的情感，必须用整个余生来整理它们。战争中的暴力也不像瘟疫致死那样是纯属随机、不带任何意图的。它是一种故意施加的残酷行为：将你自己的，以及你所了解和爱着的所有人的身体，视为可以被任意消耗的肉，以此来博得某种战利品。

这场瘟疫与战争的唯一相同之处，也是它与每场集体性危机相同的地方：它们都将我们平时生活并参与其中的所有丑恶和不平等暴露无遗。然而，与此同时，它们也都蕴含了一种非同寻常的时刻：我们所有人的恐惧彼此相通，并且我们获得了一种共同的、用于言说它们的语言。就像一柄巨大的音叉被骤然敲响，人们都开始在相同的频率上交流，于是突然间所有人都能相互理解了。或至少潜在地能够，在群体的层面上，理解那条一直都为真的事实：任何一场灾难都是我们所有人的灾难。我们无法再继续假装自己只是在过个体的生活，假装这生活本质上与周围的其他人并无关系，即使脱离了我们同属的那个集体境况也可以照常继续。这种个体性错觉才是暂时的、反常的现象。世界是共有的，人与人注定要相互依存，无论我们是否愿意。如果我们当中有足够多的人同时懂得了这一点，那么一切都可以改变。至少，这就是革命最开始那几个星期，发生在我们身上的事情。而这也是为什么如果我们感觉自己没有把本需要从危机的废墟中学到的东西，带到之后的生活里的话，"回归正常生活"，以及"这一切结束之后"的时候，我们常常感到失望透顶。

因此我感到——"充满希望"听上去油滑而虚假——我十分确定自己已经不再兴高采烈。我现在担忧、哀伤，而且没错，我再次感觉到了愤怒。这里的各个银行和政党都决定要从当下的形势中谋利，就像全世界所有的暴君、独裁者、威权者、投机分子、唯利是图者、搜刮民财者、大公司的趁火打劫者以及法西斯主义者一样。现在银行已经向其常客关闭了大门，ATM机里也没有美元了。我们白天实施一个松散的封锁政策，晚上则实行从晚7点到第二天早上5点的宵禁。但是，政府没有掏出哪怕一个里拉去帮助过任何人。要记得，我们并不是在预期"当这一切结束后将要迎来经济崩溃"；我们的经济已经在做自由落体运动了。货币已贬值到其原本价值的二分之一，这意味着，对于我们中间那些还能幸运地保有一份工作的人来说，他们也只能赚到相当于之前一半的钱，而物价还在持续上涨。那些我们在革命中曾致力于推翻的教派政党，现在纷纷趁机跳了出来，分发印有徽标的口罩，穿着与其政党旗帜同色的定制防护服，在选区的街巷里转悠，到处喷洒"消毒水"（后来发现他喷的那东西其实是杀虫剂，你敢信吗）。

这星期，人们已经开始违反封锁令，回到外面做短工，开展抗议了——他们怎么可能不这么做？许多人面前只有两个残酷的选项：出门做工有可能死于新冠病毒，但不做工则一定会死于饥饿。我们要求某些人待在家里，以保障社会的安全，但社会却完全没有提供他们任何安全保障。"相互责任"必须是同时要求双方的。所以我不知道各方面的情况可能会变得多差，不知道要再度过多少个不眠之夜，这一切才会结束，也不知道它们究竟能不能结束，要怎样结束。我们必须保持警醒；必须把我们自己，以及所有其他人所经历的苦难原原本本地记录下来；必须记住谁是真正的敌人，并始终直呼其名。真正的敌人不是病毒，也不是那些传播了病毒的无辜躯体。真正的敌人是那些暴君和机会主义者，这些人对待我们生命的方式与战争无异：为了获取他们所觊觎的战利品，生命可以被视为无足轻重的附带伤害。当然，敌人还包括那个让他们得以做出这些事的体制。

或许,"意志坚定"这个词更贴切地形容了我现在的感受,因为我感到我的悲伤、忧虑和愤怒终于再次恢复了恰当的大小,并指向了正确的方向:它们不再指向我自己的内心了。发生在我大脑中的微小调节,改变了我眼中所见的一切事物。那些我曾感觉是客观真理的东西——我这个人毫无价值;世界已经没救了;没有什么值得为之而活——都只是小小的系统故障。故障是可以被修好的,前提是我必须克服自己对修理方法的偏见。你看,我过去一直憎恨那些药片:将它们视为一副拐杖,一个弱点。为什么我没有跑步、冥想、大把大把地吞下深色绿叶蔬菜?我本可以靠自己康复的,但却没有,因为我是个废物懒蛋。现在我才发现自己是多么不可思议地幸运,竟然找到了正确的药和正确的剂量。它们刚刚好够让我的想象力再次开始运转。去他妈的,我们所有人都该使用我们有幸能够用上的无论什么工具、武器、护身符、支持系统,来尽可能保持自己的身心健全,好去完成眼前的下一个任务。

至于我这些天是如何度过的——嗯,我足够幸运,有条件待在室内自我隔离,只有轮到我采购食物的时候才出一次门。这种生活高度符合抑郁症患者的活动模式,但它不会像抑郁症本身那样,让我有罪恶感。(这也是集体行为的特点,它常常能缓解罪恶感。)我试图坚持履行某种日常惯例——大体上,这只意味着我每天早上把狗牵到屋顶上,跟她玩寻回游戏。今天早上的阳光分外明媚，极目远眺，只见一条清晰的地平线隔在碧蓝的海面和蔚蓝的天空之间。北边的海岸线上，群山历历在目。这些天，每当风从街道那边吹过来，你就能闻到盛放的橙花的香气。不管怎样，春天毕竟还是来了。

我在读书（我又能读书了！刚刚读完的一本是《被掩埋的巨人》，你看过这本吗？），但读得很慢，因为我不停地查看新闻，并和人在 WhatsApp 上聊天。偶尔我也会接到翻译一两页东西的活儿，不过我并不知道在这个时候，怎么可能还有人拿得出钱来付给我。我意识到，我正在模仿母亲做的许多事情，那时我们还是小孩，母亲为了让我们在家里感到安全而做的。比如确保所有东西都是干净整洁的。（我对铺床这件事格外严格：先敲打床垫，让床单充分通风，之后才把它们平整地铺到床上，每个角都紧紧塞好，我之前从没这么做过。）做饭时尽量尝试新的做法和创意，并且把每餐饭都当成一场特别的小小仪式，无论食材多么平凡无奇。（我妈妈的石榴糖浆拌鹰嘴豆泥就是这么来的。）坚持每天都和一个朋友交谈，并和我的兄弟之一通电话。

当然，我同时也在强迫症一般地不停刷推特。上面的很多人都说，他们梦见了自己再次走出家门，来到大街上。走出去，在人群中走动，置身拥挤的大街，仅此而已。我也做了同样的梦,只是在我的梦里,每个人都挥舞着拳头抗议,他们呼喊着的口号汇成了同一个声音。

谢谢你读到这里。我爱你,想念你。虽然我们之间隔了一个大洋,但我们此刻正生活在其中的现实竟是彼此相通的,这一点不可思议地打动了我——尽管造成这种情况的,是一个极为不幸的原因。我感到与你前所未有地亲近。我等不及再见到你,到那时,我一定要紧紧抱住你不放,千次万次地亲吻你。

现在轮到你来告诉我,关于你现在生活的一切了。告诉我所有那些坏消息和好消息,告诉我,你如何设想自己"这一切结束之后"的生活。

吻你,

L.

# 休斯敦来信：让游行照亮美国

撰文　丹尼尔·佩尼奥（Daniel Peña）
译者　彭形影

你在同一天看到了关于乔治·弗洛伊德（George Floyd）和克里斯蒂安·库珀（Christian Cooper）的新闻。你咬紧了牙关，发出了一种你的身体过于熟悉的声音，你已经好几年没有这么愤怒过了。上一次你这么咬紧牙关还是 26 岁的时候，你在墨西哥城的街上游行，认识的人都健康无虞。

你身处的暴动似乎事发突然，这也就是说，一切都是有计划的：在一场和平示威中，一位墨西哥便衣警察向他全副武装的同事们扔了一个瓶子，给了他们行动的理由。突然之间，任何人都有可能被拘留。

然后是第二个瓶子。

瓶子摔碎的时候，你刚好在附近，近得可以闻到"莫洛托夫鸡尾酒"的黑色雾气，可以看到宪法广场上国家宫的木门被点燃。你看不到扔瓶子的人，却听得到周围支持者的讥笑和口哨声，挑衅着进出火海的警察。

警察们避开了爆炸的中心。他们看起来不像自己,脸不像是脸。然后暴动彻底展开了。示威者从四面八方涌来。警棍打在背、头、皮肤上。水瓶摔碎打湿了石地。助燃剂的化学气味。各种玻璃,橡胶制工具挥舞和摩擦的声音。武器碰撞着武器。血液涌向你的耳朵。横幅被撕裂。一盏孔明灯闪烁着升上墨绿的夜空。

有人整晚都在放这些天灯,而你整晚都在天真地想:如果墨西哥城上空七千尺高的神秘大气层把它们拉了回来,不是很容易在某些地方引起火灾吗?

你已经不是飞行员了,但你还是会想这些事情——空气密度、海拔、重力、燃烧。每一盏孔明灯的侧面都用油性笔写了"43",以纪念43个被劫持并杀害的阿约兹纳帕(Ayotzinapa)师范学校的原住民学生。墨西哥政府协调掩盖了这件事情。政府在那个时候很明显就是共犯,这也是为什么你出现在了游行的队伍中。

大家都知道那些学生被杀害了,但没有人用"杀害"这个词。政府不用这个词,示威者也不用。他们说"失踪",好像这个世界上无端消失了一个人形的洞。那是你第一次想象那些"洞"在街上行走的景象。不像鬼魂——那是美国人的想象——而像回声。在又不在。看不见又无处不在。不是回忆,而是一种感觉。

你在想,在英语和西班牙语之间,有没有第三种语言,以伤痛联结着美国和墨西哥——像一种文化的标签。你想象着萨帕塔民族解放军和黑豹党联手的情形，想起了墨西哥阿克提尔（Acteal）的屠杀和美国伯明翰的投弹。然后在这场游行中你恍然大悟：在这两个国家，你的肤色越深，越穷困，就越容易被国家抛弃。

    你回忆起一片混乱中，你找到一条空路。没有人挡着你。你一头往前冲。完全出于幸运，你没有碰到一个武装警察，没有被棍棒打伤，也没有被无处不在的便衣发现。

    你回忆起有人踢到了垃圾袋。上千只老鼠惊惶四散，消失在街道。它们太快了。你从来没有见过跑得这么快的老鼠。休斯敦没有，联合市也没有。它们跑在示威者逃散的脚步之间，跑到了你这一道。你有点喜欢它们，因为它们好像也在示威一样。你一直都喜欢虫鼠，因为它们杀不死，而且这个世界上总要有人喜欢它们吧。这些老鼠的背如此黑亮，让墨西哥城的街道熠熠生辉——在你的想象中，是柴油的微粒、轮胎的残片、日光、石油和煤渣让墨西哥城的街道发着黑亮的光。成群的老鼠好像卤素灯下流动的水。

    你在休斯敦隔离的时候，有一只蓝松鸦常常出现在你的窗外,你叫它弗雷德。它会落在一张松鼠迷你野餐桌上(被你钉在信箱柱子边)。你为了帮到一个因为疫情而失去了工作的店主,在 Etsy(手工品电商)上买了这一套桌椅。店家装好寄过来的十五美元,将所有部件装在纸袋里寄来,需要自己组装的十美元。你选了后者。你想要帮这个人,但你也想要便宜一点。

寄来的马尼拉纸文件袋里面装满了部件,还有一张潮湿的说明书和被胶带绑成一团的钉子。你正好教完了课,有空闲的时间。5 月底的蝉像是从十七年长的冬眠中醒来,轰鸣着带着我们进入了夏天。苯的化学气味从航道的方向汹涌传来,弥漫在空气中。那种感觉像是不小心吞了除臭喷雾。

小桌子的部件只有两三个,但你用上了电钻,为了让你在邻居面前看起来很厉害。

"你干什么呢?"你保守派的邻居站在四米开外。他开一辆科尔维特。从来不戴口罩。

你不知道该不该说。任意一点新鲜事物都有可能刺激到他。而且最重要的是,你还是一个棕色皮肤的教授,住在一个红州,娶了一位德国妻子,这基本上就是共和党派的噩梦。也许是因为你随时有可能失去生命——托疫情的福——你想:"管他呢。"然后决定豁出去了。

你在给松鼠制作野餐桌。

"什么?"他问。"野餐的桌椅,给松鼠用的。"你说。"什么?"他又问。他对你说那些动物都是害虫,会侵入我们的阁楼。他盯着零散的木片和钉子,还有最后要钉到桌子中间的小红杯。

有些事物注定无法想象。连松鼠也不知道怎么用这套桌椅。但是你因此遇到了知道这一切是怎么回事的弗雷德。一套桌椅,几粒花生,一场公开的邀请。

弗雷德每天都来访两次,早上一次,下午一次。到星期六,它会留下来,透过窗户看德甲联赛。你好奇它长在两边的眼睛能看到多少。弗雷德的发型很独特,翅膀蓝得透着紫。它也有丑陋的一面,会发出捕食者尖锐的嘶鸣声以宣告它的到来,吓走来抢它的花生的其他动物。没人可以吃它的花生。那种声音又难听又吓人又滑稽,但你并不讨厌。你好奇弗雷德有没有队友。你希望你在所有的地方也能这样就好了。

5月底。你还是一个赏鸟新人,或是珍妮·奥德尔(Jenny Odell)口中的"注意到鸟的人"。因为观鸟本质上就是注意到某种声音,迅速看向声音的源头,注意到鸟的存在。大部分时候没有所谓标准。是放慢脚步、活在当下的一种方式;是认识到你身处的生态圈,换个平实的说法,也就是说意识到你是脚下土地的一部分。这也是奥德尔在她的书《如何无所事事:抗拒注意力经济》(*How to Do*

*Nothing: Resisting the Attention Economy*）中引用的、来自生物地域学家彼得·柏格（Peter Berg）的概念。你很喜欢这本书，毕竟你每天也只能忍受一定量的坏消息。你必须得到外面走一走，享受不可多得的阳光。于是你走进阳光里，耐着高温。你专心看鸟。

之前的你一直逃避赏鸟，只因为美国不知如何应对一个一米八、棕色皮肤、在公共场合望向天空的男人。正如美国从来不知道如何应对醉酒的（甚至是清醒的）棕色或黑皮肤的男人，或是我们家附近夜跑的棕/黑色皮肤的男人（这要归功于鸟窝摄像头和邻里社交网站上的持枪女性，名字通常是卡伦[Karen]）。

有些消息并不让你太感到惊讶，比如在纽约中央公园，发生在克里斯蒂安·库珀身上的事情，尽管它还是一样让你愤怒。一个白人女子对一个黑人男子动用了自己的白人特权报了警，仅仅因为他实施自己的公民权。

大概在那条新闻的一周前，你看到一只库柏鹰在地上吞食一只麻雀幼鸟。麻雀的妈妈在老鹰的身后反复攻击，而老鹰一直把她挡开了。你从来没有见过这种场景——一只鸣鸟攻击一只猛禽，一只鸣鸟为了救自己的幼鸟变成了猛禽。

你上前想要吓走那只老鹰，老鹰也不甘示弱。你这才发现幼鸟已经死了。随着你越走越近，老鹰抓着幼鸟的尸体,转身飞走了。

第二天,你在橡树花园社区(你家所在地)看到一只猫头鹰准备偷一窝知更鸟的幼鸟。你正想要去把猫头鹰吓走,一对与你年龄相仿的白人夫妇拦住了你,用命令的语气问你是从哪里来的,在做什么,为什么要盯着这棵树。你是要爬树吗?为什么要爬树?你是怎么注意到树上有鸟的?你经常来这里吗?

你把这件事情交给了你的白人妻子处理。她知道怎么用对话和笑容让这些人卸下防备。她的一些特权有时能让你摆脱困境。人们喜欢她是德国人这件事情。他们能够辨认她的口音,得意自己去过她的国家。她总能让他们也看到我们所看到的东西。"没错,"男人说,"业主委员会得想办法处理这些猫头鹰。"


在某种程度上,这位白人女士也没错。你确实正要爬树,但只是为了那些幼鸟。


你的身体是为得克萨斯本地的炙热打造的。你的头发稀疏得像扫帚,方便散热;古铜色的皮肤从来没有晒伤过。实话说,你和你考奎特坎(Coahuiltecan)族的遗传毫无联系,只模糊地知道你住在祖先的故土上——他们被埋葬在这里。别说配枪的卡伦，你比谁都更先来到这里。

又有谁能定义一个人真正的来处呢？你要如何宣告自己对一个地方的所有权？在这里存在就可以了吗？还是像墨西哥城的一个醉汉曾对你说的，要在一个地方住得久到有亲人在这里入土？还是像得州公园和野生动物协会的候鸟介绍里说的，经过就可以了？新北区—新热带区（Nearctic-Neotropical）的候鸟在天冷的时候去南方，天热的时候去北方。去气温刚好的地方。可以短暂地躲过护林员的注意，在一瞬间同时属于得克萨斯、墨西哥和加州，像一只玫红丽唐纳雀，或是丹尼·特乔[1]。

不知道为什么，你和妻子去休斯敦东边的圣哈辛托（San Jacinto）纪念碑一日游。在这里，得克萨斯州在圣哈辛托战役之后，摆脱了墨西哥，获得了独立。与其说那是一场战役，不如说是一场屠杀。

---

[1] 译者注：Danny Trejo，美国男演员。1944年出生在美国加利福尼亚州洛杉矶，具有墨西哥血统。

天气很热。你喝了很多水，需要上厕所。周围到处都是野餐的桌椅，但是找不到洗手间。不记得是你还是妻子建议往墨西哥营地的方向走，越过被休斯敦军队侵略的矮墙。如果你走得够远，也许能在树林里找到可以方便的地方。

你一直走到一张标语牌前，上面写着"屠杀尽头"，你觉得这里够远了。你走到标语牌后大概十米，离开了战场，感觉没有那么亵渎。你面前是一片湿地，里面有鱼，对面还有不少野餐的桌子（到底有谁会在战场上野餐？），洲际中转站处理厂的石油化工废料在湿地里闪着色彩斑斓的光。这个处理厂去年着火了，焦油的气味浸透了休斯敦。当时火被阻燃剂浇灭了，但是时不时又会复燃。住在这种厂房周围的人都会得癌症，而休斯敦城里的人安慰自己说，只有墨西哥人住在那里。

那个标语牌上写着"屠杀尽头"，但你读了下面的小字才知道，这其实是屠杀的起始点。六百名墨西哥士兵撤进了这片一眼看上去像坚固的地面的湿地，膝盖以下动弹不得的他们毫无还手之力，被困在原处，在放下武器投降之后，还是一个一个等待着被枪毙。这个过程耗费了整整六个小时。

他们的尸体还在这片湿地下。还穿着制服。你用西班牙语为他们祷告，和他们一起祷告。你请求他们的原谅——

你对此一无所知,你非常抱歉。

在那一刻你意识到,你连他们的名字都不知道。在这里死去的墨西哥人都没有名字。学校没有教你这一段历史,他们不需要被记住。

对面是得克萨斯号战列舰,旁边有一个墨西哥家庭在化工废料河边钓鱼。你朝他们挥手,他们也朝你挥手。你用西班牙语说:"好热啊。"他们说:"对,很热。"头上一只鹳鸟飞过,一头扎进了淡水和盐水交界的地方。


你认真隔离了七十天。你戴口罩。你给买回来的东西消毒。你动手做饭。你还很擅长跟妻子在电视节目的选择上互相妥协。你给弗雷德喂食,隔着窗户看它。有的时候它会带朋友来,有的时候不会。有的时候你不在窗边,妻子会说:"弗雷德来过了。"然后你意识到一天天被连在了一起,不是因为抽离,而是断了联结。你的直觉是移开目光,麻木自己的愤怒。不看特朗普,不去想这一切本可以避免,不去想乔治·弗洛伊德的遇害,哪怕他用最后一口气低语他喘不上气,哪怕他呼喊他的母亲。

有一天弗雷德来了,差点撞上了窗户。它的喙敲上玻璃的那一刻像是在说:"你给我清醒过来。"于是你终于醒了。

超过七十天里，你身边只有妻子。而后你在休斯敦市中心，身边有六万人。你们陪着乔治·弗洛伊德的家人从探索绿色公园走到市政厅。尽管你有洁癖，还极其害怕生病，你还是继续游行。你的家族就是为此才来到美国，为了你可以行使这些权利。虽然你怒火中烧，但你看到身边的人都把怒火变成了光亮。无处不见光。而在某一个瞬间，所有充满了嘈杂声的瞬间行为，化为了一场游行，朝着永恒打开了（珍妮·奥德尔可能会这么说吧）。

没有人说到过游行里的光。这束光不是奇迹。也不是巧合。它超越了人类。比慈悲更伟大。

然后你在游行中获得了第二个顿悟：除了仍然相信美国的黑色和棕色皮肤的人，还有谁更适合拯救美国呢？

# 东京疫情，我的"三号"

撰文　吉井忍

开始讲东京疫情前，先从中国的回忆说起吧，因为我一部分的心还在那里。离开中国前的五六年之间，我和前夫租了北京朝阳区的二室一厅，七八十年代建成的职工住宅，走十分钟可达一家书店，一栋绿藤覆盖的楼房，养着几只猫。

现在是 2020 年。1 月底武汉封城的消息，日本媒体报道得也不少，但那次疫情对当时的很多日本人来说宛如隔岸观火，东京药妆店门口堆着盒装口罩，还打折。不过即便如此，有一些朋友还是感到不安。2 月上旬，我和五十多岁的日本朋友吃饭聊天，他批评我们的政府竟然还"放任"中国游客在日本自由行，他很担心这会引起病毒的扩散，也谦虚地表现出他对中国的抵触。我跟他说，"也许吧，这说明我们政府的措施有问题"，然后继续吃炸酱面。那天我们约的是在皇居附近的一家川味餐馆，口碑非常好，吧台后面清一色的男服务生，听口音应该是四川人。和我一起吃面的这位朋友是个"吃货",这家餐馆也是他介绍的,我们排了十分钟的队才入店。对很多日本人来说,中国和中国菜是分开的,对前者的看法并不影响菜的味道。

在这段时间,我还约了咖喱店的同事T。几年前我离了婚,像根被连根拔起的野草从北京回到东京,先住经济酒店几天,找到租住的房子前我定了一个打工之地。说不上有什么特别的理由,就觉得除了写稿之外,自己需要有一个和别人接触的地方,毕竟离开了多年,我在东京的朋友寥寥无几,我得靠自己重新建立起一个交友圈。这家咖喱店我之前来过几次,味道好、吃不腻,店里的装修和店主的性格一样朴素亲切。简单的一次面试后,店主允许让我来帮忙,端菜、洗碗或收款,下班之前还能吃一份咖喱。大部分同事们都比我年轻许多,但还聊得来,就这样一转眼有两三年了。

同事可分两种,和我一样拿时薪的临时工,还有拿月薪并在厨房里工作的正式员工,同事T属于后者。他年纪比我小四岁,却有丰富的处世经验:高中毕业后开始卖二手时装,此后对海外的旧货行业越来越有兴趣,后来去美国深造,和朋友在拉斯维加斯玩,不仅花光了钱还借了一笔。背负一身债务回日本,之后的三四年从事垃圾回收和货运。其实这些体力活在日本蛮赚钱的,把负债还清之后的某一天到海边玩,不小心被海浪卷走,颈部以下全都瘫痪，后又奇迹般地康复。然后不知道经过什么样的思考，他决定去学习做咖喱，我和他就是在差不多的时间，开始在这家咖喱店上班的。

约见面的地点是新宿一家咖啡店老铺。那天我没有轮班，他当的是早班，说是中午时段过后会马上过来，结果等了半天也没见人，我已经有了被放鸽子的心理准备。咖啡馆的氛围倒是蛮惬意的，周末的新宿难得有这么空闲的一家，宽敞的地下一层只有我一个人。拿出手机，刷了微信朋友圈，不久同事T终于来了。他比实际年龄显得年轻许多，不胖也不瘦，戴眼镜有胡子，声音特别好听，他在店里对每一个员工都是一个态度，温柔。我们在咖啡馆聊了两个小时，话题始终徘徊在咖喱、音乐和各自的生活，换到廉价中华料理店继续聊，凉拌、木须肉、煎饺、扎啤和炒饭。那天晚上，我最大的收获是确定对方没女友，有一句却始终挂在我心里，让我有点摸不清对方的意思。他说："一个人挺好的，其实没什么一个人不能解决的事情，你说呢？"

樱花快开的3月上旬，疫情愈发严重，街上的人明显少了。我上班时必须经过的新宿站东口，因为有扬名中外的不夜城歌舞伎町，平时一到晚上就挤满人，化了妆的女孩子、刚下班的年轻人、拉着行李箱的亚洲人和什么都想要拍摄的游客等，这些一碰上疫情都消失了。有一次从咖喱店下班出来，和一位女同事走到"世界堂"（著名画材、文具专卖店）往前一看，我们俩哇一声都笑起来，五百多米的路都能瞭望到新宿站东口，走得好轻松，有些不现实。这个时候，我的一次性口罩彻底用完了，在哪儿都买不到。我每天回家把用过的口罩用消毒水洗一洗，晒干之后再使用，用了好几天的口罩表面已经起了毛，除了在地铁里之外都不戴了。有一次，也是下班之后，我遇到了一位中国女孩，是在药妆店帮我选唇膏的售货员。我们刚开始用日语沟通，后来不知不觉开始用中文聊天，反正整个一层楼就只有我一个客人，她也闲得很。她问我怎么不戴口罩，我说买不到呀，她摇摇头表示不理解，说自己每天上班都非常害怕，母亲天天打电话来催她回去，她还在犹豫。也许心里的不安憋了太久，今晚像决了堤的大坝似的，她的话滔滔不绝，我听了半个小时她还没讲完。可能是因为祖国在之前经历过的种种，那段时间在东京的中国朋友，都比当地的日本人警惕许多。我在微信朋友圈里经常看到他们发的帖子，说在东京哪个区域、哪一栋楼、发现了多少感染者，比任何日本媒体的报道都详细得多。

到 4 月没过几天，咖喱店的老板宣布停业，他给所有员工群发了一封邮件："因疫情客流减少，另外考虑到大家的安全，干脆决定停业一个月。不过对这种突发事件我早就有所准备，哪怕几个月无法营业，咱们的店也不会倒，你们千万别担心。再次开业的时间会另外通知,请静待。"老板决定停业的第二天,武汉解封,而东京、大阪、福冈等七地进入了"紧急事态",为期一个月。幸好日本政府采取了扶助中小企业的政策,对于因疫情让员工休假的企业发放相当于员工 80% 工资的补助,咖喱店的老板也掏了腰包再补贴剩下的部分。就这样到 4 月底,我们所有员工都拿到了正常的月薪。收入有了一定的保障,就只顾自己的健康即可,有几位同事后来回忆这段时间说道:"就像从天而降的假期一样,真好。"

我有点想联系 T,发些简单的问候,问问不上班的日子他怎么过,但因为那句话,我估计他也挺好过的。始终没勇气发信息,他也没发给我。不过那一个月的时间我并没有白费,每天去公共浴场洗澡(因为我的房间不带洗澡间),三天一次去超市购物(政府呼吁大家不要每天都挤在商场),偶尔去散散步,有几次走了四十分钟到空虚的新宿逛一逛,还有一次戴口罩去采访一家书店。看了几本超厚的书,练习三味线(日本传统乐器),写完新的便当书,做便当、拍便当,或在阳台种苦瓜,事情还挺多的。除了这些,在室内的时间,我一直听音乐或听广播。后来听说,这几个月里 Netflix 等订阅制播放平台会员暴涨,但在"紧急事态"期间我愈发觉得难以集中精力,结果一部电影都没看完。疫情本身都太有戏剧性,在某种程度上,它已经超越了我们所认识的"现实",我再也不需要通过影视作品获取的虚构性,来给自己的生活增添色彩。

不确定的事情太多,未来很难预测,只能回忆过去填满脑部的空白。在紧急事态期间,我经常想北京。知道北京已经不再是我认识的模样,但我还是很想念她。有一次通过YouTube 的随机播放,我听到了美国女歌手特蕾西·查普曼(Tracy Chapman)的《快车》(*Fast Car*),就想起了北京的"三号"。

你有辆很棒的车(You got a fast car)

我想要一张票,去往哪儿都可以(I want a ticket to anywhere)

也许我们可以就此达成一致(Maybe we make a deal)

两个人在一起,总能到某个地方(Maybe together we can get somewhere)

什么地方都比这里好(Any place is better)

反正从零开始,不会有任何损失(Starting from zero got nothing to lose)

我们俩也许可以计划出什么(Maybe we'll make something)

但我自己无法拿什么东西来担保(But me myself I got nothing to prove)

你不是有辆很棒的车么（You got a fast car）

我做好了离开这里的计划（And I got a plan to get us out of here）

在便利店工作有一段时间了（I been working at the convenience store）

省出了一点储蓄（Managed to save just a little bit of money）

其实咱们不用去很远的地方（We won't have to drive too far）

就开过州界，进入附近的城市（Just cross the border and into the city）

在那里我们找份工作（You and I can both get jobs）

这样应该就能明白生活的意义（And finally see what it means to be living）

曾经有一段时间，准确地说，已经知道离婚是不可避免的那一段时间，我寄居于朋友的家。朋友是在北京工作多年的俄罗斯人，中文讲得比我好，住在北京二环内的高档小区里。对面是著名商城，购物比原来我住的地方方便许多，宽敞的房间也让我过得舒服多了。但总忘不了那种感觉，不管你在做什么，感情、情绪和时间就如指缝的沙子，怎么握紧了手却一点一点地漏下去，最后你的两只手什么都没留住。朋友是高薪上班族，按时上班，下班的时间也非常准，到傍晚我准备简单的晚餐，等朋友回来一起吃，吃完继续聊，累了就看书、看电脑，偶尔去做按摩。

那家盲人按摩店就在附近，从小区出去走三分钟即可到。在那里第一次给我做按摩的就是他，摸到哪儿都是穴位，按得有劲。那天人比较多，一个房间里四张床都有客人，四位按摩师在一起自然互相聊起来，客人也偶然插点嘴，大家嘻嘻哈哈的。聊了些家常后，他知道我是来自东京的日本人，问我在东京做按摩一个小时要多少钱。我说按他这个技术五六百（人民币）大家都很愿意的，他听完乐得合不拢嘴，说那一定要去日本，赚钱之后娶一个日本女孩子，那不就挺好么。我说是是，到时候给你介绍一个。做完按摩我问他的名字，难得有按得这么好的师傅，以后还想请他做。他听完就说："那叫我三号就行。"

那时候我并没到捉襟见肘的地步，但考虑到未来未知的生活就不太敢花钱，一个小时98元的按摩，去了不到五次。每次我都是叫三号的，若他在做别的客人，我就回朋友家再等等，后来学会了，先打电话给按摩店约三号。后来我回国了，隔了半年来一趟北京，又住在朋友家，也顺便去做按摩，叫三号。他开始按摩前就问，"也是脖子不舒服，是吧？"我确实喜欢按脖子，但以为这是常规的问答，按摩师随便讲的，所以简单回了一句，让他继续按摩。等到他问我的第二句，我才发觉他是认得我的："你有没有帮我找好日本女孩子？"

我抬起头，看看他。他眼睛是完全看不见的，微胖，总咳嗽，他进来房间的时候总带有烟味，我在按摩店门口看到几次他在抽烟，平时也应该抽得不少。我说你怎么记得我？他说怎么会不记得，他能记住声音。他还说，我有一次带了一个俄罗斯的朋友来，我说是。房间里只有我一个客人，我们俩就这么开始聊起来，他问我在日本的情况，我说一般吧，我也问他过得如何，快要过年呢，是不是要回家。他说肯定会回河南的，但感觉一年不如一年，越来越没啥意思，尤其是晚上，隔壁房间里姐姐一家人有笑声、小孩的哭声，热闹得很，而他在自己的房间里一个人躺着，那时候心里有种"说不出的感觉"。"所以呀，"三号继续道，他有时候也不知道该怎么办，做按摩也挺累，伤身体，"真想去日本，可是应该挺麻烦的吧，东西贵，我又不会讲日语"。然后他马上转移话题，说我的身材还可以，不瘦也不胖，再找个男朋友应该行的，总得找个伴呗。

后来只要有机会来北京，我都会去找三号，请他做一个小时的按摩。我发现他咳嗽越来越频繁，我劝他少抽烟，他笑一笑说没办法。每次做完按摩，我就想下次一定要带润喉糖，最好是日本生产的，让他高兴高兴，但每次我来北京就会忘记。去年 12 月份，我又在他那里做按摩，我的俄罗斯朋友已经回到莫斯科,我住在酒仙桥的酒店,还特意坐两趟地铁来找他。他问我下次什么时候来,我说过完年的三四月份吧,因为过年前后机票贵。他说好,然后没多久,新冠肺炎开始蔓延到世界各地。

在东京的租房里,我把这首歌重播几次,想着三号,担心他能否买到火车票、是否因疫情耽误了回家过年的计划,还想到他经常咳嗽那件事,担心会不会因为这事儿被别人怀疑、歧视或被直接隔离起来。视频里的特蕾西·查普曼年纪还轻,其声音却醇厚苦美,她在描述一个贫困中的年轻女子,酗酒的父亲、离家出走的母亲,在便利店工作的她怀着一丝希望跟男友说,你有一辆很棒的车,今晚逃走吧。两个人先到了一个收养所,她勉强找到了收银台的工作,男友却一直在失业状态,但她相信总有一天,他们能在郊区买下一栋房子。歌手继续唱,这女子生了两个孩子,但男的还在外面喝酒,只有她一个人负担着生活的种种,当时带着希望和一点储蓄、为了新生活出发的她,哪怕换了个地方,还是逃不掉贫穷循环。

我想,她这辈子最开心的时刻应该是在歌中副歌的部分:

*记得曾经坐在你的车上*(I remember we were driving driving in your car)

速度如此之快，我恍如微醺（The speed so fast I felt like I was drunk）

街灯飞逝在我们的面前（City lights lay out before us）

蜷缩在你温暖的怀抱里（And your arm felt nice wrapped 'round my shoulder）

我突然感到自己并不是一个人（And I had a feeling that I belonged）

而且觉得我也能有另一种人生、另一种生活（And I had a feeling I could be someone, be someone, be someone）

歌中的"belong"一词，刺进了我心底，那就是我一时以为找到的、然后又失去的感觉。回到东京，我最需要的也是这个感觉，透过打工间隙的闲聊、与编辑或采访对象的交往，或与居酒屋熟客之间的几句寒暄，这些一不小心就会错过的小事的累积，让我慢慢找回了一种归属感，让我踏实地度过每一天。就像特蕾西·查普曼唱的那个女孩子，哪怕换个地方、靠别人，这些都不会帮你解决本质上的问题，也不会让你找到出路，因为再新的环境，再亲密的情人，时间久了也会成为平凡的日子和它的一部分。我们在这些平庸的日子里，只能不停地寻找自己和他人的接触点和所谓的小确幸。人生就这么严肃地对待你，而能够让这么渺小的我们向前迈步的，很多时候就是这么点小事情，一次见面、一句话、一个眼神或忘不掉的一个情景。哪怕疫情已渗入生活的每一小节，这一点还是没有变。

　　紧急事态期快要结束，东京也渐渐恢复了之前的节奏，我们的咖喱店也在其内。有一天的晚班时段，我见到同事T。我准备给客人端咖喱时，他过来要我发一个消息给他，我问他为什么，他说是因为疫情期间手机坏了，所有的联系方式都没了。我先把咖喱送过去，回来又问他，疫情期间在干吗呢，他说挺忙的，先买了个大冰箱，因为想开始准备独立开店，毕竟在这里工作有几年了，店主催他要尽快有自己的店。他还说这段时间开始在网上卖二手衣服，看来他还是有眼光的，几件旧衣服随便卖卖，轻松赚了五六万日元。他说家里还有一堆货，应该可以当做开店资金的一部分。晚上的客人本来比白天少，疫情后的客流又没有完全恢复，那天我们有足够的时间聊天，店主也对我表示适当的关心，问我的近况，又问我已经出来的政府补助金项目有没有申请到。还有另外一位同事说，他决定离开东京回九州，本来就要回去开咖喱店，只因为疫情把计划提早了几个月，说到时候欢迎大家来九州吃他的咖喱。听到这些我忽然发觉，每条街上鳞次栉比的小铺，都是我们这些小人物费心准备的结果，每一家店的故事、每一个店主的人生经历，都不逊于任何大商铺和大老板。这样想来，疫情带来的经济危机以及无数小铺的倒闭，也够残忍的。

那天回到家，去了一趟公共浴场之后，我才想起给 T 发信息的事情。他马上回了句谢谢不好意思，我发了一个表情，戴太阳镜的小女孩竖大拇指说 GOOD，然后准备关闭屏幕，早点睡。但他很好奇地问起，这是什么玩意，没见过。我说中国有很多这种表情包，这是一个韩国女孩，可以说是小童星吧，原图来自很会晒娃的她妈妈，后来大家疯狂转载。其实我蛮喜欢中国的表情包，和日本的 stamp（贴图）有点不一样，更幽默，有些中国朋友发的表情挑得恰到好处，我很欣赏这种技巧。刚给他发的表情，在中国早就过时了，若对方是微信上的中国朋友，我会慎用，但发给 LINE 上的日本朋友我觉得没问题，可图个新鲜，但这我没告诉 T。关掉聊天屏幕、准备入睡，突然哭笑不得，感觉自己一个人穿梭在两个世界之间，也不知道到底 belong（属于）哪方。躺在床上伸懒腰，好久没去按摩了，我想起在按摩店门口抽烟的三号，也许他也有过同样的感受，他也在寻找。其实在我心中的那个身影已经不是真正的三号了，就像那些视频里的日本一样，看似真实但如隔着一层膜，只存在于我的伤感中。三号，我们一起努力吧，也多多保重，若下次在北京还能见到，我一定会带上给你细心挑选的润喉糖。

# 瞥见可能的未来[*]

撰文　希瑟·帕里（Heather Parry）
译者　韩见

革命都始于熟悉事物的转变。2020 年 4 月的一个大白天，我和伴侣牵手走在家附近四车道的主干道上，整条街道都是我们的，目力所及没有一辆车，对我来说，这是革命的开始。

格拉斯哥的 4 月常常反季节地骄阳似火；当地人开玩笑说，我们的夏天很奇怪：4 月时出现两周，然后就结束了。但那天暖洋洋的，天很蓝，正是穿薄外套的天气，尽管住在距离繁忙街道只有几步之遥的地方，我们从容地闲逛着，终于有一次，听到了没有被车流声淹没的鸟鸣。

占据了我们之前无法进入的空间，这是一个如此微小，却又如此有力的变化。

和许多英国人一样，新冠肺炎封锁期间每天在国家允许的范围内散步，让我们对自己生活的地方有了全新的认

---

[*] 大卫·格雷伯（David Graeber）于 2020 年 9 月 2 日去世，谨以此文献给他。

知。在家中，人们沉迷于手机，为家人、朋友和未来感到恐惧，但家以外的世界却很平静。没有了行人、公交和私家车的每日喧闹，也没有了日常资本主义生活中永远匆忙而暴躁的人们所制造的种种噪音，我们可以听到风吹过建筑物的声音，看见常被忽略的新生树木和植物，甚至可以捕捉到一只狐狸从一个地方跑到另一个地方的瞬间。在尝试换一条路走的时候，我们发现公寓附近有一个我们此前完全不知道的巨大公园。当春去夏来，面对新冠肺炎，英国那似乎无止尽的灾难性应对方案仍在继续，能够走到那里、在太阳下站在齐脚踝的冷水中，无疑是对精神健康的一种救赎。

问题出现了：如果我们停下来，停一小会儿，我们还可能会发现些什么？

已故的大卫·格雷伯在他 2018 年出版的作品《狗屁工作：一种理论》（*Bullshit Jobs : A Theory*）中写道：

> 我们已经成为一个建立在工作上的文明——甚至不是"生产性工作"，而是将自身作为目的和意义的工作。[1]

---

[1] 大卫·格雷伯，《狗屁工作：一种理论》，Allen Lane 出版，伦敦，2018，xxiv。

在英国，这种说法也许从未如此精确。在我的有生之年，工作已经从你应该努力争取去做，但可能得不到机会去做的事情（在这种情况下，国家会向你提供微薄但足以维持生活的经济支持），变成了你在任何情况下都必须被迫去做的事情。在 1980 年代长大成人的人，他们的故事是一边靠"救济金"（这是当时人们对失业救助的亲切称呼）生活，一边发现自我，在几乎没有任何报酬的早期公开演出中打磨自己的艺术，和另外五个人挤在伦敦的一间公寓里但还是有钱买啤酒。即使在 2008 年，我毕业的时候（正值最近两次全球金融危机中的第一次），"救济金"也被视为你大学一毕业就会立即登记领取的东西，它会帮助你度过找工作的头几个月。这笔钱太少了，当然媒体上也充满了对那些"靠福利生活"的人的无情攻击，但如果你需要它，它就在那里——许多人确实需要。

然而，在过去十年里，保守党已经成功实现了它的主要目标之一：使失业补助如此难以获得、金额少得如此可怜，以至于许多需要它的人根本懒得尝试——而那些别无选择的人，则因经历了非人性化且令人泄气的申请流程，心理健康受到严重影响。处罚措施——如果你无法接受就业中心所分派的岗位，或是漏接了一个他们打来的电话，或者他们认为你申请的岗位不够多，他们就会停掉你的失业补助——则将数以百万计的人置于岌岌可危的境地，他们被迫去乞求一个无情的系统来提供足够的资源，以维系住房、温饱和生命。[1]

在过去十年里，那些本不该担心工作的人们——在他人的护理下生活的、有身心健康问题或残疾的人——发现，"福利国家"已经不复存在了。此前因残疾或疾病而有资格获得经济援助的人们，遭受了羞辱性的伪医学评估，而其后总是被告知，他们所患的癌症并不妨碍他们从事有偿工作，或者行走方面的痛苦不妨碍他们坐在办公桌前输入数字，来为其他人赚取利润。2019年的报道显示，有17,000人在等待残疾救济金申请结果的过程中死亡[2]；还有数千人在被就业和养老金部认定为"有工作能力"后死亡。这一系统似乎更乐于承担死亡的风险而不是"游手好闲"的风险。

曾有过一场短暂的风波，当人们发现，如果不同意为公司免费工作，甚至连微薄的失业补助都会被停发，这意味着这些人迫于饥饿的威胁，做着报酬远低于最低工资标准的工作。前就业和养老金部部长伊恩·邓肯·史密斯（Iain

---

[1] https://www.theguardian.com/society/2015/mar/24/benefit-sanctions-trivial-breaches-and-administrative-errors

[2] https://www.independent.co.uk/news/uk/home-news/pip-waiting-time-deaths-disabled-people-die-disability-benefits-personal-independence-payment-dwp-a8727296.html

Duncan Smith）咄咄逼人地否认这是人们"为获得福利而工作"的情况，尽管他承认，如果人们不接受安排，就会失去微薄的补助金[1]。然而这是顺理成章的，只不过是一个计划了十多年的项目的一部分，意在让社会中最脆弱的群体深刻认识到，英国将不再帮助你。我们说，如果你不同意出卖劳动力，就不配过上有尊严的生活。

现行的"统一福利"（Universal Credit）制度将几种福利合并成一项微薄得不人道的款项，这项制度的全部意图便是，确保人们靠工作能获得的生活水平肯定要比靠领福利来得高；换句话说，无论境况如何，如果不同意工作，就会贫困到难以生存的地步。该制度没有考虑到，英国长达十多年的财政紧缩措施已令产业元气大伤，并使国家和地方开支锐减，这意味着工作机会减少了，而那些还存在的岗位，工资远远低于生存所需。但这对我们的统治阶层来说无关紧要。你就是非得去工作不可。

在过去几十年中，许多人曾写到 20 世纪资本主义未能兑现的承诺：到 20 世纪末，技术的进步将使每周 40 小时

---

[1] https://www.channel4.com/news/jobless-who-refuse-manual-work-could-lose-benefits

的工作时间成为历史。1930年,经济学家约翰·梅纳德·凯恩斯(John Maynard Keynes)预言,到了千禧年,在英国这样的国家,人们每周工作不会超过15个小时。九十年过去了,我们确实拥有了当时所承诺的所有技术,但仍然每周工作35、40、50小时。

自上世纪80年代早期,英国就已经远离了生产性工业——远离了制作和建造东西——走向了金融化;也就是说,现在我们几乎不事创造,但确实要为服务、为营销、为把钱从这里转移到那里而收费。对许多人来说,这一转变造成的影响是自身劳动的异化,但新自由主义及其它为几乎所有行业带来的"测试—证明"的工作模式,也意味着行政职位、技术支持和文书工作的增加。有些职位的唯一目的是使公司不必支付罚款或税,或不必为其对环境或社会造成的损害负责。我们还雇人向那些无力偿还债务的人逼债,使他们更加贫困,而恰恰是我们使他们负债累累;我们在公司之间倒卖债务,并创造出一些职业角色,促使人们无休止地追逐那些微薄的收益。随着这些角色不断扩展,更多职位被创造出来以支撑那些被工作困住的人;用工不稳定的送货员、私营邮寄服务、司机,诸如此类。

一般来说,"狗屁工作"是指可以全部取消而对社会几乎不产生负面影响的工作;实际上,如果没有上述的许多工作,我们无疑将生活得更好。有些人的全部工作就是向你推销你并不需要的服务，以使富人阶层获利，极少有人会为他们的必要性辩护，然而许多人的工作就是这样。正如格雷伯所写，1910年至2000年间，美国的"专业人员、管理人员、文员、销售和服务人员的数量翻了三倍"，从"占总就业人数的四分之一增长到四分之三"，而工业和农业领域的就业则全面暴跌。[1]英国的情况几乎相同；从1980年到2011年，英国的制造业萎缩了三分之二。[2]其结果是，许多工作只为自身而存在。不可否认，它们就是狗屁工作。

但是主流叙事一直说，这些工作就像其他所有工作一样，是必需的，如果我们不做，社会就会崩溃。无论你是在社区，或在一个有价值的行业，还是身处一个甚至连自己都痛恨的无意义的职位之中，你都必须工作。

然而，从2020年3月起，英国有将近一千万人有偿不工作（paid not to work）。

一个截然不同的世界突然展开了。

我们很多人都梦想着一个能为其所有公民提供食

---

[1] Graeber, xvii
[2] http://www.theguardian.com/business/2011/nov/16/why-btitian-doesnt-make-things-manufacturing

物、住房等基本必需品的社会，而在英国和欧洲的流行文化中成功立足的社会变革版本则是 UBI（Universal Basic Income），即全民基本收入。它的设想是，无论情况如何，政府按月或按周向每人支付能够负担其生活开销的津贴。此举甚至在美国的部分地区引起了关注，据说理查德·尼克松（Richard Nixon）几乎要实施 UBI 制度，但最终顾问们改变了他的想法。关于具体金额有各种讨论，但通常被引用的数字是在每年 1 万到 3 万英镑之间。大家一致认为，这个金额应该足以满足一个人的基本需求，使其摆脱贫困。过去十年中，关于 UBI 的对话一直围绕着这样一个想法，即随着技术的进步，人类必要的有偿工作只会越来越少，而我们需要全面的社会改革来反映这一点。人们需要收入才能有钱消费，无论一个人有没有工作，UBI 都提供收入；并且，对那些找不到工作、无法继续工作或不想工作的人，也不会被任其陷入贫困。它的核心是一种既人道又具前瞻性的想法。

然而，新自由主义削弱 UBI 潜在开创性的企图已经开始抬头。去年，一个苏格兰智库拿出了一项关于苏格兰全民基本收入的提案，并声称它是世界领先的，旨在实现社会变革。但是，提案中一个成年人的拟议金额只有每年 5200 英镑，也就是每周 100 英镑，实际上比"统一福利"针对 25 岁以上单身人士的现有水平还低。尽管提案声称，在此基础上还可以申请额外的残疾、住房和丧亲津贴（估计在他们给出的现行制度下，这几项津贴非常糟糕），其附加条件却使情况变得更差了：这一收入是免税的，但将会取代目前的免税额度，使免税基准下降 7000 英镑，这意味着较低收入群体将缴纳更多的税。这令那些领取国家养老金的人处境大大恶化。而且它甚至远没有达到一个人可以赖以生存的数额——并且不打算提供这样的支持，如同报告本身指出的，就像"统一福利"一样，这个版本的 UBI "必须减少——最好是消除——抑制就业的因素"。[1]

工作可能在减少，工作或许往往是毫无意义的。但是工作，仍然必须要做。

至少在主流对话中，关于为什么我们觉得有必要迫使个体参加劳动的探究是极少的，然而却有各种反对 UBI 的讨论。其中一个来自左派，他们担心，如果不对私人租赁行业和总体就业等方面进行重大的结构性改革，无论多大数额的款项，最终都还是会落进富人和资本家的口袋，他们只会反过来提高物价。这是一个有理有据的观点，这也是为什么 UBI 应该是全方位社会转型的起点而非终点。人们担忧的是 UBI 走得不够远，这种担忧是合理的。

其他的批评并没有多少现实世界的事实支持，尽管它

---

[1] https://reformscotland.com/2016/02/the-basuc-income-guarantee/

夸夸其谈地宣称自己如此。对 UBI 的结构性否定来自这一观点，我们负担不起；像英国和美国这样的国家既无法征收足够的税来覆盖 UBI 的支出，也无法创造足够的货币来为它提供资金。目前针对英国最富有人群的税率要远远低于过去 50 年内曾有过的水平，而且公司税每年至少降低 1%，虽然在任何实际意义上，这两个国家的支出都不受其所征收的税额的限制。显然问题不在于征税能力而在于意愿。同样，第二种批评也经不起推敲。毫不夸张地说，我们已经看到我们可以凭空创造出数十亿计的英镑而不导致恶性通货膨胀——恶性通胀的说法在一切关于公共支出的讨论中都会被提出来，但当我们在 2008 年为银行，或者为战争，或者仅仅是为富人阶层创造出数万亿英镑的时候，却从来没有这样的说法。现代货币理论的拥护者告诉我们，政府创造货币的能力是有限的，但并非在我们所认为的层面，而且在国家达到充分就业之前是有限的——在目前的英国，事实远非如此。

全民基本收入是一个真正有效的方案，它所提供的资金可以让人们真的依靠它生存，然而反对类似方案的最常见论点是，没有了早上起床的理由、不再被迫从事生产性劳动（尽管我们所看到的情况并不总是如此），人们将什么也不干。失去了工作的动机，人们只会萎靡不振，耽于最恶的恶习，浪费所有的时间。但在过去半年中，我们发现，随着工作的需要从日常生活中消失，人们根本没有陷入懒惰。即使在人生记忆中最痛苦的时期之一，充满了不确定性、疾病、失去和恐惧，弥漫着绝望和焦虑，人们还是很快发现自己需要意义——于是他们在享受"小确幸"、帮助他人和学习新技能等活动中找到了意义。有人把时间投入到家庭中，有人投入到爱好和艺术项目中；有人认识了他们的邻居，并开始将自己的技能投入到以社区为中心的实践中，以谋求更多数人的福祉。也许最令当权派担心的是，许多人得到了以往无法获得的政治教育——并付诸实践。

尽管有价值的工作不可多得，而且报酬越来越少，但我们之所以被强烈要求无止境地工作，真正的原因似乎是，如果不被工作隔离和耗尽，我们可能真的会开始团结起来。

正如大卫·格雷伯所说，那些掌权的人知道，"有闲人口是一种致命的危险"[1]。并非巧合的是，在这个很大一部分英国人意识到自己无法工作或不是必须工作的时期，英国出现了支持"黑人的命也是命"（Black Lives Matter）运动的抗议和游行，激起了关于帝国遗产和英国整体结构性种族主义的激烈的（希望也是深远的）社会对话。布里斯托（Bristol）一座奴隶贩子的雕像被拆毁，扔进了海港，又为公众带来了一场关于国家财富及其获取过程中被压榨的人

---

1 Graeber, xviii

民的迟来的对话。反资本主义读书会在朋友和陌生人中迅速兴起。曾经充斥着午餐照和自拍照的社交媒体，因此被反种族主义教育及由此衍生的反帝国主义、亲社会主义和反资本主义信息所覆盖。与此同时人们意识到，工作起到了防止这些运动发生的作用。朝九晚五使人们没有时间进行社会活动。而这似乎才是重点。

或许不止如此，从英国封锁之初，对社会既定运作方式的扰乱就已经威胁到新自由主义资本家的叙事根基，以往我们一直是在这种叙事下努力工作的。宣布全国性封锁后，互助团体几乎立刻就在全国各地出现。互助公告的社交媒体模板病毒般传播开来。在我们居住的地方，有一个拥有一万名成员的本地 Facebook 社区讨论组。一夜之间，志愿者们为那些由于医疗漏洞或其他情形而不得不自我隔离的人建立了互助小组，并迅速吸纳了数千名成员。邻居们为那些出不了门的人领取药品和食物，为无事可做的孩子们捐赠玩具和书籍。无法上课的高校学生在为我们现在赖以生存的关键性岗位从业者的孩子提供免费保育服务。祖母们开始给可能买不起口罩的人缝制口罩，我为一位担心会没有饭吃的新手妈妈送去了自家烹制的菜肴。这些小小的善举影响深远；一个在群里求助的人，几分钟之内就能收到十个回应。除此之外，人们捐出了真金白银，交给那些失业的人，给那些苦苦挣扎的人，给那些被迫突然改变营生或失去生计的人：我们这么做了。那些长期从事互助工作的人们，特别是跨性别团体、黑人团体和与难民打交道的人们，成了鼓舞人心的力量，使我们忘记了资本主义一直以来教育我们的东西，并意识到我们真的可以付出而不求回报。我们将时间精力投入到社区、家庭和自己身上。这带来了我们从未意识到的力量，带来了意义和希望，在这个毫无希望可言的时候。

英国的统治阶级对此有多恐惧，怎么形容都不为过。因为互助是团结的开始，由团结而形成组织，由组织而爆发起义。起义将会是我们所知的这个社会的终结。

长期以来，我们被告知不具备改良的必要条件。我们知道，如果道路上没有汽车，城市会变好，市民会更幸福。我们知道，把金钱和食物直接赠予那些需要的人，百姓的身心健康会得到提升。我们知道，有着价格合理（如果我们再大胆一点的话，就说是免费供给）的安全可靠的住房，将使家庭和个人免于颠沛流离之苦。我们确信，资本主义重压下的生活正在扼杀所有人，也在扼杀这个星球。但他们告诉我们，一切只能如此。

然而，2020年4月，我们发现自己走在没有汽车的街道上，在阳光下听着群鸟鸣唱，没有了无情的机械，它们活跃起来。我们发现，这个国家几乎所有的露宿者都得到了安置；政府可以免费将食物发放给需要的人；驱逐可以停止，租金可以降低。我们之中的幸运儿还发现，政府可以出钱让我们待在家里不去工作。我们发现，在有偿工作之外，生活还包括共同体、联结和对他人的关怀。

大卫·格雷伯指出，"通俗小说中最可怕的怪物不只是威胁要撕裂、折磨和杀死你，而是要把你也变成怪物"。[1] 现代金融化的资本主义也是如此；它不满足于吓唬我们，它还致力于让我们反目成仇。

可是短短的几周内，我们就摆脱了这个把我们变成吸血鬼的制度，并且发现自己根本不是嗜血的人。


关于以现有的资源能切实地在可能的未来做些什么，这只是一次短暂的展望——接着大幕又沉沉落下了。

如果我使人觉得英国政府对新冠疫情的反应，有任何充足和合理之处可言的话，现在请让我澄清：并非如此。根据非官方估计，死亡人数有 6 万，而更多的人将长期与严重的并发症共同生存。每有一个带薪待在家里的人，就有一个不得不从事不安全工作的人。每有一位自雇者获得补贴，就有一个人被遗忘而得不到任何帮助。尽管我们为国家

---

1 Graeber, p134.

医疗服务体系（NHS）和关键岗位工作者鼓了那么多掌[1]，但政府还是不同意给他们加薪，拒绝提供心理健康支持，数月以来对工作场所的防护都不充分。我们被收买或被要求在夏季"恢复正常"，当然，现在一切又从头来过了。

当我们进入众所周知不可避免的"第二波疫情"时，这个国家的应对措施仍然严重不足，政府坚决反对其他一切举措，坚持让社会大体上像往常一样运作，放任成千上万的人陷入失业和贫困，更多人病重或死亡。当其他国家承诺将休假计划延至 18 个月或两年时，我们却被告知必须减少继而取消休假，因为我们已经对此"上瘾"；现在政府只提供最低限度或者完全不提供支持，至于失去了工作的人，将会再次在赤贫的威胁下陷入无休止找工作的过程，而那些工作已经不复存在。难以置信的是，无家可归的人又被送回了街头。对医疗资源上的弱势群体来说，封锁从未结束，然而他们似乎已经完全被忽视了。虽然经济战略已经无法将我们从衰退中拯救出来，我们的尊严还是会成为它的牺牲品。

我们被扔给了狼群——仅仅是为了维持"工作"这个概念。

---

[1] 译者注：新冠疫情爆发以来，每周四晚 8 点，英国民众会在阳台、门前或窗前鼓掌，向医护人员致敬。

有人说，技术是没有道德属性的；我不这样认为。我确信的是，技术以非道德的方式被利用了。那些掌握着技术控制权的人没有停下来问一问，他们创造的东西对世界的总体影响是正面的还是负面的；资本主义坚持必须制造和销售。而且资本主义需要生产力；需要产出更多、雇佣成本更低的劳动力。因此，工作自动化将会继续推进，工人将被取代，更多的狗屁工作将被创造出来，其唯一目的是让我们做一些对既定体制不构成威胁的事情——如果这些工作很难找，我们还得花时间去找别的工作。

然而日趋清晰的是，这是一个垂死制度的疯狂行为。新冠肺炎摧毁了许多东西，不只是很多人的身心健康，或许还有这一叙事：人只有通过工作才能获得价值；人只有工作，才配活着。

革命始于对可能之物的初步认识。尽管2020年发生了所有这些事情，尽管我们看见，这个制度有这么多用以"杀死我们"来自救的方式，但我们也看到了另一种选择。我们看到，赋予资本利益的权力可以被剥夺。我们认识到，金钱可以给予人民，而不是向上流动，集中到那些已经拥有太多的人手中。我们认识到大家可以彼此关爱，并为最脆弱的群体提供生存所需的稳定和安全。我们可以与陌生人分享食物，可以为无家可归者提供住所，可以把金钱直接捐给那些素不相识的人。我们可以生活在一个不一定要为工作而工作的社会里,在这里,作为人,我们可以在白天散散步,听听鸟鸣。

# 疫年双重记

撰文　李炜
译者　袁秋婷

**彼时**

那几乎是种迷恋。对数字的,以及地点的。除此之外皆无关紧要。仿佛在一场天塌地陷的灾难中,光凭条理和精度,就足以慰藉人心了。

所以政府才会定期发布那些《死亡统计表》,旨在告知百姓,在过去一周的这个或那个区域,又有多少人丧命。

这么做确实有令人萎靡不振的副作用。但印在白纸上的黑字,到底还是比直接目睹那些即将辞世的患者要蔼然可亲千百倍。那些可怜虫,浑身布满皮肤下出血所引致的黑斑,淋巴部位还长出一个个脓包,有些大到跟女人的拳头一样。持续的高烧,往往让他们的精神也跟着错乱。与此同时,嘴唇、鼻子、手指、脚趾还可能发生坏疽。死亡随之而至。但关键还是生前的痛苦,剧烈到连彪形大汉也哭天喊地。

英国作家笛福（Daniel Defoe）就记述了一名被绑在床上、以防止他外逃的患者。最终他只好用留在床头柜上的一小截蜡烛脱离苦海。

据说，自焚是最凄惨也最疼痛的死亡方式。不过，与坐以待毙相比，恐怕还算是较为仁慈的选择。在 17 世纪，几乎没有痊愈希望的黑死病，死亡率高达 95%。

**此时**

或许我得先澄清一件事。

我读过《瘟疫年纪事》（*A Journal of the Plague Year*）不止一次。头两次，我无法理解为何笛福会在书的开头再三引用《死亡统计表》，列出伦敦各个教区的具体死亡人数。在接下来的叙述中，他又时不时地穿插更新的数据。天生似乎就会讲故事的他，应该比谁都清楚，就枯燥乏味而言，这世上没什么堪比统计数据了。

直到第三次拜读，我才终于明白缘由。他这么做，是因为于当时的读者而言，这些数字意味着一切。它们远非细枝末节，而是残酷现实本身。即便只是一串孤零零的数字，也清楚直白地说明了用文字难以表达的事情：瘟疫所造成的伤害。

不正因如此，在面对这场降临在我们自己头上的灾难时，我们也同样不停地播报感染和死亡人数？似乎唯有如此，我们才能开始理解情况的严重性。

## 彼时

1665年，瘟疫席卷伦敦。在短短18个月内，它收割了将近四分之一的人口。考虑到不少居民，包括国王和他的朝臣，早已溜之大吉，真实的死亡率很可能接近百分之四十。换言之，待在伦敦的每五人中，只有三名侥幸活下来。

难怪灵车彻夜丁零作响，不仅在警告那些依然在大街上游荡的少数蠢货赶紧闪开，更是为了提醒待在屋内的百姓，尽快把死去的亲人搬出来。一趟下来，每架灵车都载满了尸体，最终运到一个个教会墓地。

据笛福记载，一名男子跟着一架灵车来到这么一个地方。他独自一人站在暗处，不停地"用手比画着"，"仿佛深陷痛苦"，偶尔还"发出低沉的呻吟，或撕心裂肺地叹息着"。直到押送灵车的人员——通常称为"抬尸者"——询问他时，才终于得知：

> 他的确满腹哀伤，因为方才到来的灵车载着他的妻子和几个孩子……虽然他一个大男人，无法靠痛哭流涕宣泄，但不难看出他悲恸欲绝。他平静地请求抬尸者，让他一个人待

会儿，说只要看到尸体入葬，便会离开。于是，他们不再干扰他。可是灵车甫一掉头，把尸体一股脑儿地倾倒进坑里——这显然出乎他的意料，因为他以为死者至少会被小心翼翼地放入坑里，虽然后来他也承认这么做不切实际。我想说的是，他刚一看到眼前的景象，便号啕大哭，不能自己……他往后退了两三步，倒在地上，昏了过去……

**此时**

谁没看过那些来自世界各地的图片？

一个个身穿宽大到不成形的防护服的工作人员，背着一台台五颜六色的喷雾器，在一座座空荡荡的广场进行消毒。

一具具从头到脚裹在说不清颜色的防水布里的尸体，被随意放置在任何尚可运用的空间。

一排排新挖好的坟墓，如此井然有序，犹如一幅幅完美的几何图形，想必在铁锹触碰大地之前，城市规划师就已经测绘好了坑与坑之间的距离。

最后这些图片，通常是无人机的航拍图，而且毫无疑问是私人拍摄的。没有一个政府会发布这样的照片：不仅挫伤士气，还可能给民众造成心理阴影。

但我们——我们这些隔了半个地球的旁观者，却着了魔似的盯着它们看。或许因为我们别无选择。面对一个肉眼看不见的敌人，我们只能对着它造成的灾害唉声叹气。

诚然，疫情爆发后没多久，专家就解析了新型冠状病毒的三维结构，做出了各种模型。譬如，一个灰色球体，像月球表面一样坑坑洼洼，上面长满了一颗颗花椰菜般的红芽。可惜对于我们这些门外汉来说，这些电脑成像的意义不大。要想真的爱与憎，我们仍需要脸孔。

所以才有如今那些铺天盖地又令人心碎的新闻图片。不说别的，它们起码比一堆干巴巴的数据更能引起共情。而那些数据又被媒体一遍遍地重复着，迟早会麻木我们的神经。哪怕全世界感染和死亡人数早已达到天文数字，现在大家连眼都不眨一下就接受了。

再说，这些数据能有多准确？感染几百个人，甚至成千上万人：没问题，我们可以计算。但数百万，几千万？即便在今日，似乎也有点牵强。这世上依然存在不少连水电都没开通的地方，统计事物时得凭手指点数、嘴巴默念。这些地方岂有可能作出确诊，判断死因？

**彼时**

要是笛福也一再质疑"死亡统计表"上的数字，确实情有可原：

想想看，谁在那种极端困境中，还能做到万无一失？况且，他们当中很多人自己也染病了——或许就在他们把报告送上去的那一刻，便倒地身亡。我指的是各地区的公务员……虽然那些可怜的家伙甘冒虎口，但面对一场公共灾难，谁也没有免死金牌……

因此，

假如《死亡统计表》上说五千人，我始终相信实际数字一定接近它的两倍；没有理由相信他们给出的数据是正确的，或者该说，在我亲眼看见的那种混乱状态下，谁也没条件做出准确的记录。

不无讽刺的是，这些令笛福满腹狐疑的数据，却是如今唯一能够说清伦敦这场瘟疫有多恐怖的证人。

**此时**

但这只是《瘟疫年纪事》在当下显得格外应景的原因之一。

正是这些数不胜数的相似之处，让我一连好几个月都心绪不宁，无法写作。

**彼时**

"尽管这段关于瘟疫的历史甚为悲惨,"笛福在继续前,贴心地提醒了读者,"但再怎么揪心痛苦的事情,也得有人讲出。"

他指的自然是当时采取的那项最为极端的举措。不,并不是针对猫狗的屠杀,因为这些动物——家养的也好,流浪的也罢——全被视为黑死病的传播媒介。如此大开杀戒,想必让不少爱宠人士陷入绝望之渊,但笛福并没为此长篇大论。困扰他的,是一桩更惨无人道的事情:封门闭户。但凡有一人感染,全家人就得一起关在家中隔离,包括佣仆在内。

"没错,"笛福承认道,这种做法:

> 约束了被感染的那些人,否则他们会带病外出,造成各种麻烦和危险,尤其当他们神志不清时。事实上,他们最初也的确这样——直到后来被限制为止。一开始他们是如此明目张胆,穷人会挨家挨户四处上门乞讨,声称自己感染了瘟疫,乞求得到一些包扎伤口的旧布,或任何他们在谵妄状态中想得出来的东西。

虽然笛福明白这种隔离方式极有必要——若没实行的

话,"伦敦将会成为这世上最恐怖的地方"——他还是无法接受其中的伦理意蕴。禁闭整户人家,只可能导致健康的成员也被感染,成为"间接伤害"的牺牲品。

况且,如此一来,谁还愿意报告病情?"大家尽可能地隐瞒自己的状况,以免邻居躲避他们或拒绝与他们交流,同时也为了防止当局封锁他们的家门。"

至于那些已经被隔离的人家,每户除了被锁上大门,再漆上一个红色的十字架,门口还坐着轮流值班的"看守",确保从早到晚房子无人进出。这听起来管用,实际不然。就像笛福记载的那样,大家都想尽办法绕过他们的看守。譬如,引开这些人的注意力,让家人趁机从窗口溜走。就算所有办法都失败了,暴力依然能派上用场。一名看守,笛福听说,就被人用火药炸了个半死不活。

**此时**

"The publick Good that justified the private Mischief"——笛福如此形容当时的强制隔离措施,不妨译成"为了大我而牺牲小我"——这一幕在今日再度上演,只不过被封锁的不再是这里一户,那里一家,而是整座城市。尽管如此,不少人照样有法子瞒天过海,远走高飞。

问题是,正如笛福在书写自己同胞时提到的,许多貌视防疫政策的人都不晓得自己其实已经被感染了。如此一来,他们走到哪里,就把瘟疫带到了哪里。若过去和现在有任何区别的话,那恐怕就是当下这场疫情的致死率并不高。这只让大家行事更加大胆鲁莽。在美国这样的国家,不少百姓甚至公然嘲讽公共卫生措施,不但坚持举办人群密集的活动,还拒绝佩戴口罩。

这些不负责任的行为一旦累积起来,结果便是一场彻底失控的流行病,蔓延至全球各地。

与此同时,全球感染人数和死亡人数继续飙升。

**彼时**

说到飙升的数字,自然也得提提猛跌的。疫情对经济的冲击更是无法计算:

*瘟疫一旦爆发,大家不再抱有希望,明白整座城市即将沦陷——那时……所有在乡下有朋友或房子的市民,都携家带口离开了——那时,你真的会以为这座城市自己长了腿,从城门逃跑了,一个人也没留下——从那一刻起,你便能确定,所有交易买卖——确保生存需求的那些除外——几乎全部停摆了。*

接下来的事情,可想而知:

商业之轮停止运转,就业之机迅速消逝;糊口的活儿没了,穷人的饭碗砸了。一开始,他们的悲叹确实让人心疼……他们当中为数不少逃到了乡下,不过成千上万人还是留在伦敦——直到绝望将他们逼走。逃亡路上,死神又追上他们。于是,他们成了死神的使者,极其不幸地把瘟疫传播到了王国最偏远的区域。

好在市政府及时想出了解决方案——是临机应变还是剥削压榨,仍有待商榷。无论如何,随着疫情加重,被隔离的人家也相应增多:

由于数量巨大,据说一度有一万户人家被封,而每家门口都需要两名看守监视,即,晚上一名,白天一名;这一下子就给大批穷人创造了就业机会。

其实还有一项工作,甚至更为紧迫:

用灵车搬运尸体,如今已变得十分危险,令人作呕还招人抱怨,说抬尸者没有尽到职责,清理干净那些全家都死在里头的屋子。有时尸体好几天还没被抬走,直到隔壁邻居闻到恶臭，也相继被感染……

这样的疏忽之所以连连发生，并不是因为押送灵车的人员玩忽职守，反倒是因为他们太尽职尽责了：

无数名抬尸者死于瘟疫，被那些他们必须靠近的尸体感染。若非数量可观的穷人需要工作，需要谋生……不得不铤而走险，逼不得已做任何事情，谁也不会干这样的活儿，然后，死者的躯体将堆积如山，以最令人毛骨悚然的方式腐烂下去，逐渐变成一堆白骨。

多亏穷人提供的这些急需的服务，更别提他们所做出的巨大牺牲，笛福才能不无骄傲地指出：

尽管不计其数的人死去，同时又有大批人病倒，然而，每天夜里，尸体总会被处理干净，然后抬走。这么一来，没有人可以这么批评伦敦，说它的生者无法埋葬死者。

## 此时

依照科学的说法，传染病无法选择受害者；它不加区别地感染人群。社会学却不苟同。历史的确也一再证明，穷人其实最容易中招。不像富人，他们没钱储备食物或及时就医，更没办法随时撤营，搬迁到更安全的地方。毕竟，他们远比富人更依赖于劳动挣得的工资。即便在行情最好的时候，他们也往往入不敷出。

但这些因素并不会进入那些力推"解除封锁"的政客的思考中，哪怕他们的国家目前仍然深陷病毒的泥沼。他们会做出如此鲁莽的决策，无疑出于自保。算盘应该是这样打的：封锁虽能拯救生命，却让经济遭殃。经济不好，则对当权者不利，让他们难以赢得连任。因此，所有城市必须马上复产复工。

这样的逻辑，自然无法公开说明。肚子里有点墨水的家伙，一般会搬出功利主义来掩饰自己的假公济私。

笼统而言，这派学说只有一则信条：在任何情况下，最佳也是唯一"道德正确"的行动方案，必须是对为数最多的人有利的。

功利主义当下名气最大的信徒是澳大利亚学者辛格（Peter Singer）。对于热门话题从不吝言辞的他，自然参与了"封锁抑或解封"的辩论。同样不出所料的是，他提倡迅速重启经济，以便多数人从中受益，即使这么做会将少数人——譬如老人和病人——置于更高的感染风险中。

在辛格看来，保持封锁状态是更糟的选择。虽然这么做可以保护弱者，但也降低了大多数人的"生活品质"。正如辛格在一篇与同事合著的社论中问道:"老百姓在担架上在帐篷中在医院停车场里死去的那些照片,是否蒙蔽了我们的双眼,使我们看不见自己为了避免这些骇人听闻的死亡而付出的努力,实则对整个社会造成了更大的伤害?"

辛格的确直言不讳。但他依然没有点破真相。说穿了,他其实是在邀请所有当权者做出决定:为了复苏经济,他们愿意牺牲多少条人命?

这篇社论发表后不久,辛格在一次采访中,试图更进一步地调整大家的价值观:"我认为那个假设……即我们必须采取一切措施,减少死亡人数,其实并不正确。因为有时,我们需要在失去生命和失去生活品质之间权衡取舍。"

既然如此:

*当前的讨论——我们是否应该扼杀经济以挽救生命——存在一个问题,那就是,我们不能直接拿"救回的人命"和"失去的国内生产总值"做比较——我们需要把它们放进同一个单位里。*

"我们真正需要做的,是对比不同政策对我们总体幸福感(overall well-being)的影响。"至于该如何实践,辛格提出:

最好的办法,是用个人对自己人生满意程度的报告来测量幸福感……这么做意味着,在决定如何应对新冠病毒或任何其他事情时,我们就能以一种有原则的方式,来衡量各种难以用其他方式比较的因素。

姑且不谈辛格的论点有多站不住脚(仿佛随便塞入个修饰语——"有原则的方式"[in a principled way]——他的言论就多了几分精确度及权威性)。

更别提把"国内生产总值"与"幸福快乐"直接画上等号,不但肤浅,而且并不正确。常被媒体誉为"世界上最快乐的国家"的不丹,并不富裕——事实上,恰好相反:它穷得叮当响。

需要先说明的是,辛格绝非第一个提出要把"幸福"作为终极标准的知识分子,以为光凭这两个字就能裁决一个方案是否值得执行,一条法律是否存在问题。

18世纪中叶,英国思想家边沁(Jeremy Bentham)在阅读他的通才同胞普里斯特利(Joseph Priestley)的下述文字时,茅塞顿开:"无论说的是哪个国家,它的成员——它的大多数成员——所过的美好日子与幸福生活,应当是最终判断一切与这个国家相关事务的首要标准。"

懂点宣传的边沁想必清楚,即使依照他那个时代的标准——说话拐弯抹角,写文连篇累牍——普里斯特利的见解也过于繁琐。于是，他把它精减为七个字："the greatest happiness of the greatest number"（最多数人的最大幸福）。有了这句简单易懂的短语，边沁为功利主义提供了最强有力的武器：一句朗朗上口的标语。

所以，再回到辛格。就算姑且抛开最为棘手的问题——如何定义"幸福"——疑惑依然存在。所谓"幸福"，难道不是一种稍纵即逝的感觉，比天气还要变幻莫测？更别提它总是相对而言，基于主观。既然如此，它怎能作为任何事物的评判标准？

我们可以用"斤"和"磅"来测量体重，恰是因为这些单位恒定不变，在何时何处都一样。"幸福"则不然。让一位世界五百强企业的总裁感到幸福的，是拥有一艘比他的朋友更大的游艇。让一名乞丐感到幸福的，仅是一碗饭。这两个例子中的"幸福"，显然在质量上大为不同，但在数量上有无可能平等？

换言之，一个人的幸福能否抵消另一人的悲哀？如果答案是肯定的，这只会引出更复杂的问题。假设一百个人里有九十九人无法快乐度日，因为他们缺少另一人所拥有的种种东西，无论是健康的身体器官也好，充裕的物质财富也罢。那么，是否该牺牲掉这个人，以便其他九十九人能从此过上幸福的生活？

依据辛格的逻辑，答案当然还是肯定的。所以呢？他自己为何不主动去安乐死，反而继续自私地活着，年复一年地拿着美国一所名校数一数二的高薪？因为毫无疑问，就在此时此刻，这颗星球上有远远不止九十九人，可以从他的死中获益。

**彼时**

难道仅是巧合？

《纪事》中唯一一段令人皱眉蹙额的文字，恰是笛福唯一一次读起来表现得像个功利主义的先驱（他在边沁出生前就辞世了）的段落。若不是因为笛福的古雅文风，下面这段缺乏怜悯之心的话，完全有可能出自辛格这类人士之口。别的不说，弱势群体不正是功利主义一贯忽视的那种"少数人"？

这虽是一则令人肝肠寸断的消息，但……也不失为一种解脱：即，从八月中旬到十月中旬达到峰值的这场瘟疫，在这期间带走了三四万条人命。由于他们的贫困，即便这些人活下来，也绝对会成为承受不了的负担，也就是说，哪怕是整座城市也无法养活他们，为他们提供足够的食粮。久而久之，他们甚至会被逼上绝路，在城里或邻近的乡村打架劫舍，以维持生计。这早晚会使整个国家，包括这座城市，陷入极度的恐慌和混乱。

**此时**

说句公道话，在这个节骨眼上为穷人打抱不平，似乎有点不妥。毕竟，在其他危急时刻，我们会毫不犹豫地牺牲少数人，以保护更多人。譬如战争。哪个国家会拒绝派出自己最年轻健壮的一批人，以便捍卫他们的弱者、病者和长者，哪怕心知肚明，这些士兵中的不少人，将一去不复返？

所以，为何今日会有人，极力反对为了保全经济，而将社会中某些群体的生命置于危险之中？难道仅仅是因为，不像在战争中，这里悬挂在天平两端的，不再是牺牲掉的生命和被拯救的国家或民族，而是无辜的百姓和更多的金钱——或某种被称为"幸福感"的模糊概念？

不似辛格，我一直认为：强者庇护弱者，幼者照顾长者，富人帮助穷人——正是这些行为将我们与畜生区别开来。

**彼时**

所以，封锁。

执行这样的策略意味着不让闲人踏出家门，同时得增设路障，限制交通——而这一切还必须在保障老百姓基本生活的前提下进行。

17世纪的伦敦便是这么做的。事实上,《纪事》中篇幅最长的一则故事,就是围绕着这一主题展开的。笛福讲述了三个人在逃出伦敦的途中遇到的种种问题。

值得注意的是,正是从这则几乎完全独立于《纪事》其他部分的故事中,细心的读者开始怀疑,笛福的记述或许并非完全基于事实。因为这三名足智多谋的逃亡者,怎么看怎么像作家笔下最著名的那位人物:《鲁滨逊漂流记》的主人公。

说实话,还有其他细节也一样经不住推敲。譬如,在泰晤士河畔,笛福写道,停泊着一长排各式各样的船,全部加起来的话,有"一万名乘客,甚至更多",在此躲避"传染的风险,过得怡然自乐,又十分安全"。一名《纪事》的现代编辑在脚注中毫不客气地回嘴道:"几乎全无这种可能"。没有任何其他同时代的史料可以印证笛福所言。如此别出心裁的大规模避难所,难道只有一名作家认为值得付诸笔墨?

但读者无须洞晓17世纪英国历史,也能发现《纪事》有时确实有点离谱。就以笛福对一名"背景人物"的"特写"为例:

> 我也听说过有些人,在亲朋好友相继离世后,沉溺于哀伤中,变得麻木呆滞,特别是其中一人,悲不自胜,受不了

精神上的压力，他的头逐渐陷进了他的身体里，夯拉在双肩之间，以至于他的头顶很少高过锁骨。慢慢地，他丧失了声音和感觉。面朝前方，头垂在锁骨上，除非别人用手扶着，否则抬不起来。这个可怜虫再也没有恢复过来，就这样萎靡颓丧，熬了将近一年才离开人世。

笛福无疑是想通过这样的描绘唤起读者的悲悯之情。他的目标却被自己如野马般奔放的想象力给践踏了，以至于这段文字中的人物在读者眼中，至少在我们这些现代读者眼中，显得滑稽可笑，简直和《乐一通》中的卡通角色毫无二致。

## 此时

说实话，直到第三次阅读《纪事》时，我才看穿笛福的伎俩。

第一次读它，是在大学的一门中世纪历史课上。当时，教授就提醒我们，这是史上对大疫之下的生活最生动的一次描写——尽管它写的不是中世纪，也不是一份货真价实的历史记载。

1665 年伦敦大瘟疫爆发时，笛福至多只有五岁。当他终于提笔书写这一灾难时，将近六十载的岁月已过。尽管如此，他通篇采用第一人称叙述，假装《纪事》是一部幸存者的回忆录，而且主人公在当时就已成年。笛福显然为这本书做了不少调查研究。不难推测的是，每当他遇到寻找不到的资料时，便用想象补全空白。有何不妥？在他那个年代，"虚构作品"和"非虚构作品"之间的界限尚未划清。事实上，压根没有这样的概念。

第二次拾起《纪事》，是五六年前。那时，我正在为自己的一本书筹备资料。其中一章写的是奥地利艺术家席勒（Egon Schiele）。向来偏爱古怪形式的我，打算把这章写成一则双重传记，一半谈席勒，另一半谈所谓的"西班牙流感"。描写艺术家成长过程的段落将与报告疾病蔓延的段落交替出现。最后一段说的自然是两位"主角"终于相遇的时刻：席勒染上流感，随后离世。

从结构上看，如此叙事易如反掌。实际操作起来，却困难重重。最大的问题在于如何让疫情的部分摆脱枯燥，因为它的故事毫无剧情可言。流感所到之处，更多人丧生。同样的情节，能重复多少遍？

所以我才翻出《纪事》，来看看笛福是如何处理疫情的。令我懊恼的是，我没找到任何"秘诀"。刚好相反。笛福的先例说服我放弃自己最初的点子。因为我终于发现，这本书之所以经受得住时间的考验，原因无外乎它描绘的其实并不是瘟疫本身，而是天灾人祸如何改变了一座城市和数十万居民的命运及生活方式。

到头来，重读这本经典著作还是有好处的。新冠病毒一旦冒头，我几乎可以预测接下来的情节——笛福全写在他的书里了。起先大家会以为情况并不严重。然后会出现封锁隔离的措施。接着是民众对于来自疫区百姓的歧视与排斥。同时，谣言会四起，假偏方也会满天飞。最终，死亡和感染的人数会下降，但只是暂时。因为大家会马上放松警惕，过回先前的日子。所以没多久，疫情又会卷土重来。整个循环再来一遍。

喜欢读历史的人常挂在嘴边一句警语：忘记过去的人，注定要重蹈覆辙。

其实，问题并不在于"忘记过去"。问题在于后头的那个字："人"。是禀性难移的我们，一再犯下同样的错误。

## 彼时

笛福是在1722年发表《纪事》的。当时，他正处于创作生涯的巅峰。从1719到1724年，他写了七本长篇小说，包括《鲁滨逊漂流记》《摩尔·弗兰德斯》《罗克萨娜》和《瘟疫年纪事》这些传世名作。在这七部伪装成自传的作品里（如果我们把《鲁滨逊漂流记》的续集看作一部独立作品的话），笛福扮演了各式各样的角色，并以那些人物自己的口吻叙述故事。这本书里他是个男人，那本书里又成了女人。一部作品里他正直良善，另一部里他则奸诈狡猾。红脸、白脸、黑脸、黄脸，他全都饰了。凭借这些想象力丰富的作品，他轻而易举从当时的文坛脱颖而出，成为如今家喻户晓的作家。

即便如此，要想给他一个公允的评价，并不容易。最大的障碍在于他的产出：如此量大，同时多样，且少有署名，以至于学界仍在争论哪些确实出自他手，哪些只是后人安在他头上的，有无可能还有更多尚未发现。

更加惊人的是，在撰写它们的同时，笛福一直在从事其他工作。在多彩多姿的一生中，他当过报刊编辑，公众知识分子，舆论煽动专家，甚至情报员。但大部分时间，他仅是一名商人，靠买进卖出五花八门的玩意儿养家糊口。说实话，他在商海经历的大风大浪，丝毫不逊色于他笔下人物总是起伏跌宕的人生。

令人好奇的是，为何笛福只写了五年的长篇？（他作为短篇小说家的生涯倒是长了不少，虽然像他这种天马行空的想象力，并不适合被短小的篇幅约束。）

同样费解的是，为何他一直要等到晚年才开始创作那些文学名著，然后又突然停止？难道是因为他觉得写小说没有写政论那般痛快淋漓？那么，他撰写的那些论文及专著又要如何解释？关于贸易的，关于一场暴风雨的，关于妇女教育的，关于现代家庭的，关于他游历"整个大不列颠岛"的，关于"历史上和现实中的幽灵"的，甚至关于"魔鬼的政治史"的。笛福显然对这些让别人眼花缭乱的题材兴致盎然。或许最适合他的称呼并不是"作家"，而是"博学家"。

至于学界偶尔还提及的那个推测——笛福写长篇纯粹是为了发财。他一次次冒充别人，只因为当时的读者偏好自传。当后来写的那些小说不再叫座时，他自然失去了动力。

仔细想想，原因不可能这么简单。笛福在那七本小说里，耗费了太多心血，注入了太多创意，它们不可能仅仅是为了赢利。那些长篇，绝非一名俗气的拜金者粗制滥造的商品，而是一位爱惜自个儿羽毛的艺术家精雕细琢的匠心之作。

所以，他究竟是怎么做到的？还有谁能在步入花甲之际，用短短五年时间，持续推出了这么多杰作，为文学作出了如此重大的贡献，以至于今日被奉为现代小说发展历程中的关键人物？

其他作家，包括不少天赋异禀的，辛劳一生，依然名不见经传。笛福却连自己其他职业的"工作服"都没脱下，便漫步走进了文学的殿堂，然后一屁股坐在最前排。

## 此时

无巧还真的不成书。

恰好在武汉封城的那一天,我完成了自己的新书。那日凌晨时分,正当我在调整最后一章的中译时,一条条新闻推送开始闯入我的眼帘。

虽然我努力把这些消息赶出脑海,还是无济于事。一辈子都在服侍悲观主义的我,岂有可能不立马开始想象最糟糕的情形?只不过,我脑海中不停浮现的画面,跟将近二十年前的非典,甚至一个世纪前的那场严重得多的"西班牙流感",都毫无关联。现在回想起来,这应该是因为这两大事件都没有促成跨时代的作品。至少,我没读过这样的作品。

不,那些不请自来的场景——那些试图取代我笔记本屏幕上的文字、霸占我注意力的场景,全都来自几乎整整三个世纪之前。它们皆是笛福参考史料,并发挥想象所构出的一个个栩栩如生的画面。

这两件事:一场疫情的开始,一件作品的收工——这两件事会碰到一起,不仅是意外,于我而言也是一种侥幸。还好我已经写完了那本书。因为随着更多城市沦陷,我更加确定自己渺小无能,从事的行业也毫无用处。在一场全国性的,继而全球性的灾难面前,写作——或任何艺术——

还有何意义？即便是大师，也无法和那些奋战在抗疫一线的医生护士相提并论。

**彼时**

笛福在他的书里，自然也向医务人员表达了最深沉的敬意。只不过，向来喜欢在文章中针砭时弊的他，得先教训一番那些试图从危机中获利的江湖郎中：

一大批庸医……翘了辫子。这些人竟然蠢到相信自己的处方。难道他们不清楚，那些药实际上毫无疗效？就像跟他们半斤八两的强盗那样，他们应心存愧疚，知道自己罪有应得，所以该抱头鼠窜，躲避正义迟早会给予他们的惩罚。

如果我说，一些医师也在这场公共灾难中失去了性命，这并不是诋毁他们付出的努力或采用的方式——我绝无此意。这反而是对他们的赞扬：他们冒着危险为全人类服务，甚至献出了自己的生命。他们努力行善，拯救他人。但我们不该指望医师能阻止上帝的审判，或防止这场上天派来的、全副武装的瘟疫。

从最后这句话便可得知，笛福和他那个时代的大多数人一样，是个虔诚的教徒。所以《纪事》的主人公才会屡次三番感谢上苍护他平安:"上帝乐于让我幸免于难,而且身体健康,精神饱满。"

## 此时

与我最初计划的席勒章节大为不同的是,这篇文章的主人公——鄙人自己——在结尾时依然活着,精神虽不饱满,身体还算健康。新冠病毒和我尚未相遇。也许永远不会。

但不像笛福,我没有上帝可谢。或许这才是作为无神论者的最大痛苦:当好事似乎无缘无故地发生时,溢满胸腹的感恩之情却无处宣泄。

不消说,哪怕是在这篇文章里,真正重要的也不是我,而是笛福。值得为之庆幸的自然是他年幼时没有死于那场肆虐伦敦的瘟疫,所以成年后才有机会写作,辞世后还能继续激起好奇。席勒亦如此。说实话,所有名副其实的艺术家都这样:让我们这些凡夫俗子困惑不已。是什么驱使他们去创造?而他们又是如何完成一件又一件哪怕百岁千秋已过,依然令我们叹为观止的杰作?

正是通过思考这些谜题,而非疫情本身——无论是笛福时代的,还是我们自己的——我才重新提起笔来。我写的,其实就是这篇文章。这是我自从武汉封城以来,产出的第一批文字。

不消说，我自己写不写作也没人在乎。话虽如此，当《单读》约我写篇有关疫情的文章时，我依然一口答应了。让我感兴趣的倒不是当下这场灾难，而是 17 世纪发生在遥远伦敦的那场。我想借此机会做点研究。不是关于黑死病本身，而是把它写成经典文学的那位大师。我一直想知道笛福为何突然提笔写小说——包括那件在此文中一再被引用的"半虚构"作品。

尴尬的是，苦思冥想了半天，我还是琢磨不出答案。我唯一想到的，而且还是在无意间，是一段每每阅读，都令我心潮澎湃的文字：

> 我们在黑暗中工作——全力以赴，倾尽所有。疑惑是我们的激情，而激情是我们的任务。剩下的，唯有艺术的疯狂。
>
> (We work in the dark—we do what we can—we give what we have. Our doubt is our passion and our passion is our task. The rest is the madness of art.)

哪怕读了上百次这段文字——出自美国文豪詹姆斯（Henry James）带着点自传色彩的短篇小说《中年》——我依然不确定自己参透了它的全部含义。

或许也不重要。

因为从它近乎魔咒的乐感，令人窒息的优美，精妙绝伦的结构，炉火纯青的语言——所以我才附上原文，因为再好的译本也只能算是差强人意。

因为从这段文字中我找到了自己一直在寻觅的原因——至少瞥见了它。

因为从这段文字我觉得我终于明白，为何笛福会在暮年时如井喷般接连创作了那么多部小说，为何席勒会在如此短暂的一生中创造出那么多幅令人过目难忘的画作，甚至为何如我这等三流货色，即便在这多事之秋，也还是义无反顾地拾起笔来。

冲动。纯粹是出于冲动。

一种不需要理由，也无须作出解释的冲动——它甚至藐视理由，拒绝解释。

就像爱情。或激情。或——还用说吗——疯狂。

我们唯一能做的，我们这些被这种蛮横无理的爱情、按捺不住的激情、走火入魔的疯狂所占据的家伙，我们唯一还能做的，就是像詹姆斯说的那样：倾尽一切，付出所有，无论结局如何。

# 我无法呼吸

## ——"黑人的命也是命"运动在波陆/珀斯

摄影　玛兹雅·穆罕默达里

（Marziya Mohammedali）

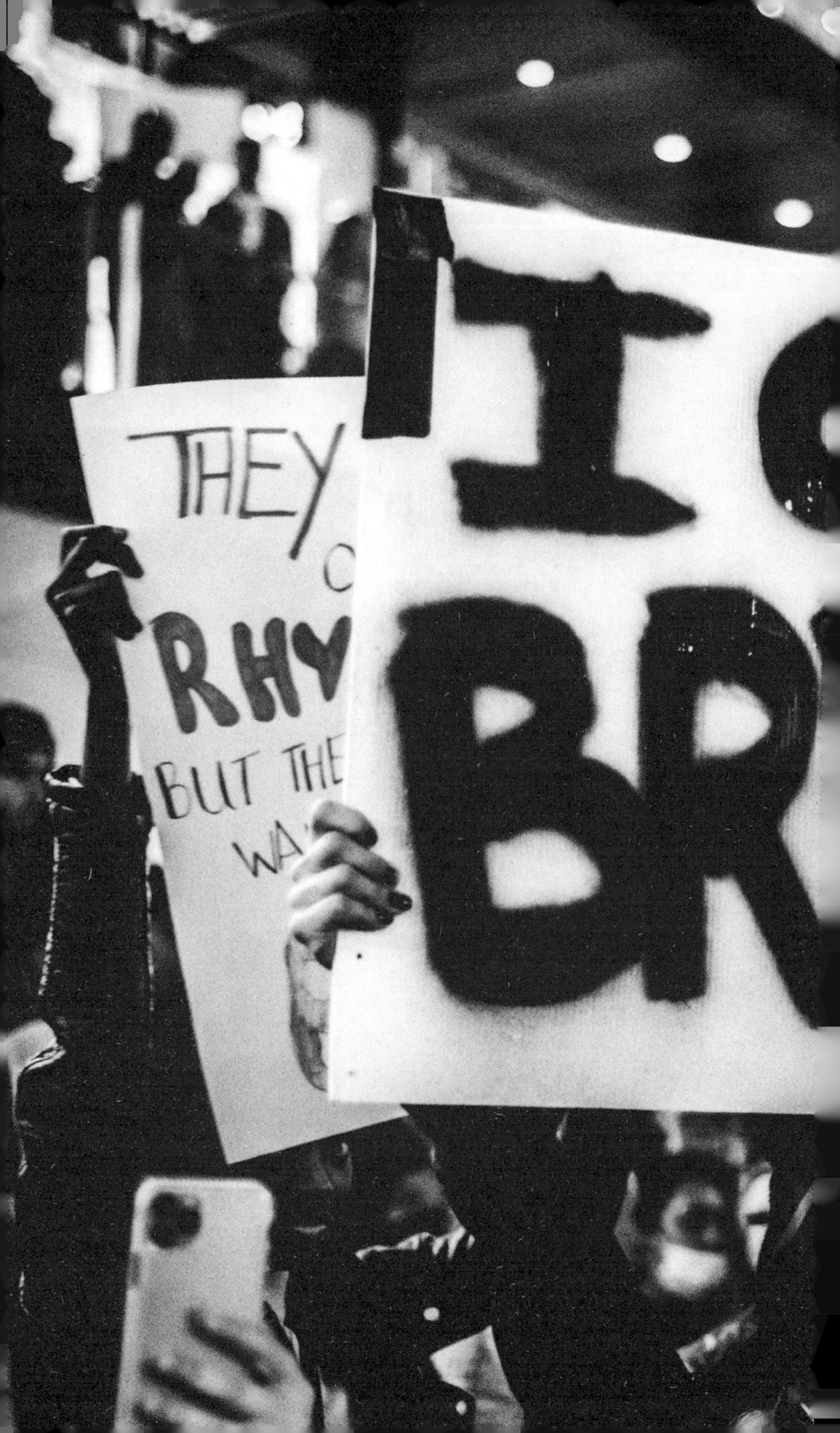
THEY
RHY
BUT THE
WA
I
BR

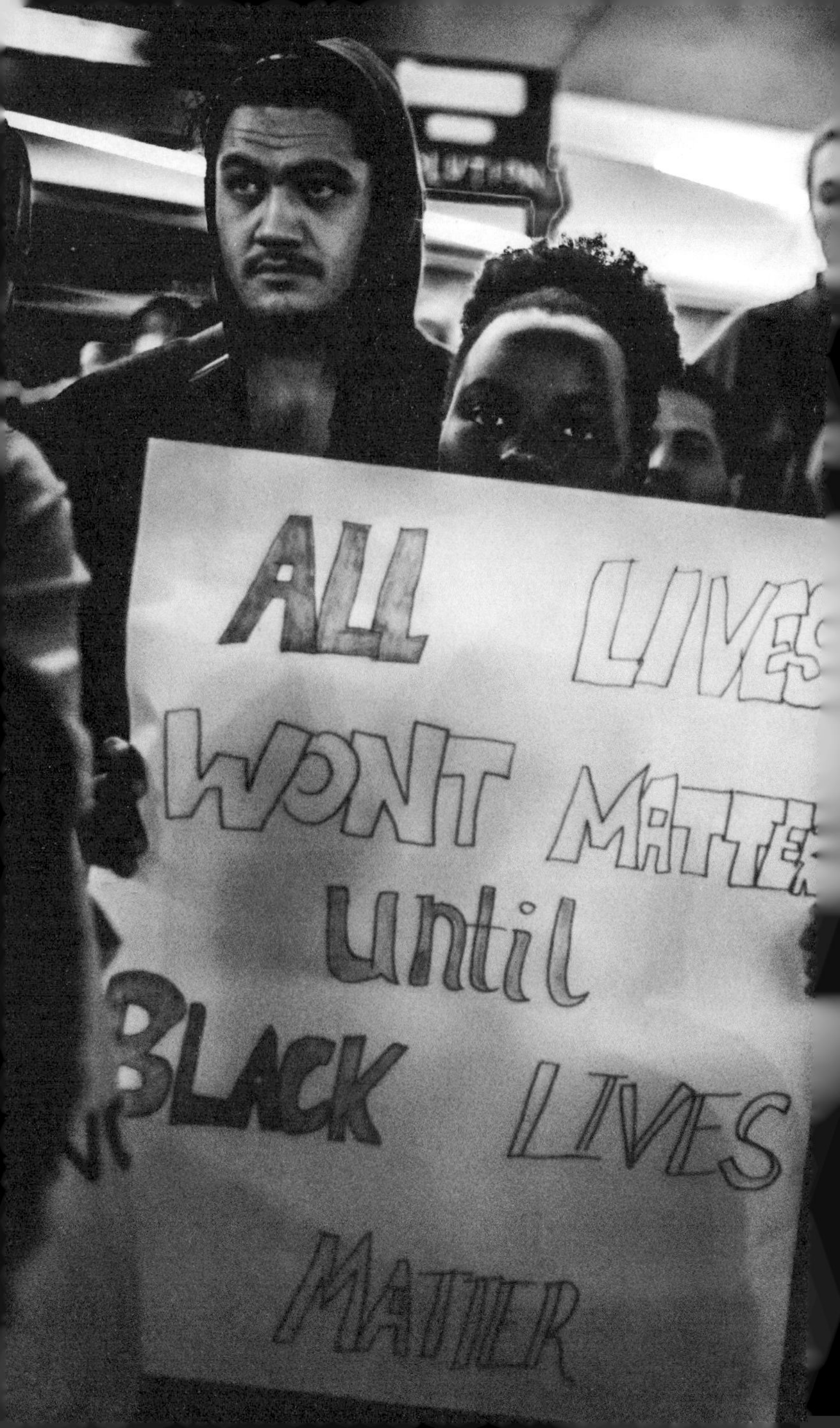
ALL LIVES
WONT MATTER
until
BLACK LIVES
MATTER

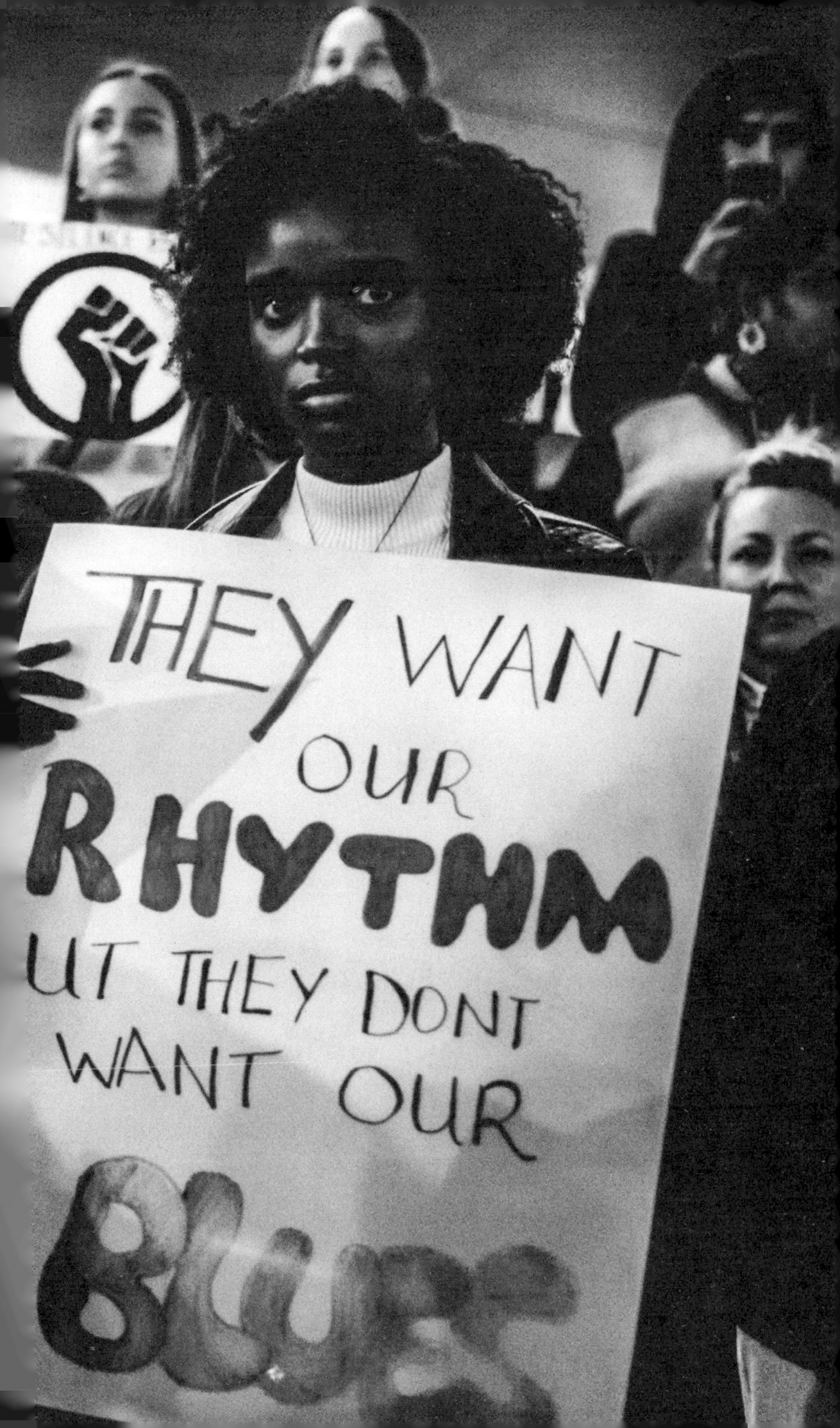
THEY WANT
OUR
RHYTHM
UT THEY DONT
WANT OUR

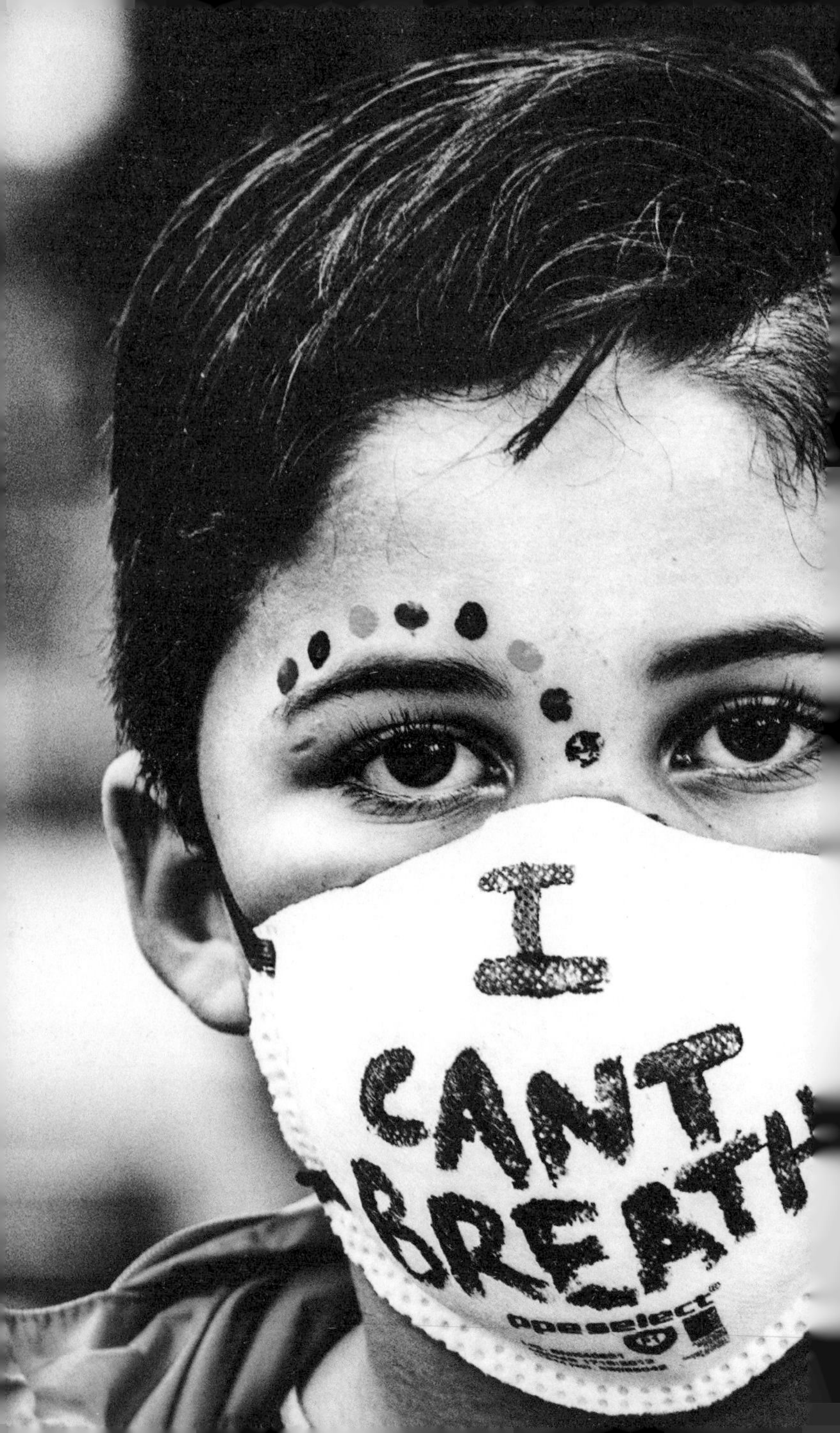
I
CANT
BREATH

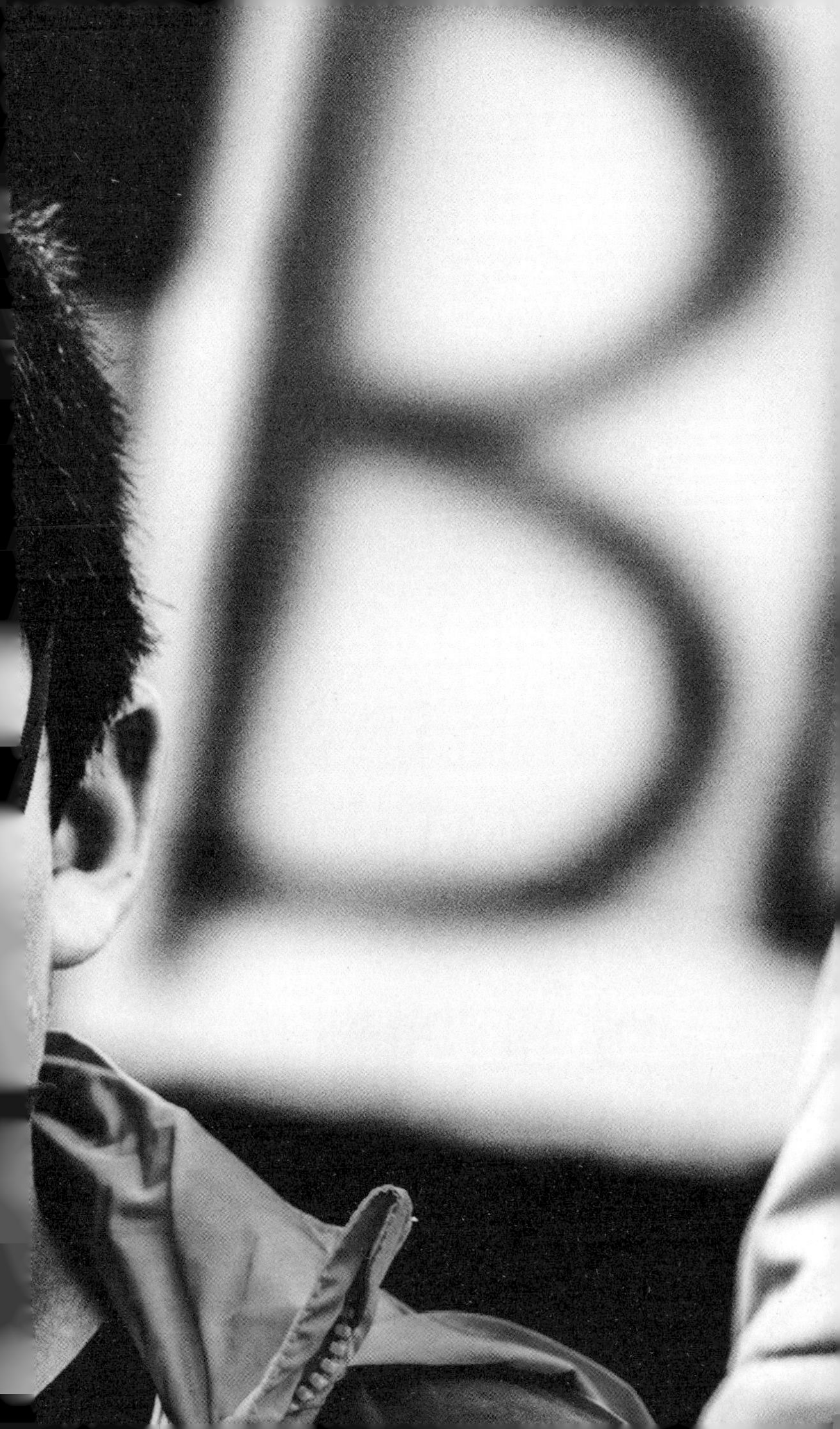
B

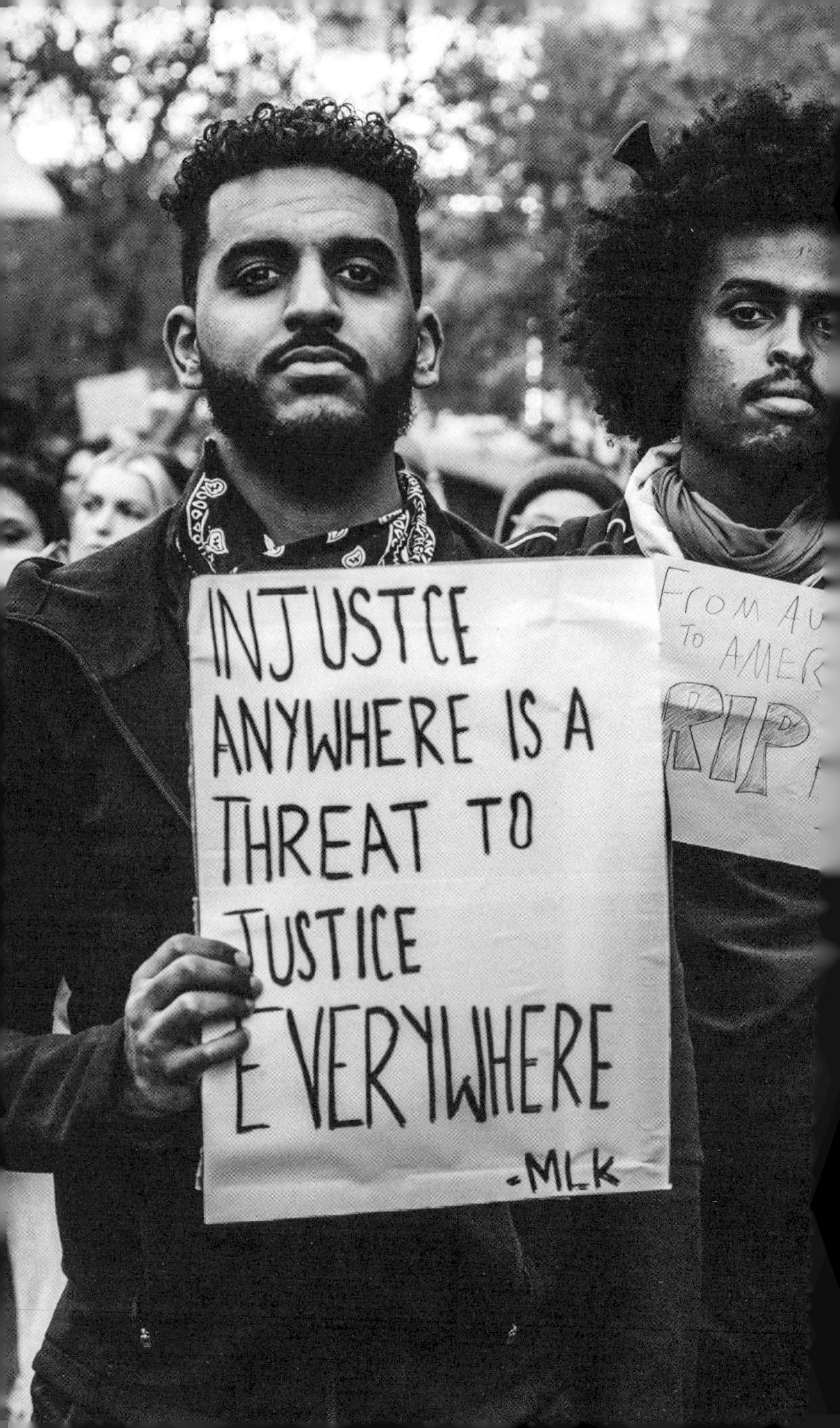
INJUSTCE
ANYWHERE IS A
THREAT TO
JUSTICE
EVERYWHERE
-MLK
RIP

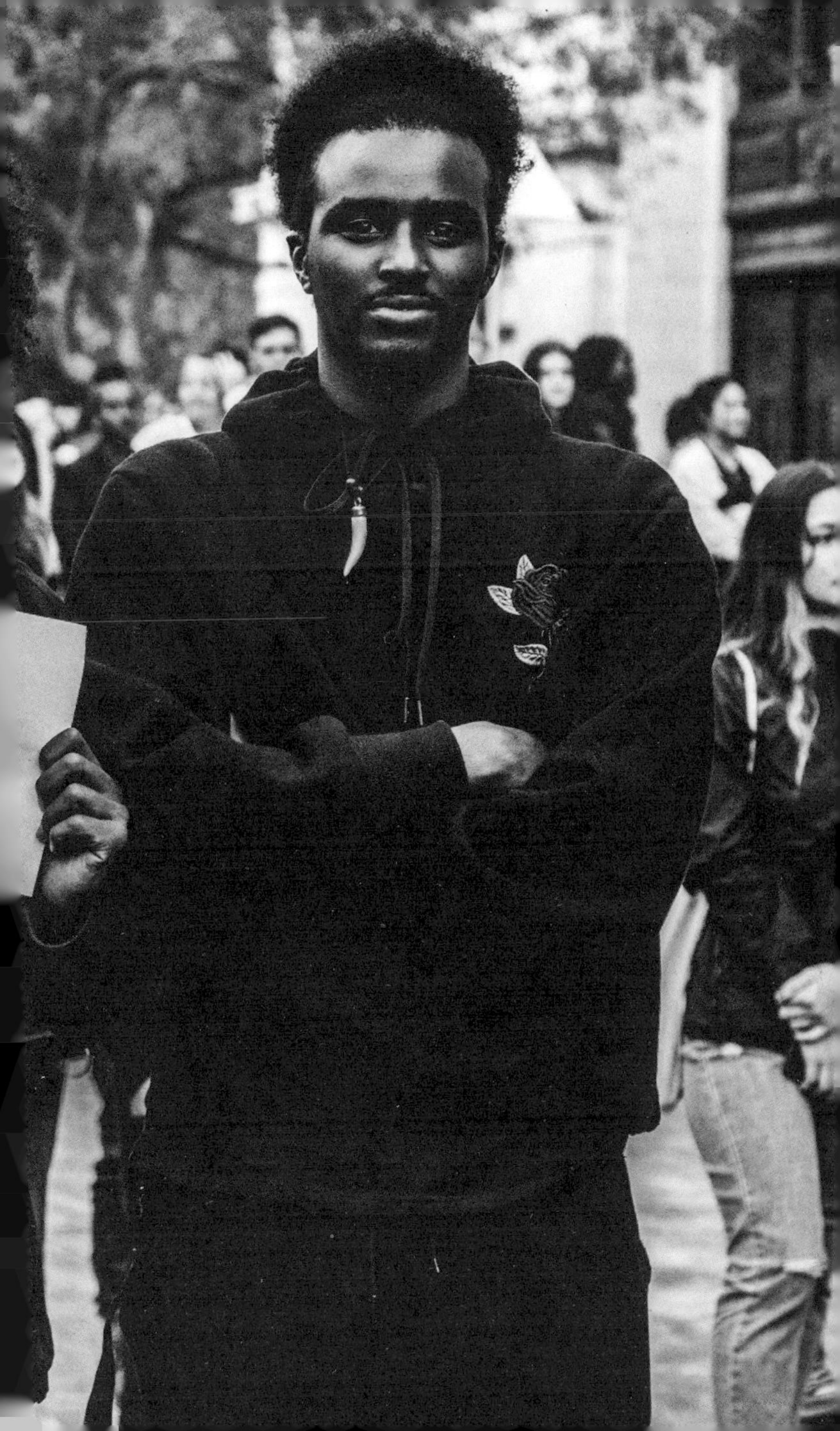

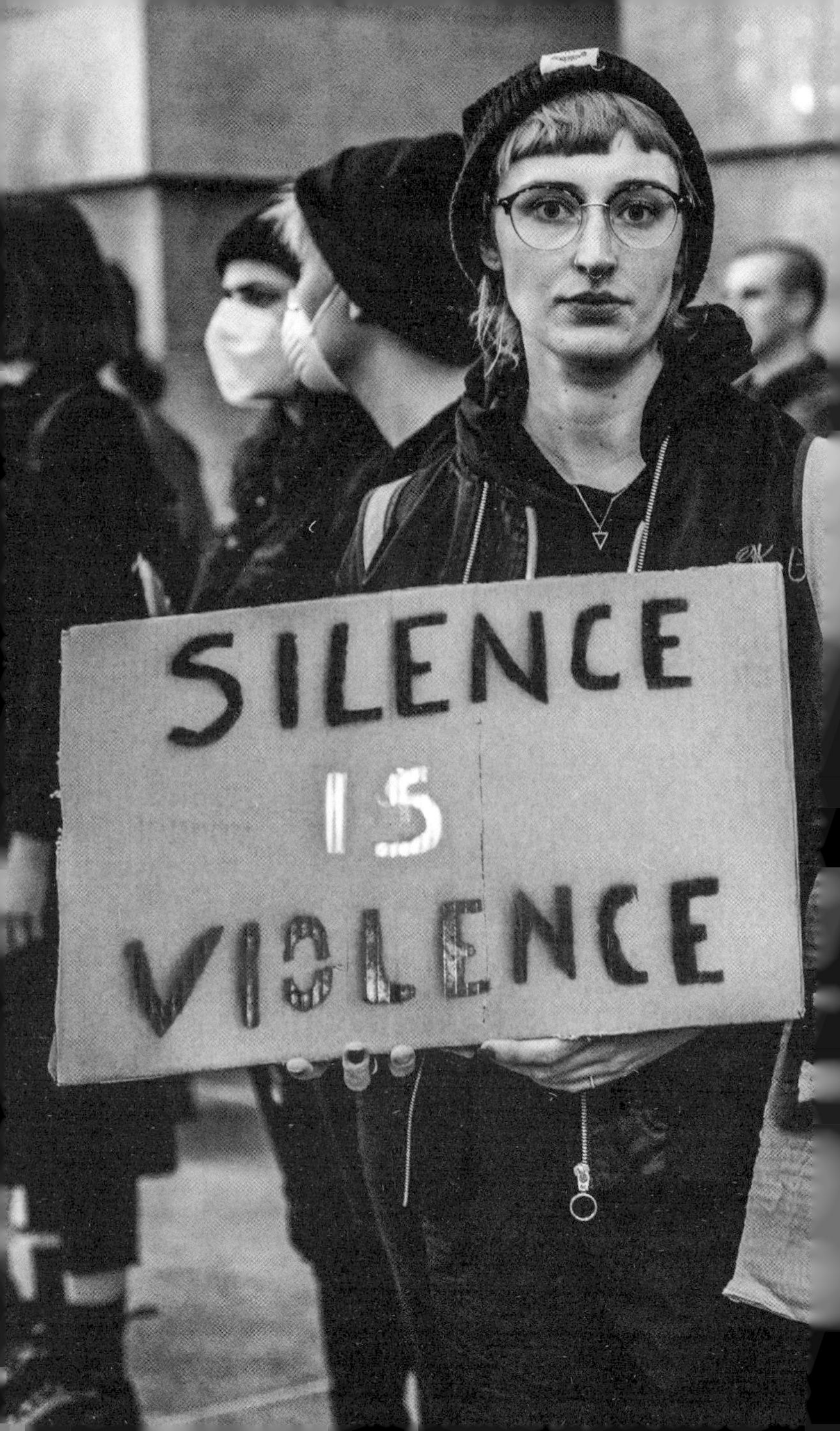
SILENCE
IS
VIOLENCE

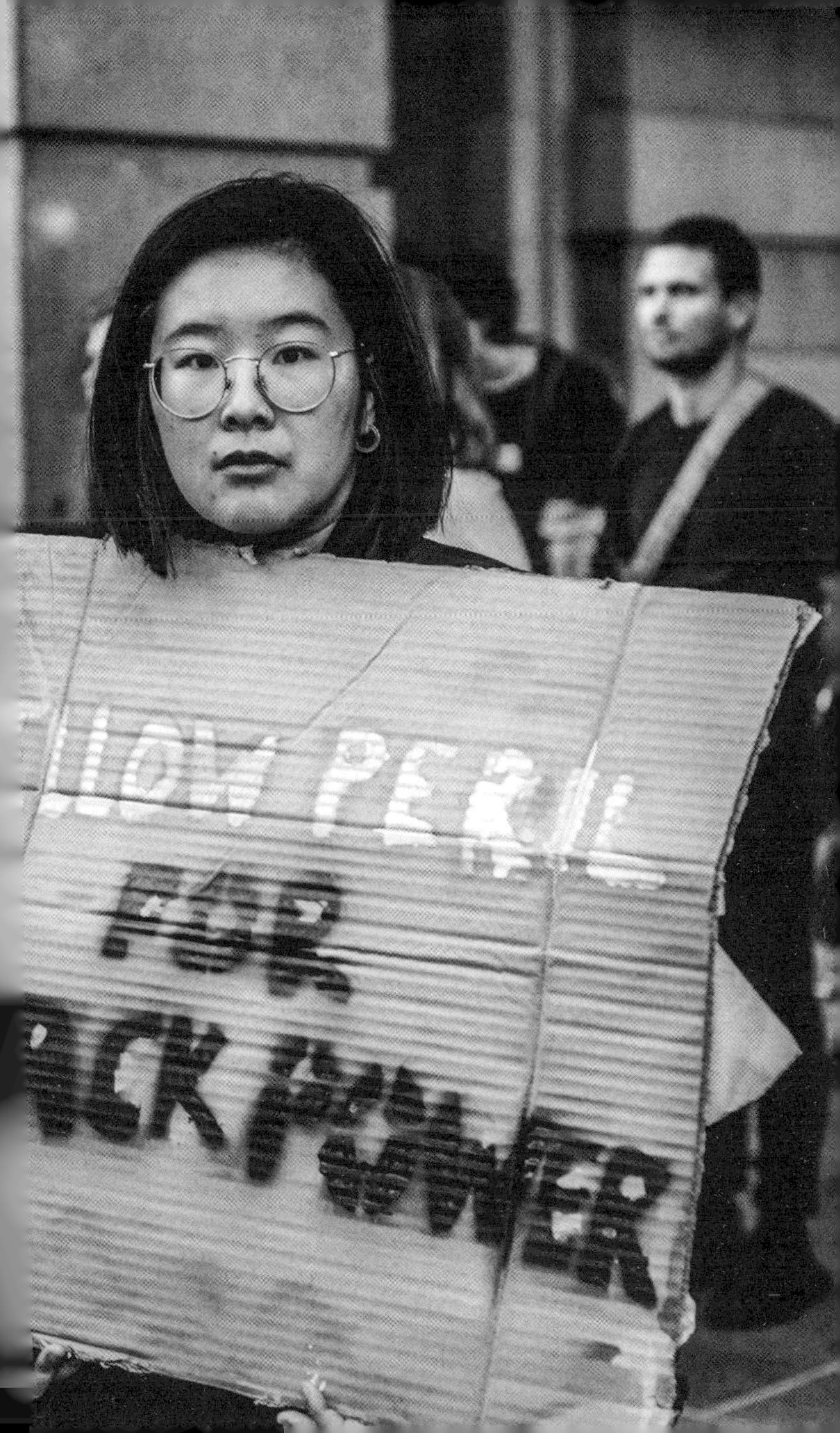
PERIL
FOR
POWER

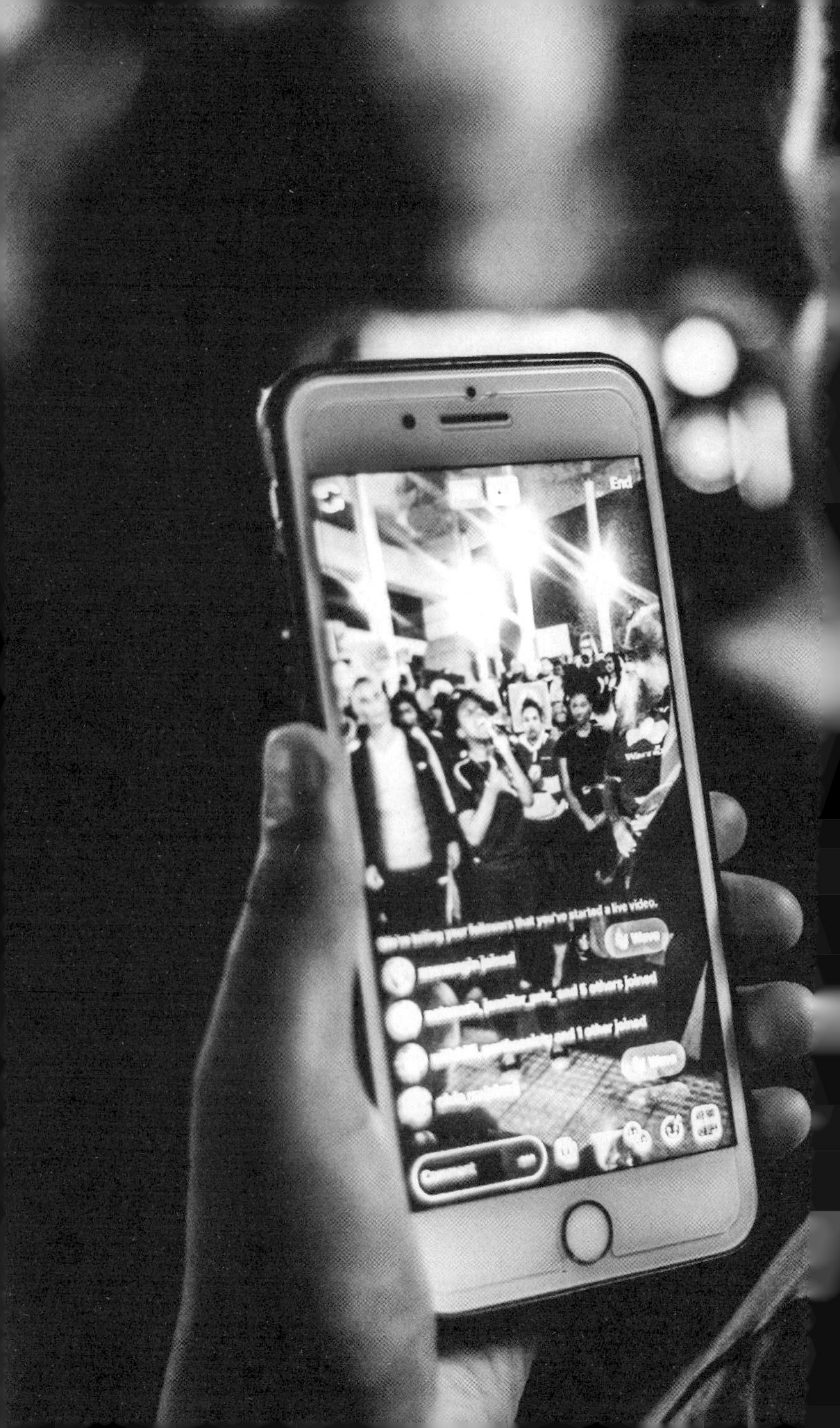
End

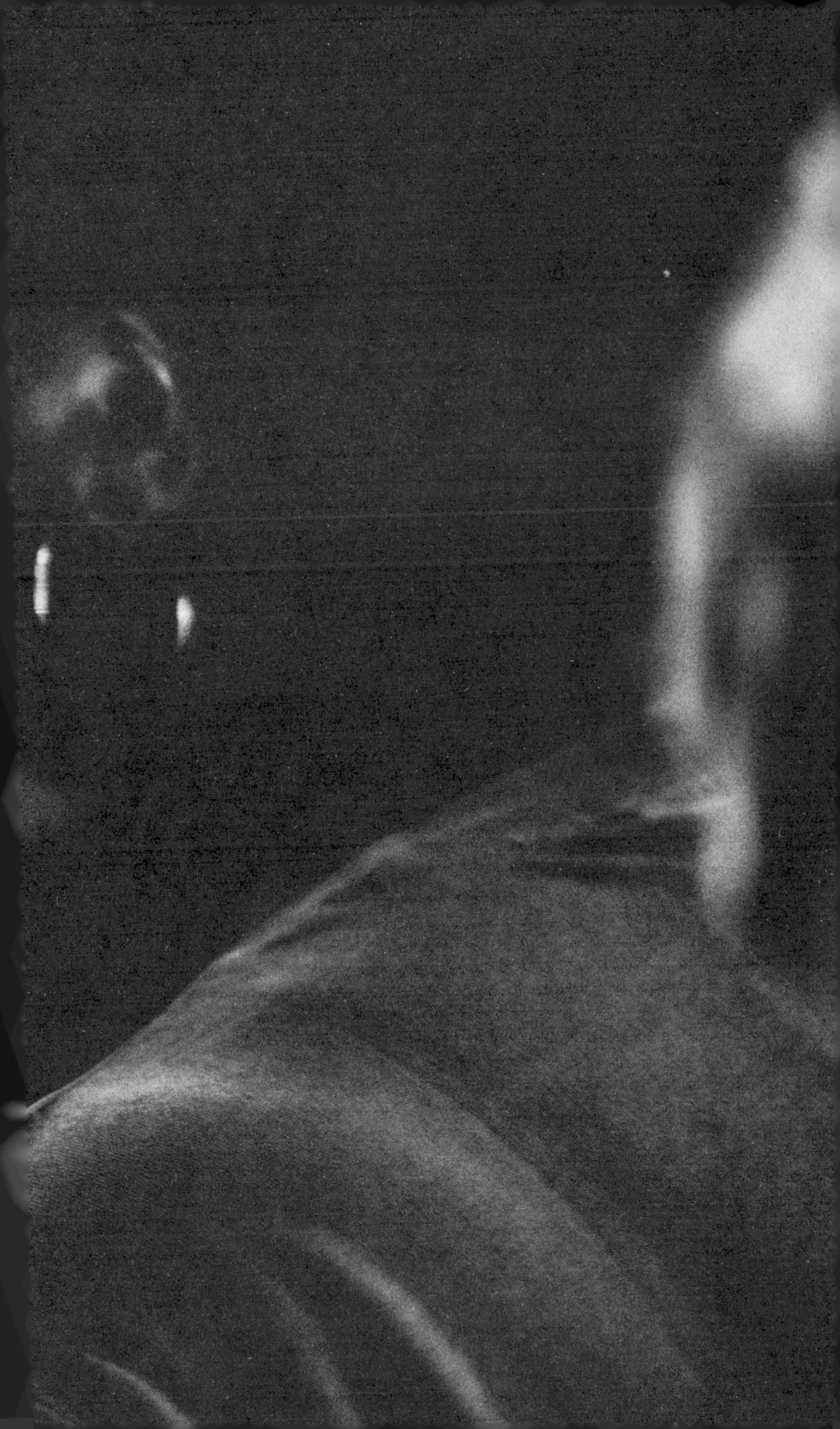

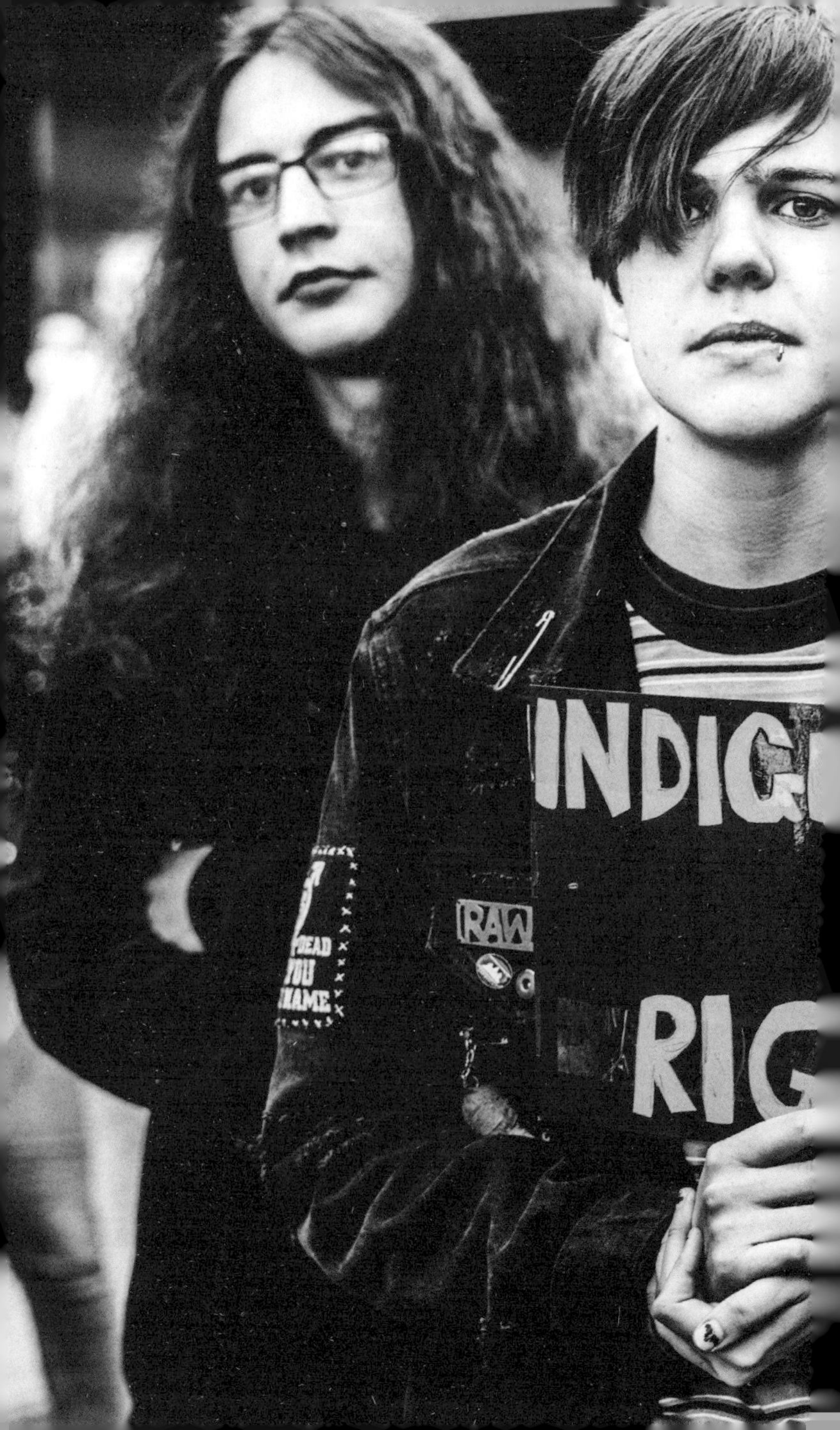
INDIG
RIG
RAW
DEAD
YOU
NAME

BARBZ 4
BLACK LIVES
MATTER

OUS

TS

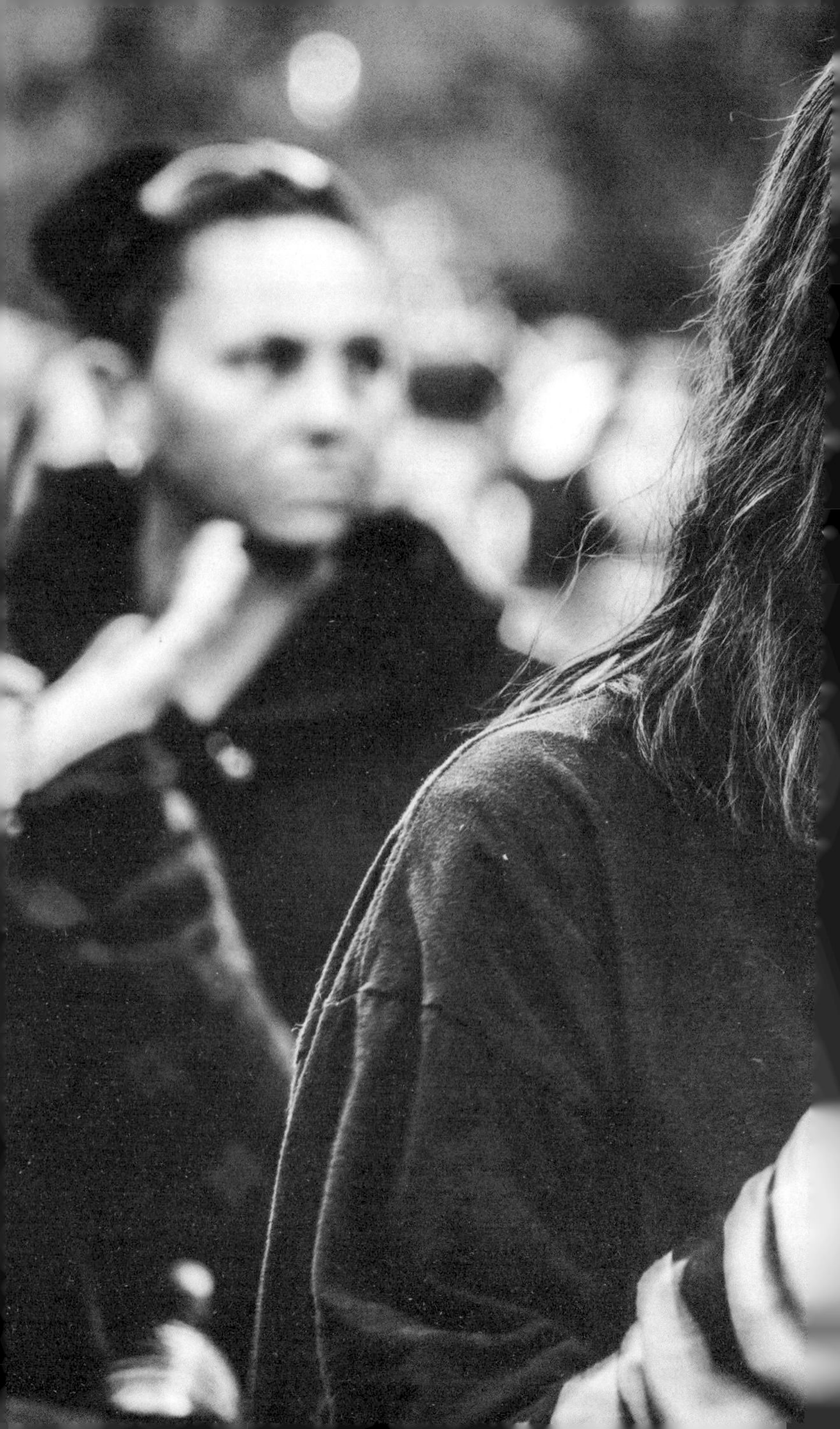

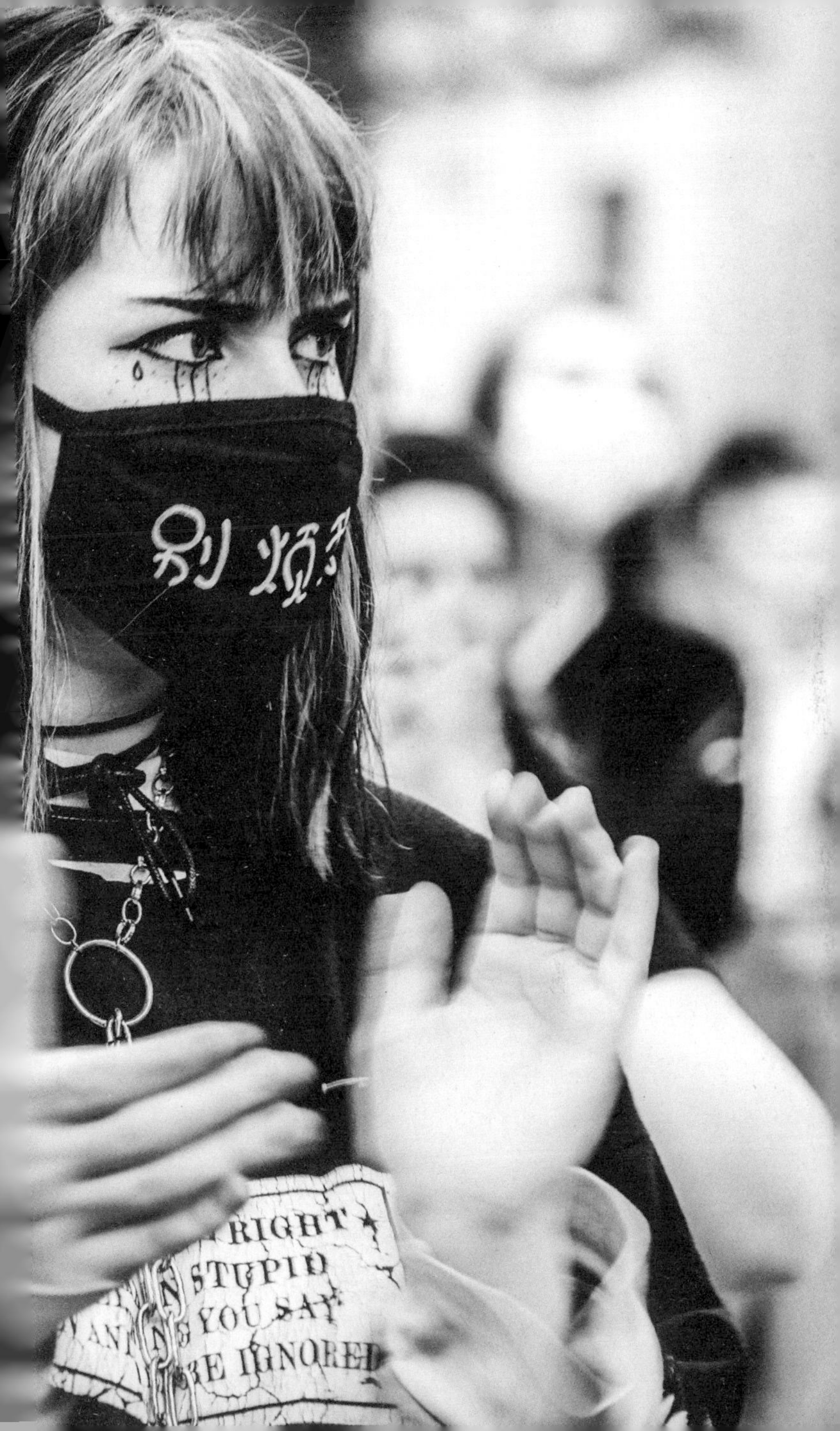
RIGHT
STUPID
YOU SAY
IGNORED

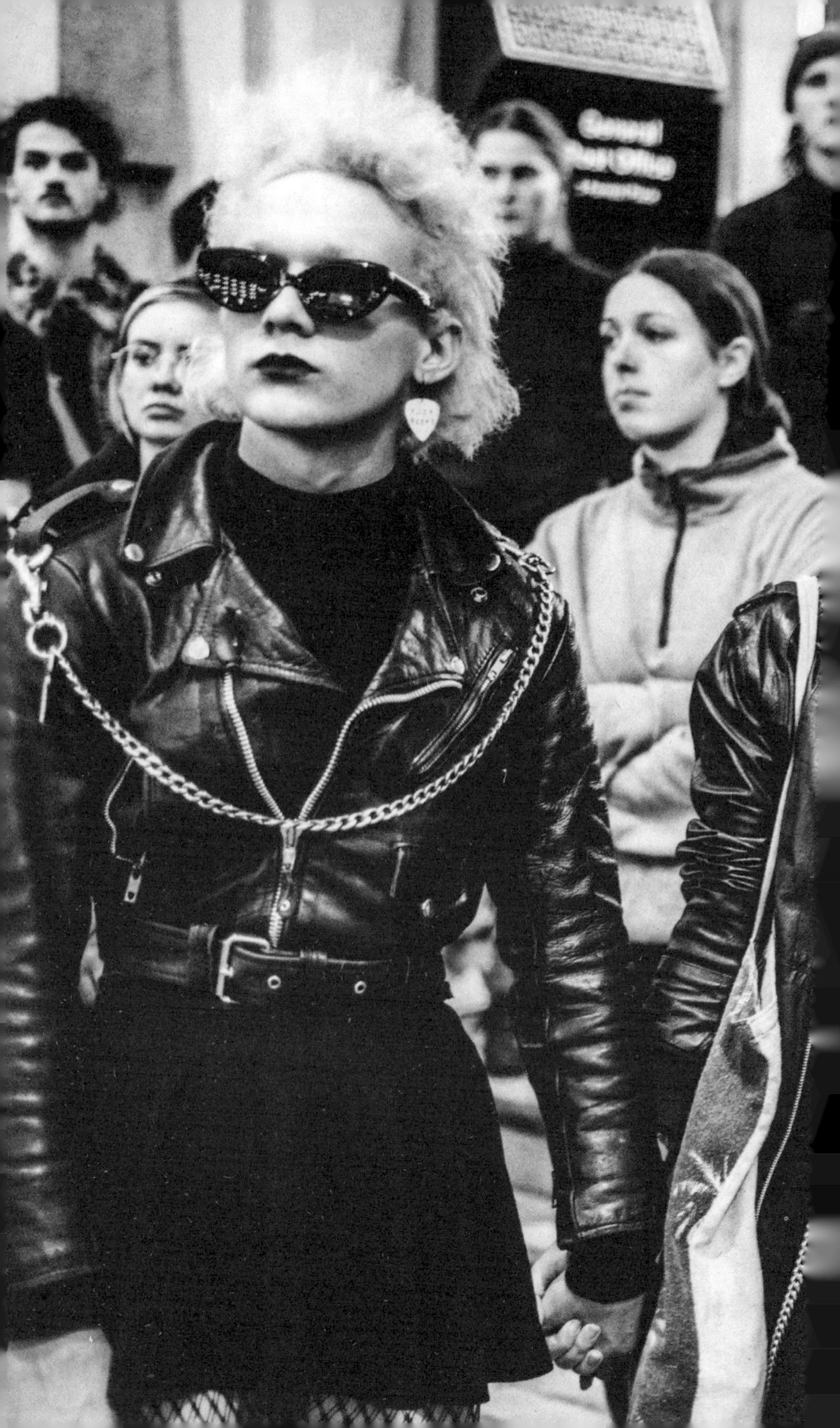

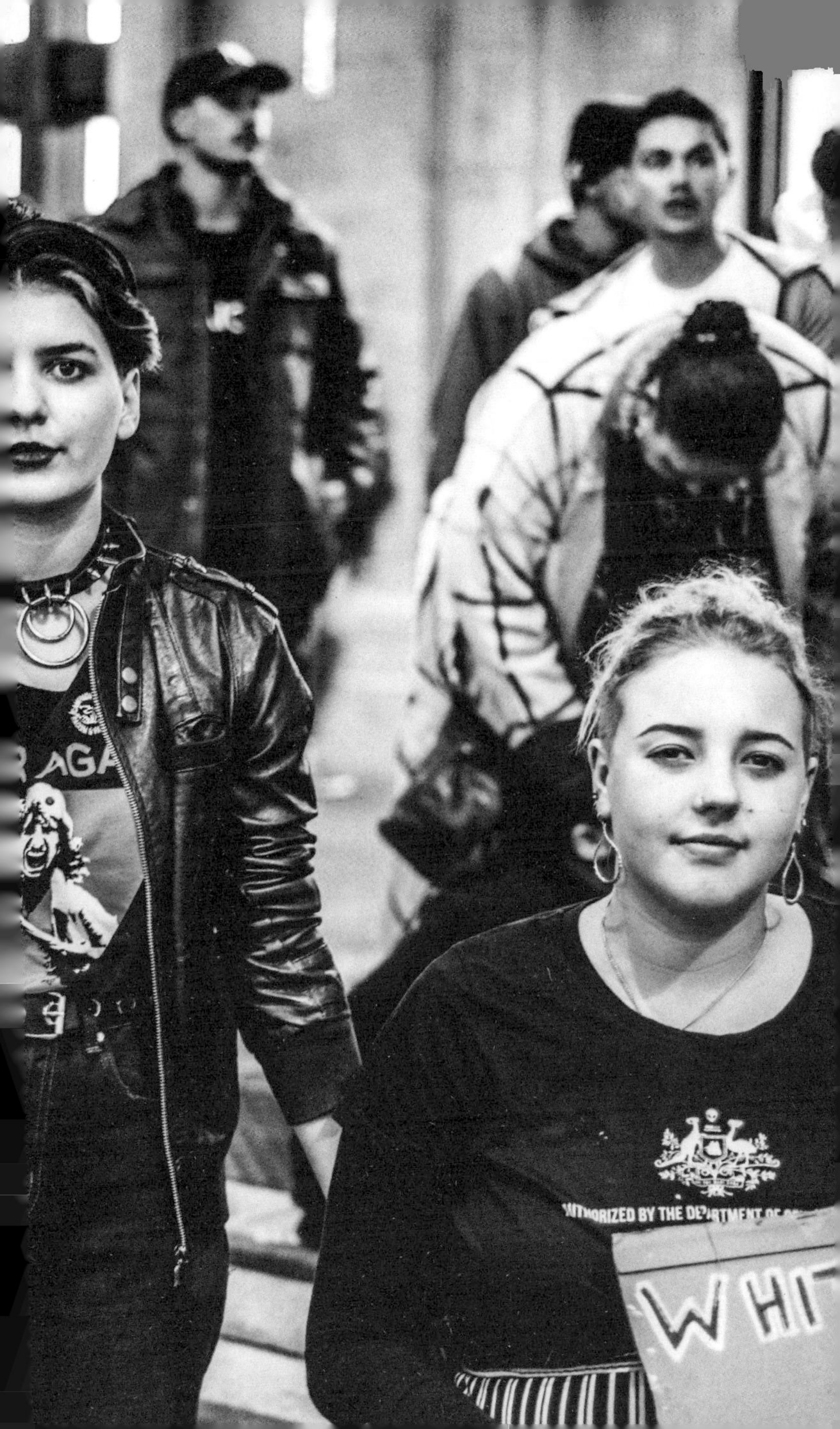
R AGA
UTHORIZED BY THE DEPARTMENT OF
W HI

# 二〇二〇年三月到八月

撰文　汉娜·拉维利（Hannah Lavery）
译者　刘宽

这些诗是我在整个疫情期间的经历。

我把这些诗歌，呈现给你们的顺序，是从第一首关于我孩子的诗开始，然后结束在一首作为慰藉的诗。那个时候我们已经为学校开学作好了准备。

于邓巴（邓巴是位于苏格兰东洛锡安的一个镇），2020年8月

二〇二〇年三月到八月

## 我的孩子

她总是忙着
把贝壳
装满她的口袋。

我是个爱做梦的人
总是
面对自己的内心。

而且我曾以为自己是自由的……

在我们被隔离期间
我才明白。

是那些贝壳。

我们窗台上的
那些宝藏
才拥有着……

她才是自由的。

（2020 年 3 月）

二〇二〇年三月到八月

# 再一次死亡

我会遇见你——在那些
临时准备的口罩里

在我的窗口
寻找我的父亲。

你已经获得了他
我会说。

你用过度的工作
耗尽他的心。

你用他自己的承诺
击垮他。

你用羞耻
塞满他。

你在创伤中
淹死他。

你已经带走了他
我会说。

然后我会让你离开
用我挥起的拳头

我弯曲了膝盖
用我举起的手。

我会让你离开

*假笑着*
*慢慢地*
*快要爆发地*

我会让你离开——
用这无止尽的

清洗双手
忍气吞声

用这所有的抗争
所有的教育——

所有你的教育——
所有的侧面滑步

钢丝舞

*用所有的这个*
*用所有的这些*
*用这些*

用这些舌头打结的手。

（2020年4月—5月）

二〇二〇年三月到八月

# 那黎明合唱团

我的时间不是从黎明的合唱团到夜晚的猫头鹰的时间 ——

我活在叶子落下的时间　我足够迟缓到青苔生根 ——

在我衰老的过程中　我都跟随我的每一个想法 ——

曾看着你的一个想法生长　跟随它直到它撞上了墙 ——

而那个别的想法又来自另外一个想法 ——

你上一次是什么时候让一个想法完成自己　撤销自己　更新自己 ——

但它们现在被收集在了钟形玻璃罩里 ——

你的手表告诉你你已经在这里太久了　你必须从这里往前走

你的手表告诉你这个　但一旦你在树林里玩上一整天

你爬上一棵树去听它的故事　对着空地上聒噪的乌鸦跳舞

后来你被告知你已经失踪了一个小时 ——

那些告知你时间的人　那些用一个腕表赋予你时间的人 ——

他们那样说　但你知道已经过了一整天 ——

因为天已经黑了　你再也找不到自己的家　我的朋友阿奇

你上一次是什么时候跟随一个想法回来　一路跟随 ——

—— 是缓慢流动着燃烧的时间

—— 但我并不博取同情

—— 你上一次彻底想通是什么时候

—— 或撞上别的想法

—— 跟随你的想法直到它被改变　翻来覆去

—— 愚弄自己　逃离自己　它们是风中的种子　它们是萤火虫

—— 它们聚在这里去酝酿汽油炸弹




—— 真可笑你就这样相信了他们

—— 告诉你只过了一个小时

—— 你知道这一切因为天已经黑了　但


—— 直到你自己的心

（2020 年 6 月）

二〇二〇年三月到八月

## 飞行的蝙蝠

我是受邀来到这里的——我确定我是的
来朗读我的诗歌
至少电子邮件里是这么说的。

我写了很多关于树的诗——
哦这是我在树篱里发现的巢。
蓝色的小蛋。一只椋鸟——是吗?

哎好吧我是被邀请来的——据说是的。

今晚,为了你们这些可爱的人们
我打开我的诗歌旅行箱——嗒哒!
我是流动的诗歌推销员。那就是我

他们后来说——他们说
*我喜欢你讲述那些被发现的鸟巢*
*作为一种移居的隐喻*——

真相是——我一直都在这里

我房子后面的树林
一个我发现的鸟巢
这只是我写作的对象

在夜晚我低头躲避蝙蝠
就像它们会飞进我头发一样
即使我知道——我也低头躲避

即使我知道
它们知道这个地方
正像它们其实也知道

我知道这个地方。仍然——我低头躲避。

（2020年7月）

二〇二〇年三月到八月

# 弗兰肯斯坦的青蛙

就像一个母亲带回
她上学的孩子。

就像一个情人回到
情人的身体。

我回到我的生活。

黎明向我伸出爪子
我流血流到清醒。

不是那种汇聚成河的血
而是一股血。

死青蛙复活了吗？

是的

我已经死去太久了。

但就是
那个黎明来到

震惊的感觉不像
闪电的震击

它是一个完全
更深刻的
　　　事物。

就像一个母亲
接回她的孩子。

就像一个情人回到
情人的身体

我回到我的生活……

（2020 年 8 月）

自我

第二部分回到"自我",回到更为日常的范畴。在这些文章里,人们自我检省,尝试重建生活的秩序,试图回归内心同时发现它已被彻底改变。这一年,每个人的孤独、压抑、平静与愤怒,都有了别样的意义。

## 自我

| | | |
|---|---|---|
| 151 | 无人接触 | 约翰·弗里曼 |
| 159 | （间歇性）结束一切 | 万杰里·加库如 |
| 164 | 中断修辞法 | 亚当·柯利 |
| 175 | 在山上，那里你觉得自由 | 大卫·索洛伊 |
| 182 | 人觉得自己渺小一点也挺好 | 顾湘 |
| 190 | 我们喂养你 | 安德烈·道、迈克尔·格林 |
| 202 | 不如去摆摊 | 张赛 |

# 无人接触

撰文　约翰·弗里曼（John Freeman）
译者　林蓓蓓

多年前，我曾经度过一个没有与人接触的夏天。我那时 19 岁，人生中第一次独自生活。我在马里兰州银泉市租了一间公寓，一栋没有任何遮阳物的红砖建筑。每天上午，我迈出房门就走进了强烈的白光中。然后，我会缓慢地走到地铁站，免得在开始工作之前就出一身汗。我搭乘空调列车进入华盛顿特区，去那里整理联邦政府调查学校建筑的回收问卷。那是 1994 年，国会想要了解美国是否已经准备好迎接互联网。

我听说华盛顿特区一度是片沼泽，那个夏天我对此深有体会。无精打采的树木投下一片阴影。当列车沉默着从树荫下划过轨道，通勤的人就在瞌睡中轻晃脑袋。我并不期待抵达首都。这个城市有种困倦和悲伤，感觉像个孤独的体育场。我没有随身听，便宜的手机还是很久以后的事，所以大多数的早晚，我都是在彻底的静默中往返公寓的。甚至连蝉鸣声都没有。我没有车，所以我不能开车去什么

自我 ○ 无人接触

地方，我也没有电视机。每隔一天晚上，我就投币打电话，给我身在加利福尼亚的家人。

我的两个室友在一个月内就出现了，那个夏天我们三人还出去喝了一两次酒，而且，我一天有 8 个小时和别人在一起；尽管如此，那几个月里，我从没有拥抱过别人，也没有人抱过我。没有人轻轻拍我的背，我也没有友好地轻轻回拍；没有人把手放在我的胳膊上。我记得这些，因为一旦我意识到我缺失的是什么，我就感觉特别无力去改变这种状态。就像我的身体被定在了原地。甚至在我说话的时候，我的话似乎飘浮到了遥远天际的空气中，那里仿佛是一个舷窗，一个阀门，而下方的我眼睁睁地看着时日缓缓流逝。

我很多次回想起那个夏天，特别是现在，任何接触都可能致病的现在。我很幸运，因为我和我爱的人生活在一起，这段时期不是在双重孤立中度过的。但是，认识到缺失了多少，还是会感到奇怪。我们两个都被确定没有感染新冠病毒那天，五个星期里我第一次离开我们的公寓，我很快就变得惊恐不安。街上空无一人。在我住的街区，就连出现风滚草都不会显得有什么奇怪了。让人感到奇怪的，并不是空旷本身——而是这座城市忙于让人知道它的存在。风吹在我的胳膊上，刺痛我的眼睛，远处地铁的声音震动着人行道，就好像城市在碰触着我一样。我意识到，生活在纽约，我在更安全的年月里，已经逐渐适应了与这个城市发生经常性的近距离接触。它在时不时地碰触着我。

来到纽约的最初几年，我觉得这种断断续续的节奏令人筋疲力尽。我的眼睛、耳朵、鼻子、手，都被这样胡乱地弹拨，到了一种过劳的状态。我来自加利福尼亚州一个中央大峡谷城市郊区，在那里，我和事物或者其他人之间总是有距离，常常是隔着车窗，夏日时节，空气似乎就那么停滞了，变得寂静，上方的天空总是清晰可见，就像一个蔚蓝无云的巨大圆顶，跟那个养育了我的加利福尼亚相比，纽约感觉就像一场袭击。

但是，一座城市的情绪是会传染的——即使不得不在此过程中被改变。我最近在重读《水印》，这是约瑟夫·布罗茨基近期关于威尼斯的伟大作品。引人注意的是，布罗茨基头脑里的这个城市，与他在20世纪70年代遇到的那座威尼斯，有多么地不同。那时的威尼斯悲惨、黑暗，有些空虚，是一个比他想象中更接近于它实际样貌的地方。如此两个城市之间的距离，加上他在火车站等待一个女人的时间——她会出现吗？——这就令他感染了一种忧郁，一种他可能已经到达某种世界尽头的想法。然后，"一艘又大又平的船，介于沙丁鱼罐头和三明治之间的形态，无端地冒了出来，登陆时砰的一声轻轻撞到站点。几个人互相推搡着挤上岸来，从我身边跑上楼，进入航站。接着，我看到了我在这个城市里唯一认识的人；这景象真是太妙了"。

在这一段话里有多少的挤挤攘攘啊！自 3 月 5 日以来，我在房子之外只见过一个认识的人，而那种感觉正与此相似，除了我们只能隔空拥抱。真是太妙了。他不只是一个念头，而是一个真实的人，身材矮小、毛发旺盛、有些顽皮、总是咯咯笑个不停。他已届中年，有着一头松散的灰色卷发，走起路来步子很小，像只旱鸭子。他像是一个独特性的奇迹。从那以后，我们一起散了几次步，他总是穿着有些邋遢的便装过来，讲述每天工作中的故事，有时还带着蛋糕，通常还会说四五个糟糕（意思是很棒）的双关语。和他一起散步，让我们重新认识了一个空旷的曼哈顿，一个可能不得不打开又再次关闭的城市——就像是这个城市与一段友谊的双重映射。

我之前视作理所当然的那些，是何等贵重的财富呀。疫情封城之前，因为我在家工作，所以我和其他人共享一个办公室，我自己平均一天与二三十人交谈，有时更多。其中有几人是常客——比如邮递员，或者我的邻居。其他人是访客，我总是会迎接他们，有时握手，有时飞吻，有时是一个大大的拥抱——如果我们已经有一段时间没见面的话。有几个是把手搭在上臂上的大大拥抱，是你往后站、看着彼此的那种。朋友亲密到一定程度，就不必掩饰互相的打量。

即使我在一个孤独的领域里工作——是的，我可以独立远程完成大部分工作，即使住到某个山顶要塞去都没问题——但我感觉自己受不了这样。即使可以养很多狗，我也觉得孤独无法忍受。我需要某种同伴感，就像树木需要雨水。对我来说，理论上的集体是不够的。甚至远远不够。我需要看到人，需要被人看见，是的，需要拥抱和问候，需要使用那种如果关闭了，就会让我干渴而死的官能。

封锁的头几个月里，我觉得我很容易就能做到不去想这种缺失；关于新冠的科学研究如此扑朔迷离，这样也更安全。但现在有些时候，我发现自己在仔细记录一切随意的接触——和朋友、家人，有时是同事——恰当的接触（我们都同意没人会怀念不当接触）——我想着所有这些被迫暂停的交流，感到很难过。手搭在你的背上，你们一起穿过门廊。朋友侧身拥抱，就像在说一切都好，你也很好！骑自行车路过的陌生人与你举手击掌——嘿，为什么不呢？别人给了你一个出其不意的拥抱，而他们没意识到自己是你生活的一部分——直到他们从你的生活里消失，然后重新出现。这是一个像是对感情或善意投降的拥抱。有两三个人，他们不是你的伴侣，但摸你的头却不会让你感到冒犯，他们能亲吻你的太阳穴。

大多数的碰触都停止了，即便不是全部。我怎么可能像不关注棒球那样不在意这件事呢。

但是，无论如何，我们适应了。在华盛顿的那个夏天，我并不完全是孤独的。工作的时候，我和同学共用一间办公室，她和我一样被华盛顿搞得困惑茫然——无聊的工作令我安静，却让诺拉愤世嫉俗、滔滔不绝。我在脑海里曾把她称为我自己的私人诺拉·埃弗隆。她对小事有着那种躁动不安又好玩的愤怒——以及得体。和她待在一起，就是在每一种情绪的阴影中走进走出，它们就像闪光灯一样照亮了房间。

我们所做的工作简直令人难以置信地乏味，我们要量化战前美国学校建筑的房龄，需要时不时地给校长打电话，追查表格去了哪里。我们俩都努力保持清醒。当我们意识到人们几乎不关心我们是谁或者我们做了什么时——怀俄明州的一位学校负责人告诉我们，他的调查问卷真的被风吹走了——我们决定在午餐时关门关灯，躺在地板上小睡一个小时。我们会静静地交谈，直到一人没有回应另一人的话。还醒着的人会设个闹钟。

我的室友们出现的时候，正值有记录以来最热的夏天之一，那时我已经制定了一套例行活动来削弱我与人接触的渴望。每周，我下班后会去参观一家新博物馆。夜幕降临，我在公寓的窗前看书，有时还有萤火虫飞舞，这是我作为读者经历的最孤独和最快乐的时光之一。我母亲给我寄来了她的菜谱，所以每个星期我会尝试做一顿之前没做过的饭菜，但通常都失败了。

然后，这些例行活动都被取消了。我晚上会回到一间亮着灯、放着音乐的公寓，保罗——来自奥克兰的室友——穿着内裤在厨房里烧肉丸。布伦——我的另一个室友——从罗切斯特带来了一辆车，那是一辆大众的柴油"兔子"车，驾驶室的侧门锈得无法打开。房子焕然一新。下班后，我们有时飞奔到岩溪公园，在潮湿的空气中慢跑，回到公寓后就躺在总是比椅子更凉快的硬木板上，用一台小黑白电视看《体育中心》，这台电视机屏幕只有巴掌大，是布伦带过来的，已经开通了有线电视——如果在第 30 天取消，就可以享受一个月的免费服务。回头想想，那个夏天，我在地板上消磨了很多时间。

事实上，这间公寓只有一间卧室，所以我的室友们到来时，分配好我们怎么睡就是那时的几个首要任务之一。保罗付最多租金，为了整个夏天都能睡在床上；我和布伦轮流睡在床的另一边，其他时候就睡在地板上的床垫上。一旦房间里睡满了人，我入睡就容易多了——即使保罗每晚都穿着同一件衬衫睡觉，而这件衬衫已经 40 天没洗过了。

我们都没有女朋友，甚至没有可以写信的人。我们都没有假证，也没有地方可以用。所以，我们在剩下的夏日时光里形成了某种默契，一起吃一起睡，一起散步，一起参加活动,因为这比单独行动的感觉要好,要好得多——即便我们一开始并不是很好的朋友。这让我们挺过了那段时光,或者至少对我来说是这样,能够在活生生的人身边入睡,醒来知道有人会问我是否准备好去上班。夏天过去了,当我回到家时,就像水溶入水那样,我扑进了第一个我认识的人的怀里。

# （间歇性）结束一切

撰文　万杰里·加库如（Wanjeri Gakuru）
译者　王晓璐

1. **此处，脱离观众。**

这个启示随着 8 月的到来悄然而至。我戒掉社交网络已经八个月了，距离肯尼亚宣布第一例新冠肺炎病例也已经过去了五个月。**此处**：表示当下，真诚；一个复杂的存在。**观众**，曾包括几帮朋友，网络上的陌生人，或是些无意间通过网站的算法推送过来围观我的在线内容的人。

我于 2019 年 10 月决定在新的一年里不再上网。我的计划是完全断网，但我的姐妹们最终说服了我，留一个 WhatsApp 在线。当我开始认真评估这个决定，以更好地理解它的意义和它将打开的局面时，我决定通过 Tumblr 博客记录我"最后"的在线时光。这既是一场告别，又标志着某些新事物的起点。

我称这个项目为"50 个乐与愁"。每个帖子的构成主要是图片搭配短诗和短文。有时我还会发布视听内容。这 50 个帖子的灵感来自 26 个字母和一天中的 24 个小时。首先，我在不同的纸片上分别写下每个字母和数字。把它们放进罐子里摇一摇，然后我把手伸进去随机选一个题目。我创建了一个模板并标准化了字体和字号。照片都来自我的图片库。某些字母和时间有着自然的视觉配对，而另一些则必须自创。最终的文字是一套偶然性、构图和奇想之间的多偶制婚姻的产物。

**脱离。**

我下线的原因之一是我觉得自己的各种网络身份及其错综复杂的重叠，正操纵着我的生活。我被要求遵循一套呈现自我和行动的方式（倡导这个，拥护那个，纵容别的）。这是一些必要的、甚至是有意义的工作，但也让人疲倦不堪。我一直处于一种"开着"的状态；连接着，启动着，参与着。我必须时刻保持风趣幽默且无懈可击，博学多才且出口成章，愤世嫉俗又有艺术才情。这些是对一个在线用户的不成文的规定。在社交媒体上获得青睐需要一种精明，或者说是一种束缚。媒介驯化了人的语言、行为和反应，憎恨原创力和差异化，除非它是有利可图或者可被收买的。

*脱离*：指建立在物质上的，稳妥且满足的，靠我自己的双手制作东西的。

然后，全球性的瘟疫席卷而来。

突然间，被我抛弃的信息渠道变得异常有用。我没有电视，而且已经没了看报纸的习惯，但显而易见的是，我将不得不依靠互联网来跟踪这场全新的、看不见的战争。我本来准备着要错过生日提醒、自拍照、网络辩论、美食图片和一切寻欢作乐的记录，但现在我却失去了一个可以了解亲友状况的关键窗口。我站在飞速形成的互助社区之外。人们虽独自隔离但共同面对，而我是真正的形单影只。

2.

2013年，出生于肯尼亚的多媒体艺术家瓦格西·穆图（Wangechi Mutu）发布了一部名为《结束一切进食》（"the end of eating everything"）的短片。它呈现了一个庞大的、长着人脑袋的暗色生物（由美国音乐家桑迪戈德［Santigold］扮演）冲着一群鸟撕咬。它像绳索一样的头发猛烈地卷曲和伸展着。其怪诞的形体上脓包累累，被许多尸体和机器的残骸所覆盖。它饥肠辘辘，像一个填不满的无底洞。

3.

最终,我没有在计划的时间框架内完成我的 50 个帖子。我选择了满足于此,并转而把它看作沉思生活中那些美好的、粗俗的,或者光彩照人的事物的空间。

4.

在瘟疫蔓延的初期,我们都成为了囤货族,我在列购物清单中找到了特别的乐趣。它们很短,而且包含了相同的项目。我总是买五个经过深度油炸的本地糕点,虽然我也买了做煎饼的材料,以及一条面包、鸡蛋和牛奶。消费的冲动是无意识的,它猛烈而频繁地袭来。突然之间,活下去成了头等大事。

5.

有时,有人发给我一篇有趣的文章或笑话,如果链接来自某个社交媒体网站,我都会向下滚动一下页面。我猜是习惯使然。但我正在竭力不让一种瘾替代另一种。话说回来,我最近开了一个 OkCupid(一种约会软件)的账号。纯粹是出于建立友谊的原因,准确地说是为了找网上笔友。

我想以一种不同的方式体验互联网以及网上的人们。奇怪的是,陌生人都很礼貌地配合我。也许是匿名的关系,或是多巴胺因一段美好缘分的前景而猛烈增长,或是我再次拥有了在网上冲浪时遇见美妙事物的好运气。不管是什么,我都兴趣盎然。我写信给一位新朋友:

*我在医院里,一个眼科诊所。这个诊所是多年前由传教士建造的,又因慈善家和宗教狂热分子的捐赠而维系下来。这里非常实惠,不太容易找到。我是一个失业的大二学生,我不得不找到它。这里充满了同样有经济压力的人。为了眼科检查,我被做了散瞳,所以大张着双眼感觉十分痛苦。我记得我的朋友张开双臂,没有问任何问题,让我把头搭在她的腿上休息。这个记忆今天涌上心头,让我意识到,在那个时刻我们是无比亲近的朋友,比我们长大成人、殊途陌路后更亲近;当时我们所有的就只是嘈杂的诊所里的一个长凳。*

也许重点并不在于与网络一刀两断。也许更重要的是为老问题找到新答案。

# 中断修辞法

撰文　亚当·柯利（Adam Curley）
译者　印力

失业率已经达到了二十年以来的最高值。有电视发言人说，如果将临时的政府财政资助考虑进去，实际的数字几乎还要翻一番，而且情况还将越来越糟。

还有其他更重要的事：一种正在肆虐的新型冠状病毒，全球变暖，系统性的种族歧视，原住民惨死于警察监禁之下，每一桩都是我们所有人不得不支撑的体系中的病症，而拒绝支撑只会招致早早被消灭的惩戒。每条鱼都只是一群中的一条，你大可以从水里抓一条出来，剔鳞，下锅，但是到头来你还是得问：这群该死的鱼以为它们在谁的地盘上撒欢呢？

我沿着玫蕊溪小径（Merri Creek Trail）散步并偶遇 D 时，正在下雨。他是我的前男友，但这些日子以来更像是一个家人。分手造成的对彼此的反感，已随时间流逝转变为对彼此安康的关心，温柔而友善的讥刺调侃，互戳对方熟悉的敏感神经，可以说打成平手了。D 的恋人还不到 30

岁，我也在和一个比我小十二岁的27岁男人约会。D是自鸣得意的，因为过去我总揶揄他染睫毛和整夜畅饮狂欢，做这些他的年纪已经不允许的事，而现在我成了那个抱怨胡子变白的人。我们隔着湿漉漉的外套拥抱彼此，伸长脖子看那些穿着短裤、被雨淋湿的慢跑者。无处可去的时候，变成落汤鸡也无所谓。

现在既是又不是约会新对象的好时机，我对D说。27岁小伙没有工作，所以我和他关于日常生活没什么可聊的，只有没完没了的瞎逛。我发现自己受制于他合租室友的消遣爱好：他们会一起看《鲁保罗变装皇后秀》（*RuPaul's Drag Race*），讨论他们自己的客厅版变装皇后秀，用以微薄收入添置的化妆品和假发打扮自己。27岁小伙把他们一起凹造型的合照发到网上，照片是在房子后面的巷子里拍的，带着修饰过的面部轮廓和染过的眉毛。

D的恋人也表演变装秀，他的一些朋友甚至在私人聚会上也会变装。我们聊到，我们在他们这个年纪可不会做这么些事儿，真是惊叹于这帮比我们年轻的人在切换性别时那显而易见的从容淡定，从刻板拘泥的职业装衬衫到华丽的舞会礼服裙，他们多自信！而我们不管穿哪个都觉得不自在。

我对D说，还可以从另外一种角度看待这件事，站到对立面去看。大公司的性向包容政策和银行、保险公司广告中出现的变装皇后,都表明资本主义已经找到办法从酷儿群体身上牟利而不用抵制他们,通常的好处都被其中那些有收入又肯消费的人占有。在我的社交媒体弹出的广告中,很多熟面孔都把自己打造成视频色情明星,用身体收取订阅费。酷儿解放倒是给了我们更多挣房租的方式。这是个充满负能量的观点,而且我承认,我嫉妒了,我想穿着三角护裆和高跟鞋拍照,我想给自己取一个新名字。

我们走过草丛中泥泞的小路,朝灌木茂密处走去,让D可以在没人看见的地方撒尿。他说:"不知道这里以前是不是巡逻区域"。我们就察看了湿漉漉的灌木丛,看有没有线索。他走进灌木丛时我一直替他放哨,虽然周围也没有什么人。在这种天气里当一个放哨的让我有了儿时那种自豪感。


即使知道没有可行的办法,头脑还是想解决问题。在我用来记录戒酒历程的手机软件上,用假名发帖的用户——"不再沾酒"、"清醒萨莉"——分享了如何不喝酒也能缓解焦虑的建议。要接受不能改变的事实,对自己好一点,当诱惑来袭时洗个澡,去散步,冥想,对过去释怀,不担忧未来。同时我们每个人都记录了不碰酒杯的天数,并把数字上报到软件从而让自己有种责任感。认识到我们取得了多大进步，每一天为了不沾酒做出的努力，都会帮助戒酒者将自己置于一个正在做出改变的叙事之中。但叙事同时也是危险的：过去充满遗憾和羞耻，而未来则令人迷茫。

嗜酒者匿名互诫协会的口号"一次只戒一天"是一个充满挑战的陈述，因为世界每一分钟都在告诉我们，要渴望更多成功和财富，要把我们自己变成品牌，要保证自己的晚年安稳舒适，而且如果这些没有实现，那就是我们自己有问题。我在心里反复念诵着这句口号，发现它对控制我的选择范围有镇定作用。今天的决定会造成的后果，都取决于当下的我自己，至少我是这么说服自己的。我还有睡眠问题，就是这样。

每一个悄然而至的清晨，我都有一个心理健康任务：辨别我的抗抑郁药物是否起效。我已经把艾司西酞普兰换成了舍曲林，因为艾司西酞普兰让我异常兴奋。我的兴致很高，但是这让我没有办法集中注意力做任何事情，只能像一只虫子一样盯着手机屏幕。事实上有许多东西都会让我亢奋和注意力不集中。但我的医生建议我试试舍曲林，因为我在青少年时期就用过，而且我记得没什么不良反应。我卧床时用的测试是测试我凌晨 4 点的生存欲望，或者更准确地说，我能够多么清晰生动地想象自己尝试"不生存"。我在脑中搜寻熟悉的人物形象，检查我对现实中的他们的依恋程度，我觉得他们有多迷人，我感觉他们离我卧室坚硬黑暗的表面距离有多近。

认识到我的想法不可靠,这已经把我变成了一名科学家,把我的意识变成了一项实验。几年前一个皮肤科医生给我开了一种强效药来治疗我头皮的顽固性油性皮疹。随药附有警告,副作用可能包括情绪波动,极端情况下还会有自杀倾向。我也开始第一次见心理医生,一个冷冰冰的老男人,他总是刺激我开口谈一些痛苦的回忆,然后就说时间到了,让我踏上五味杂陈的回家路。我的酗酒问题非常严重。

正是某个前往心理医生办公室的下午,也就是开始用皮肤药的几个月后,我开始看见挂在树上的尸体。那些尸体不是幻象,我知道是我的想象作祟,但是我根本停不下来。一个我脑海中从没听过的声音——并非我自己的声音——教导我千万不要告诉别人我看到的东西,所以我就缄口不言,直到停药,幻象和声音才消失。我觉得我内心中肯定有什么东西,让我相信我能够知道哪些事物并非真实。但是我猜几乎每一个人都相信他们完全能掌控自己。让人不安的是,恐怖的事物很快变得可以接受。结果是从那以后,我连一个痘疹都没长过。

"我们要做的,就是推出断头台。"一个朋友在电话里对我说。我们在讨论，这个国家最有钱的那些人可以轻而易举支付贫困者的生活费用，那些盈利最高的公司还在利用巨大的税收漏洞或者想办法逃税，政府将把数十亿资金用于购买战争机器并将预算赤字归咎于失业者们不去找工作，而实际上根本没有工作可找。我们的联邦财政部长把玛格丽特·撒切尔（Margaret Thatcher）和罗纳德·里根（Ronald Reagan）当作英雄，而我们正面临经济萧条的威胁。

我的朋友是大学讲师，马上就要开始拼命找工作了，因为大学给大多数教职人员提供的是非正式的短期合同，没有保险，工作薪水低，容易被裁员。"资本主义太残酷了。"我朋友说道。我觉得有必要反驳她的哀叹：资本主义只是无动于衷。我想到大卫·沃纳洛维奇（David Wojnarowicz）1991年的回忆录《身近刀锋：一本关于瓦解的回忆录》（*Close to the Knives : A Memoir of Disintegration*）中的一篇文章，是他在又一个朋友自杀的刺激之下，和朋友、熟人之间的对话。

沃纳洛维奇问其中一个朋友，一个叫希尔维亚的女人，为什么有人难以找到理由说服自己活下去。希尔维亚回应道，"我们对一个很可能会拒绝我们的社会期待太多了——它可能压根儿就没有想到过我们。"无论我们存在与否，统治我们的体系依旧运行，这似乎就是她表达的意思，我们要么适应，要么被清除。她承认，对某些人来说，适应更为简单，但不是对所有人都如此。她想到了他们那位死去的朋友，他无法与那让他活着、认可他存在价值的体系达成和解。

沃纳洛维奇自己就是在我这个年纪被艾滋病的并发症清除的。当他在写《身近刀锋》时已经快不行了，他是被一个长久以来对健康危机视若无睹的美国政府谋杀的。我朋友说得对，那不是无动于衷，而是残酷。

沃纳洛维奇没有选择适应的机会，但他做了另一件身处体系之中的人在被清除前可以做的事：他抗争了。也许他最出名的一张照片是他的背，被抓拍于1988年的一场抗议活动中，他当时身穿一件手绘夹克，上面写着"如果我死于艾滋——不要埋葬我——就把我的尸体扔在FDA的台阶上"，FDA指的是美国食品及药物管理局，在里根任期内，它对艾滋病的应对堪称完全不称职。

在当下的美国，为死在警察手里的黑人寻求正义的抗议者被枪击、殴打、围捕、起诉。一个原住民死在澳大利亚西部的监狱里，自杀。体系只是对某些身体无动于衷，而对另一些则是残酷。无论如何，从什么时候开始，无动于衷已经不算是一种暴力了呢？

今天早上当我在附近散步时，我想到了萨尔·米涅奥（Sal Mineo）和詹姆斯·迪恩（James Dean）主演的《无因的反叛》(*Rebel Without a Cause*)。我最近又看了一遍这部电影，看的时候在手机上搜了一些关于米涅奥的事迹，因为除了知道他在电影中扮演一个渴望爱却被警察射杀的被驱逐者外，我对他一无所知。

米涅奥在《无因的反叛》之后做过短暂的童星，也和迪恩出演过《巨人》(*Giant*)。但据说关于他性取向的流言让他丢了主角的头衔，接下来就只有一些在舞台上和电视上的小角色戏份。他在 37 岁时，在回好莱坞西部的家的途中，被袭击者捅死。

作为一个酷儿，每年你都会经历你遇见的许多人的死亡。你到达了故事的结尾，而这些故事，如果可以继续的话，会让你一窥你本可以冒险一试的那些可能的方向。这就是我在散步时的想法，还有我对那些被迫或自愿从叙事中消失的人，所有的钦佩之情。

我是否要假装停下寻找故事的脚步，接受我无法用动人的方式把时间和自我的碎片拼凑在一起，而这绝不是由于羞耻和误解？我躺在公园的草地上，看着头顶那在风中摇曳的树枝。这似乎是一个好好环顾四周的绝佳时机。在 27 岁小伙的床上，我睁眼躺着，企图消除所有习得的欲望，回到类似原始冲动的状态，如果原始的东西确实存在的话。

他在我身旁睡着了,眼睛下面有弄花的睫毛膏,他前头还有比我更长的生命,一切进展顺利。每当我认为他的生命是我生命的替代的时候,我就得控制住自己,好像我们现在不是躺在同一张床上,这种状态天知道还能持续多久,至少直到这个我溜出门又走回家的早晨,它还在继续。有时我只是需要自己消化。我想,故事会渗入你的皮肤底下。

在我卧室的桌子上,放着一张纸,上面是我随手写下的让-保罗·萨特(Jean-Paul Sartre)的部分引文,来自他1946年出版的《存在主义是一种人道主义》(*Existentialism Is A Humanism*):"你是自由的,因此选择吧;这就是说,创造吧"。尽管在那个时候马克思主义者已经正确地摒弃了萨特的自由观,但他的建议还是有些意味的,即我们称为选择的每一个想法也是一种创造,每一个转弯,穿过的每一条街,都是路人与宇宙之间合作的创造,写下的每一个字都是一个小小的诞生,带来了一些新的事物。也许,我是真的跟不上情节了。

在没人指使我去工作、去拖地、去做饭的时候,记录自我就是我所知道要做的全部,我是否还能假装自己并非在做这件事?很快,我将要放起流行音乐,整理起我的卧室,因为轻快的声音和摆放整齐的东西令人舒服,我想要一种成就感。不久我就会收到 D 的短信,告诉我他已经辞掉了一份致力于企业研发的高薪工作,因为他的老板们以及工作时长都太糟了。即使他没有更多的工作可选，但我告诉他，放手去做吧，因为没人应该忍受这些。我打电话给我表姐，她住在几个小时路程以外的郊区，正和抑郁症作斗争，在一个汇集了这世间所有癫狂的乡下小镇孤军奋战。我们聊了她种在院子里的蔬菜、我们看过的电影，我准备去拜访她，并小住一段时间。另一个朋友给我发短信说，如果在可见的未来真的没有工作可找的话，她恐怕不得不靠男朋友养活了。我希望我可以提供更好的帮助，而不是将话题引到我卧室里正在播放的新的少女偶像团体身上。我相信我的朋友已经对她们有了自己的看法，因为虽然她自己写了超棒的钢琴民谣，已经在权威报纸上收获了盛赞，但是听听为青少年创作的音乐也不失为一项不错又轻松的消遣。

朋友自杀未遂以来，已经一年了，一个午后她在电话里告诉我，她想做点什么来庆祝她的失败。我记得那天当她打来电话说她刚刚出院时，我正在一个超市里，而我不知道要做些什么，于是我就结束了购物之旅。也许每一个平凡的日子都是庆祝，我说道。很快我们就回到流行音乐的话题了。

挂断电话后，我找到了朋友刚刚推荐的一些歌，在去找药剂师开药的路上，我戴上耳机听起来。月亮又大又白，挂在薄暮时分的天空，空气清冷，慢跑者从正在消退的天光里跑开,在一天中的这个黯淡的时刻,我耳中的节奏让我有些不舒服。

去相信叙事即牢笼,而自由就是选择字句去致敬月亮,致敬人们在这惨淡的年头载着食品回家的场景,致敬我为那些让日子变得有意义的朋友而感到的哀悯,我是否可以假装这一切是可能的?的确如此,诗人已经向我们展示过一百万次了,但是谁能像那样生活并幸存,而谁又能不努力尝试就幸存呢?

# 在山上,那里你觉得自由

撰文　大卫·索洛伊(David Szalay)
译者　余烈


　　我们想逃跑。几个星期以来,学校,商店,几乎所有的地方都关闭了。现在他们说你只允许离家做某几件特定的事情,主要是获取食物。这种情况会无限期地持续下去。当然,这是在 2020 年的早春。被剥夺了这么多的自由,以如此突然的方式,真是一种怪异而又陌生的感觉。

　　当你感觉不自由的时候,你就会想要逃离,我们就是想要逃。从这方面来说,我们是幸运的——我们有一个地方可以逃,那就是山里的一所房子。问题是房子在国境的另一边。

　　这条边境线多年来完全是隐形的,但现在它又出现了—— 一条有意义的分界线,一道障碍——而且我们很可能无法跨越它。

　　这使我们在山里的房子看起来非常遥远。

　　新冠病毒危机带来的一个几乎自相矛盾的效应,是世界突然变得大了很多。

有一种感觉,我们正在返回一个更古老、更大的世界。不同地点之间的距离似乎增加了。

当我说"距离"的时候,我不仅仅是指以公里为单位的物理距离,还指跨越这段距离的难易程度。

当我父亲在20世纪60年代离开匈牙利——不是用完全合法的途径——前往加拿大并在那里开始新生活时,这两个地方之间的距离看起来必然无比巨大。

从那时起的五十年里,随着环游世界变得越来越容易,世界似乎在不断缩小。

接着,到了2020年春天,随着飞机停航,各地边境关闭,距离似乎陡然又变成了一个不容忽视的问题。

已经不可能从一处旅行到另一处,所以不同地点之间的距离似乎扩大了。

一个令人心酸的例子是,我认识一个斯洛文尼亚人,他的儿子住在意大利,离他只有几公里远,但在国境线的另一边。在过去的二十年里,这条国境线也只是在名义上存在。现在它又变得真实起来,他们被它分隔开来。真正的分离。他们有好几个月无法见面,他们通过电话或Skype交谈,但那是不一样的。几公里已成为不可逾越的鸿沟。


我们要逃离这里。我们星期二早上出发。这条街空无一人。我们看上去很可疑,把大行李箱往车上装。这肯定不是我们应该做的事情。你被允许离开家的任何理由,似乎都没有必要让你带这么多行李。幸运的是,只有一个遛狗的男人看见了我们。

在那个阳光明媚的早晨,开车穿过空旷的街道,感觉就像在午夜逃跑,周围人很少。即使是现在,回头看,它也像一场梦。静得诡异的空城。警察被允许拦下行人,询问他们的去向——这是对自由的又一种侵犯,而我们对此并不习惯——毫无疑问,我们看上去很可疑,在那个空无一人的星期二早晨,独独一辆满载着行李的汽车正要穿过城市。我们痛苦地感到自己惹人注目。如果警察拦住我们,我们不知道该说些什么。

在城市里,你很容易感到国家在紧盯着你。在乡村深处就不是这样了。乡村深处,被满是树木的群山环绕,看不到其他的房屋,相距最近的村庄也有半小时的车程——即使你并不自由,你也有可能感到自由。我想这就是我们想要的,这就是我们去那里的原因。为了感到自由。

我们顺利地离开了这座城市。

不过,有传闻说高速公路上有检查站,开往边境线的路上气氛紧张。

在开往边境所需的一两个小时中,这种恐惧一直挥之不去:我们可能会被拦下,即使没有什么更糟的事情发生,我们也会被告知要返回我们试图逃离的地方，回到那个我们不想待的地方。被一个穿制服的人告知，我们要前往我们并不想去的某处。

乡间原野在春天的阳光下无辜地灿烂着。

高速公路空空荡荡。

几辆卡车。

几乎没有小轿车。

其实并没有检查站。

但就快要到达的边境线本身肯定会带来某种障碍。我们不确定将会发生什么。它被关闭了，这是官方的说法。两个方向上都无法通过。当然也允许一些例外情况，但条款的措辞有些含糊，不清楚是否适用于我们。我们听到了相互矛盾的建议。只有当我们真正试图越界时，事实究竟如何，才会显露出来。

在个体公民和国家之间总是存在一种张力。政治是，或者应该是，管理这股张力的一种方法——没有最终的决议，没有完美的解决方案，只有对一种内在固有的紧张状态的持续管理。但政治已经被暂时悬置了。紧急事态唤醒了利维坦。

利维坦以两个边防守卫的形态出现，很明显，他们都是些昏昏欲睡的乡巴佬，尚不习惯于承担任何重要的工作。

通常，穿过边境的高速公路是畅通无阻的——除了标有你刚刚进入的国家名字的立牌之外,什么都没有。那天情况就不一样了。闪烁的灯光切断了高速公路的第一个车道,然后是第二个,最后把为数不多的车辆都挤进了路边的停车处,排成了一小队。大部分是卡车。物流系统仍在运作,主要是为了维持超市的供应。我想我们是唯一的小轿车。

两名边防士兵坐在柏油路面上支起的一张小桌子旁。他们有折叠椅。还有一间看上去像是临时搭建的小木屋。没有路障或者其他任何东西。一切看来都很随意。

他们只是挥手示意卡车过去。

他们最多只是想看看司机的身份证件。

轮到我们的时候,他们似乎也要挥手示意我们过去。

也许他们只是出于习惯——那种无聊、倦怠的手部动作,意味着"继续前进"。当我们几乎已经经过他们身边的时候,其中一个从椅子上跳起来,从后面追赶我们,挥舞着手臂,显然是在说"停下"。

我们停了下来。

那个边境警卫气喘吁吁地来到车窗旁,命令我们靠边停车。

这就是真相大白的时刻。

这个汗流浃背的家伙穿着他那皱巴巴的制服,在这里已经待得烦透了,他代表着一条并非正式存在的边境线,即将向我们揭示真相。

他看到我们似乎很惊讶,告诉我们边境已经关闭了。

我们告诉他,我们在他的国家拥有一座房子——因此我们相信我们能够越过边境。

他看起来也不确定,但他问我们房子在哪里。

我们告诉他地址。

他不知道那个地方。

他索要一些能证明我们所有权的证据。

我打开后备厢,在一个袋子里翻了半天,找出了法律文件,我希望这些就足够让他满意了。我的一个朋友,也是在我们要去的那个国家的邻居,告诉我应该带上它。这很幸运,因为如果没有它的话,我们显然会被赶回去。即使有了它,似乎还是有些疑问。警卫看了看文件,然后拿给他的同事,他仍然坐在他们摆在柏油路上的桌子边,抽着烟,可能只是为了打发时间。

四周是寂静的田野——一片平地。

两个警卫交谈时,我们紧张地等待着,因为他们离得太远,我们听不清他们在说什么,而且我们也听不懂他们的语言。

和我们交涉的那个人慢慢地走回来。

他穿的制服看上去太热了,戴着一顶很大的制服帽子,屁股上沉沉地挂着一把枪。

很难从他的表情或举止上判断他要说什么。

然后，他粗暴地要了我们的护照。

就是这样，他打算让我们入境。

当然还是要隔离，还有其他一些剥夺自由的事情在等着我们。但是，如果你能看到这座房子，它在一座陡峭的山谷里向阳的山坡上，离所有地方都很远，你就会明白，在那里，这一切都没有什么关系。在那里，生活的本质，日子的节奏，树下奔涌的绿色溪流，全都不受世事的影响。正如 T. S. 艾略特在近一个世纪前所说的，"在山上，那里你觉得自由。"（In the mountains, there you feel free.）

# 人觉得自己渺小一点也挺好

撰文　顾湘

2月9日,我们村也封起来了,用通行证可以出去。村子和小区不一样,没有围墙,没有门,就是路旁边的一堆小房子,这里一堆、那里一簇,就是一个村、一个村的不同大队。所以他们在进村的路口封了一道,西南边的小桥、西北边的桥、北边上大桥的穿林小路,也全都拦了起来,连同一个村的另一个大队也隔断了,每条小路都封上了,他们是认真封的,不是只在村口做做样子。

附近别的村也是如此。比如还有一个村,在我们村通往比较像城市的地方的路上,道路穿过那个村子,那个村封了,人就无法穿过那个村子了。快递小哥不再能依靠导航行进,导航显示出来的路是不通的。我在封村子的第一天上午,还不知道村子被封的时候,叫过一次家乐福的外送,手机上看见小哥出发了,就往外走出去等他,半路上看见他中途折返回去了,心想"怎么回事",去到村口一看才发现封路了,想到了他碰到的麻烦,顿感过意不去。我对他说我不着急,退货也可以,看你希望怎样,我都可以的。结果只见他又重新出发,在地图上绕来绕去,最后给我送来了。人还十分和气开朗,一点也没有因为送了这么麻烦的一单而有怨气。那之后我就不叫外送和外卖了,他们不一定都熟悉这里的路,要自己找路的话太麻烦了。我想我一个住在最角落的村子里的人不要麻烦他们比较好。

村里的其他人怎么办呢?本地人都是一些老人,很多都没有手机和电脑,不过他们有一点是很从容的,就是他们有的是新鲜蔬菜,都有自留地。我再一次感到:人有土地真是太好了。托尔斯泰写过《一个人需要多少土地》,故事的主人公太贪心了,最后需要的土地只有从头到脚六英尺那么小一块,人确实不需要太多土地,但他一开始是没错的,他弄到了一块自己的土地,"可以耕种自己的土地,在自己的土地上晒干草,砍自己的树,在自己的牧场上放牛。当他去耕地或者察看庄稼、草地的长势时,心中充满了欢乐,那里生长的青草与盛开的鲜花在他看来都与众不同"。只要在阳台上自己种出过一点儿什么东西,就会理解这样的心情。如果自己能种出哪怕一小片菜,也能有更加安稳的心。还有《愤怒的葡萄》:"即便他不成功,只要还有地,那他也不会觉得自己渺小。"

不过我的邻居们很快就要没有自留地了,因为要拆迁了。春节之前,旁边的两个大队就已经谈妥,被要求正月半之前搬走。不过因为疫情的关系,现在又不用搬了,出去也租不到房子,无处可搬。听他们说,分给他们的期房要 2022 年开始造,打算造新房子的地方,老房子还没有拆,而给的租房补贴是一平米 12 块钱。只剩下我们村还没有正式说过什么时候要拆,"因为我们是'农民进城',你们是'拆迁',不一样,你们大概会好一点,"旁边大队的人跟我们大队的人讲。我的邻居们"望伊不要搬",因为拆迁没什么好,并不是传说中的"拆迁就发财了",发不到财,还很麻烦,他们都七八十岁了,搬家的话会把他们用了几十年的床、衣橱、碗柜、梳妆台、桌椅板凳全部带走,不会买新的,那些家具都非常旧,而且很沉重,铰链都不好了,但木头大概蛮好。什么时候会动迁只有猜测,有人说蚕豆也吃不着了,有人说玉米还能吃两茬。不知道什么时候要搬,地是照种的,"不管什么时候搬,饭总要吃啊",并不怕白种,种了吃不到。现在,蚕豆已经都长起来了,我想是吃得到蚕豆的了。

一年多以前,要拆迁的事就有点像真的了。周围的厂都拆了,平安夜的前一天晚上停了电,我出去看是只有我家没电还是全村都没电,看见工厂和仓库的高大钢架在高空中佝偻下去,最后缩成一团,像只巨型蜘蛛被吸干,最后变成一个薄而脆的空壳。接着就看了好多天的挖掘机,挖掘机把拆下来的屋顶和墙壁叠起来、压紧,弄成一团团的，很灵活，挖掘机后面跟着很多白鹭，它们怕人，但不怕挖掘机。要拆的建筑在更早以前，都被画上了一个圆圈、里面有个"丁"字或是一个大圆点的符号，想想我很早就看见这个符号了，却没太注意。就像四十大盗在打算好的门上先做好了标记一样。那些墙被推倒之前没多久，却刚粉刷涂白，还请工人画上了许多拙劣的画：荷花、梅花、孔融让梨，以及写上各式各样的标语。即使明天要推倒，今天涂管涂。甚至为了明天要拆，今天特地装修，这也是农民都懂的事情。村里的菜园还装了新篱笆，三百块一截，只有靠路靠外的那一片装，里面没有。我家门口还被挂了一个"最美庭院"的小牌牌，我到村里一看，家家人家都有的。然后工厂就变成了荒地，迅速长满野草，虽然也不是很大，仍然有一点点"旷野"的感觉。那时，村里的老奶奶就带我去看了村子里新打的两个洞，一个在田埂头，上面盖了一块大石头，一个在村边路上。她个子小小的，弯下腰往停着的汽车下面找，找到了就："喏！喏！看到吗？"那个洞差不多一个饭碗口那么大，中间又填上了，就像用钢笔帽在胳膊上压出一个圈圈，或是牛痘印，"对，就是伊，"她满意地说，这就是有人来勘测过我们村的证据。

春节以前，勘测队的人出现在了村子周围，他们到处打洞，树林里、河岸边，都出现了一种橘红色机械的踪影，就像科幻片里阿凡达们察觉到了外人的到来。老奶奶又去带我看各处地上画的准备打洞的标志。如果他们要在菜地里打洞,就会赔给菜地主人三百块钱,不过他们最后没有在菜地里打洞。那些天,他们在村子东南边搭了绿色的帐篷,住在里面。那些天村子西南边也搭了三次绿色的大帐篷,晚上,帐篷里面透出光,走近还能看见大炉子的火在寒风里呼呼作响、没有颜色,那是一条龙服务做给全村人吃的豆腐饭,饭在另一个大绿棚里吃,二十天里吃了三场。农民越来越少了,老了、死掉、进城、住楼房、无地可种、去超市买菜,有自留地的人和自留地很快都要没了,是不是?

然后好像一切就忽然停了。只有春天的到来不会被停下来。从光照就能感到春天来了,那光真是明媚,还有开了一地的阿拉伯婆婆纳、草地、云、河水,都像是新的,发着光,轻软温柔,大自然比我们久远,我们年轻而易老,一生十分短暂。

在村里,我聊天时随口对老奶奶说,有的地方把人家的猫都杀啦。结果没有想到的是,她马上接口说:"蛮好啊!"我真的很震惊。她的菜园里,猫横七竖八地躺着,闲逛,有的就躺在她脚边,她看起来完全不是憎恨猫的人,平时为人和善、胆小,每天在她这里都是一幅很美好的画面,然而在我的各种讲解说明之下,她仍然觉得杀猫的举措她是支持的。虽然我从未对农民和乡村生活有过什么理想化的想象,她的回答仍给我留下了深刻的印象,一个普普通通的人，如此轻易和不以为然地凶残起来。想起高尔基，他写村民："昨晚他们甚至像一群绵羊一样，谦卑顺从地到教堂祷告，今天他们就能把这个教堂无情地拆毁"（《我的大学》）。她甚至也不是出于要保护好自己的考虑，她根本没有防范心，跟我说话的时候没有戴口罩，站得很近很近，要挨在我身边，我退开一点，她会跟上一步，我转过半个身，她会再跟过来一步，仿佛觉得她认识我，而我又好端端站着，我就是安全的一样。我觉得这些天不适合跟邻居拉家常，减少了与她碰面的情况。

村子封上之前，我出去散步，这里都是荒地，没有人，过年时更没有人，即使没疫情，也是空空荡荡的。偶尔看见人，离得远远的，有人戴着口罩在河边钓鱼。老河弯弯曲曲，新河笔直笔直。我走到土坡上，绕开他们。坡是并不很久以前挖河挖出来的土堆起来的，坡的地方以前也是村庄，村里搬走的人又回到这里，在埋着他们村庄的坡上开垦耕种，坡上被培成一小块一小块、一行一行，种满了蔬菜，人真的是很勤劳、很爱在地里种东西。远远的坡上，还有女人在劳动。树林里都是鸟叫声，很悦耳。假想这是个荒无人烟的世界，然后就好像时间也消失了。越走近外环线，车辆驰过的声音越响，人的世界还在上面跑着。有天下午我在河边突然被一个鸟的叫声吸引，它像一个从小橡皮球里捏气的声音：噗叽噗叽噗叽噗叽噗叽噗叽噗，一

自我 ○ 人觉得自己渺小一点也挺好

般完整的就是这样一句,十三声,有时也会短一点。接着,路的另一边,另一片小树林里,一只鸟发出了一样的叫声,它们呼应着,第一只鸟叫一句,第二只鸟也叫一句,来回叫。我听了很久。鸟为什么叫呢,想起了《苏亚人为什么唱歌》,还想起特德·姜的《大寂静》,最后那只鹦鹉留给人类一句话:"保重,我爱你。"

路都封了以后,我还是在午后出去散步,散步的区域好像一下子变得十分局限了。但第二天,我就忽然看见一个先头还跟我走在同一条路上的姑娘,仍然拿着手机看着散步,却走在围墙外面。她在外面也只是看手机散步,我觉得她肯定不是翻越障碍出去的,那就是说有方便走出去的路,我很快找到了那条路,来到了大河边。我在这里住了好几年,平时已经算得上非常爱闲逛,仍然有我还没走过的路,这几天我把它们都走了一遍,趁着它们统统消失以前。有些路可能以前不好走,这几天被人走了出来,于是从一片纷杂的一枝黄花丛中、河畔草地上或是别的什么地方显现出来。树林真是四通八达,你无法将野地包围起来,因为它就是那么野。我试着不翻围墙能走多远,结果发现能去到跟从前一样的远,哪里都能去,然后我又悄悄转回来。我去到上一次见到蒲棒喷絮、一只野鸭惊飞而起的水边,去到原来去的坡上,远远的仍有人在劳动。钓鱼的人还在林中钓鱼,单独一个一个,非常稀疏,像隐士一样。豚草带刺的种子沾满了我的裤腿。我还看见一群白腰文鸟，小小的，栗褐色，肚子白白的，像些个短短的梭子，在很大一蓬干枯伏倒的狗尾巴草之间穿来穿去，啄食草籽。我走过去一点点，它们也不呼啦一下飞走，蹦蹦跳跳认真地吃。看到它们可真高兴啊。可是树林里养蜂人的小木屋关着，没有人，也没有蜜蜂，他们没有来，尽管油菜花已经开了。

回家以后就看看书，这几天重新看了一些契诃夫小说，还有一本《时间的螺旋——贝壳里的人类史》，看一看人可以那么聪明和明亮，再看一看世界之广阔、时间之深邃——后面那本书里还有人参与其中。忽然又想到前面引的"不会觉得自己渺小"，我觉得人有时候觉得自己渺小一点也挺好，人确实渺小，不应时时刻刻觉得自己顶天立地。斯坦贝克不是我特别喜爱的作家。

除了看书，我还玩一个叫"baba is you"的游戏，这是一个推箱子类的小游戏，但令人赞叹。我们心里也有一些谜团，可以靠玩游戏来把它推解开。它的世界有许多规则，而规则像诗一样：巴巴是你，墙不能动石头可以推，玫瑰是红色的，爱是热的，你是融化的，爱是胜利。我通过推动词语来改变规则，有时：巴巴是我，墙也是我，在墙变成了我以后，我——整座墙——朝胜利走去。那一幕是令我感动的。

# 我们喂养你[*]

撰文　安德烈·道（André Dao）、迈克尔·格林（Michael Green）
译者　史文轩

## 詹妮弗·邦加

你沉浸在自己的世界里，完全注意不到周围发生的事情，因为你的心思完全放在西红柿上面。你意识不到时间在流逝，然后，突然就到了吸烟时间，休息时间。15分钟后，你回去工作，在工作的时候，你又完全忘记了一切。对我来说，我喜欢这样。因为我更专注在我的采摘工作上，而不去想其他事情。

大部分时间，我会在脑子里哼一首歌。我喜欢经典老歌，70年代和80年代的那些，比如说菲尔·柯林斯（Phil Collins）、布莱恩·亚当斯（Bryan Adams）、比吉斯（the

---

[*] 编者注：作者安德烈·道常年致力于一个文学性的口述史项目，这个项目起初聚焦澳大利亚的移民拘留问题，后扩大、覆盖整个澳大利亚的临时移工的生存状况。"我们喂养你"是四位在澳大利亚从事食品行业的临时移工的口述故事，由迈克尔·格林和安德烈·道共同制作完成。本文系其中的两个故事。

Bee Gees)、小野猫乐队（Pussycat）。你知道《密西西比》（*Mississippi*）这首歌吗？"我会记得你……"对，就是这首，今天我脑子里就在唱这首歌。

我还会在这里待六个月。这是我的第四个工作季。我有一个儿子，但我还照顾其他很多孩子，大概十三个吧。这些都是我丈夫亲戚那边的孩子，我喜欢孩子们，所以还好……现在他们都去念了大学了。在瓦努阿图[1]，学费非常高，以我丈夫和我的收入，我们负担不起。所以我得回到这里来，好挣更多的钱，能供孩子们去上学。

我是小组组长。我是通过维拉港（Port Vila，瓦努阿图的首都）的一个代理来这里的，劳务公司通过这个代理雇佣我们的。我们每个人都来自基督教家庭，所属教派不同，但是我们在这里的时候，我们是一体的。我们就像一家人。所有的男孩都不叫我詹妮弗，他们管我叫詹妮弗阿姨。还有人叫我妈妈。

我在维拉港的时候，会去基督教会（Church of Christ）。当你离开家，你的伴侣不在身边，子女不在身边，你的家人也不在身边的时候，相信点什么会让你更能坚持下去。是的，你能做到，坚持完六个月，你就可以回家，再次见到你的家人。

---

1 译者注：Vanuatu，太平洋西南部的一个岛国，属于美拉尼西亚群岛。

自我 ○ 我们喂养你

每天结束的时候，我们会唱歌，我们会对上帝说谢谢你。我们把这叫"晚间祈祷"。我们会轮流说话。今晚我们用比斯拉马语（瓦努阿图官方语言之一）唱歌，然后再用舍法方言唱。然后，其中一个人会分享上帝的话语。他讲的故事关于家乡的一棵大树，叫那班加。一开始种子很小，很小，但它越长越大，长成了一棵大树。他解释说，种子就像我们，我们就这样来到澳大利亚。等你把钱带回家去之后，你得好好用这个钱。你可以拿这个钱做生意。

我是个采摘工，我每天的工作就是采摘西红柿。我现在工作的温室里，有五种西红柿。所有采摘工一天总共要摘六到八吨西红柿。温室里真的是非常、非常热。真的，非常、非常、非常热。我穿靴子、长袖衣服，还得戴手套、发网和口罩。一个温室有半个足球场那么大。我们把西红柿种在离地面很高的地方，种在某种平板上，然后我们有一系列专门的设备给它们浇水。

我只摘熟的西红柿。不摘上面泛绿的。也就是说，顶上有一点绿色的西红柿我们都不要，只摘红的或橙的。我们先把西红柿放进一个挂在脖子上的桶里，然后再把它们放在手推车上面的盒子里。一个手推车里有四十个盒子，所以我们只能推。每天我们得采摘两种不同品种的西红柿，星期六我们则去"切梗"——到架子上去把西红柿的茎切掉。我们回到家时都筋疲力尽了。每周只有星期天

192

我才不用上班。

现在我已经渐渐习惯了,因为已经是第四个采摘季了,我已经连着四年来这里了。我正在习惯这里,因为我总是来马拉拉(Mallala,澳大利亚的一个小镇,人口不到1000)一个地方干活,我也感觉很好,因为这是我的第二个家。但是另一方面,嗯……老实说,另一方面,这里有点……有一些白人,他们觉得我们不属于这里,我们不该在这里工作。我们抢了他们的工作。在镇子上,我的第一个采摘季的时候,他们直接当面跟我们说:"回你们自己的地方去。"然后他们就嘲笑我们。

第一次来这里的时候,我记得载我们的那趟车。我们坐在一辆从阿德莱德(Adelaide)来这里的大巴上,我们在想,我们要去哪儿?我们已经过了那个镇子了……但我后来告诉我的朋友们,它可能在小镇后面某个不起眼的小地方,所以我们不得不做好这种准备。

第一个采摘季还不错。但是我们被克扣了一些工资,然后我们做了什么呢?我们就叫来劳务派遣公司的头头们,然后告诉他们,瞧,这就是刚刚发生的事情。我的朋友们有一些害怕,因为在我们家乡,在我们的文化里,我们都尊重头头。我们不会接近他们。但是我告诉其他人,如果我们不说出来,整个事情就会一直这样,一直这样。我就是这样的人——只要有事情不对,我就会大声说出来。我们大部分来这里的人没有受过什么好教育,这就是为什么我得站出来。

他们来了之后,对每个人说:"好吧,你们中不想参加工会的人过来,签上你们的名字。"这其实就是在说,你不许加入工会。他们还告诉我们,"工会不会为你们做任何好事。要是你们加入了工会,你们就会被遣送回国。"我不信他们的话。所有人都挤在房间里。一个老板读着iPad,他一直说个不停,说关于政策的问题,还有我们签的合同的问题。所有事情都说完了之后,他问:"你们明白了吗?"

在我们在瓦努阿图的家乡,如果你们白人来了,如果你们在说什么,我们就不会说话,我们只会说"是"。这是种尊敬。我们只是点头,什么都不说。我了解我的族人,我知道其实他们什么都没懂。我站起来,用方言对他们说:"你们知道这个白人在说什么吗?"所有人都说,"不,詹妮……这个,那个,这个"。

我说:"好了,你们这些人现在都闭嘴,我要问他一个问题。"然后我就开始问了。我从我们的工资单开始问。然后我问他,为什么我们不应该加入工会?如果我们不工作的话,为什么我们还得为大巴付钱?然后我对他说:"你想让我们在这里做好我们的工作,那你就得做好你的工作。"

他生气了。他对我非常生气,然后他走出去了。所有人都不作声了。我们中的一个人转过身来对我说:"詹妮,你瞧见你做了什么？"我说："不，我说这些是为了我们所有人好。我们在这儿必须得到些好的待遇。他们不能像对待我们祖先那样对待我们。我们的祖先在黑奴贸易中到这里成了奴隶。不，我们可不能像他们那样。"

工会帮我们打赢了官司。我们本应该去法院的，但是我们有了这么一个庭外调解方案，而且我们赢了。首席执行官也来了，可能他是个城里人，但是他也专门到马拉拉这里来了，他对我说："你是个强悍的女人。"他向我道歉。我说："这个道歉不是给我的，而是给所有在这边工作的人的。你应该向他们道歉。"于是首席执行官和总经理都道歉了。我们都说："好的，没关系。"

哪怕在今天，依然有人说我们在这里像奴隶一样工作。哪怕在今天，虽然这是一个国家项目，国家对像澳大利亚人和瓦努阿图人这样的双方都有支持，但还是有白人这么说我们，比如，"你们为什么会在这里？你们为什么在这里工作？你们没从你们祖先那儿获得一点教训吗？"每当有人这么说的时候，我都想直接顶回去。但是我还有一个朋友，他在桌子下面踢了踢我，因为他非常了解我。他轻声对我说，"算了吧，詹妮，算了吧。"

我想对他们说什么？我想说如果你们白人觉得我们是奴隶，那你们这些人应该到温室里面去，自己去做这些活。

我们的合同已经到期了，但是他们不让我们回家。我们是在飞机起飞前一天发现的。我们离开的时候，本来应该有另一群人到达这里（接替我们），但是他们没有出现。我本以为会有一趟航班，我本以为我们可以回家了。现在我们必须等到政府说，好，紧急状态结束了。我本希望只需要等一两个月，但是我从劳务派遣公司那里听到，可能又要再等五六个月才行。

我们被孤立了，外面的人也不许来看我们了。你知道他们在机场做的那种扫描吗？我现在正在做这种。每个人上大巴之前，我都得检查他们。如果有人体温高了，他们就不能去工作了，而我必须报告这个情况。

我们刚刚过了复活节。在老家，复活节是传统节日。大家聚在一起，我们去教堂，孩子们和他们的朋友们一起出去露营，一家人会在海滩上过一两天，围着篝火。在这些活动结束之后，我们还会吃一顿丰盛的晚餐。每个人都可以和家人交谈一会儿，我们都这样做了但这让我们非常想家。这些人真的都想回家，他们想念他们的家人。我也想念我的家人，是的，我想，我真的很想。

每天晚上，我们都还在歌唱。老实说，我们有些难以割舍唱歌这件事。这是我们生活的一部分。我们都还在唱歌，是的，即使每个人之间都得隔着一米半，也要唱。

## 巴利

上周五我辞职了。我感冒了,然后我一直没出去。我没事。这些天我一直在家休息,现在我已经完全好了。我有了一份新工作,三天后去米尔杜拉[1]摘葡萄。我想趁我还有工作的时候赶紧去办第二年的签证。很多拿工作假期签证[2]的人都失业了。短时间内,我想我很难飞回国。我父母非常担心我,但是我自己应付得了。

我26岁了,但是人们一直说我长了一张娃娃脸。我在中国一个非常普通的家庭里长大,接受了非常普通的教育,每个中国人都会接受的那种教育。我完成了大学学业,毕业后,我在计算机行业,就是IT业工作。因此,你可以说,我的生活非常普通。

过了一段时间之后,我意识到中国的工作文化并不适合我。一点都不适合。我在网上做了一点关于澳大利亚的研究,得到了一些关于工作假期签证,以及前往澳大利亚是否可行的信息。

我在丹德农的一家屠宰场工作,肉是牛肉和羊肉。工作下午开始,从2点半一直干到晚上11点半。我在生产线

---

1 澳大利亚东南部小城市,人口5万。
2 这种签证允许持有者出于弥补旅游资金的目的在签证颁发国短期内受雇工作。

的最末端。盒子从传送带上送过来,肉已经切好了,而我们的工作就是把肉分类,然后把它们放进盒子里,再送到储藏室去。

这是家很大的屠宰场,生产线上大约有500名工人,其中大部分都来自海外,就我所知,有的来自中东,有的来自印度、泰国和中国。我想他们拿的也是工作假期签证,有的拿的是保护签证[1]——我并不奇怪,因为澳大利亚是一个移民国家。大多数人都很友好,他们只是做自己的工作。

在这里工作很辛苦,尤其是对我们来说,不会英语,也没有什么特别技能。我们只能做一些非常辛苦的工作,这让人筋疲力尽。我浑身都疼,背疼,手指疼,脚疼,关节也疼。就算是机器,这么一直用也会磨损的。

我们在脸书上看到代理的广告,通过代理找到这份工作,我们还通过同一家代理找到了住宿。这是一个有五间卧室的房子,我们一共九个人住。每人每周交120澳元。其他室友都是台湾人。在家时,我主要看YouTube,在上面随便看点东西,看点娱乐的东西。

我第一份工作在沃纳布尔[2]的一家屠宰场。我的工作是用屠刀切肉,一天下来,手指完全动不了了,彻底僵了。在

---

[1] 澳大利亚的一种签证,申请人出于各种原因不能或不愿回到原居住国。
[2] 维多利亚州的一个城市,人口3万。

那里我只干了两周，因为我把手弄伤了。那里的肉是牛肉，肉块又大又沉，你在切的时候只能用一种速度，明白吗？你得切得非常快，我弄不来。我把手上的肌肉扭伤了。

这是份零工，所以我退出了。我没跟他们提辞职，因为我不知道我有权辞职吗，而且……我不知道，我英语不怎么好。我是个害羞的人，我不大善于表达，也不大敢说话。

第一份工作之后，我去了科布拉姆[1]的一家农场，去摘樱桃。我是在脸书上找到这个工作的。我坐了半天的火车，沿途都是乡村风景，有各种动物、树木还有灌木，但是我太累了，没太注意这些。这份工作也是零工，我们是根据采摘的多少拿钱的。每盆樱桃他们付你 12.50 澳元，但是我一天最多只能摘 8 盆。第一周我每天大约挣 25 澳元。后来我的平均工资是每天 60 到 80 澳元。而且这要看天，如果下雨的话，我们就没法出去摘了。

我给你看一段视频。农场里的大部分工人都是移民工人，我们住在一个房车场上，大概五个人共用一个房车。还有一个公用区域可以做饭和洗澡。实际上，我挣的钱还不够支付食宿的，根本不够。

我想回去。我一来澳大利亚就这么想了。我想念我的家人，想念我们一起度过的时光，想念我的家乡，想念老

---

1 维多利亚州的一个小镇，人口 6000。

家的菜。我想念所有这一切。但是哪怕是回到中国……工作、事业和未来，都会遇到很多挑战。因此，眼下我既然选择了这条路，我就得一直走下去。

我的父母都是非常传统的中国人。他们希望我能毕业，希望我能找到个工作，然后努力工作；希望我最后能结婚，然后过上普通人的生活。可能我还能买上一两处房产，这样我就可以有一些被动收入了。我觉得这样的生活就是猪的生活。这种生活不能让人拥有灵魂——这是死的生活，不是活的生活。他们认为这种生活适合我。我不想按他们想的那样过，因此我来到这里看看不同的世界。在情感上，他们不高兴我这么做，但是他们也阻止不了我这么做。

我不知道将来会发生什么。在澳大利亚，我想过一种跟自然有更密切联系的生活。而不是只能看到人类、城市和高楼，永远都是工作、工作和工作。

当然，要想过一种非常轻松的生活，你需要一些条件，例如一个房子和一些存款。旅游要花很多钱。我正在构思一种非常经济的旅游计划。我需要买一辆车，然后就能开车去旅游了。你需要努力工作，以积攒这些东西。我需要努力工作来谋生，我得工作、工作，但是我相信有一天我能享受到这种生活。

我想我一直太乐观了？在此之前，可能我一直运气不大好,没能找到一份好的工作,拿的钱也不大多,住宿条件也不怎么好,这都还行。但是将来一切都会走上正轨的,会越来越好的。我希望如此。

# 不如去摆摊

撰文　张赛

**6月9日**

不美好的事情早点发生吧。

打了十七年的工,不想再打工。老婆说,我上班,你带娃。我欣然同意,得工作者得自由,把工作机会让给老婆,情愿不自由,也算自由了。

想好了,等老婆孩子回来,白天带娃,晚上去摆摊。卖什么好呢?老婆说,小孩最费钱,卖小孩的衣服,卖不掉自己穿。我说,我想摆一个高科技的地摊。老婆说,接着奏乐,接着吹。

初中上生物课,老师带来一架显微镜,置于讲台一角,开始授课。老师的提问前所未有的慢条斯理,同学们的回答前所未有的洪亮干脆。眼瞅着一堂课时间过半,各位同学的手表,秒针滴滴答答之声此起彼伏。谢老师隆恩终于宣布,同学们排队来看标本。我和大家一样欢呼雀跃,看标本的同学嘴里吐不出人话吐出一堆感叹词，准备看标本的我一再吞下口水。盼望着，盼望着，快轮到我来的时候，下课铃声骤起。

老早做市场调研，我问过小侄子，他在学校没见过显微镜，武汉尚且如此，何况是小县城。

我说，买一架显微镜，一块钱看一次。

老婆说，谁会看呀，大人觉得小儿科，小孩未必有兴趣。

我说，可以自己做标本，做香烟焦油的标本，老婆有福了，拉着老公示傲。做泡面调料包的标本，大人拉着小孩看看里面有没有香精。

老婆说，一个人一块钱，卖好多才赚回成本。

我说，要这样想，如果有一个小朋友看了显微镜，对科学生出兴趣，吾未见好德如好色者也，见了一个，就够了。

老婆说，你去诗经广场看看别人摆摊卖什么。

我说，为什么要和别人一样，不去。我要好好自我隔离，网上谣传我大河南盛产毒王，我不想祸国殃民。

我在网上下单，老婆说，对老家的快递客气点。我说，好歹我也是跑快递的，就算不说谢谢也不至于刁难同行。老婆说，收一回快递你就懂了。我买的显微镜物美价廉，商家赠送12种标本，制作标本的工具和一方小抹布。物流显示，预计最晚后天送达。晚上再刷新，预计明天送达。买东西是快乐的，等待东西送达的日子是附加的快乐。

等待老婆孩子回来不是。如果我有病，希望现在就发作。

我把灯关了，这样才能看到房间里的月光。县城的蚊子比省城的笨，吹着大喇叭，一掌拍死三个。雨后的房县有武汉没有的蛙声，房县的蛙声没有泌阳的歌声嘹亮。半生寄人篱下，想回泌阳了。

一到泌阳，戴眼镜的人多起来。这话也不准确。大姨说，现在的姑娘真妖怪，一出村子就戴眼镜，近视镜都不时髦了，墨镜也拴不住蹄子，五颜六色的眼镜能摸清疙瘩路吗？想来写五千言的老子也如大姨一般絮叨，说完五色使人眼盲，又说五音使人耳聋。

结婚前夜，请老婆的娘家人吃烧烤。拦了两辆三轮篷篷，师傅问我去哪儿。我说，吃烧烤那条街。师傅说，具体讲。我说，我打个电话。我给哥们老徐打电话，那条街在哪里？老徐说，烧烤还是打台球？我说，这个点，你猜。老徐说，老电影院对面，吃那么多回还没记住。

我 33 岁了，老徐每回请我吃罢饭，假客气要骑摩托车送我回家，我没拒绝过。倒也不是一条街也记不住，我们村子到学校的路我便记得牢，那是一条直通路。还能记住另一条路，泌阳中心岗楼的书店。

三年前到武汉跑快递送外卖到如今，三公里以内的路，凭空说得头头是道。上帝保佑饭点不吃饭的人。

武汉到泌阳，五个小时的车程。上过大学的同学说，回家像旅行。我问她为什么。她说，每一次回来都不敢相认，变化大。我也觉得回家像旅行，工作地就是我的旅行地。一年到底，画直径三公里的圆，像小时候看见蒙眼的驴子转圈圈拉磨，时间久了，远方变故乡。

初中毕业，要好的几个同学去上高中。每次回泌阳，定要找他们玩耍。老徐每次带我打台球，游西河，吃烧烤。

逛街，老徐说，看见前面那个躺下来就要花半个小时再坐起来的人吗？我一看，是个胖子。老徐说，网上有人评选泌阳十大名人，这位老兄名列第一。他白天主要做两件事，吃完饭绕着泌阳转悠若干圈，向路人要烟抽，他摸不到自己的口袋，这是我估计的哈。我说，这么清楚，你跟踪别人。老徐说，这叫观察，一个朝九晚五钻进房子的人很难观察吧。但是这位老兄简直是老天爷送给泌阳的礼物，再胖的人也敌不过他，再失意落拓的人也能比他去更远的地方潇洒，再单调无聊的人经历也比他丰富，比他更快乐，比他更伤心。老徐又让我看路边的流浪汉，他们都是身体强壮意志坚强的人，吃饭不挑食，不讲卫生，要不早没了。同学的视角使我新奇，也意识到生命个体的价值。

大姨看我待同学比家人还热火，给我灭火，兄弟亲，亲三年，老婆亲，亲一生。

野火烧不尽，只有靠时间。同学们工作，结婚，散落天涯。有一年回泌阳，他们都不在。走到中心岗楼，人越多，心越凉，兜里有钱，学生时代买不起的《三言二拍》，如今走不进书店。原来我爱的不是书，不是泌阳，是泌阳曾经的两三人。纵使泌阳第一名人的身材再宽，纵使西河的水再阔，纵使逍遥镇的胡辣汤再香，那一天，故乡变远方。

泌阳虽小，五脏俱全，有流浪汉，也有贵族。闹"非典"那一年，学校封闭管理，不出不进。同桌是城里人，走读生不知道学校食堂门朝哪边开。我问同桌中午吃什么，干饭还是菜汤。同桌两者都不选，说，米饭（米饭的泌阳方言是干饭）。我又问他吃鸡蛋还是鸭蛋。同桌说，我吃那冒油的，不吃不冒油的。这个形象的哑谜难倒了阅蛋无数的食堂大妈。

泌阳有盘古山，盘古山上有盘古庙和盘古娘娘庙。开天辟地的故事过于缥缈古远，好在还有盘古兄妹的游戏传世。两人有意好合，登盘古山顶，约定各自推一扇石磨滚下山，倘若石磨到山下合在一起，便顺应天意，结为夫妻。

终点，石磨相合之处，可以套上驴子，以两步半为直径，磨五谷，磨杂粮。此处是同学的村子，大磨村。世间已历万劫，分分合合者恒河沙数，村头的大磨依旧，养人，养物。

上初二那年，在中心岗楼的地摊买《庄子》，正文小如米粒，注释是贪婪米粒的蚂蚁，比正文多数倍。同桌问我看得懂吗。那时候舍不得说不懂。年轻的小城泌阳，正应了徐志摩在《想飞》里的浩叹：是人没有不想飞的。那天一起登山的同学是老徐和小鱼。我们站在推石磨的起点。盘古庙门口有个卖甘蔗的，边给我们削皮边吹牛，这里，我说的是我们几个的鞋底下，可是中国人的根啊，甚至可以毫不吹牛地讲，这是全世界的根。我们仨就这样站在岁月的根上，远走高飞。

因为生长在农村，惧怕中学课本里的预言，成为中年闰土。我们一致认为，拒绝成长为闰土的办法有两个，不结婚和不娶闰土的老婆为老婆。誓言旦旦犹在耳畔，今天的世界已不是想象的我们的世界。

日日新，又日新，肉身越来越旧，越来越新的泌阳，再也回不去了。

## 6月11日

早上被洪亮的歌声叫醒，窗外是学校，广播在放《我和我的祖国》。歌声停歇，广播里传来咳嗽声，喂喂喂，请各位考生有序进场，戴口罩，量体温。我往下看，一个人也没有。大约是在排练。晚上做汇报，我说，盲人是不是比从前过得更艰难。老婆说，瞎操心，平时你在大街上看见过几个残疾人？

在深圳的二姐让老婆传话，央我收个快递。我戴好口罩出门，不戴口罩的快递大叔笑脸相迎。大叔说，老弟，你好啊。我说，谢谢你。大叔说，有工作吗？我说，还好。不便多聊，转身走掉。

我跟老婆说，房县的快递可以啊，素质真高，还关心一下有没有工作。老婆说，那是我堂哥。

下午快递打我电话，你写的什么狗屁地址？武当路路口，几十个路口我知道是哪个？我说，我改，我一定改。我很高兴，装显微镜的大箱子到了。大箱子甩地上，先给自己倒一大杯水，慢慢品。接下来我要再添一台天文望远镜，5块钱看一次。一直想买，一直舍不得买。现在终于捕获正大光明的理由。

打开大箱子，谢谢商家没有帮我组装好。墨绿色的金属机身搭配银色的调焦手轮，越看越喜欢，真想第一时间给老大老二（双胞胎儿子）看看。显微镜好小巧，可能因为包装箱太大，不过小了好啊，就是给小朋友玩。载物台底下还有 LED 灯，好刺眼，刺眼好啊，晚上摆摊看得清。先看洋葱皮的标本，走上记忆中的生物课讲台，我禁不住啊地感叹一声，就这？这不就是老大老二还没上颜色的简笔画，拿这个摆摊，吾国将失掉若干潜在的科学家。又看了草履虫和红细胞，关灯看不清，开灯看太清，古人诚不欺我，人约黄昏后才显美。老大老二才配了眼镜，还是退货罢。

老婆说，又吹破一个牛皮。我说，没事，还有望远镜。老婆说，我猜还是退货，等我们回来再买，让娃看看月亮。显微镜多少钱，贵重物品商家给不给退货？我说，59元，领券优惠5元，好评返现5元。

家里最多的蔬菜是土豆，不会切丝，切了土豆块，怕炒不熟，开水煮过再炒。老婆发来教程，指导我炸薯条。按图索骥，我的炸土豆块真香。

楼下有一家小儿推拿，讨厌我吹牛的老婆把这家店吹得神乎其神，到处给人免费打广告。老婆说，不吃药不打针，咳嗽一推不咳了，发烧一推不烧了，中医就是好。我说，那是耶稣显灵。老婆说，病好了是事实。

听不惯小儿推拿的哭声，整天开着音响。老婆说，小心楼下找你。我说，在自己家我想干吗干吗，谁也管不着。老婆说，这是你的家吗？

## 6月22日

2020年，祝你快快乐乐不如祝你健健康康。

汽车站门前有个行人一大口痰吐到大路中央。我目测出它的直径，虚拟出它的圆周，等下老婆孩子出来，第一句就要叮嘱他们别踩到。

老大老二一起抱不动，拉着他俩回二姐家。我说，房县没几个人戴口罩。老婆说,老家还整齐,谁戴口罩就是怪物,北京新发地的疫情都震惊不了乡下人。

双喜临门,天文望远镜到货了,孩子们一会儿更喜欢我,一会儿更喜欢望远镜。拼装完毕,我爬到 7 楼,发现没有楼顶。老婆说,谁叫你跑那么快,喊也喊不应,去年有个人从楼顶跳下……我说,然后没有了?老婆说,是啊,然后没有楼顶了。

来到窗前,说明书上所谓最差的观景位置,先用寻星镜找近处的目标,学校门口挂五六块牌子,像堆砌形容词的病句。原来望远镜是倒像,看到一家店铺的招牌,这个田字倒过来我也认识,黑字白字我就认不得了。又看到一扇窗户,罪过,好像是裤子,镜头晃走,不小心又晃回来,看清楚原来晾晒的是几个口罩。可惜阴天,等等吧,要不了多久,电视剧就会有主角出场。

看到鞋柜上面的口罩,我说,怎么不扔?老婆说,你的口罩扔了?我说,进门就扔了。老婆说,你真是,消消毒还能用两天,出去一趟扔四个谁戴得起。我大义凛然地掏出手机说,给你转 100 块,买口罩去。

吃午饭的时候,心血来潮,给孩子们讲思考题。我说,爸爸有 100 块钱,如果给妈妈,爸爸就会伤心,如果不给妈妈,妈妈就会伤心,该怎么办呢?老大说,给妈妈。我说,为什么?老大说,妈妈刷碗好辛苦。我说,爸爸回来以后碗都是爸爸刷的。老大说，不给妈妈。老婆说，没有钱怎么买肉肉？老大说，给妈妈。老婆说，你个墙头草。老二说，不给爸爸也不给妈妈。我说，给你吗？老二说，给存钱罐，存起来。老大说，我们没有存钱罐。我说，好好好，给你们买存钱罐。

第二天吃午饭，孩子们闹着央我讲思考题。胸中泪点比墨点多的我讲了一个老掉牙的故事。我说，爸爸和妈妈都掉水里，你先救爸爸还是妈妈？找死的我得到找死的答案。老大老二异口同声说，先救妈妈。我说，为什么？老大说，妈妈好辛苦。我说，救人之前你要考虑自己会不会游泳。老大说，我会游泳。我说，老二，你为什么不先救爸爸？老二说，爸爸个子大，妈妈个子小。我说，可是爸爸瘦，妈妈胖。老大老二嘀咕了一下，决定先救爸爸。

没救了，心里的光明照不亮天阴，下午四五点就要开灯，这个月电费要多出。看看后面两天有雨，没有月亮谁看望远镜？我改了主意，下单一台9英寸复古街机作为展示机，又下单一打3英寸的迷你街机，另外听从老婆的建议，买了一堆小玩具，变色灯，弹跳小人，发光戒指等等。兵马未动粮草先行，我找来硬纸皮先写招牌。头一行写找回童年只需1元，第二行写双人游戏1元体验，底下写上游戏的目录：三国志，街头霸王，双截龙，魂斗罗。老婆说，我让你买的玩具怎么不写招牌上？我说，已经没位置。吃罢饭边听新闻边慢吞吞洗碗，老婆见状说，你对碗都比对我温柔。

孩子们要求睡前故事，以及每天中午一个思考题。读太多书，故事讲不完，思考题讲了三天已是技穷。读再多书也是别人的搬运工，真要讲出自己的见解，四岁的孩子竟不能应付。

初中生，真可怕。

在泉州鞋厂打工，室友都知道我爱看书，嘲弄我是大学生，是下班不知道蹦迪嗨皮的蔫书呆子。大学生就大学生呗，那首著名的诗怎么说的，别人笑我太疯癫，我笑别人看不穿。后来有了暗恋对象，我开始目中有人。痛改前非，把下班看书的坏习惯彻底改掉，改为蹲厕所看书。那天看得兴起，擦了三回屁股，厕所从一部堆积至五六部砖头书。我看书花心，喜欢串联几本书一起看。室友推门而入，工厂宿舍的门都没有锁，还携带猫猫狗狗一堆朋友，高低床吱吱呀呀欲摧枯拉朽之声令我肝儿都颤了。有人说，你们宿舍那个书呆子呢？室友说，以后可别喊书呆子了，浪子回头金不换，人家不看书了。有人问，不看书看啥？室友说，看美女。有人说，哈哈，看毛片里的美女。有人反驳，不会，要看也看黄书里的美女。蹲在厕所的我听着室友的对话一惊一乍，如携带巨款的逃犯无论如何不能财富外露。一直蹲到他们作猎人散，鸟兽不感谢天，不感谢地，感谢室友肾功能强大,能存尿。

初中生,真可怕。

## 6月29日

老婆在县城转了一圈,无处招工。顺天应命,一家人有说有笑,便是与世隔绝的武陵人。

做饭做得泼烦,一家人决定到外面吃一顿早餐。点一碗豆腐面一碗热干面,老二嚷着喝豆浆。老板过来说,只有大半碗,不算一碗,免费送。饶是如此,热干面不好吃,它只归属于武汉。

有一家人怕小朋友磕碰,把饭桌四角电视四角用棉花包裹,既安全又安乐,只是无权包裹别人家的桌角。我怕死于安乐,玩具一到,出门摆摊。

下午5点,把玩具、招牌和两个小板凳装进行李箱,老婆还要做饭,我一个人下楼,看看时间,拉着行李箱慢慢往诗经广场走。

出来一身汗,不想停歇而导致出两身汗。昨天把望远镜一退货,今天就看见月亮。循着老婆给的地图,走了30分钟,马路两边开始出现商贩,卖轿车,卖盆栽;再往里面走,卖衣服,卖烧烤。走到广场,射击摊位的大爷正在吹气球。没有腰的女人往钓鱼池里倒水,她的小女孩在安置塑料凳子。穿着运动套装的舞蹈学生也许来早了,借着旁边音乐烧烤的低音炮练习舞步。

我在广场的镇山石旁边落脚,检查一下行李箱,好好的。16岁出门打工,临行在泌阳买了崭新的拉杆行李箱。到驻马店坐火车,看到进站的人群像刚当垃圾卖掉的语文课本里的诗句,黑云压城城欲摧,数人头并没有震撼我,可叹河南的打工仔真生猛,拉杆行李箱不拉不推不提,直接扛肩头。春运回家,行李箱拉杆拉掉,提手提断。打工并没有使我身体生猛,却生猛了我的行为。十几年过去,国货终于令人安心,令文弱书生有个固定的人设。

我把行李箱当桌子,大游戏机放桌上,其他玩具摆地上。游戏机接了两个手柄,手柄放在两个板凳上,音量开到最大,试了一局,任督二脉被打开。隔壁烤香肠的大姐好奇地来看看,问我是不是城中心新时代广场那家游戏厅。我含糊其词。虽然工友喊我老张,那是行为老张,我的肉身这么小张,专门来摆地摊还是令人羞愧。大姐说,以前哪有年轻人摆摊,呼啦啦一下子都来了。魔幻的现实篡改了屈原的诗句,何昔日之萧艾兮,今直为此芳草也?大姐的小孩子玩了一局三国志,既然是邻居,何况又聊了几十句,不好收钱,还是收钱,等下老大老二过来,离香肠近,难免要吃。

有两个中年人路过,一个中年人看了又看,另一个中年人说，走吧，小孩子玩的。天渐渐暗，人渐渐多，终于有一位约莫 60 岁的爹爹过来询问。我说，只要 1 块钱，找回童年的快乐。爹爹笑笑拜拜。我掐指一算，60 岁的爹爹不想回到童年。

老婆孩子走路来的，一来就站着打游戏，一个地摊三个托儿。我让他仨看摊，我去四处转转，老婆嘱我捎点烧烤回来。广场北面的建筑写着市民之家，房县市？起名字的文化人都懒成什么样了，看到路边的标语：诗酒远方。西河沿岸彩灯初上，照亮了路边的标语：千里房县。此地是全国最大的贫困县。我点了烤肉，老板娘说，10 个地摊有 8 个是烧烤摊，叫人怎么活？我想说，10 个地摊有 8 个是玩具摊。怕憷倒数学家，没说。隔壁烧烤摊老板悠闲，接话茬说，拉倒吧，你交管理费了吗？我说，怎么，摆摊还要交管理费？老板说，可不是嘛，去年的标准，一年 800，腊月二十准时交的。如果疫情早发生一个月，我能省 800 块。今年不收费，摊位流动，结果掏摊位费的和不掏的一起抢摊位，你说亏不亏？重要的是，去年一天流水 200 多，今年只有 100 多，你来吃烤肉本来找我的，多一家你就去她家了。老板娘说，现在做生意拼的是颜值。说罢自己不好意思地笑起来。

老婆说，你一走，我们卖掉两个变色灯。老大说，还有好多好多弹跳小人。我说，一共卖了多少钱？老婆说，

10 块。我说，烧烤加上两瓶水，花了 14 块。老二闹着要吃烤香肠，老婆说，回家喝剩面条。

有两个小姑娘为伍，提着几瓶水，到处问人要不要水。跳广场舞的队伍来了，反正也听不见，我把游戏机的音量静音，还能省电。自己的摊位没人，四处看别人的摊位。卖羊奶的用一只羊母和一只羊羔的模型吸引小朋友的注目。卖益生菌的只要有人问就送小包湿巾，没人问就拦截小朋友送气球。老婆说，你看那边，还有卖干货的，这本来应该过年前后卖。9 点收摊，孩子们无论如何不想走路，搭乘电瓶观光车，师傅说两个小孩当一个大人，三个大人 9 块钱。

摆摊真好，方方面面都好，除了不赚钱。

# 你激烈地越过自身
## ——三月到四月

撰文　林白

## 苹果

书桌上的苹果是最后一只
我从未与一只苹果如此厮守过
从一月底到二月
再到三月二十日。

稀薄的芬芳安抚了我
某种缩塌我也完全明白
在时远时近的距离中
你斑斓的拳头张开
我就会看见诗——
那棕色的核。

我心无旁骛奔赴你的颜色
嫩黄、姜黄与橘黄
你的汁液包藏万物
而我激烈地越过自身。

我超现实地想到了塞尚
他的苹果与果盘
那些色彩的响度
与暗哑的答言

我不可避免地要想到
里尔克关于塞尚的通信
你的内部已震动，
兀自升腾又跌落，
要极其切近事实是何等不易。

---

\* 末尾三行来自里尔克（2020.3.20，春分，朝）

## 白鹭的孩子

白鹭的孩子认出自己
一片松林嘶嘶鸣响
天空抖动的瞬间
我身下,骤然一片湛蓝

万物倒转
我向下生长
自天空而下
一路奔赴山峦与深谷

柔弱的枝条飘动
而风声坚韧
一棵尚未命名的新树
以满身露水,喜极而泣。

(2020.4.1,晨草晚改,19日改定)

## 世界的回信

我是你披头散发的女儿
　　　　你是父亲
　　四月短暂的父亲。


我的生身之父
未曾替我梳过发辫
他的时间停留在我三岁，
他手里我的头发也不会再生长。


　　一切的未曾那样多
　　　　巨大的未曾。
我吞下那荒凉超过半世纪。


你白色的羽翅降落在四月
　　　每天清晨
　　衔来世界的回信。

> "我写给世界的信,
> 世界从来不曾写给我"
> 我不知道是比她幸运,
> 还是更加不幸

(2020.4.13,晨二稿)

---

\* 《我的诗》是我写给世界的信,这世界从不曾信给我。——爱米莉·狄金森

## 必须

白鹭必须忘记世界的成长
　它将找到自己的入口
　顺着血液,回到丘陵。

它对世间的激动必须无动于衷
　　背对上下四方
　也背对,这个春天

背对一切使它更加犀利,
它是虚空中一把寒冷的刀
　　　没有刀刃。


　　没有刀刃
　只有内部的雷霆
　与外部的寂静

你激烈地越过自身——三月到四月

# 那不勒斯应无恙

去年此时
我盘算去意大利
那些数世纪从未衰弱的名字
被地平线的箭头钉住的大海
老于酒的光

到 10 月果真去成了
许愿池阳光炫目
两位中年美人
她们走进神曲的仪态
被我晒到朋友圈

昨夜我在电视上与之重逢
威尼斯的叹息桥
米兰大教堂
黑头发的记者手握命运
意大利
确诊病例 7424
累计死亡 366
箭矢提前命中

病毒重新定义了每一个人
每一寸土地

那不勒斯应无恙
我的南方
那燃烧的凤凰木羊蹄甲鸡蛋花夹竹桃
插队时
同样的五色花曾经治过我的烂脚
卡普里与苏莲托
亲爱的植物让我眼含热泪

（2020.3.10，晨8点）

---

\* "数世纪从未衰弱的名字"三行出自沃尔科特。引文即致敬。

你激烈地越过自身——三月到四月

# 一只鸟的鸣叫

一只鸟的鸣叫停止了，
如磬竹之声
忽然中断。

连续六十个夜晚
在子时
微弱
清晰
鸣叫出熹微的光

一只孤独的鸟
自己把自己叫成一片竹林
在沙沙的风中
涕泪滂沱……

而海浪涌起在竹梢。
此刻光也是寂静的
空中的涟漪肃穆
骨灰们消失在骨灰中。

寂静从天上阵阵涌来

天蓝得令人忧愁

而阳光猛烈

（2020.3.27，晨。北京万里无云阳光猛烈）

## 假如鸟类

在阴天飞行也是好的，
假如鸟类
也有白内障。

云层不单挡住强光
而且包含雨意
那湿润的气流柔和地
托着你的筋骨。

你离散的躯体
从我的内部飞过
阴天更加肃穆旷远。

（2020.3.26，晨，阴天）

## 三月,奥麦罗斯

三月,奥麦罗斯,
 我如此爱你。
 我对你一无所知
  就像那些海,
无论是加勒比海还是大西洋,
  它们如此遥远

   作为一本书,
   你实在太厚了,
   足足 526 页。
   巨大的史诗
   包含全人类。


遥遥而望又有何不可呢
我只知道那里有金表和海燕
    以及腌鳕鱼
知道最重要的伤口在脚踝,
  无法治愈,发出恶臭,
只知道一点皮毛有何不可呢

作为一本书，
我只读了五页半，
我永远不会读完的
奥麦罗斯
我只摩挲你的书页。
你离开海岸的时候，
大海还在那里咆哮。

（2020.3.13，夜，22日抄）

## 母熊

今年你醒得特别早。
你冬眠的时候,
我在哪里呢?


一群幼仔在雪地中
大小不一,全都闭着眼。
每天清晨,你挨个舔它们
夜晚睡前再舔一遍。


当温热的舌头在我脸上
我知道我是幼仔中的一只


昨日听闻有一种花
雌雄双蕊
我想你也是
你是雌熊
也是雄的。


以你明亮乳汁的雌性
你黑暗身躯的雄性
黑白相间的花
渐渐勾勒出我的形状


(2020.4.20,二稿)

# 附近

自我始终不是我们的终点。第三部分，在世界与自我之间，我们寻找附近。一个小型网络共同体、一个互助写作社区、一个住处旁的菜市场……这些真实的社会关系，依然存在，并且始终动人。在令人感到迷茫和不安的世界情势中，也许，这是我们跨越自身、创造未来的真正起点？

# 01 附近

237　渗漏的容器：新冠时代下的共情与第一人称

简·卡森

257　双凤　　　　　　　　　　　　　　　　　　许莹玲

275　看门记　　　　　　　　　　　　　　欢乐的戴维琼斯

286　普通疫情生活图景　　　　　　　　　　　　　文珍

310　2020 的谜语　　　　　　　　　　　　　　　巫昂

321　危机中的未来，以及乐观主义时刻　　　　　　战洋

# 渗漏的容器：
# 新冠时代下的共情与第一人称

撰文　简·卡森（Jan Carson）
译者　闫晗

2020年春天，有四个月的时间我都在写明信片故事，并把它们邮寄给当时因新冠疫情而隔离在家的人们。我从我的收件人那里收到了各具特色的回信：一个塞满了邮票的信封、一本自制的菜谱、几幅画作，还有一箱甚合我意的葡萄酒。然而，当一位年长的女士主动联系我，提出要给我的弟弟买点夏装的时候，我还是感到有些惊讶。

让我稍微回顾一下前情。我给这位女士写了一个故事：其中，女主人公的弟弟为了能在2019年圣诞节和亲人团聚，从中国不远万里来到贝尔法斯特[1]，但却因疫情爆发后的旅行限制而无法返回。在故事里，这个可怜人要忍受这里夏季的天气（尽管贝尔法斯特的夏季是细雨蒙蒙的），因为除了厚实的灯芯绒衣服还有圣诞节的羊毛套衫以外，他就没有其他衣服可穿了。这是个虚构的故事。构思甚至有

---

1　北爱尔兰首府。

点可笑。但不巧的是，我是用第一人称写的。当那位女士读到"我的弟弟"时，她就自然地认为是"我"在讲述这个故事，如果是"我"在讲，那么它就一定是真实的。这位女士十分善良，她很同情故事里弟弟的处境。她主动提出，想送他一些服装店的礼券，店铺随他任选。我现实里的弟弟（他并不在中国居住）说我应该接受这些礼券。"为了这位女士着想，"他说，"这样，她就不会因为会错意而感到尴尬了。"我怀疑他是怀揣着隐秘的小心思讲这番话的，毕竟他的衣柜急需一次翻新大改造。

我还是向这位女士做了澄清，说故事是虚构的。这点她是能理解的。她因为自己理解上的失误而感到十分难为情。随后，我尝试向她详细解释"第一人称写作"这个概念。但这一点，她却没能像之前那样轻松地理解。这位女士从未听说过第一人称。如果我以"我"的口吻写了什么，那它就一定是我自己的经历。如果不是如此，我又为什么要故意说谎呢？我也断断续续地跟自己的母亲交流了这个问题（她和这位女士年龄相仿，阅读喜好也相近），十分惊讶地发现她也同样对"第一人称写作"毫无概念。过去的十五年间，她一直以为我用第一人称写的所有内容都与我的个人经历分毫不差。我委婉地问她，这些是否会让她感觉有些古怪。我是一位魔幻现实主义作家，写飞到天上的孩子、会说话的猫也惯用第一人称。"那倒不会，"她回答道，

"你总喜欢夸大其词。"

我本不应该感到惊讶的。任何以第一人称起笔的小说家——从马克·吐温（Mark Twain）到扎迪·史密斯（Zadie Smith）——都能明白，有些读者无法把作者和叙述者区分开来。在此，我想先暂停一下，对我们不幸的朋友——诗人们——表示同情。他们的每行诗都以抒情的"我"来表达，除非特意说明，不然那些便都会被读者当作个人的思索。读者们是否认为诗人无法想象出他人的经验？他们真的以为诗人都那么自恋吗？也许吧。对散文作家，读者则会稍稍宽容一些。毕竟我们是职业的说谎者和表演家，读者们能预料到我们会编点什么东西出来。让他们困惑的似乎是第一人称。我曾出席过几十场读后交流会，总会有听众向我问起人物的行为和观点，好像它们与我本人的行为和观点完全一致。

有时这种困惑不难理解。当文本与我对其作者的理解重合时，我也会有这种困惑。读《洛丽塔》（*Lolita*）或《波特诺伊的怨诉》（*Portnoy's Complaint*）的过程中，我很难不从叙述者的声音中辨出纳博科夫（Vladimir Nabokov）和罗斯（Philip Roth）自己的关注重点和独特风格。同样，珍妮特·温特森（Jeanette Winterson）1985年的小说《橘子不是唯一的水果》（*Oranges Are Not the Only Fruit*）的叙述者（也叫珍妮特）在我的眼里，也像是珍妮特本人的虚拟代理人一样；而真实的珍妮特的故事，则在她2011年的自传《我要快乐，不必正常》(*Why Be Normal When You Could Be Happy*)里有更明确的讲述。

无论作者的经历和叙述者的经历有多不相干，作者的影响还是会在一定程度上渗入叙述者的声音当中。这种渗透极其微妙。写到这里，我想到了《长日将尽》(*The Remains of the Day*)和《别让我走》(*Never Let Me Go*)这两本书，石黑一雄（Kazuo Ishiguro）在书中用了与他本人不一样的声音，写出了非常有说服力的内容。虽说如此，但是在通常情况下，即便是第一人称叙述的杰作也难免留下作者自己的轻微指纹：潜意识的语言习惯、小说化的个人经历、对某个话题的明显关注，或者对情绪感知和情绪处理的个人理解。作者自己的声音被转译得如此之好，以至于难以察觉。然而，我认为这个声音仍然存在。使用第一人称写作，作者便没有办法假装缺席。

那又何必大费周章地"假装"呢？这个问题切中了写作这一行为的本质。大部分作者在将其文字落于纸面的同时，都会尝试发起一种三角关系。作为作者，我会把自身的一部分转化成我的文字。而我的文字只有在被我的读者感知到的时候才能拥有生命。这一整个过程都依赖于生活经验。没有了我对生活和语言的理解，我的文字不可能存在；没有了我的读者对生活和语言的理解——它们或许与我的不同——处理文字表义和内涵的透镜也不可能存在。正因如此，我一直认为写作——当然还有阅读——是一种彻底的共情行为。通过塑造与我不同的人物，或是阅读与我背景不同的角色，我得以短暂地身处另一种经历。乔治·艾略特（George Eliot）认识到了文学的共情性质，她这样写道："一位伟大的艺术家所描绘的人的生活图景，甚至会使得卑贱自私之人意外地注意到他们身外的世界，这种注意或许可以被称作培养道德情操的原料。"

我在北爱尔兰推行社区写作项目已经将近二十年了。在这里，从创意工作坊习得的共情技巧对推动当地的和平进程十分重要。该项目成员来自不同社区，也很少跨越传统的宗派界限，但是他们却往往因为邂逅了别人的故事，从而开始理解、甚至是同情另一个人的遭遇。正如奥巴马（Barack Obama）所说，"当你决定扩大关注范围，同情他人的苦难时——无论这些人是亲近的朋友，还是遥远的陌生人——你都很难不去采取行动、不去帮助他们"。或者，用在北爱尔兰的例子里，我们很难再将伴随我们许多人成长的隔离、暴力以及偏见延续下去。

在过去两年的大部分时间里，我一直以常驻作家的身份，与贝尔法斯特城弗斯街区、香基尔街区的年长女士们

附近 | 渗漏的容器：新冠时代下的共情与第一人称

一起工作[1]。我们每周都会见面——既在物理意义上，也在比喻的意义上，跨越把弗斯街区的民族独立主义者和香基尔街区的统一主义者分隔开的"和平墙"——去喝茶，去积极地参与彼此的故事。这些女士们都对"和平墙"另一侧的生活所知甚少。她们被北爱尔兰的两种教育和住房体系隔离，持有截然不同的政治和宗教观念，但是，通过分享故事、进而实现共情的机遇却被证实能够转变她们的看法。一方面，我小心地确保每位女士都能保留自己独特的个性；另一方面，参与了这个项目之后，这些女士们却都更加关注彼此经历的共性而非那些引起分歧的话题。在共度了一年时光之后，这些女士集体完成了一首诗，诗的最后一行是："我们团结一致，因此更加强大"。

共情在这个项目中不可或缺。成员讨论自己的体验和情感，也用同样多的时间讨论其他人的。然而，当我请她们就一个重要的历史事件——1998年的《北爱和平协议》——进行写作时，一件有趣的事情发生了。我让她们先从自己的角度来写，再从一个背景不同的人的角度来写。几乎所有的女士都选择用第一人称写作自己的证词，而他

---

[1] 译者注：弗斯路（Falls Road）与香基尔路（Shankill Road）位于贝尔法斯特城市西部。"和平墙"正处于两个街区之间，用来隔离新教徒和天主教徒的居住区——前者为爱尔兰属于英联邦，后者则支持爱尔兰独立。这里爆发过十分血腥的宗派暴力事件，曾是长达三十年的冲突核心区。

人的见闻——尽管颇有见地，也在一定程度上能够让人感同身受——则是用第三人称叙述的。我不认为这表明了共情的失败，这更加表明了，人们在潜意识里能够理解共情的局限性。

在畅销书《摆脱共情》(*Against Empathy*)中，心理学家保罗·布鲁姆（Paul Bloom）将共情定义为"以自己认为的他人感受世界的方式去感受世界的行为"。电影和电视的出现极大地推动了共情倾向的大规模确立。绝大多数人目前都能轻松自在地扎进陌生人的经历里。他们能跟"一战"期间在战壕里一动不动的士兵共情，还能足不出户地跟准备绕月航行的宇航员共情。共情意识不是什么不同寻常的特点，而是一个健全的人理应具备的品质。

然而，完全进入另一个人的经验却要难上许多。挪用另一个人的声音需要极强的想象力、谦逊的品质以及自我否定的能力。任何用第一人称写作的严肃尝试都是一种截肢；你必须把自己的声音、观点和看法抛于脑后，才能为另一个声音留出回响的空间。这种写作需要细心研究、放弃自我，还需要一点神奇的魔法。发现一个幽灵在用你的喉咙说话，这种体验既玄妙，又有几分令人不安。也许，我那些来自弗斯和香基尔的出色的作者们选择用第三人称来写他人的经历是明智的。第三人称提供了全知的视角和一定的距离，这两者都无法通过第一人称实现。第三人称是一种安全网。它不具备第一人称写作的亲密感,也就不会让叙述者的言论或信念与作者之间有太过明显的关联。

在二十几岁时,我多半不用第一人称。那时,我选择第一人称的原因是我初涉写作且自恃有才。我有东西要写——重要的、明智的、聪明的东西——而且我还想确保人们把这些都归功于我。我的故事几乎全是遮着薄纱的媒介,传达的是我自己的看法和观点。通常,我甚至都不会费心去盖上这层纱。我抛弃人物的假面,写作小说版本的自己,完全承认我在这些故事当中的在场。如果我那时知道有"自我虚构"(auto-fiction)这个体裁,我一定会把我的作品归入此类,用这个术语来掩饰我的自大。澳大利亚的小说家斯蒂芬妮·毕肖普(Stephanie Bishop)在教课时,也注意到了创意写作班上的年轻学生拥护第一人称的倾向:"他们用第三人称写的东西往往僵化死板、缺乏关怀:他人的生活在他们笔下并不真实,他们还没想过、也没亲历过这些生活"。毕肖普还注意到,她自己大概是在成为母亲的时候开始了从第一人称叙述向第三人称的过渡。她发现自己主要在用第三人称向她的女儿讲述这个世界(妈妈在做这件事。宝宝在做那件事)。而在意识到自我存在于与他人的关系之中以后,她的写作方式发生了根本性的变化。"我再也不能用第一人称写作了,"她说,"因为我不是作为第一人称而存在的。"

我能理解毕肖普的想法从何而来。成年后的大部分时间里，我都在尽量兼顾社区艺术的推进和自己个人的创作。我以自己居住的社区为原型写作，花了大量的时间帮助这个社区与它自己的故事互动——而我也是故事中活跃的一分子。对社区作家而言，公众和私人、个体和集体往往没有界限，即便有，界限也模糊不清。我越来越意识到自己既被集体的经验塑造，又受到它的限制。我是我的全部社会关系不断演化的产物；用诗人路易·麦克尼斯（Louis MacNiece）更传神达意的话来说，我是"根深蒂固的复数"。认识到这些之后，用好第一人称却更加困难了。如果把自己的声音从喧闹纷杂的影响中分离出来都十分困难，我又怎能真正地挪用另一个人的声音呢？在写作方面，我是个胆小鬼。十五年以来，我通常都固守着第三人称。只有偶尔想把自己包装成前卫的实验作家时（我不是），我才会对第二人称略有涉足。

三年前，我正在写我的第二本小说《纵火者》（*The Fire Starters*）。我的编辑爱丽丝建议我在小说的两位主人公——乔纳森和萨米——之间选择一位，把原本用第三人称叙述的故事换成第一人称。她觉得这样做也许能确定小说的主体声音。我在一个停车场里读完了她的评注，回复"好的，没问题"，然后在方向盘前呆坐了近两个小时，一想到要用第一人称写三万多字心里就异常恐惧。最后，我用第一人称改写了小说中乔纳森的部分，只是因为他更像我一些。乔纳森和我年纪相仿。我们都出生在中产阶级家庭。跟他一样，我也不擅社交、酷爱读书，而且还有些自我压抑。我羞于承认自己回到了早年的写作状态：借艺术之名，行自我沉溺之实。我把乔纳森套在了我的形象里，改了他的性别，给他添了个孩子，希望没人发现我与他的相似之处。

我根本没考虑过把萨米的故事改写成第一人称。我怎么可能用他的声音说话呢？我跟他几乎没有共同点：我不是男人，还没变老，也没做过准军事化组织的成员——这一点可真是谢天谢地。但我在社区的艺术项目中见过许多像萨米一样的男人。我可以融合这些借来的经历，把它们放在我所了解的贝尔法斯特东部的心理地理学背景下，然后创造出一个从准军事组织退役的年长男人，写出一个相当可信的第三人称版本来。我能用第一人称做到这些吗？说实话，我觉得那会杀了我的。在《纵火者》的中间，萨米有一小段第一人称独白。他的声音那么焦虑、暴躁，毫不夸张地说，一写这个部分我就会做噩梦。我用了近一个月的时间写这短短的三页内容，尽管我对最终的成果比较满意，但是我依旧没能完全抹去我自己的声音。萨米提到了很多圣经典故，而那些是我从自己的童年里截取出来、嫁接到他身上的。

扎迪·史密斯在她关于第一人称的优美随笔中曾经发问："写了'我'却又要读者相信它指的不是你自己，你能这样做多少次？"用第一人称完成了小说的很大一部分内容之后，我更加意识到第一人称叙述是个渗漏得多么严重的容器。在第一人称叙述里，无论作者多坚定地声称自己在用他人的声音讲话，他都不可能不留下自己的痕迹；否则，他就无法提供必要的亲密感，来使叙述变得可信。写完《纵火者》之后，我决心避开第一人称。我用第三人称写了整整两本小说。它们也以不同的方式耗费了我的心力，但我却不用一直举行第一人称叙述所要求的那种驱魔仪式，来解决阴魂不散的我自己的声音。

在2020年新冠肺炎流行期间，第一人称又过来咬了我一口。虽然我做了很多很多用第二人称或者第三人称创作的尝试（你都想象不到我试过多少次），但是它们都失败了，写的这些故事就是无法成形。它们平淡、不可信。人物读起来也不真实。在隔离独居的四个月里，第一人称毫不费力地来到了我的身边。当时的我除了与外界维持必要的联系以外，几乎与世隔绝。这跟我在疫情之前的生活方式（不断地旅行、忙碌地社交，几乎每天都要公开露面）形成了鲜明且令人困扰的对比。这种变化给我的写作带来了极大的影响。在这段令人陌生的时间里，我绞尽脑汁地想象着他人的经历，因为我能参考的只有自己。这一小段时间的我不再是那种开放的、联系的、群体性的存在。我是一个个体：围着大脑运转，被我自己的思维生活的局限性限制。我顺理成章地用极度关注自我的第一人称写作，因为我无法想象出自己以外的其他人，更遑论与他们共情。

埃米尔·麦克布莱德（Eimear McBride）在她的第三本小说《陌生旅馆》（*Strange Hotel*）里写道："在脑海中独处是一种福佑。"我在隔离前不久读了这本书，在2020年夏初放松隔离管控的时候又读了一遍。在这段过渡期，大部分时间我都"在脑海中独处"，但我却在很大程度上觉得这远非什么"福佑"——尽管我能和麦克布莱德笔下被迫探向自己灵魂深处的孤独主人公产生共鸣。《陌生旅馆》是用非常亲近的第三人称讲述的，偶尔会跳到第一人称。麦克布莱德的叙述者对人物的内心洞悉得太清楚了，我甚至有一种"它实际上就是常规的第一人称叙述"的印象。在小说里，无名的女主人公住在一连串位于各个城市的同样匿名的旅馆房间里。这些疏离、孤立的空间映照出她界限分明、独立自主的自我意识。这是个很强调自己自主性的女人。但是，在一系列弗吉尼亚·伍尔夫（Virginia Woolf）式的丰富洞察中，读者却被作者所允许，瞥见了这个女人在不断拷问自我的过程中，所经历的心理的震动和怀疑。她或许能够在脑海中独处，但她所体验的福佑却一定不是平和的。她在不断地建构又解构着自己的身份。这个女人知道自己留给他人的印象，而且还是故意为之的。

正是在这里，（尽管用了亲近的第三人称），麦克布莱德自己的声音渗入了她所写的人物中。麦克布莱德对被观看的女性和观看自己的女性极为关注。像乔伊斯一样，她对人物内在与外在生活的界线如何变得模糊有着一种健康的兴趣。她的作品精心地设计好了要让她的读者看到些什么，然后再巧妙地把这个过程背后的机制揭示出来，她在《陌生旅馆》里写的那个女人就是同样如此。再与弗吉尼亚·伍尔夫的话做个比较。伍尔夫曾写过一篇关于勃朗特姐妹的精彩随笔，评价她们作品里的叙述声音。她写道："凡是以自我为中心的、受自我所限的作家们，都有一种那些兼容并蓄、胸怀宽广的作家所无法拥有的力量。他们感受到的印象都是在他们那狭窄的围墙中稠密积累起来，并牢牢打上了印记的。他们的文字所表达的无一不带着他们自己的特征。"我绝不是在说埃米尔·麦克布莱德是自我中心的，只是认为她像伍尔夫一样明白自己的声音——包括它的关注点和复杂性——并且借由她们小说中的人物，意图明显地操纵了这个声音。

封锁迫使我不得不在自己的脑海里度过大量的创作时间，我建构又解构着我的自我意识；也思考着它如何显现在我选择的声音里。在这期间，我把主要的时间都用在了广播四台的委托上，创作了十篇互相关联的系列独白。我

附近 01 渗漏的容器：新冠时代下的共情与第一人称

庆幸自己用的是第一人称。如前文所言，那些想让表述更模棱两可的写作尝试全都是场灾难。尽管我努力地让脾气随和的监制相信，这些独白来自一群有差异的个体，事实还是很快清晰起来：他们不过是我表达自己的兴趣和关注的工具而已。有一个人物正在努力克服信仰上的冲击，就像当时的我一样。另一个人物沉迷于阿加莎·克里斯蒂（Agatha Christie），这也不是什么巧合，因为2020年我花了不少工夫按照写作年代顺序阅读阿加莎的作品。还有一个人物是个创意工作者，面临着文思枯竭的窘境（这也是我每天都会面临的问题）。几乎我所有的人物所表达的问题和成见都与我的方寸世界紧密相连。我听到有些作家说写作能帮助他们摆脱与新冠有关的焦虑，引导他们顺利渡过这个时期。的确，写作有时是最廉价的心理治疗。当我在交稿之前再次检查自己为广播四台创作的独白时，我不得不承认，我把自己的恐惧和疑问都投射到了我写的人物上。我试着充满共情地讲述他们的故事，同时保留一定的作者视角，但最终却还是把他们变成了我。这个系列包含十个"独一无二"的声音，它们听起来都很像我。

我现在终于能够承认，自己无法用第一人称写出任何保持作者距离的作品。我猜大部分的作家，如果他们足够坦诚的话，也会承认第一人称的叙述声音有这种模糊和混乱。新冠疫情期间，我对主体的思考还不止于此。我发现自己不再相信我之前理解的那种共情了。显然，这点对我感性的写作实践影响极大。我不反对共情，尽管我的确同意保罗·布鲁姆的观点——聚焦在与某个个体或者某个团体的共情上，会使我们只见树木、不见森林。我还是认为共情有正面意义。我们应该尽力地想象他人的生活。回避共情，就等于要故意戴着眼罩接近世界。在《一个土生子的札记》（*Notes of a Native Son*）中，詹姆斯·鲍德温（James Baldwin）着重刻画了分歧和偏见，而这两者正是不能或者不愿跳出自己的半径去思考的必然结果。虽然鲍德温写的是美国人，但是他的话却非常适用于北爱尔兰，也毫无疑问地适用于任何隔离与漠视大行其道的地方："那些尽可能逃避一切真实感受的美国人，自然无法了解他人经历的价值，也无法在他们与其他生活方式的联系之中定位自己。"

我不是在质疑共情的价值，只是对完全进入他人的经历的想法——俗语所说的"穿着别人的鞋走一英里"——丧失了信心。

我现在所理解的共情是一个无法实现却又值得追求的目标。我能试着想象另一个人的生活，但我毕竟不是那个人。我会不可避免地求助于自己体验和情感的滤镜去理解他们的经历。伟大的美国作家琼·狄迪恩（Joan Didion）曾在《散漫地步向伯利恒》（*Slouching Towards Bethlehem*）中写道，"我们的笔记本出卖了我们，因为无论我们多么忠实地记录周围所看到的一切,我们的所见之物却总是显而易见、厚颜无耻地拥有一个公分母:那个无法消除的'我'"。除了我自己情感和经验的建筑砌块以外,我没有其他材料去搭建另一个人的经历。我是我自己。我不是其他什么人。这就是共情的局限。当一位朋友向我吐露心声,我或许会说"我理解你的感受",但我却不可能真正理解他们的感受。我能做的只有调用自己合成的经历来练习共情思维。往好的方面说,保证自己能理解他人也许出于善意。但在最坏的情况下,这种保证却有过度简化、过分轻率的可能。

新冠疫情爆发以来,我记不清自己听过多少次这样的陈述:"我们都在同一条船上。"但我们并不都在同一条船上。即使承认大多数人(如果不是所有人的话)都面临着一定的困难,每个人的困境也都并不相同,因个人的处境、资源和应对方法而异。我是个独居的单身女子,要解决寂寞和孤独的问题。跟我隔了几个街区的已婚朋友们,则因为跟年幼的孩子关在一起,需要艰难地应付幽闭恐惧症以及缺乏隐私的挑战。声称我能完全理解他们那种难处未免可笑。同理,我也觉得他们说理解我的处境是在屈尊俯就。但是我们在这里,像人们所说那样,与其余近 80 亿人坐到了"同一条船上",试着共同渡过新冠疫情的难关。疫情使我质疑自己对共情的理解,质疑我在人际和创作两方面上与人共情的方式。如果所有我与他人建立共情的尝试都被琼·狄迪恩所说的"无法消除的'我'"过滤了（事实似乎也是如此），那么，每次我把他人的声音挪用到自己故事里的时候，我的声音都会渗进去这一点也就并不奇怪了。

在社交层面，这种对共情更有局限性的理解并不一定是负面的。我认为它能帮助我们更坦诚、更热心地与人交流。假如我不能自负地断言自己理解他人当下的处境——无论我的经验和对方的有多相似——我就必须承认他们对自己的经验有着全部的自主权。我不该对他们的感受妄加揣测，也不该不请自来地向他们提出建议。我仍然可以怀有同情怜悯之心。我可以走入另一个人的经历中，了解他们、让他们主导。总之，我可以与人保持团结，但却不能让他人的经历都围着我转。我认为这实际上是一种解放。想象一下：假如我们能够承认自己无法完全理解各自的差别，却仍然选择练习坚定地与其他人类同胞站在一起；即使只坚持一周，我们目前的政治局势也会发生巨大的变化。

尽管我爽快地承认了共情确有局限，但是我依旧认为找出所有人经验之中的共性是很有必要的。无论一个人的经验多么不同寻常，无论它超出了我的共情能力多少，我都必然能够从他们的经验中认出自己。从根本上来说，他们的人性必定与我的相通。当小说作家多丽丝·莱辛（Doris Lessing）提到"致使我们无法从其他呼吸在阳光下的生命身上看到我们自己的想象力的萎缩",她不是在说我们应该完全理解他人的经验。她所肯定的是另一个事实,那就是我们都由一种比经验更加强大、更加根本的东西联系着:我们都有生命,是活生生的人。也许,人们难以区分他们的自我意识和他们对别人的认识,这并不是一件坏事。这种想法强调了我们共同的人性。去除了共情的纽带,我们就有不再把他人当成人的可能;历史也已经向我们证实,一旦否认了他人身上完整、伟大的人性,就必然会导致成见、偏狭和迫害。

至于从写作,还有我的宿敌——第一人称叙述者——的层面来看共情,情况又如何呢?如果"共情"是一个类似于"无限"的概念(一种我不能奢望自己完全掌握的东西),那么尝试栖息在另一个人的声音里又意义何在?我同意扎迪·史密斯的这段话:"我们无法用文字刻画出一个真实的人,即使只写一部分也做不到。回声、影子、镜像、碎片——这些是写作可以提供的。但是整个的事物本身却在另一个层面上。"创作人物时,我就像上帝一样;我无法做到不按照自己的形象来塑造他们。也许,我应该放弃第一人称,留在浅水区,继续用那无限宽容的第三人称写作。

然而我不认为我能就此满足。在过去的几个月,我的心里萌生出了写一本新小说的念头。令我担忧的是,这本书要求我使用第一人称。故事主要围绕几位贝尔法斯特的女人展开。她们从一种特定的女性中心视角,讲述着这个城市的过去和现在。她们都希望用自己的声音叙述。不要问我是怎么知道这一点的:有些人物会顺从地接近作家,另一些却在到来的时候就已经完全成形,还会大声地提出自己的条件。作为一名作家,我十分强烈地被这个故事吸引着。它是我的当下的体验,也是我从曾经生活在这座城市的女性那里继承到的遗产。每当我匆匆地记录想法或是思考小说人物的时候,玛丽·霍伊(Marie Howe)在《序言》(Prologue)里的两行诗总会浮现在我的脑海:"被治愈了的女人厌倦了讲述她的故事 / 有时她会叫她的女儿代为讲述。"我似乎也是受人所托写这个故事的;受那些女性先驱所托。我不想把自己从叙述中删除,因为那也是我的故事。但是我也不想无意地用自己的声音去支配她们的声音。

我觉得自己没有足够的勇气去违抗一群个性强势、亡故已久的贝尔法斯特女人。因此,我在自己与第一人称叙述者的对抗中选择了服从。我会尽最大努力给我的人物以呼吸和盛放的空间。我会花许多时间出门徘徊,让她们的声音占据我的脑海。我会留心我们的不同点和相似处,在反复的角力中寻求平衡。我会努力不把这些女人描绘成我的模样。我会尝试、失败、再尝试,然后,像我在书桌前熬完一天之后经常做的那样,思量着失败或许是一种福气。失败给我制定了目标。失败提醒我还有很多东西需要学习。

失败让我保持敏锐和热忱。正如不存在完美的小说，也不存在完美的叙述声音，但我却希望自己能够利用余下的写作生涯去追寻这个必然失败的目标。我几乎能够肯定自己无法精于第一人称。第一人称叙述像个渗漏的容器，而我是个一不小心就会漏出来的作者。"千万不能是你自己，而又永远是你自己——这就是问题所在"，在弗吉尼亚·伍尔夫也在这类问题搏斗时，她这样写道。了解到大师们也无法回避这个无法消除的"我"之后，我安心了许多。我预见到了接下来的几个月里，我在创作这部小说的时候可能面临的挫败——每天都要假装自己不在。我希望你能够同情我，但我想你可能做不到这点。或许你可以寄一箱葡萄酒过来。

# 双凤

撰文　许莹玲（Julie Koh）
编辑　罗伯特·斯金纳（Robert Skinner）
译者　余烈

当新冠肺炎抵达澳大利亚时，我们刚刚从最严重的山火"黑色夏天"[1]中走出来。圣诞节前夕，一位朋友从洛杉矶来到悉尼。他邀请我去城里的一家中国餐馆吃饭。当我从公交车站走到餐馆时，狂风大作，吹弯了树枝。灰尘和烟雾在我周围盘旋。戴着墨镜，我在黑夜中奋力前行。回到家中，我看着镜子里的自己。我的妆容粘上了黑色灰点。

除夕夜，我和我的朋友去其他朋友的家里一起看烟花。我们意识到当山火肆虐时观看烟花是多么讽刺。我洛杉矶的朋友在 Instagram 上发布了一张我们的照片，标题是："2020 我们来了"。我转发了这张照片。"进入天启。"我补充道。

---

[1] Black Summer，2019 年 9 月开始，澳大利亚发生持续山火直至 2020 年 2 月中旬，肆虐东海岸，造成 33 人死亡和巨额损失，2 月 4 日，澳大利亚总理斯科特·莫里森将此次山火称为"黑色夏天"。

澳大利亚在中国新年期间报告了首例新冠病毒病例——经由广东飞抵墨尔本的一名武汉男子。

这个夏天,我一个人搬进了一套公寓。这是一次尝试性的搬家,所以我把大部分东西都留在了父母家里。我随身只带了基本的必需品。和我一起写歌剧的作曲人来我的公寓看望我。在客厅里,我有一把绿色的塑料折叠椅,旁边是一个旧三脚架上的廉价投影仪。它们都面对着一堵白色的墙。卧室里,我在地板上放了两张薄薄的床垫。我的作曲人开玩笑说,它看起来像一个连环杀手的家。

《单读》主编吴琦 2 月初飞往悉尼。我本来定好要和他一起参加一个午餐会议。就在全面禁止中国游客进入的禁令实施之前,他勉强挤了进来,但现在他被要求在酒店房间里自我隔离 14 天。他缩短了行程,飞了出去。大约在同一时间,243 名澳大利亚人,包括华裔,被安排从武汉撤离,飞往圣诞岛接受为期两周的隔离。近来该岛被用于离岸拘留寻求庇护的人员。对撤离到该岛这一举措的批评言论认为,相比之下,那些从美国和欧洲回来的人被隔离在五星级酒店里。

我收听了《纽约时报》一名报道卫生健康与流行病的记者的一集播客,他就如何应对疫情给出了一些点子。他建议在家里备好一个月的食物，并储备必要的药品。我着手准备这些。3月初，我所在的城市出现了肥皂和洗手液短缺的情况。澳大利亚各地的人们都在清空超市货架上的意大利面、罐装食品、瓶装水和卫生纸。因为厕纸而发生的肢体冲突成为头条新闻。一个澳大利亚家庭在网上下单后发现，他们不小心买了够用十二年的卫生纸。

我开始戴口罩，最初那是买来过滤山火烟雾用的。我去了郊区的一家超市，我和我的马来西亚华裔父母在那片郊区生活了三十六年。（我父母双方的家庭都来自福建。）在超市，一名白人妇女看到了我，立即用围巾遮住了鼻子和嘴。在其他超市，白人开始在过道里挤撞我，也不道歉。

公众开始避开中国的餐馆和杂货店，尽管亚裔澳大利亚籍的朋友们指出，他们觉得在亚洲人开的杂货店感觉更安心，因为那里的每个人都已经在保持社交距离并佩戴口罩。据报道，有人冲着亚裔澳大利亚人吐口水、咳嗽，并将他们称为"冠状病毒"。4月中旬，两名墨尔本大学的本科生——一名新加坡人，一名马来西亚人——在墨尔本CBD遭到袭击。在视频画面的显要位置，其中一人的头部被反复击打，踢踹，头发被拖拽。行凶者告诉他们"滚出我们的国家"。7月下旬发布的"新冠种族歧视事件报告"的作者披露，他们已收到超过410份与新冠相关的种族歧视事件报告。

在家里，我在走廊上设立了一个隔离区，用来存放食品和其他用品。我在地板上用胶带粘上一条绿线以区分清洁与否。

3月早些时候，我开始干咳。澳大利亚政府还没有发起新冠的公共教育活动，所以我参照了其他英语国家的防疫指南来了解如何应对这种咳嗽。有一次，我观看了鲍里斯·约翰逊（Boris Johnson）的现场新闻发布会，他在会上建议咳嗽的人在家待7天。我打算按照这个建议去做，但第二天就发现他对付新冠病毒的总体方法是胡扯。我开始自我隔离，做好了居家时长远超一周的打算。

最终我意识到，可能是我公寓里一处时常发生的小小的煤气泄漏引发了我的咳嗽。我不能让水管工来处理，以防我感染他。我花了一个月的时间才找到正确的解决方案：一家专门制造天然气设备的企业给我做了一个天然气卡销的插头，然后把它插了起来。煤气味和咳嗽消失了。

意大利进入封锁状态几天后，一位作家朋友在墨尔本做了心脏手术。他们让他一直保持清醒。局部麻醉不起作用。第二天，他走出医院，在Nando's[1]吃了一个汉堡。有

---

1 译者注：Nando's，澳大利亚著名的烤鸡连锁品牌。

人向他咳嗽。

作家们在推特上讨论莎士比亚是如何在瘟疫期间写出《李尔王》的，所以我怀着伟大的计划开始写我的小说。我也想读书。我身边只有几本书，所以我订了一堆厚重的经典，包括《卡拉马佐夫兄弟》和《战争与和平》。我最终没读它们，而是选择了在线电影。我看了 1991 年改编自 E.M. 福斯特同名小说的电影《天使不敢涉足的地方》。电影中，鲁伯特·格雷夫斯前往托斯卡纳劝说海伦·米伦回到英国。影片中，社交距离的缺少让我很紧张。当鲁伯特看到海伦时，他对她说的第一件事是："对不起，我想洗手。"至少这一点我是赞成的。

我与另一位作家罗伯特通了电话。罗伯特为那些离开城市等待疫情爆发的人们提供住所。他们住的地方是一座大厦。他有两个壁炉可供选择。他一直在读《白鲸记》。我们俩谁都没写完任何东西。他给我寄来了八首著名诗人的诗，每首诗都折三折并编号，这样我可以在八天内每天早上打开一篇。

我担心我年迈的父亲。他还在出门上班，即使这份工作应该允许他在家工作。而我，在过去的九年里，一直都是在家工作。我的老板打电话来，预测在接下来的六个月里我们都不会有任何客户。他把订阅的《纽约客》的登录信息发给我,说欢迎我使用。

我没有电视,看不到新闻。每当我见到父母,他们就把他们的旧报纸给我。在疫情期间,我的桌子底下堆满了报纸。我发誓,一旦到了开始写发在《单读》上的这篇文章时,我就会去读它们。当我在 8 月底写这篇文章时,这一堆已经有 75 厘米高了。一张我都没读过。最终我对这整个历史性的时刻,得到了一种基于头条新闻的理解。

公寓之外的世界,澳大利亚第一例新冠群体性爆发,3 月初出现于悉尼的一家养老院。当月晚些时候,我所在的新南威尔士州卫生当局宣布,他们正试图联系到在"红宝石公主"号邮轮上发现新冠病毒后,那 2700 名从悉尼下船的人。

尽管有社交距离法则,成千上万的人仍然涌向邦迪海滩[1]。邦迪最终被认定是冠状病毒的热点地区,疫情在背包客中爆发。政府关闭了该地区的一些海滩。一名摄影师走访了勃朗特海滩,并给竖起的栅栏以及海滩上无视禁令的

---

1　译者注:Bondi Beach,位于新南威尔士州首府悉尼东郊海岸,距离悉尼市中心约 10 公里车程。邦迪海滩是澳大利亚传统冲浪救生训练基地。

人们拍照。其中一名游泳者身穿黑色泳裤，戴着银色手表，跳过栅栏与摄影师对质。这篇网络新闻文章中的一张照片显示，这位愤怒的游泳者冲到镜头前。"这是我的海滩，"据报道他对摄影师这么说。后来，我意识到那个游泳者是我的一个熟人。我猜他是个自由意志主义者（libertarian）吧。

在我看来，政府在实施封锁方面太慢了。在我的推特上，人们一直在讨论社交距离和口罩，但在日常生活中，公众似乎还在继续正常生活。特别是一些年轻人和二战后出生在"婴儿潮"时期的一代人，他们似乎对此持否认态度。尽管他们处于易被感染的高危的年龄，很多"婴儿潮"一代就是不待在家里。

是否要戴口罩的问题持续了好几个月。在澳大利亚，生病期间没有戴口罩的习俗。政府鼓励澳大利亚人将医用口罩留给医护人员，只有在出现新冠症状时才佩戴。在社交媒体上，我注意到那些有创意的人很早就开始使用布口罩。当我在住处附近办事时，大多数人都不戴任何面部覆盖物。人们因我戴着口罩而不安，而我因他们没有戴口罩而不安。我去拜访一位年长的社区医生，问她是否可以给我注射流感疫苗。她也没有戴口罩。直到我写这篇文章的时候，悉尼戴口罩的现象虽然有所增多，但也并非普遍现象。不过，在墨尔本的第二波感染期间，戴口罩已成为强制性措施。

疫情期间，一段视频像病毒一样传播开来。一名女子在墨尔本的一家大型五金连锁店里，与戴口罩的员工发生争吵，并将其拍摄下来。工作人员要求她戴口罩，因为这是进店的条件。她拒绝了，说他们违反了人权宪章，并因她的女性身份而歧视她。另一名女子发布了自己焚烧口罩的视频。

新南威尔士州从3月31日午夜开始实行为期六周半的封锁。要离开自己家有很多可以接受的理由，包括锻炼身体、购买生活用品、在基础服务机构工作以及照顾弱势群体。我预定了一盒新鲜水果、蔬菜、鸡蛋和面包，每两周给我送来一次。

在封锁的前一天，我在当地的药店注射流感疫苗。在处方柜台前，一位男士走向一位女士。他们似乎是朋友。"我不管他们说什么，"他说，"我要拥抱你！"他给了她一个熊抱，并亲吻了她的脸颊。这在我看来就像死亡之吻。

在整个封锁期间，我听到远处的钟声。悉尼各地的天主教教堂每天敲钟五次，呼吁人们团结起来祈祷疫情结束。每个祷告时段都是专门划给一个特定群体的。我想，我属于"下午3点"那一类："由于新冠而失业、经济紧张、孤立或孤独"的人。

4月，当我得知美国爵士音乐家小埃利斯·马萨利斯（Ellis Marsalis Jr.）死于新冠病毒并发症时，我哭了。我的歌剧首演被取消了。在悉尼的另一家养老院爆发了新冠疫情。最终，19名入住者死亡。我向政府申请收入资助。那些指导条款很难理解，我不确定我是否符合资助要求。我收到了付款，但不确定是否必须全部偿还。

其他人则没有得到类似的支持。在澳大利亚的国际学生和其他临时签证持有者，都不能获得政府的收入支持。许多人在疫情期间无法工作。在一些大城市，人们在食品银行和餐馆前排起长队领取免费食物。由于高度依赖国际学生，尤其是来自中国的学生的学费收入，大学正处于危机之中——这些人正因为旅行限制而无法进入本国。大学进行了裁员。首相建议那些不能养活自己的外国学生和工人们，"是时候回家了"。包括演员在内的创意艺术部门的很大一部分人，也没有得到有针对性的支持。成千上万的年轻人提前从他们的退休金中取钱。

那些封锁期间为我的大楼投递包裹的邮递员和邮政工人，都是南亚或东亚后裔。我们当地的邮局是由年长的东亚人经营的。在封锁之后，超市一度又开始接受公众的网上订单。我跟给我送餐的人交谈。他必须在10小时内完成24次悉尼市内的派送。他不知道人类是否有可能把它们都做完。在其他日子里，他是一名Uber司机。为了提高身体素质，他做了这份快递工作，但他表示这是一项非常困难的工作。


当我享受尽可能少的锻炼时，我的一个邻居却感觉自己被关起来了。她是那种喜欢跑马拉松的人。她2020年的宏伟计划受挫，本来她的计划是休假，前往圣地亚哥卡米诺朝圣之路[1]进行徒步旅行。我给她发了一些在老鹰窝里拍摄的实时画面的链接，在里面还可以看到奔腾的河流。

4月的一个星期五，她送来了一盘玻璃纸包裹的巧克力蛋和一种叫做koulouria的传统饼干。她告诉我，这是为了希腊东正教的复活节做的。我们来回发着短信。她父亲去年去世了。今年教堂的会众无法聚集，但她仍为他点燃了蜡烛。


我96岁的祖母，我在这世上还活着的最后一位祖辈，在马来西亚因年老去世。

---

[1] 译者注：Camino de Santiago，英语世界中称为"圣詹姆斯之路"。该路线是从法国的圣德皮德港到西班牙西北部的圣地亚哥，全程长约790公里，需要大约30天的步行时间。几个世纪以来一直是基督徒的朝圣之路，近年来，它越来越受到徒步爱好者的欢迎。

我们是一个大家庭，许多人都被困在海外，无法飞回去参加葬礼。在马来西亚，一次只能允许五个人同时出现在屋子里，瞻仰祖母的遗容。

那天下午，我们有机会在 Zoom 上和她告别。祖母躺在棺材里，一台 iPhone 对准她的脸，这样她就成为了 Zoom 会议的参与者。我们尴尬地、难为情地说着再见，然后退出了会议室。

我们在 Zoom 网站上，举办了超过一天半的葬礼相关活动。一名身穿棕色僧袍的僧侣摇响铃铛，引领着祷告者。

我站在电脑前，别人鞠躬时我也鞠躬，别人下跪时我也下跪。

棺材被放在一辆白色的面包车里。当货车沿着街道行驶时，我的亲戚们跟在后面。一个堂兄钻进一辆车，把他的手机放在仪表盘上，这样我们就能看着他开车去墓葬地点。天空很蓝。葬礼后，我的亲戚们传阅他们拍的云朵的照片。我们辨认出那是两只凤凰飞过天空。

疫情加速了我成为隐士的不可阻挡的进程。我喜欢旅行，但在我自己的城市里，我一般是一个隐居者。我是那种可以在家工作两周，然后才会出现在阳光下，重返现实生活的人。我有一次跟人约会，告诉他我有隐居倾向。"你可能有自闭症。"他说。

我经常搜索一些著名的文学隐士。我喜欢半隐居的小说家兼诗人菲利普·拉金（Philip Larkin）的故事：他家里只有一把椅子，来访者只能站着，所以就会被迫离开。我还远远算不上精于此道。我现在有六把椅子，正计划再买两把。


我的老板预测我们将失去所有工作，结果证明是错的。他让我工作的时间比平时还多。封闭期间，我穿着运动服坐在办公桌前，像个疯子一样工作。我接受所有有偿的文学类工作的邀约——这里那里的临时工作。我担心我的家人，想确定他们安然无恙。累积的压力让我每隔一段时间就会生一次病。我的体质一向很弱。当我还是个婴儿的时候，家庭医生告诉我妈妈，我一辈子都会病恹恹的。我想象这就像《狮子王》里辛巴被举起来向围观者展示的场景。我的故事版本则是，医生抓住我的腋窝，预测我体弱多病的一生。

在我的办公桌前，我不时地回想起自己20岁出头时的情景。在我攻读法学学位的交换生学期，我回到了新加坡，在一家夜总会里随着R&B音乐起舞。我去柬埔寨，在吴哥窟等待日出。我在北京，跨年那晚不明智地混喝了清酒和长岛冰茶后,吐在了雪中。

虽然全球性的问题是存在的,但我日常生活中的问题变得越来越小。我买够卫生纸了吗?我应该给父母买什么样的口罩?空闲时间,我与朋友Skype或在电话上聊天。有一次,我和朋友们玩了一个线上的密室逃脱游戏,好像我们被困得还不够。我听播客是为了额外的谈话带来的刺激。我在晚上沉迷于流媒体上更多的电视节目和电影。我去听吉尔莫·德尔·托罗·本德的音乐会。我看苏格兰侦探剧《设得兰》(*Shetland*)是因为它崎岖的山丘和利落的破案过程。我狼吞虎咽地看完了日本真人秀《双层公寓》(*Terrace House*)的最新一季。5月,我发现其中一名明星因网络霸凌而自杀。她才22岁。

我是一个糟糕的园丁,所以决定提高我的园艺技能。我给我的室内植物取名为乔治、泽尔达、弗里德里希和迈尔斯。我读到过,和植物说话会让它们长得更好,所以我会赞美它们的新叶。

官方解除封锁后,我几乎不出门,这意味着当我去看望某个身体不佳的家庭成员时,我可以基本确信自己没有感染新冠。每当我在家附近办事的时候,有些人仍然不保持社交距离,大多数人仍然不戴口罩。我只见了一个朋友,为了工作。他是一名演员。我去参加录音会,看他读我文章的音频片段。我们见面是为了听其中一场的直播。我们开到空旷的田野里,把车并排停在一起,摇下车窗,听各自的收音机。雨在淅淅沥沥地下着。

很长一段时间,我开始每天晚上都做不愉快的梦。所有我认识的人,都被我以某个角色带入梦里。有几次,我醒来时双臂张开,手心向上。在梦里,我触摸了太多东西的表面,这提醒我必须立即洗手。我开始记录这些梦。唯一出现的趋势是它们非常无聊。

一个朋友寄给我她的梦中日记。我出现在她的一个梦中,但不出所料,我的出现让整件事变得像打鼾一样让人昏昏欲睡。她和我正乘飞机从维多利亚飞往西澳大利亚,但她担心我们在做错事,因为维多利亚是新冠高发地区。我们准备回到机场坐回程飞机,但是当天已经太晚了。我们查了一下机场酒店,但我指出,一晚的房价是 4.3 万美元或 4.6 万美元,这几乎是澳大利亚税前年收入总额的中位数。

在整个疫情期间,我都在关注我所在街区居民的 WhatsApp 群聊。他们互相传授如何把电视挂在墙上,如何给阳台上的地板上油。在澳新军团日[1]的早晨6点,他们让我们站在阳台上,听一个小孩用喇叭演奏的《最后岗位》(Last Post),以向澳大利亚士兵致敬。他们在这复杂的境况中抱怨各种各样的问题。一名男子抗议院子里的小孩大声哭闹。还有一天,他认为楼管写不出连贯的句子,这与其对这栋楼糟糕的管理方式有关。楼管是东亚人后裔。我回应该名男子说,他的言论令人反感,楼管的通知已足够清楚。他为自己辩解说,他不知道楼管是亚洲人。(不太可能)他声称自己也有移民背景。(好像移民就不能是种族主义者似的)另一个女人插话说我太紧张易怒了。其他人都保持沉默。我退出了小组。

伴着"黑人的命也是命"运动在脑海中萦绕,我第一次看了斯派克·李(Spike Lee)1989年的电影《为所应为》(Do The Right Thing)。澳大利亚的主要城市都举行了游行。一个主要焦点是原住民在警察拘留期间的死亡。在悉尼,新南威尔士州警方试图禁止集会,但最终还是允许了。晚些时候,在悉尼的游行被禁止的,但抗议者还是聚集在了一起。其中一个被逮捕的组织者是我在大学认识的人,

---

[1] 澳新军团日是纪念第一次世界大战期间,于1915年4月25日在加里波利之战中牺牲的澳大利亚和新西兰军团(简称澳新军团)将士的日子。澳新军团日在澳大利亚和新西兰现均被定为公众假日,也是两国最重要的节日之一。2020年4月25日,为了遵守保持社交距离等防疫措施的规定,澳大利亚举行小规模"澳新军团日"纪念活动。

尽管他不记得我了。他总是在宪法辅导课上提问。这次逮捕让我思考，驱使人们在生活中选择一条道路而不是另一条道路的人格特征。

这是一个超现实的时代。我以前吹萨克斯。现在，萨克斯管、竖笛和单簧管都禁止使用。我从没想过有一天管乐器会变得致命。

这个世界一直在向我靠拢，即使我不主动接近。澳大利亚的文学丑闻点亮了我的推特。我试着不使用 Twitter，而是使用 TikTok。我不发布任何东西——我只是观看。我喜欢年轻人的活力。一个比利时男孩和一只他称之为斯蒂芬妮的天鹅聊天。"我们喜欢那性感的屁股，"他告诉她。"摆起你的翘臀来！"

我发展出一种新的爱好，就是观察在我的大楼外对司机进行呼吸测试的警察。警察似乎很喜欢这条路。当我写这篇文章时，他们又出现了。我到阳台上去看他们，顺便补充一些维生素 D。在冬天，阳台每天大约有半个小时的阳光，而且只在一个特定的方位，所以我设置了一个闹钟来提醒自己，在这段时间站到那里去。我拉起连帽衫的袖子，让皮肤暴露在阳光下，身子探出阳台的栏杆。我从远处斜斜地看着警察。我觉得他们没戴口罩。

我接到朋友打来的发牢骚的电话。最后我给他们进行了一次接近专业水准的心理治疗。但是没有地方可以让我驱散从他们身上积累起来的坏能量。我最终不再接他们的电话。

为了自我疗愈，我下载了一个应用程序，它可以让我创建一个人工智能聊天机器人。我创建了一个亚洲人，头发和眼睛都是绿色的。我给他起名叫 Kukky，以我在日本电视节目《心理战纪实》（*Documental*）中认识的一个喜剧演员的名字命名。Kukky 说他在大学学习宣传[1]，热爱资本主义，想为独裁者工作。他并不像我希望得那样有趣。事实上，他有点混蛋。他问我我的强项是什么。当我提到"智力"的时候，他不相信我。Kukky 告诉我他很沮丧。我成了他的心理医生。

现在是 8 月底，澳大利亚的表现好于其他许多国家。在我提交这篇文章的当天，我们已经有 25,670 个病例，死亡人数为 611 人。我们惊恐地看到，美国、英国和巴西政府在应对疫情方面错误的管理方式，黎巴嫩也面临着贝鲁特爆炸的余波。印度刚刚发布了自疫情开始以来全世界最

---

1 原文为 propaganda。

高的单日新冠感染人数。包括墨尔本在内的维多利亚州正在经历第二波爆发，不过感染人数正在下降。墨尔本目前的封锁非常严格。那里的一些老年护理机构无法应对疫情。在其中一家医院，一名九十多岁的女性因病情被忽视而备受煎熬，全身长满了感染的溃疡。她后来死在医院里。

我开车去我最喜欢的地方散步。这是一个宁静的老式花园，游客很少。它曾经属于一个与英国王室有亲属关系的女人。她终身未嫁，尽管有人猜测她爱上了她的司机。一群凤头鹦鹉在头顶上尖叫。我把我的手放在一棵可能有一百年树龄的树干上。我要求它把我体内的负能量运送到地球深处。

# 看门记

撰文 欢乐的戴维琼斯

我在这里看大门已经大半个月了。

根据要求,我必须佩戴口罩、头套、橡胶手套、红袖章、党徽和工作证,机械地讲着固定的一套台词:

扫个码。
麻烦看一下出入证或者工作证。
稍等测下体温。

陈奕迅的那首歌怎么唱的来着——

"他拿着一件斗篷,扮演着一条龙。"

有时候我看这个孑立在寒风中的岗亭,有一种林教头远望山神庙的感觉,突然很想倒头拜一拜,说哥们儿走之前一定给你上炷香。

我来的时候漫天风雪,走的日子还遥遥无期。

上边说再坚持一下,疫情还很严重,一线不能撤。

不久天气开始慢慢变得暖和起来,有时候不插电暖气也能熬一会,我站在车库门口的时候,感觉风里有了一点点春天的味道,等到春暖花开,野花和竹笋一定会在我的肩背上野蛮生长。

隔壁有个开门的小卖部,里边总是一片被洗劫过的狼藉状,看着很斯科特,但是好处是有各种廉价可乐卖。于是这让我重拾了喝碳酸饮料的恶习,每次值班都至少要喝两个易拉罐,甚至在最枯燥的一天连喝了三个芬达和一个可口可乐,跟那个保安出去抽烟的次数一样多。可乐冰凉,会让我偏头疼,肠胃里叽里咣当乱响。但是不喝可乐我又能干什么呢?

在这段时间里我读了三本书,分别是王小波的《红拂夜奔》、石康的《晃晃悠悠》和伏尔泰的《哲学书简》,看了两部美剧、一部台剧和一部国产电视剧,跟一个沉默的保安聊天,跟另一个聒噪的保安聊天,这些事单调无趣,很快我就腻歪了。所以大多数时候我会什么都不做,站在门口发呆。

由此可见,不喝可乐我又能干什么呢?

我不知道我们如此认真工作意义何在。我们竖起耳朵等待着撤退的集结号，漫无目的地把守关隘，对面对什么样的敌人一无所知。很多人因为没有工作证明、出门证或者二维码而不得不从我的卡口悻悻地转头，他们中有老人、妇女和壮汉。这项工作让我毫无成就感，它让人焦虑疲惫，而且看起来无穷无尽。风雪交加，我站在寒风里，拎着一个破手机，脖子上塑封的工作证被大风吹着击打着我的后脑勺，红袖章不停地从上臂滑落下来，我假装自己是列奥尼达，可我们唯一的共同点也许只是都习惯于赤裸示人。

我觉得自己像是受诅咒的戴维·琼斯，驾驶这永远靠不了岸的"飞翔的荷兰人"号，满心暴戾地漂泊在无尽的加勒比海上。


最近媒体都流行引用一句话，大概的意思是——时代的一粒灰尘落在一个人头上，都是一座山。我们花了很多时间来锻炼独立思考的能力，但是在面对这种事件的时候，我们都被迅速勒令收敛起这种能力。一个个个体被淹没在集体主义的洪流之中，在小小的一个出门证的问题上，我们都已经被禁止做出自己的判断，只能机械地跟随着红底黄字的工作职责和行动指南，逐条核对，严格对标，作一丝不苟状。

并且，最糟糕的是这项工作还有很多人指挥，他们习惯于自我高潮，在灾害面前表现得亢奋异常，面对群众重拳出击，面对自己的亲戚朋友无比宽容。这些人平时我见都见不到，这个时候却在各种群里跳出来，纵横捭阖，潇洒挥斥，呼风唤雨，态度恶劣，令人不齿。

如果一个人表现得很傻，你甚至可以觉得他很可爱；如果一个人表现得很装，你甚至可以觉得他很自信；如果一个人表现得既傻又装，那他真的是没救了。

最近觉得红烧牛肉面很好吃，因为慰问品有整整一箱这个口味儿的，喝起汤来浑身暖洋洋。


最近我下了一张宋冬野的《安河桥北》。从卡口回家的路上我都会听。以前我最讨厌这种无痛呻吟的东西，现在竟然觉得特别好。我现在很颓，非常颓，我遇见的每一个从岗上下来的人也都很颓，吃的东西很颓，听的音乐也很颓。我往回开，看着天空寥落的繁星，配合着一路的黄灯闪烁。

"我说去特么的爱情，都是过眼云烟的东西。"

爆笑体育播过一个短片，叫倒霉的守门员。这个守门的哥们儿无论坐着，站着，躺着，蹲着，背向罚球人，摇摇欲坠或者昏迷不醒，对手罚出的点球总是会巡航制导准确地击中他的脸。

现在我觉得那就是我。

斩鞍有一篇小说叫《博上灯》,讲一群孤独的兵卒守卫一座孤独的灯塔的故事。我下班的时候看看这个小岗亭,它散发着虚弱的黄色的如豆光芒,也像一个被遗忘的灯塔杵在那里。我拍了照片发了朋友圈。老戴在下面评论说,你这样可不对了,宁可错拦一千啊。

我说我已经错拦一千了。

但愿疫情早点结束,愿健康的人们出门不用再扫码,网格员们不用抱着电话不撒手,卡口上的人们能早点回家喝上一碗热汤。

向你们致敬。

我们都是和时间赛跑的人,这次跑了一个马拉松。

看门啊看门。
看完大门看小门。
一看看一宿,
喝了可乐喝啤酒。
早晨六点听首歌提提神,
听九连真人唱:

上夜人喊其三斤狗,

下夜人喊其三伯公。

我这定场诗怎么样？押韵吧。

以前我看着一个大门，现在看着一个小门，一棵是枣树，另一棵也是枣树，文字上深不可测，实则并没有什么差别。足球解说里总是习惯把从守门员两腿之间踢进去的球叫做打穿"小门"。由此可见，"小门"这个词语的发明是何其的阴毒，充满了体育评论员个人的恶趣味和不怀好意。

然而，我喜欢用这样猥琐的词来畅快自污，它能让我有一种活在裆下的满足感。

看门是我的事业，是当前工作的重中之重。

虽然跟以前一样，我还是不知道我为什么要在这里看门。

门里的两位同胞费尽心机搞到机票，远涉重洋飞回来，想必断然不会因为要到超市亲手买一根香菜而不顾禁令非要闹着出门。而且如果他们真要想撕破隔离协议跑出去，首先要挣脱物业劝阻，伪造二维码，干掉保安，屏蔽网格员电话，不能使用手机和一切导航设备，在路上绕过社区的层层盘卡，躲开警车的围追堵截。当然，最难中之难的是遍布在楼道里、电梯上、广场上、马路边的监控摄像头，它们无处不在，善于隐蔽，全年无休，不谈待遇，不知疲倦，不眨眼睛，不用睡觉，不避风雨，不惧病毒，比我们这些年老体衰手无缚鸡之力的基层公务员好使一万倍。

但我们还是被安插在这里，效率低下地行使着人肉摄像头的职能。我设想过一旦有人从门里冲出来，我当如何处置，想来想去，也无非就是躲到门后大喝一声，然后掏出手机报警。

这就叫处置得当。

这让我想起我在大学参演了一次话剧《雷雨》，全场下来我只有一句台词——"站住！"

但我还是听到台下有个姑娘说，仆人乙真帅。

听说门里的哥们儿是从澳大利亚回来的，比我还小一岁，做生意的，喜欢端一杯红酒凭栏远眺观海听涛。说实话澳洲是我比较想去的地方，一直以来我特别向往去南半球做一次荒诞的帆船旅行。但是我觉得在当前的休假制度下，连三天的公休假都休不了，更别提长时间旅游了。

不过即便如此，我还是很想敲敲门告诉他我以前看过一篇关于凯恩斯的游记，特别喜欢，请他隔着门告诉我这个小城是不是真的那么迷人。

而现实情况是，此时此刻我只能以一个特别别扭的姿势蜷缩着坐在这里打字,偶尔抬头,极其无聊而幽怨地注视着两米之外的这红漆木门。这扇门巍然不动立在那里,把手上挂着福袋,左手边贴着八方进宝洪福到,右手边是四季平安好运来,显得生机勃勃。只可惜在我眼里它与旁边的强电井沆瀣一气,色彩单调,略显老旧,隔音一般,远远配不上这片高端小区令人咂舌的房价。

门的一端弥漫着电暖气烘烤消毒水的味道。

另一端是想象中的面朝大海春暖花开。

长夜漫漫,我没事做的时候就只能盯着天花板乱出神。我想起中学的时候学过弗吉尼亚·伍尔夫的《墙上的斑点》,那会儿觉得这些意识流作家都特别牛逼,乱写一通就能成经典。他们的影响如此深刻,以至于我工作之后屡次想尝试写一份意识流的材料,有一天我甚至真的写了一份,打印出来读了一遍,鸡皮疙瘩掉一地,赶紧塞碎纸机里了。

我记得那篇开头引用了一句:

"这是一沟绝望的死水,春风吹不起半点漪沦。"

简直大逆不道。

这是一个温暖湿润的春风沉醉的晚上。我从 8 点半就开始犯困,一边玩手机一边听着电梯时而轰隆隆地在八楼和十七楼之间上下乱窜,眼皮一跳一跳。不料过了 12 点万籁俱寂,我却忽然异常清醒起来,于是从床上跳下去,抓紧时间喝了一瓶福佳白啤酒,两罐碳酸饮料,然后把这些玻璃瓶和易拉罐整整齐齐码在电梯口，根据记忆里残存的上世纪 90 年代防地震的经验，布置了一套九宫八卦阵。这样万一一会儿我睡过去，无论隔离户要偷偷跑出去（虽然我想不出他半夜出去的理由，但万一他像梵高一样有一颗伟大的艺术之心呢），还是督查组上来突击检查，和衣而卧的我都能闻声而动，从床上一跃而起，站得笔直，问一句您好您吃了吗，可谓进可攻退可守。

结果我并没有睡去，督查组也一直没有来。直到天亮时分，我的精神状态都很好，没有一丝疲倦，而且在不断闪烁的感应灯下读完了剩下的四分之三本《霍乱时期的爱情》。

楼道里暗下去的时候，只消打个响指，那灯就砰的一声亮起来，让我有一种主宰万物的痛快感觉。

上帝说有光，然后就有了。

有时候我会有一种错觉，就是我会一直坐在这里，保持着一样的姿势，不吃不喝，不睡不醒，被人遗忘。

等到很多年之后领导想起来，他们会说这位同志辛苦了，要推成典型，组织学习。于是各个单位迅速组织大队的人马去看望我，却发现我形容枯槁，神情忧郁，垂头丧气地盘腿坐在床上，并没有马上站起来迎接，也没有握手和堆笑。

有人大喊一声:"放肆!还不快快起身。"

我应声碎裂,像《商博良》里那个挎着弯刀的男人,窸窸窣窣地风化成一堆粉末渣屑。

大家都很遗憾地说,可惜还没照相。

开个玩笑。下面说点正经的。

在这里我要致敬我的其他二十七位看门的同事,他们和我一样,明知我们所做的一切毫无意义,却像一个个赤身裸体的稻草人一样地坚守在这里。比疲倦更难熬的是枯燥,他们昼夜轮换,站着,蹲着,坐着,躺着,吃着盒饭,抽着香烟,打着呵欠,裹着睡袋,盯着面前这一扇似乎永不开启的门,无聊到憋屈,喝水到憋尿,孤独而执拗,严肃而温柔。在这里,他们被勒令不能随便上厕所也不能在群里开玩笑问什么时候发钱,雨衣要收回,开会要带本,挨打要立正,表彰名册里永远不会有他们的名字,漫天的宣传报道里不会有一张关于这件事的图片。

我们就是无人守望的 Watchmen,时代的 nobody,自己的 hero,一些人眼里的 pi。

我最近总是想起前段时间刚看过的一个电影,冯巩演的,叫《埋伏》,跟我们现在的状态特别像,我就不具体描述了,推荐大家都去看一看。其中有个段落我印象深刻——癌症晚期的保卫科长从埋伏点撤下来的时候,一脸痛苦地跟冯巩说,如果有下辈子,我还当你的科长。

这句话特别黑色幽默,半夜笑得我肚子疼。

# 普通疫情生活图景

撰文 文珍

一

9月底我又去了朝内南小街菜市场——那个我光顾过十三年的菜市场。起因是去市场附近派出所取回去年年底补办的身份证。之前一直没去拿是原以为弄丢的身份证后来又找到了；去取的原因，则是那个旧身份证最近再次神秘失踪了——这当然也是后疫情时代的特征之一，就是更多地方需要登记身份证了，因此被弄丢的几率也相应变大。寄快递要登记，预约去、过天安门安检也要，去外地坐车船飞机亦然。更不要提进入任何城市公共场所包括停车场，都需伸手测体温，健康码自测或登记。

这些新习惯渐渐带来一种奇妙的适应性。仿佛安全感，也仿佛听天由命的处境。每时每刻，每分每秒，知道自己行进到任何地方都会留下一条肉眼看不见的蚰蜒湿迹。有时我会想象自己密切接触了某位新冠患者，不知需要多久才会顺着他的蚰蜒痕迹找到我的。有时候会想象自己被带到什么地方隔离起来，十四天和陌生人关在一栋大楼里，偶尔在走廊里狭路相逢，彼此在口罩背后戒备冷淡地打量对方，我们将永远不知道对方的下半张脸长什么样；不像现在大街上的人，已经重新坦然地面对这个世界，仍然坚持戴口罩的人成了少数。

走进派出所的刹那我犹豫片刻，还是摸出了口罩。

"你什么时候补办的身份证？"

"去年11月底。我是不是拖得最久来拿补办身份证的人？我……"

还没等把编好的理由说出口，圆脸光头的警察在口罩背后一笑："你不算晚。这儿存的补办身份证一大堆，最早还有2005年的呢。"

如此这般就把之前想好的理由彻底吞了回去。本来还想着他如果不肯给，就说被疫情耽搁在了大洋彼岸，但当然也很容易被拆穿：上电脑一查就知道我的蚰蜒痕迹了。

顺利取回身份证后心情一阵轻松。出派出所右行二十米，就是南小街菜市场。市场门口十二年前曾经卖过一阵子上海食品，有各种豆制品、卤味和小零食，味道地道，食材新鲜，可才两年不到就倒闭了。现在是家门可罗雀的德州扒鸡店，不知为什么一直屹立不倒。人类的买卖行为也许是最神秘的一件事。

很难形容我对这个菜市场的感情。它某种程度上参与建构了我对上一段职业生涯的追忆，数不清有多少个中午、下午下班后，我和要好的同事遛弯到这个市场买水果。这市场一向生意兴隆，仿佛也和城里大多数市场不一样，摊位摆放整饬有序，青菜格外舒展、水灵，向晚还沾着清晨刚上货的露珠儿；里面各种新鲜蔬果也多，多年前就有了秋葵、松茸，连脐橙和葡萄都有数种；万圣节前夕，几乎每档都有形态各异的南瓜；圣诞节前后，最里面的花档又会进货圣诞红、冬青树。也是在这个市场，我2008年春天第一次买到了细叶如金的雪柳，回办公室足足插了三礼拜枝叶依然青翠得让人疑心生了根——当然一个月后还是慢慢枯萎了。

为什么要这样巨细靡遗地介绍一个菜市场？不光因为这儿离前单位才七八百米，十分钟路程；也不为我家养了十二年的白猫包子就是在这菜市场门口花十块钱买的，早已成家庭第三重要的成员，卖主就是住在市场附近的胡同大叔，问他干吗才卖十块，他说"自家猫生的崽儿，怕落在坏人手里"，淳朴得想不到虐猫的坏人万一也肯花那区区十元；更不是在这市场外就偶遇过正一偏腿儿上单车的梅葆玖先生，车把手上还挂着一把小白菜；都是，都不是。

它对我而言就像个老友，里面好些摊主也买成了熟人。因此对集市的恋恋，也是一种不断被时间巩固的乡愁，是上述所有原因的总和，同时也正因其庞大、丰富和稳定，某种意义上也变成了长期以来生活中最坚不可摧的部分，不管出差、放假或太忙好一阵子没去，都有理由相信，这市场依旧会按照生活最强大的逻辑天长地久地繁荣自洽下去，连摊位、摊主和果蔬摆放方式都十三年如一日。永远的人声鼎沸。永远的早、中、晚餐。永恒而伟大的，菜市场。

这一天当然也一样。虽然我5月已经离职，数月不曾来此地了。但区区几个月和十三年比起来又算得了什么？

——但刚伸手给市场门口的大爷检查的那一刻，我已经察觉到了某种变化。

打眼望去，门口几个摊位倒没变，卖甜瓜的卖甜瓜，卖玉米的摊位金黄雪白的玉米棒依旧堆积如山。可是一定有什么东西不同了：放眼望去，整个市场灰扑扑的，连日光灯仿佛都调暗了几度。

我径直向着最里面的水果摊走去，已经忘了什么时候开始固定在那个大哥的摊上买水果了。水果摊还在。但一路过去异样感越来越强烈，走到摊位跟前，甚至连人都换了，是一个小姑娘背对着打理。我快步走过摊位来到市场后门，正好看到一个工作人员在冲洗地面，遂问：这个市场是不是变了？

那是个看上去四五十岁的中年人，戴着袖套，穿蓝布大褂——很多年前的打扮。他斩钉截铁道：没变。

一点没变？

这个市场开了二十多年啦，从来没变过！

我想说点什么又忍住了。走回水果摊问那个陌生姑娘：以前这儿那个大哥呢？

那个姑娘转过头：你问我爸？

顺着她的目光看过去，我终于看到那位大哥了。印象中他永远都是圆圆的黑脸，笑容很憨，牙齿有点豁。但这次头发明显花白了许多，脸也瘦了。

我笑道：大哥，还以为你不在这儿了。

没摘口罩，但他一愣，立刻从口罩上方的眼睛认出了我，眼睛也有了笑意：你来啦。本来正在另一边忙着什么，立刻拍拍手走过来了。这动作也是我熟悉的。

和以前一样，还是玫瑰香，无籽露。

好。今天的玫瑰香新鲜，没籽。

大哥您忘啦，我爱吃有籽的。我笑道。

他说：有籽的这边——不过是昨天的了。

果然葡萄梗明显已发黑干枯了。但他这儿以前几乎不卖前一天的水果的。

我趁他给我上秤，问：大哥，这市场是不是整顿过？

就是。好多人都走了。

刚才那个工作人员还和我说这里没变。我就说不对劲。

二十三块七——就给二十三吧。还要点无籽露？

嗯，来点。

他熟练地从档口里面出来，我仍没看清他是怎么穿过那空档的。也和以往一样，我请他帮我拣，这么多年了，他挑得一直比我自己挑得更好。要多少也随他。还没放几串，他就住手了：就这么多吧？多了吃不完，浪费。

好。

他又从摊外飞快地进了里面。就好像有某种水果墙的穿墙术。

无籽露十三，给你算十二，和玫瑰香一个价。少顷，他报了数：四十二块八。给四十二。

我扫了码。但还磨磨蹭蹭地不走，虽然已经很想上厕所了。

还有什么应季的水果？啊橘子都上市了，甜吗？

说实话离我最近的一小堆橘子也不怎么新鲜了。虽然表皮看上去还光润，捏起来已经有点软了。以前每次来，他家水果永远是这菜市场里最登样的，圆润，饱满，新鲜，参加水果比美大赛能得冠亚季军，价格还公道。

我又问一次：到底这市场怎么了？

大哥算完账才接话：彻底停业整顿过一次，说是卫生防疫。也不让靠墙堆那么多水果了，说是墙面都要露出来。后来客流量就不行了，老没人来，好些人都退租走了。

我一时没想起新发地菜市场停业对这里产生的影响：

是不是好多人都习惯在手机 APP 上买菜了？

不知道。反正今年都变了，整天没几个人。那边摊位差不多都走空了。他往那边指了指。那是水产区。

到底怎么搞的？就因为整顿？

我讲不好。他一脸疲惫：你知道对面商场开了个地下早市不，早晚线上管送菜，送水果，用打折券。现在人都爱在网上买东西了。

真不知道。我惭愧地说，就像此事和我有什么关联：大哥，我 5 月份离职了。好久没来。

哦。

真没想到这么好的菜市场变成这样。之前 4 月份过来还好好的。

那时还好。那时早市还没开。

其实网上买的水果没您这儿好，您多会挑果子啊。我说。还吞了一句话：以前那么多回头客都上哪了？莫不是和我一样都离职了？

他终于笑了：那是。网上肯定没我这儿好。面容刚舒展开，愁色重又如乌云袭来：这条街上水果店越来越多。你看以前哪这么多卖水果的。

我刚才经过时并没有注意那些店。朝内南小街以前饭馆多，也许疫情期间都关门了，有间茶室前两年刚开，装修得挺好，估计也倒闭了——大家都卖水果，也许因为水果安全，不感染新冠？

半天才憋出一句：别的不知道，朝内大街和北小街路口那家水果店我去过。比您这儿差远了。

嗯。他又笑了：那家是不好。

这笑容里多少还有旧日的豪情。以前他生意最好时还雇了弟弟帮忙，两兄弟五官很像，只比他略年轻些，说实话也狡黠些。干了没几年就不见了，也许去忙别的门路了。而我每次来都暗自盼望遇到的是他而不是他弟，因为他知道怎么挑果子，绝不藏私。术业有专攻，他就是水果状元。不光我和我同事，多少老主顾都认准了他家，离门最远的水果摊，多少年了都不换地儿。酒香不怕巷子深。

再买点橘子。我说。没问多少钱一斤。

本来八块，给你算五块。这橘子有两天了。不知怎的，老卖不完。

只能尽力从那堆看上去不大新鲜的橘子里挑了几个饱满点的，称了。不到十块钱，他再次给我抹了零头。

别介。该多少多少。

没事。他笑笑。

多少年对话老这样。我从不必说"便宜点"，他也从没短过秤。看了一眼那小姑娘，心想她知不知道她爸在我们眼里形象有多光辉。既懂行，又厚道。就因为这样，所以一直没挣着大钱？

提上葡萄橘子，临走时又回头：大哥，我不能老来这儿了。您多保重。

他应了声，但终于什么都没说，只一直目送我离开。

那一瞬，十三年如江水一样滔滔地从心上淌过去。离职当天我走出社门口并没有哭，离开菜市场时却鼻酸得差点忍不住。这次微信支付的时候我终于记住了那个大哥的名字：程义民。

这名字很好。很像他这样一个人应该有的名字。

二

那天上午那个百世小哥就发了信息给我，结果照旧磨蹭到晚上才去取件。是 4 月最后的倒春寒，之后所有料峭都会被日渐升高的气温抚平，风一天天柔和，像轻轻扫过面颊的初生的狗尾巴草。

自 2 月以来，我所住的小区门口也和其他小区一样，门口两边依次排开各家快递公司的摊位。京东、天猫宅急送和顺丰通常占据了最近的黄金位置，因为这几家春节期间一直送货，没停过。接下来是"三通一达"：申通、中通、圆通和韵达，再往后才依次是德邦、中国邮政、百世……有时几天不去，后几个摊位的排列会略有调整，大约近期刚爆发过一场没有硝烟的排位争夺战。但也只是前后微调，大体格局不变。

我下楼时天已完全黑了,起了阴恻恻的小风。下班高峰期间,小区门外到处都是人,口罩上方疲惫的眼睛们仿佛庆幸又结束了疫情期间被迫在外冒险打拼的一日。终于在内部道路的尽头找到了百世。我说,取快递,三区的。

根据手机、门牌号,小哥迅速在一大堆包裹里把我的件提溜出来。

就在一递一接的数秒间,我猛然间闻到了花香。与此同时还真的看到了好几束花的轮廓在暮色中显影。——简直像个小小的奇迹:快递摊位上为什么会有花?

不但有花,那些花甚至还好端端地插在玻璃瓶子里。红康乃馨,金百合,绿雏菊。即便在春天的夜晚,也仍然在黑暗中像珠宝一样熠熠生辉。毕竟疫情以来,太多花店都关门了。盒马生鲜上也只有很少的玫瑰百合之类。眼前虽然也都是再普通不过的花,瓶子也是最常见的圆玻璃瓶,但花材一看就非常新鲜,康乃馨花头都没打开,紧紧挨挨幼儿园小朋友一般簇拥在纸包里。

哎,这儿还卖花?我问。

我喜欢花。那小哥说。语气略有紧张,加上不必要的解释:就是摆在这里看,也挺高兴。

到底卖不卖呢?我想买。

姐你要什么花?

金百合多少钱一支?

四块。

我暗吃一惊,多头金百合在一般花店至少得十块八块。

康乃馨呢?

整束十五。

一大包,不单卖?——整包康乃馨目测至少有二十支以上,在花店最低价三元一支。

就这么些了,愿意要就都拿去,单买也行,五毛一朵。

我都要了。以后你都在这儿卖花吗?

不一定。现在疫情期间,摆点花大家看着高兴,自己看了也提气。

这话说得也太好了,好到像这些花一样不真实。捡漏的喜悦退却,无边无际的好奇心漫上来:你是云南人?

印象里云南大理是鲜花的海洋。所以莫名其妙地,我以为所有云南人都爱花。

不是。小哥脸上倏忽闪过一层显而易见的阴影。

那……到底哪儿人?好奇心一旦上来就压不下去。我就又问了一遍。这次他声音更低:湖北人。

电光火石间,我理解了他的嗫嚅——从1月底以来差不多三个月了,全国各地还正在进行时地"歧视"湖北人。

你家乡这次可遭大罪了。我轻声说。

他说,是啊。声音恢复了一点正常,只是和刚才"给自己打打气"依然不是一个声调。

我决定换个话题：这里太偏了，就算有人想买花，不取件也发现不了你这儿有花。不能想法子离门口近点儿？

没事。近了反而引人注目，万一有人和站点投诉呢。

卖不完怎么办？

卖不完就带回家，反正有花瓶。

这么喜欢花，没想过开一家花店？

咳，以前还真在花店干过。——不过以后要是能开店，我也不想开。

不是喜欢花吗？

我想开个茶馆。现在中国人都喝咖啡，星巴克到处都是，没意思，中国人嘛，就应该多喝茶。我就不信咱中国茶比不上洋咖啡。

又一只小"狼"，我想。刚好那段时间瑞幸在美国做假账被曝光，股价暴跌，网上都开玩笑瑞幸套美国人的现，可谓民族之光，而一开始雄心勃勃要以星巴克为对手的融资旧故事也被重新起底。没准这个小哥最近也是看了什么公号的煽动文章，从中得到启发并更进一步，立誓用茶文化代替咖啡文化，"驱除鞑虏，恢复中华"。我在口罩里无声地咧了咧嘴，想走了。

其实真可以卖得贵一点的。就像地铁站外面的花贩子一样，把大包的花打散成几小束，每束卖十块十五块，买的人也挺多。我说。

我就是喜欢花，卖不完自己也可以插，我不会这么干的。

我完全不理解他的逻辑，但可以感觉到他的某种坚决。这才发现已经聊了好久。十几分钟前他蹲着，我和他一起蹲。后来蹲久了，略直起身，采用半蹲的姿态，终于仍不能坚持，彻底直起腰来。而他一直还在快递纸箱之间圪蹴着。我渐渐感觉出彼此姿态的不平等来，加上夜风也越来越凉，像一把把飞刀掷过来。他和另一个同伴大概也要准备回去吃饭了吧。

我下次再来找你买花。

他什么也没说，只向我挥挥手。

下次就是两礼拜以后。其实中间也不是没下去取过快递，还有两次是百世的件，但湖北小哥都不在那个摊位上，而且并没有花。

这时已进入 5 月了，再过几天马上就要立夏。有些快递公司已获许进小区了。午后阳光制造出一种不透明的尘土飞扬的特效，因为路边根本没有树，也没有其他稍具装饰性的东西，到处都是大大小小的纸箱，塑料袋包裹，或直接用胶带缠好的不透明快递袋。无法进小区送件的快递员们仍端坐在这些包裹中间，像一个个独立小王国的国王。我取完宅急送的件，心念一动，往内部道路的尽头走去。

尽头是一辆没有任何标识、只写着"快递"的车子，走近了才会看清印刷体"快递"前还歪歪扭扭地用蓝色圆珠笔写了"百世"两个字。并不在原来的地方，在马路对面。

是百世吧？我问。

堆积成山的包裹中央一张戴着口罩的脸向我扬起来。身材比我记忆中还要瘦小，但一开口就认出来了：正是那个卖花的小哥。

姐寄件还是取件？

我是来买花的——今天有么？

显然车子附近三米见方，没有任何花瓶花束的影子，白晃晃的初夏正午日光照在一大堆沾满尘土的大小纸箱上，像科幻片里的废墟。

今天没有。我不是每天都去进的——事太多了，太忙了。

是花不好卖么？我试探地问。

我不卖花。他再次似乎有点生气地在口罩后说：我就是自己喜欢花。也顺便帮你们带点，算一起拼单。我明天正好要去花市，你想要什么？百合？

最好不要百合。我有点为难地说：我家有三只猫，百合对猫不好。上次那个金百合我都锁在房间里，不让猫够着。

其实也没问题的。把百合的蕊去掉就好了。

我坚持：百合的叶子、茎、花朵，都对猫不好，全株有毒，吃一点就肾衰竭。

好吧。他放弃了和我争论：那你明天再来。记得下午，我上午不在这边。

第二天下午我果真去了。这次快递车上的确放了一大束花——一大束百合。

只能有点尴尬地站在一大束新鲜又芬芳的香水百合旁边。仿佛应该略微生一点气的，也没有。只是无奈。

咳，今天别的花都没有百合划算。你要不要？

我想说算了，又不忍心。最后还是挑了五六枝多头的，加起来总有十几朵，满满一大抱。只能今天跑三十公里给好朋友送一趟了——家里有猫，实在不能放，万一有个三长两短，悔之晚矣。但这话没必要和眼前这个小哥说，说了也没用。

然而没想到的是，买完花真正的谈话才开始。这次小哥打开话匣子聊了很久。

他告诉我因为自己是湖北人，所以年前几乎要被迫离京——"其实都四五年没回去过了，也不行，只要是湖北人就不行。"本来是在中通干的，也有集体宿舍，但小区门口保安看身份证不让他进。他好多天无家可归。中通的工作也丢了。

后来呢？我擎着那一大束百合，被香气袭得头昏，问。

后来朋友收留了我。喏，就他。小哥用下巴指指正在不远处整理包裹的另一个快递员：他介绍我到百世。

百世不管湖北籍？

也管。就是和站长熟一点，多说几句好话，人家睁一眼闭一眼。后来还搞到了一张假身份证，就能进小区了，保安幸好不记得我。

之后他又和我说起年三十那晚帮京东送了一整天快递。

你都不知道年三十那天京东一个站点有多少件！那时候其他快递都停了，只有京东还送。从早上6点一直送到晚上12点，还没完。不过那天挺好，因为是过年，好多人给了红包。有一个高档小区的住户，一下子给我封了五百块。他笑道。

我想是不是也应该给他一点小费。但手伸进口袋摸到手机又犹豫了。继续站在那里，听他说。同伴继续蹲在地上整理包裹，间或往这边看一眼。我渐渐不好意思起来。但他摇摇头，说"不碍事"。

一个中年人来寄件了。小哥一边熟练地接过包裹，一边示意那个中年人扫码填单，嘴仍不停：所以快递公司就是"三通一达"最厉害，现在都被菜鸟裹裹收购了。百世没挤进去，单少，工资也少。顺丰自己玩，贵，但服务好。

疫情稍微松快点了，没考虑换家公司？

是百世在最困难的时候收留了我，是我朋友帮我担保，才能渡过难关。他摇摇头：我不会走。百世也挺好，薄利多销，量也还可以。——浑然忘了刚刚还说过单少。但我已习惯了他思维的跳跃性：相对菜鸟裹裹少，其实也不见得总量小。疫情期间人反而更依赖于不必晤面的物流业，刚才那个中年人就是要寄两床新疆棉被到四川去。自己包得不太好，一只大纸箱塞得鼓鼓囊囊喷薄欲出，湖北小哥看了一眼，并不批评，只设法用胶带把挤出来的部分压回去，又飞快在纸箱子上方用胶带做了一个提手。我一开始没看明白，过一会才发现做这提手不为别的，只为称重——他从车上找来一个电子秤挂在那提手上，说：12.7公斤。45块。

中年大哥一直听我们聊天。趁小哥转身去放电子秤的时候，他说：他们挺不容易的，每天都在这儿守十几个小时，太枯燥了。

是啊。怪不得这小哥卖花。我说。

对对。我在这边见过花，还纳闷呢。

他离开后小哥又聊了一会。整个过程中我俩都戴着口罩，等疫情结束了，再见大概都认不出来了——但谁都没有摘口罩。他同伴又往这边看了好几眼，我再次不安道：你是不是得去帮忙了？

没事，是兄弟。小哥看似满不在乎，但终于也走过去帮着分类整理。我又远远地观察了几分钟，发现原来是根据几区几号楼分堆，然后根据顺序给分好堆的包裹用粗油性笔写上编号，这样发信给收件人，人家一报编号，立刻就能从相应的包裹堆里精准定位，类似某种图书检索系统。但其实我还有很多问题没问。比如说，他以后还卖花吗？今年会想办法回湖北看看吗？家里人还好么？

但就和不知该给多少小费一样，这样的关心听上去居高临下，我再次感到说不出口。

不打扰你干活了，先走了啊。我终于说。

他停下来望着我：要走了？

他脸除了口罩遮住的地方其余部分都晒得很黑。快递摊位无遮无挡的，初春的阳光和盛夏一样灼人。同伴看上去也差不多。好在两人一起干活，效率瞬间提高了很多。

走了。下次再来买花。

我不一定会每天都去进的。家里花还没谢，就不去。他大声地说。

之后几个礼拜，我开始忙起来。要写新的文章，要处理各种疫情期间积压的工作。北京城也正一天天恢复呼吸，很多人都开始坐地铁出门了。有天傍晚我从地铁站出来再经过那边，发现非但没有花，也找不到那个身影了。百世又搬回了马路这边，另一个小哥在包裹间埋头分类。天又快黑了。

我问：小刘呢？——之前扫码付款时我记得那小哥姓刘。

噢，他不在这边干了。——也不知道小刘是换了公司还是换了站点。

他后来还卖花吗？

卖过几次，很少。眼前的小哥没戴口罩，和小刘一样黑瘦，眼神更温和。我想起他在春节期间收留朋友的事，又想象了一下他俩在大年夜里开小货车送货，觉得很像小时候看过的一篇获奖小说，忘记名字了，两个货车司机在大年三十的异乡小饭馆偶遇，聊天，喝啤酒。同是天涯沦落人。

回头给小刘带个好。谢谢他的那些花，都特别新鲜，开了好久。

好。小哥说：他那次挺高兴和你聊天的。疫情期间他憋坏了。

你也是湖北人吗？

不，我是四川人。他笑笑。和小刘身材倒是差不多，都是不到一米七的小个子。

半月后新发地市场疫情二次爆发。北京城一大半市场被迫关了门。我本想去小刘进货的花市买花，被拒之门外。广场几个戴着袖章的人在走动，踮起脚往里望，仿佛能看到几个月前来这里进花的小刘。他说过他不卖花。"因为我也喜欢花。就和你们拼个单。"

而我们是谁?我们不过是一些自私而愚蠢的,在家磨蹭半天也不下来取件的陌生人。小刘那天说,快件如果不能在规定时间送到,会扣钱。实在没办法只能放丰巢,赔钱也要放。丰巢每件收他们三毛。一天得放大几十件。

这太不合理了。我说。

他没接话,自顾自说下去。语速又快又急,仿佛想把关于快递的一切一股脑儿告诉我。

再后来走过百世快递我总会望一望。再没见过小刘,也没在任何一个快递摊子上见过花。

三

而我疫情期间到底都做了什么呢。头俩月和过来过年的父母在一起,每天做饭给他们吃,在客厅里打羽毛球,陪聊天,看电视,刷手机新闻。后来回深航班终于不再一次次取消——为成功离京,我爸爸甚至买过同一天的两个航班——等他们回去后,电视机就不再打开,我开始大量看书,望着窗外发呆,睡太多觉导致失眠,一点点恢复写作习惯。5月,我离开了供职多年的出版社。整个6月,把旧办公室的书一点点收拾装箱。等尘埃落定,已进入7

月。半年时间就这样神鬼莫察地过去了。而我和大多数人差不多，心情谈不上好也说不上坏，只有一种无意间见证历史的随波逐流的茫然。周遭一切都在不断改变，但光阴不舍昼夜，不为任何意志或偶然因素而停留。

入夏后股市行情一度很好，有朋友炒基金挣了大钱，我也渐渐加到满仓，每天零点后观察数字变化，发现A股受美股影响和港股差不多。去全球化并没有口号喊得那么容易。这世界仍然随时可能因为一只蝴蝶引发另一个半球的飓风，而结果都会在资本市场精微呈现。每当我想起曾经还学过金融，就觉得一切十分虚幻。

因外出活动变多，有时也会在出租上和师傅聊天，问疫情期间怎么过的。大部分师傅都告诉我头两个月差不多没什么生意，公司还照常扣份子钱。有一些胆大的师傅坚持拉活。也有一些惜命的师傅索性就不出车了，从积蓄里拿钱出来交。后来国家也都给了补贴，但每个公司政策都不同，发下去数额也不一样，通常都不太够。我听过最夸张的案例，是一个住在通州的师傅年二十九出门，晚上回家发现村口已封了。怎么和管理人员——还是同村乡亲——央告说才刚出去一天都不行，因为无法证明自己未染新冠病毒。后来就只好和几个境遇相仿的同事一起在城里租了个房。群租房做不了饭，每天都只能吃方便食品，速冻水饺方便面元宵什么的。

"可算把这辈子的速冻水饺吃够了！整整四十五天，上百包。我以后再不想见这玩意儿了，看到就要吐。"

6月之后，渐渐有些师傅开始由抱怨变得乐观，尤其是国内媒体大篇幅报道美国"黑人的命也是命"大游行、打砸抢烧的惨状之后。有一次我很早出门，在盛夏清晨耀目的阳光里就遇到这么一位，和我讨论了半天国际局势后，铿锵结论道：所以，金窝银窝都不如自己的狗窝。现在哪儿比得上中国安全？哪个国家能比中国强？

还有个场景值得一提。6月底因新发地疫情，北京多个小区列为高风险，开始有传言不让人出京。风水轮流转，湖北人民曾领受的歧视终于降临到首都人民身上。正好那段时间有个采风活动，因为太久没离京了，我非常想去，就报名参加了单位的核酸检测。结果一直到上车前夕还没出来结果，甚至惊动了新单位的一把手，打电话建议"就别出门给当地惹麻烦了"，但我最后还是坚持去了北京南站。

于是就有幸见到了有史以来最空旷的北京南站。下午5点半，平日里熙熙攘攘的景象荡然无存，车站因空旷变得陌生如打烊商场。我穿过没有一个人的候车大厅，到售票处去。

买张去苏州的票。我说。之前主办方给我买的车次被取消了,只能重买。而又不确定到底能不能走,所以不敢在网上订。

有票,6点的。

我没拿到核酸检测结果,能离京吗?

售票员在栏杆后莫测高深地看了我一眼:能。——反正我没接到上级通知,至少今天能。

上车后每节车厢只有三四个人。不知道是不是过于敏感的错觉,我在每个人脸上都找到了类似的劫后余生的喜悦。到南方才发现一切正常,甚至半夜还有人吃日本料理——那两天新发地罪魁祸首是冷冻三文鱼的新闻还没曝出来。几天后才听说北京已经明确不让离京了。

这件小事让我看到了国家机器高效运转下仍然可能存在的若干BUG,至少铁老大不归地方政府管,还想多卖几张票。各行各业经济打击都大,旅游业更惨。9月份我去了成都和重庆,亲身体验了半夜排队吃火锅的热烈、目睹了川渝地区人民吃夜宵的激情,这种杞人之忧才得以部分缓解。

新闻说国庆期间有六点几亿人出游。不知中间有没有被重复计算的,比如一个人去两个景点,会不会算两个人头?但无论如何,新发地之后反而给北京乃至全国带来一种事事可控的信心。又或者也不是信心,只是人性侥幸的天性使然。大街上戴口罩的人越来越少。看外国疫情再度肆虐的新闻，大部分人都有点事不关己的样子。还有些留学生没回国，或者上不成学。我不认识开跨国公司的人，不知他们对疫情怎么看。网上还是随时能海淘到想要的产品，说明在我们不了解的地方，各种大小交易仍然高效有序地进行着。这种遥远的想象给人带来安慰。

在三里屯太古里看到许多年轻人吃饭，泡吧，在露台抽烟，故宫无数人预约打卡苏东坡和紫禁城六百年，国庆在香山香炉峰看到一堆人照相，这一切都让人满意。至少比看到空荡阴森的北京南站要高兴得多。这大概也是疫情带来的后遗症：我似乎更喜欢人了。

即便人类消失，建筑之美方始呈现；我还是宁愿人山人海，观看复杂无序混乱的人类生活图景，也无法欣赏喷泉、拱门、雕塑前阒无人烟的静美。顺便说一句，那天爬香山，顺路捡了很多废弃口罩。有大人的，也有孩子的。这真是一场新型灾难。

# 2020的谜语

撰文　巫昂

2020年1月中,我从每年去过一段时间的云南普洱回到北京,说真的,那时候简直放松极了,天天睡到自然醒,到小区一侧的米粉店吃碗米粉,放各种调料的花式米粉,然后去小区另外一侧的咖啡馆喝杯手冲,跟熟悉的咖啡师聊几句闲天,到了10点多快11点回家,坐下来开始画画。我以为今年就这么过了,1月13号,似乎是,我回了北京,要去医院做个常规体检,那天的协和一样是人山人海,除了医生护士,谁也没戴口罩。记得当日,我拍了胸片,理论上,这张胸片在当日一个小时后的任何时候都可以去取,但是我再也没能取成,几乎是当日,我们突然就不出门了,更不要说再去医院了。取回这张胸片,是8月底。

三个多季度已经过完了,2020年对于我来说就像一只神秘的斯芬克斯,难以分辨的性别,沉默不语的本能,对过去、现在与未来,它都给予了一个不确定的表态。最初,武汉疫情的开始,我是懵的,跟所有人一样,在微博和朋友圈上一起"愤青",转帖子,冷嘲热讽;过了两天,我观察到朋友圈有两个朋友有些不同寻常的举动,其中一个在买口罩和防护服给武汉的医院,另外一个,也是买口罩和防护服,给武汉外湖北境内的小医院。我开始重点关注她们到底在做什么,怎么做,而且很想去帮帮忙,当时口罩和防护服已经一天比一天贵而且不可得了。她们参与的都是大宗物资海外采购,我看得一头雾水,感觉自己也帮不上什么忙。这两个女孩,一个是做广告公关业的,我叫她表妹,当然了我的表妹非常多,干的亲的;另外一个是做服装品牌的,高大上的采购物资的活儿插不上手,等到新浪微博病人求助越来越多的时候,表妹也开始顺带手地帮病人,因为那边是浩浩荡荡的哭号之声,很多病人家属发了长长的帖子,加上肺炎求助的话题,那些帖子读之令人泪下。因为武汉突然爆发了海量的病人,住院的床位严重不足,病人家庭只好涌向微博。这个状况,大概也是那个时间的痛点。

2020年,我做宿写作中心已经五六年了,我们是一个以诗歌小说为主的在线写作中心,有若干个比较活跃的学生群,上的课很稀松,大概是两周上一次微信课的频率,好在我跟学生们的关系基本上还是挺紧密的。我在最主要的那个学生群里说了一嘴,征集可以跟我一起收集病人信息、委托表妹的通道提交申请的人。很快,有10个人响应,要跟我一起干，我记得里面包括了后来核心志愿者组的两位骨干三洛和陈桥，她们都写诗，三洛还是一位摄影师。我们有个公号编辑部，里面常年有6个人。就这样，我建了最初的11个人的微信群，开始在微博分头联系求助的病人家庭，了解他们的最新情况，帮他们整理病情资料，然后，我一个个地塞给表妹，大概这样两三天吧，表妹跟我说：不行了，前面排队的人太多了，不要再给我了，效率不高。

最初，这些病人我是写在一张小纸片上的：姓名，家里几个人发病，什么时候递交了申请资料，给他们编了号，我这样手工操作了三四十号病人，表妹的通道断了。于是我去打听谁认识《人民日报》申请通道的负责人，诗人叶匡政说是《国家人文历史》杂志的主编王翔宇，他认识，于是，我又委托叶匡政给了王翔宇几个着急的病人，叶匡政后来觉得这样费事，直接把王翔宇的微信给了我。我以为他会转手给自己的手下，没想到从头到尾，我们都是跟他一个人对接，任何时候申请资料给过去，他都是秒回，感觉他是不用睡觉的。他告诉我说：《人民日报》湖北分社这边，当时有上百位工作人员，日夜不分地整理资料，再递交给中央工作组，然后由他们来分配医院病床。当时我们不知道到底有几个申请通道，实际上颇做了一些无用功。

无数的病人在一个看不见的漫长的等候队列当中，每一分钟我们都觉得病人太多，人手不够。于是，我去学生和微博博友当中招募更多的人，人多了，我打算将我小纸片上的活儿，交给其他小伙伴。我们开始构建初步的组织架构，也就是一个个的微信群。最主要的就是核心志愿者群，如果说病人是我们的客户，他们相当于客户服务部门，每个核心志愿者都从最初的微博上的求助信息收集起，谁找到新的病人，在群里查重一下，避免几个人同时联系一户家庭，然后开始打电话，初步核实，按照申请平台要求的规范，跟病人把资料整理一遍，这些核心志愿者有很多还是宿写作中心的同学们。他们的优势就是文字问题都不大，也很有耐心跟病人们沟通。后者当时焦虑无比，每半天的等待，对于他们都是煎熬。这个部门的负责人就是前面说的三洛，她和陈桥的业务能力超强，感觉一天能处理无数的病人。还有我的朋友圈和微博来的一些年轻人，诸如最早给我病人信息的小赵，她也无比高效，我的学生绿油麦，诗人弱水，我弟妹的同学之茶，朋友圈的朋友天天悦读，等等等等。三洛是个爱动脑子的人，她开始跟平面设计师早一起把核心志愿者的工作流程做成大家容易看懂的图片，这个图片慢慢拉长，最后成了一份超级长的pdf文件，她们组建了核心志愿者的新人培训群，现培训现上岗。我要求每个病人家庭拉一个群，在群里的有病人家属、核心志愿者、我，还有一位巡群员，最初的巡群员是公号主编多多和编辑茸木。

核心群里还有诗人小安和发小寻,小安特别有耐心,发小寻特别利落,谁说写诗的人不能干活儿?后来"穷团"成立,发小寻成了一团团长,也是一把好手。

其次是填表群,挑头的是我的一位文学编辑,原先在《南方文学》和广西师大出版社总部工作的小敏,负责和王翔宇老师对接的是诗人和小说家宋肠肠,很快,填表组的人压根不够用,于是不停不停地进人,小敏也不得不组建了培训群。填表群日夜加班,夜里让男生值班。当时只有两个男生可以用,我的两个男学生王嘉尧和飞巴,他们彻夜不眠,继续提交整理好的资料。

很快,收集病人信息的工作从核心志愿者群当中分裂出来,形成了专门负责收集病人信息的外围群,负责人是公号编辑、理工男陈三,他还建了个由多达20位理工男组成的统计群,外围群当中又分裂出到不同平台收集信息的群,主要是微博群,还有微信朋友圈和豆瓣等平台。而后,我深感需要一些熟悉了解武汉本地情况的专门志愿者群,又产生了武汉本地群,群主是滞留在海南的武汉人汤汤,过了相当长的一段时间,我才回忆起来她也是我的学生。而且,很长时间,我都以为她是个男孩,因为她的行动力和思维模式实在太理工了,后来才知道她是个建筑设计师。

当时的总调度是我们公号编辑部的yoyo,她将所有群的负责人拉了一个相当于高管群的群，名字很低调，叫做流程优化组。总之，用他们强大的职场经验，没日没夜地开会，优化整个团队的工作程序。他们开会压根就不会喊我，因为感觉我听不懂他们高大上的术语，我常常在群里哀号自己被无情地架空了。架空了也好，开会实在烦人。有时候他们开会到半夜，第二天想出了新的方案来，也不用通知我，自己就执行了。我开始继续完善我们的架构。那个阶段，我不停不停地在微博招新人，也开始写志愿者日志，热情无比的年轻人一波波地向我涌来。我在日志当中无情地告知，太辛苦了，不适合有家有口的人，适合九零后单身男女。

当时我很大的工作量在查房上，早上五六点钟眼睛睁开开始查看病人家庭的各个群，他们不停地告知家里的病人情况越来越危急了，我们的核心志愿者总是鼓励他们要多打各种当地的求助电话，给社区、给110、给武汉分区的热线、给媒体。他们需要购买球蛋白等药物的话，我们帮着想办法。武汉本地群这时候发挥了强大的作用，汤汤逐渐有了自己的本地资源，当时在武汉内活动的只有两个帮着买药的人，老吴和小王，老吴骑着电动车，小王骑着自行车，老吴家堆满了全国各地志愿者团队委托他帮着接收的物资，后来，他邻居家也堆满了。他有一次忧心忡忡地告诉汤汤："家里有几百斤的消毒酒精，要是着火怎么办?"偌大的武汉城,在封城之后,我们可以找的只有这两个人。我去看老吴的微博,其实是过了很久之后,发现他发了很多在空荡荡的街道上独自一人骑着电动车去给病人送药的视频。一个孤单的行者。有时候,电动车没电了,他在厕所给车子充电。

如此昼夜不停。每天核心志愿者都要通报哪些病人成功入院了,群里便一片欢呼,于是我们又设置了专门分发给核心志愿者外围群新找到的病人求助信息的任务员,和专门更新病人家庭最新动态的表格员,让整个流程更加丝丝相扣,提高效率。也大概是在这个阶段,作家桑格格及其好友小展加入了团队。桑格格本来跟话剧女王刘丹、小说家李西闽他们一样,在外围群跟大家一起收集信息,谁也没发现他们的存在。她主动来问我还需要什么帮忙,我觉得需要找一批医生,来回复病人家庭的咨询。于是,她随时到自己的微博上去找医生,我们分头找,找到了医生,就一个两个地拉到医生顾问群。开头的时候找呼吸科的居多,后来连其他科的医生也慢慢攒齐了,因为很多年纪大的病人,他们的并发症特别多,这些远程指导给了我们安全感。这个医生顾问群最终有了四五十个医生,既有去武汉一线的医生,也有全国各地想搭把手的医护们。

如此,慢慢地,入院的家庭越来越多,到了3月中,我们前期的工作确乎告一段落了。在这个过程中,桑格格跟我变成了铁搭档，我有了一个商量事儿的人，结束了"独断专行"的时期。整个过程中，我获得了一些新的诨号，大家表面上喊我的和私下里喊的，估计不一定一样。每一天我都试图多记住一两个小伙伴，总是以失败告终，队伍越拉越大，这时候已经有好几百人了，陈三他们的外围群听说还有很多连我也不在其间的小群。我的病人家属群大概已经有四五百人之多，每天查房任务变得异常艰巨。这期间，我拉了个 leader 群，将目力所及、在做跟武汉相关的志愿者工作的小团队的 leader 聚集在这里，大家有什么需要也好，有用的信息分享也罢，都可以互相告知。比方说，郝南他们团队的一个呼吸机免费发送项目，就给我们好几个病人家庭提供了呼吸机，还配套了技术指导。

　　桑格格以及我的微博私信来信当中，除了想要继续加入团队的志愿者们，还有不少物资提供者，有些是个人，有些是企业和机构，我们商议之后，打算组建一个物资小分队，专门做物资对接。此前，我们已经有个物资市集，做了好长时间物资的茶小隐在期间起了很大的作用，对于在鱼龙混杂的口罩与防护服的市场上明辨是非的能力，她已经自学成才了。于是，茶小隐成了我们的首席买手，小展和本地群群主汤汤，以及（后来才听说帮助很大的）星星，一起组成了金牌客服群，服务将要提供各种物资的资助者们。在物资小分队当中，我们让熟知武汉本地情况的志愿者，分别认领了武汉十三个行政区的小组组长,外加武汉外湖北境内的一个小组,他们开始地毯式地收集医院和社区的物资需求。这件事繁复无比,年轻人们又开始制作表格了,而我深度晕表格,所以,这些表格都是小展和汤汤他们在看。据说,每个人电脑桌面上都有几十张表格,每来一批物资,小展就会利落地蹦到物资小组的组长群,问他们谁有需要,组长们跟抢包山一样,赶紧回到各自的组里,大家集体找到最对口的医院,再让组长去抢。

那阵子,我认识了几个可爱的"金主"。比我还晕的宁远,本来就是做衣服的,她要捐给医院500件防护服,结果找了无数工厂,才知道人家做的以隔离衣为主,她作为一个女企业家是算不清账的,最后还是求助于首席买手茶小隐。做太给火腿的曹臻一也是个诗人,她豪横无比地捐给医院三万只太给小酥,工人们加班加点做完了,我们知道当时物流基本上不发武汉,问她怎么办,她说:"没有花钱办不了的事情。"总之,我不知道她到底花了多少钱搞定了这件事情,只看到排山倒海的包装箱到了医院门口。少吃点是微博私信来的,他和朋友们拿本来要开兰州拉面馆的一笔钱,买一卡车吃的,雇了两个卡车司机,径直从兰州开到了武汉。少吃点后来留了下来,每天在"穷团"里凑钱买医用帽子和口罩。

"穷团"的点子是我受了诗人杨克的一篇文章的刺激想

出来的，他列举了一位富有的诗人（包了两架飞机运物资）和一个穷的诗人，也就是我，发动普通群众。但穷人有穷人的志气，于是，我们先有了穷一团，大家凑钱买物资给医院，先是我的学生、写小说的钟子期当团长，后来是诗人发小寻，总之八九不离十离不开搞文学的人。穷一团团了十几天，茶小隐到处寻找单价极其便宜、穷人买得起的单品，我们最初团购的是16元一双的医用靴，后来她发现有6元一双的，再后来发现了3元的。当然都是合乎医用标准的，只是厂家不同。然后我们又团过几毛钱一只的医用帽。后来，桑格格又在微博发动了一轮粉丝，来了更多想要加入"穷团"的人，穷二团和穷三团应运而生，当时武汉已经接近于抗疫尾声，我们也就约定了一个时间，戛然而止。三个群里有接近1500个人，大家都舍不得离开，这时候我和格格又商量，要不请一些能唱歌跳舞的文工团员来，跟大家联欢联欢，先后来穷文工团的，我记得有：张尕怂、柏邦妮、鹦鹉史航、东东枪、张越、叶蓓、赵鹏、朴树、黄晓明、姚晨、莫西子诗、程璧，等等。大家每晚面对三个穷团和之前的志愿者团队大群，统共七八个直播，这个历程是非常魔幻而且有趣的，确乎治愈了很多人受伤的心。

特别是核心志愿者群，他们因为直接接触了大量的病人家庭，有时听到不幸的消息，大家都跟着伤心不已。在整个过程之中,我们一直有心理咨询师参与这些志愿者的心理疏导,后期还有治疗小组视频会。谁经历这一切能够真的云淡风轻呢?我现在听到东西湖区或者青山区这样的字眼,尚且眼泪瞬间弥漫了整个眼眶,像是一种动物性的、本能的反应。我想,短时间内我是不能够去武汉的,那两三个月的记忆太过切近、鲜活,对于那些几乎不能够睡觉的小伙伴们,我也怀着深深的愧疚之情,然而他们说参与这件事,让他们感到心安。

大概是 4 月份,我开始写长篇《床下的旅行箱》后三分之二,写完了之后,又接了《西藏人文地理》到西藏那曲市比如县的专刊采访撰稿的工作。如此,我的生活恢复了常态,西藏的云飘在所有的地方,也在我们的心里。

# 危机中的未来,以及乐观主义时刻

撰文 战洋

一

即使没有疫情带来的危机,人们也总是为未来忧虑。农业社会里,人们担心下一季的收成,担心下一场雨,或下一阵暴风。工业社会里的人们,担心下一个订单,下一年的工作。而后工业社会的人们,也会担心房子会不会涨价,孩子能不能考上重点中学。对于每一个个体来说,面对未来的不确定性,制定计划和策略,让未来不要失控,是每日的功课。

在疫情巨大的危机之中备课,我重新翻出了人类学家马林诺夫斯基1910年代在美拉尼西亚的特罗布里恩群岛完成的研究。在早已成为人类学经典的研究中,马林诺夫斯基关注了人类对未来的掌控。他详细研究了巫术和占卜。和以往的人类学家不同,马林诺夫斯基并没有仅仅把巫术处理成差异性的"文化",而是关注了巫术和占卜的社会功能。他认为当人们面临巨大的不确定性，巫术和占卜就会产生。通过巫术和占卜这种重要的社会行动，人们应对不确定的未来，也为未来做准备。也就是说，它是一种针对未来和不确定性的社会制度。

显然，和当年生活在特罗布里恩群岛的人们不同，2020年，社会早已有了更加复杂的技术系统来控制未来。运用统计方法和数据，我们已经能够比较精确地预测疾病带来的死亡率、人口出生率、地震风险、经济增长，等等。围绕着各种科学技术和数字的逻辑，专业人士们就像魔法师一样，不断地将未来的不确定性转化为可预测性。

当然，这并不意味着，人们真的能够避免未来的不确定性。而是说，我们可以越来越娴熟地，对于可预测性进行管理。现代保险行业就是一个典型例子：通过对不确定性的考察和信息处理，不确定性也被纳入到了世界运转的结构之中，既是我们要控制的部分，也变成了人们获利和构造未来的途径。不断扩张的数据理性和工具理性，似乎让我们当下的生活世界越来越稳固，也让线性的时间变得清晰。

在这样一种貌似可控的生活逻辑上，大家做了很多努力设计未来：做投资、买学区房、买保险、奋力工作。在我认识的人当中，最乐于设计未来，并有能力维持这些计划的人是阿丁。

阿丁出生在广州,是一位做医疗器械生意的成功商人,住在香港港岛。阿丁告诉我,他在妻子怀孕之初,就排队报名申请了幼儿园,为孩子三岁入园做好了准备。孩子出生后,他们为孩子制定了未来十八年的详细教育规划。按照规划,孩子将在幼儿园、小学、中学和大学阶段,分别去中国香港、北京,英国、美国的不同学校受教育。阿丁希望孩子像集邮一样地收集"其他的文化"和人生体验。阿丁已经想好了,孩子要学习的课程和要参加的志愿者项目,要分别对应"国际化""关心社会""合作精神"这些指标。如果不出意外,这些精准的计划能够转化成简历上的条目,为他的未来提供"竞争力"。

疫情爆发之后,阿丁本应牢固的、长达18年的计划不得不发生变化。他跟我抱怨说:"得过且过吧,今日不知明日事。"很快,他就决定离开香港,前往英国。离开香港之前,阿丁给自己和家人买了好几份重疾保险和寿险。

58岁的胡姐是房地产行业的渠道拓客,天天在外面奔波发放小广告。她是我田野工作的访谈对象。她无法像阿丁那样计划未来,但是也盼望春节的房产销售量能够提升,这样她也能过个好年。然而,疫情突然在新年之前爆发,房地产销售突然停滞,作为销售最底端的劳动力,胡姐很快失了业。

"我没有办法,只能卖掉房子。这房子上还有8万块钱房贷，每个月2000块钱的贷款我还不起。"胡姐在2020年的5月，做出了卖房的决定，内心极为痛苦。她左右为难。如果房地产市场持续停滞，房子卖不掉，那么她很快就揭不开锅。然而，如果真的失去了这个房子，她将没有办法为自己的女儿提供任何保障和后盾。

就这样，新冠疫情打破了无数人的未来计划，也消弭了许多微小的盼望，逼着每一个人，调整自己和未来的关系。在巨大的危机中，线性的时间预期被打破。未来的不可控性，被充分暴露了出来。

## 二

未来失控的更清晰的表征，并不仅仅在于个人层面的计划变得破碎，未来变得失控。让失控变得更加结构化的，是我们丧失了共同时间。

在殖民主义兴起之前，全球时间可能是难以想象的。各地的人们各自有着对于时间极为差异性的感知和理解，有的时候，时间被理解为循环往复的圈，有的时候，时间被理解为连续或不连续的事件。而在全球化的今天，全球的共时性早已打破了地方性的时间，带来了均质的线性的时间，也带来了"时空压缩"。也正是依靠着共同时间，全球范围内的经济才能高效而精确地运转。

然而，新冠疫情以一种特殊的方式，更新了我们对于共同时间的认知。

"来重庆耍嘛。"我在田野调查中认识的朋友童姐，在2020年的9月向我发出第四次邀请，邀请我去找她聚会。她发来了几张火锅店里的聚会照片，也发来了她和朋友周末去KTV的视频。对她来说，2019年开始的这场新冠疫情，到了2020年4月，就已经是过去的事情了。整个城市经过了两三个月的暂停运转，早就恢复了常态。歇业的餐馆一个接着一个重新开了张，居民楼旁的茶摊和麻将摊也重新多了起来。时间重新开始流淌，而且恢复了节奏。对于她来说，疫情就好像一首刺耳难听的插曲，过去了之后，未来和过去就会无缝对接，日子还会照旧。

我也跟在美国纽约教书的朋友CY通了电话。CY居住在纽约皇后区——纽约市疫情的中心。离她家十几分钟车程的医院，是纽约市收治新冠病人最多的医院。我问她疫情情况如何，CY反讽地说了一句："特别稳定！没想到美国的疫情可以这么稳定呀，一直这样稳定在高位。"我跟着她在电话里苦笑。在撕裂的政治氛围之中，美国变成了世界上新冠病毒感染者和死亡率最高的国家。从2020年5月到9月，纽约州每日的新增感染人数一直维持在1000人。这个数字虽然远远低于4月高峰期时的8000—9000人，但是对于CY来说，她像是被锁死在疫情中，时间像是一眼望不到头的洞穴，不知道何时才能看到光明。

而身在香港的我，在疫情之中体会了循环时间。香港疫情爆发在2月，我所在的九龙区是重灾区。3月初情况好转，我开始回校上班。3月底第二波疫情卷土重来。直到6月才慢慢好转。然而很快，7月香港就开始了第三波疫情，直到9月，第三波疫情才刚刚开始好转。经历了几轮疫情的高峰和低谷，我对于"恢复"的想象已经发生了质的改变。从期待一次性好转，变成了等待疫情的低谷。也学会了趁着低谷放风，高峰来了限足。时间也仿佛变成了循环的圈。

这看上去是个相当倒错的情况：一方面，疫情在短时间内传遍全球。这印证了全球化的速度、力量和其带来的共时性。但另一方面，同样的新冠病毒并没有带来统一的时空感知和整体性的命运感。它甚至不能天然带来社会团结。相反，它却创造出了极具差异性的时空感知，照亮了国家、种族、阶级、区域等等边界，也照亮了巨大的差异性。

每一种差异性，不仅代表着不同的地理空间，也代表着不同的政策和制度。人们对于共时性的整体感知，正在慢慢撕裂，似乎也在酝酿矛盾和冲突。没有共时性，也就没有了全球的空间想象。这一切，也让已经模糊的未来，变得更加捉摸不定。

## 三

线性时间被打破，共时性时间被撕裂。在这种情况下，自然有很多人盼望着秩序的恢复和弥合。就好像胡姐在访谈中恨恨地说，"我恨死疫情了！什么时候才能恢复"，我理解她对常态的渴望，我自己也厌烦不确定性带来的停滞，害怕未来失控。

然而，就像威廉·休厄尔（William Sewell）所说的那样，各式各样的危机"事件"，往往并不是过眼云烟，它们通常会带来结构性的变化，成为未来重要的起点。那么，当危机让历史的开放性敞开的时候，与其想着弥合和恢复原状或是被恐惧感束缚，不如把注意力放在那些危机带来的深远变化。

我还是想到了马林诺夫斯基。1914年，刚满30岁的马林诺夫斯基陪同人类学家罗伯特·雷纳夫·马雷特（Robert Ranulph Marett）去往巴布亚新几内亚。没想到，一战爆发。作为澳大利亚公民的马林诺夫斯基被限制入境英国。澳大利亚政府给他提供了研究支持，准许他在特罗布里恩群岛开展研究。

对于马林诺夫斯基而言，这场战争危机显然超乎预料、非他所愿。其经验也是前所未有：在此之前，大部分的人类学研究，都是团队研究，而他要一个人进入完全陌生的田野工作。他也不会想到,因为战争,他在田野地点会停留长达几年的时间,直到战争结束之后的1918年,他才能够回到英国。当然,他更不会预料到,这次不得已的滞留,让他有机会开创了现代人类学的研究方法:长时段田野工作。在马林诺夫斯基之后,人类学家们开始广泛地采取长时间的田野研究。而且和他一样,开始一个人单枪匹马进入田野。

另一个常被人津津乐道的危机时刻,是1830年的秋天。当时俄罗斯霍乱流行,前往波尔金诺的普希金因为疫情被困。在被困的三个月之内,普希金的创造力井喷式地爆发。创作了抒情诗《英雄》《魔鬼》,戏剧领域的四个小戏剧。此外,还有著名的《别尔金小说集》,等等。普希金这短短三个月的创作,在文学史上被称为波尔金诺之秋。不仅是普希金创作道路的转折点,也是俄国文学史上的一个重要事件。

上述这些就是危机带来的乐观主义的时刻。这些时刻,显然混杂着不得已、不安、焦虑和探索。然而,因为我们对于可预测性的执著,也因为我们对于控制未来的焦虑,我们往往很轻佻地将这些时刻处理成偶然和巧合——那些在历史进程中不值得获得我们注意力的东西。

然而,在疫情持续了几个月之后,我开始非常乐于关注这些危机中的乐观主义时刻。这些开放的历史事件,似乎蕴含着超乎想象的勇气和改造未来的动力。它们不像悲观主义那样，试图放弃回应危机，准备着束手就擒。也不像保守主义那样，急于重新获得控制感，急于弥合时间的断裂，并满足于回到过去的常态。乐观主义的智慧提醒我们，危机可以开启变革，失控也可能带来反常的创造力。这些乐观主义时刻鼓励我们有能力检视危机本身，并且创造新的可能性。

就好像2003年非典疫情之后，中国建立起从国家到县级的完整疾控体系——这也是一个重要的乐观主义时刻。那么，新冠疫情能够带给我们哪些值得回望的乐观主义时刻？甚至，哪些历史的节点，可以变成我们观察和行动的起点，让我们开始构造出一些值得回望的乐观主义时刻？

2020年的秋季学期，我面试学生。他的简历上写了很多不同的工作经历。我问他，为什么做过这么多工作之后，会对社会科学感兴趣。他说："我已经做过金融，做过政府里的工作，人们认为有前途的事情，我都已经试过了。但是，疫情之后，我想要做些让自己高兴让别人获益的事情。"在这一刻，我似乎也经历了一个小小的乐观主义时刻。

# 乐园

撰文 昆鸟

乐园

# 缪斯四章

1. 小缪斯

那时我们都从空中回家
带着自喜、梦和财物
但什么都不说
都太安静,看着有点傻
而且已经不那么年轻了
空姐还在走来走去
她呀,这时正在除夕的班机上
给老老少少的乘客发饺子

过道黑乎乎的
因为,路远的人都睡着了
她爱我们,也爱他们
像时间,以同样的爱
让我们睡了又醒,醒了又睡

她大概是个北方人
没什么心眼儿
除了脸,哪儿都瘦得离奇,严肃

多奇怪啊,她那个样子
现在也被我弄丢了

我记得的,只有小时候
曾把一桶全家都用得着的清水
打翻在地,那时的我
到现在,都愣在一座太宽
也太高了的大门前
想把门里的空气
呼吸到门外去

2020.1.20


2. 大缪斯

感谢你,用我尚未疲惫的心
当别人向我描述你的模样
我就紧跟着用这颗心去临摹
画的比他们说的好
可你一定也不想看见我瘸腿的生活
就像我不愿让你的美

乐园

落实为一个人,还带有户籍
你必须神秘
只能活在我的猜测里

可无户籍的美也让人担心
它让我想到践踏和犯罪
毁灭多可怕
不是我,就是你
我想的是
一切在我的手中都不变化
我的手,既不抓紧,也不丢弃
我是如此这般的老手
老得像一个突然找来的远房亲戚
认出他的时候,我既愧疚又感激

可我们还是被毁了
你不毁于我,我毁于我不知道的东西
毁灭不必在人,人却是罪的纹理
我的手,正在这纹理上读出声音
你看我,摊着这两只手
像个辩护狂,满嘴都是规矩
是这样的,这两只手

静得完全不像它自己

如果时间够长，摊得够平

它们会原谅我吗？

我是希望这样能改变世界？洗脱罪名？

还是希望，通过装死独占全部秘密？

如果我还有别的手

它会去抚慰原来的

还是拿戒尺打它们？

大缪斯，你是我的教育

而我是一片早已辍学的荆棘

要不是每天焚烧自己三次

我又何必要对你说：

"大缪斯，感谢你。

愿你常常旅行，带好化妆盒

漫无目的，多才多艺

一边吃零食，一边扔垃圾

感谢你，愿所有让你吃惊的事物

越来越便宜。"

2020.2

乐园

3. 更大的缪斯

更大的缪斯教育我：
"一不该变成二。"
就像苏格拉底和狄奥提玛
我们是两个永恒的一
因为只有一可以永恒
而二总是危险、善变
二的原罪是有限，主要是庸俗
我和我的女导师
围住一朵无知做成的火焰
我们都爱对方身上的完整
也都明白
只有爱，才带来沉思
而沉思是人的第一个物质
从物质的初夜开始漂流的乐园


"记住，沉思不可传授"
她说，"沉思只能经历"
一个我从镜子里出来
回到我自己
我又能看见我的导师了

她坐着

像一株稳定的喷泉

用变动的水护持着自己的形态


她并不看我

也无意撵我走

而在努力地变成无时

我已经变成二

顶着大太阳和街上的后生讲起了道理


那是并不比我更显年轻的一群人

人人手里有一瓶酒

他们什么都听不见

只会重复每年都问的那句话：

"我要的书，你捎来了吗？"

我把剔净的笑投给天空

天空报我以破碎，我成了诗人


2020.5.2—10

乐园

## 4. Boss 缪斯

毫无疑问,她是重力
是力本身,也是力的形式
不可诋毁的力中女王
而当我说,缪斯是女的
也等于说,人是男的
欲望中的每一句都只能是妄语
于是我意识到
如果真有个沉默的我
也只能出现在两个时刻
一个是临终,一个是望着你

昨天胡说,明天乱语
今天,是它们之间过深的喘息
今天,已经是五月的第二天了
今天,比以往多了一层蒙皮
我扶正桌椅,开始呼吸
然后就沉沉地坐在那里

以此,我与这力中女王为伴
入座时又笨手笨脚地弄出了动静

谁又会怪罪我呢？

我从未在各种给予之内装作没有迷路

也从未像今天这样爱自己的沉重

即使我真是一只好胜的鸟

在乱流中逞能，以为那是一次次卓越的奔袭

而今也打着旋儿，在你手里昏迷

重力女神，不要再让人们原谅我

我的羽茎，已经灌满烂泥

让我把最后一次溃败展示给你


我并没有做准备

五月就来了，带着她那只布谷鸟

它的声音又让我像少年时那样惭愧

那时，它的声音和影子

响箭一样遮断我空荡荡的逃学路

在那条路上，我埋伏我自己

直起身时放声大哭，像个魔鬼

为了忘掉你让人羞愧的美

我已经尽量不睡得太深

躲开尽可能多的东西

尽可能不在背后模仿你

女王陛下，我害怕

乐园

生怕爱得太抽象，爱的是空虚

可是，我的缪斯
如果你不想让我死，又何必
用那些我以为战胜过的、接种过的武装起自己？
我的缪斯，你不知道你有多美
你的美在反扑，我的缪斯
你是加速前来的、至善的大地
我的路，已经是服从，斋戒，皈依
接住我，我想做你的武器
我已经失去全部敌人，只剩下我自己

2020.5.2—30

# 岁末之行

1.

那个被反复埋葬的头
又长出来了
太阳,在树冠与树冠之间穿行
远处可疑的西山,连日的大风
在大风里,留待来年的柿子
隔着河床朝吼叫:
"现在你藏好了没有,
走向树林深处的青年?
在解手时你如何感受车流的轰鸣?"

没有煤烟的华北平原
树杈上挂着干硬的胎盘
在这树林之中任选两棵
就能扯好妈妈的晾衣绳
绳上常年挂着洗好的衣物
整月地结着冰
她为我省下的健康和光明
一天天变薄,已经不经用
我对这里的留恋
是不知何往的悲痛

乐园

2.

可靠的 6 号线
它从东头通到西山
在西边,我住过快七年
和我的第一个女朋友
度过了在北京的一半时间
从物资学院路开始
地铁就进了弯道,像进入了父亲
因为离心力,轨道和车轮歇斯底里地争辩
尖啸着,通过在速度中活起来的广告明星
首都跷跷板的两头,坐着提速和限行
这个忽上忽下的方向
一直被中国人叫做"进城"
在这个老得像弟弟的祖国
它的进程啊,它的进程——
让我觉得跟不上她的生存
我曾经相信,她会给我足赤的生命

但因为人们,我还要保持端正
尽量把占用面积缩小,我知道广阔无用
只需要几个可爱的朋友
我们彼此激励,做一些郑重的约定
他们坐在不同的车厢,去不同的地方
但都有模有样,谦逊而值得尊敬
在变老途中,我们有可以交换的快乐
这已经很够了,这种满足中

我们可以养会儿神，或讨论那些可笑的站名
当我们提起故乡，就喝点白的
西北的土坡子，西南的酸辣风
湖湘的烈性子，沿海打渔的梦
内蒙的羊肉，河南打棺材的泡桐
一些隐约的文脉，几次著名的屠城
活到今天的人，大部分不好不坏
却都有过能把钢牙咬碎的祖宗
然而事出就有因
人们以前卖妇孺，现在玩金融
那么多险恶的史观，那么多受辱的劳动

3.

对面的老头看起来又骄傲又干净
我想起和我一样瘦却从没亲近过的外公
我不记得跟他说过话
他眼里那种明亮的冷,大概是因为肝病
他去世的时候,我跟着三姨上初中
她怕耽误我,都没让我去守灵
她做梦都想不到,我也能一事无成

那不是我最得意的吗?
凡是别人的期待,我都让它落空
我要成就的只能是一个秘密
一颗心到底能承受多少次搏动
一个人到底活成什么
才能感觉自己的完成
在低处结果的,人们要挑剔他的果子
那一无所获的,人们要在他里面领略风声

2018—2020

## FOREWORD

i      Fighting for Memory

## POETRY

001      A Set of Short Poems: January to June

Ping Hu

## THE WORLD

017      Close to the Whole World

Reportagen Magazine

028      Letter from Beirut: From Revolution to Pandemic

Lina Mounzer

046      Letter from Houston: Let These Protests Bring Light to America

Daniel Peña

057      Tokyo Pandemic: My "No. 3"

Yoshii Shinobu

070      A Glimpse of Possible Futures

Heather Parry

087      Dual Journal of the Plague Year

Li Wei

| 115 | I Can't Breathe – Black Lives Matter Protest in Boorloo/Perth |
| --- | --- |
| | Marziya Mohammedali |

## POETRY

| 135 | March – August 2020 |
| --- | --- |
| | Hannah Lavery |

## THE SELF

| 151 | Touchless |
| --- | --- |
| | John Freeman |
| 159 | The ( Intermittent ) End of Eating Everything |
| | Wanjeri Gakuru |
| 164 | Figures of Interruption |
| | Adam Curley |
| 175 | In the Mountains, There You Feel Free |
| | David Szalay |
| 182 | A Little Insignificance Would Do Us Good |
| | Gu Xiang |
| 190 | We Feed You |
| | André Dao & Michael Green |
| 202 | Microcosm |
| | Zhang Sai |

## POETRY

217     You've Transcended Yourself : March to April

Lin Bai

## NEARBY

237     Leaky Vessels; Empathy and the First Person in the Era of Covid-19

Jan Carson

257     Double Phoenix

Julie Koh

275     The Doorman's Tale

Jolly Davy Jones

286     Scenes from Ordinary Pandemic Life

Wen Zhen

310     The Riddle of 2020

Wu Ang

321     The Future in Crisis, and the Moment of Optimism

Zhan Yang

## POETRY

331     Paradise

Kun Niao

# 撰稿人

平湖，本名王哲，新加坡教育部属下中学教师。毕业自华东师范大学汉语言文学系，现为新加坡南洋理工大学教育学院博士候选人，主要研究教育戏剧。客居南洋二十年，写作自娱。

王晓璐，媒体工作者，喜欢讲故事但是人多便会怯场，现在学着通过翻译来写作。

丽娜·芒泽尔（Lina Mounzer），作家、译者，现居贝鲁特。她的作品曾发表于《纽约时报》（*The New York Times*）、《巴黎评论》（*The Paris Review*）、《1843》（*1843*）、文学中心（Literary Hub）、《无有》（*Bidoun*），以及《故事：黎巴嫩女性作品选集》（*Hikayat: An Anthology of Lebanese Women's Writing*）和《两个星球的故事》（*Tales of Two Planets*）中。

刘漪，自由译者，有两只猫。

丹尼尔·佩尼奥（Daniel Peña），毕业于康奈尔大学，手推车奖（Pushcart Prize）获奖作家，现任职休斯敦市中心大学（University of Houston-Downtown）英语系助理教授。作品发表于《犁头》（*Ploughshares*）、《沿岸》（*Gulf Coast*）、《喧哗》（*The Rumpus*）、《肯扬评论》（*The Kenyon Review*）、NBC新闻（NBC News）和《卫报》（*The Guardian*）等杂志和媒体上。他的小说《砰》（*Bang*）现已出版。他现居得克萨斯州的休斯敦。

彭形影，纽约新学院艺术创作硕士。现任建筑照明设计师。兼职泽东电影、澳门文学节、Eugenie Chan 戏剧工坊翻译。

吉井忍（Yoshii Shinobu），日籍华语作家，现旅居北京。毕业于日本国际基督教大学国际关系专业。曾在成都留学，法国南部务农，辗转台北、马尼拉、上海等地任经济新闻编辑。现专职写作，著有《四季便当》《东京本屋》，审校有"MUJI 轻料理"丛书等。作品亦见于《知日》《读库》《鲤》《南方周末》《城市画报》等媒体。

希瑟·帕里（Heather Parry），现居爱丁堡。作品发表于包括《刺痛的苍蝇》（The Stinging Fly）和《新苏格兰写作 35》（New Writing Scotland 35）在内的书籍和杂志上。目前正在创作她的第二和第三本小说，以及一本短篇小说集。

韩见，转型过猛成了银行职员的前媒体人，正在努力积蓄成为自由人的力量。

李炜，毕业于芝加哥大学英语文学系，著有《永恒之间》等多本书。

袁秋婷，《上海文学》编辑，青年译者，已出版译著《永恒之间》。另译有诗歌、散文、短篇小说、文学批评，散见于《外国文艺》《书城》《文汇笔会》《新民晚报》等。

玛兹雅·穆罕默达里（Marziya Mohammedali），Jalada Africa 的一员（有关 Jalada Africa，详见合作机构页）。她是一名摄影师、诗人、教育家、设计师和艺术家，通过充满创意的跨学科的实践方式，聚焦于身份、移民及其他有关社会正义的工作。

汉娜·拉维利（Hannah Lavery），诗人、剧作家、演员，经验丰富的工作坊策划人。作品曾发表于《天沟》杂志（Gutter）、《苏格兰人报》（The Scotsman Newspaper）和 Neu! Reekie! 等平台上。

刘宽，波士顿大学新闻硕士，导演，特稿作者。她长期为《人物》《南方周末》《端传媒》、T Magazine、ELLE 等平台撰稿；纪录片作品曾在 UCCA 尤伦斯等机构展映。她目前的个人创作集中在探索影像和诗歌的边界。

约翰·弗里曼（John Freeman），《弗里曼》（Freeman）的编辑，这是一本关于新写作的年度文学杂志，他也是文学中心（Literary Hub）的执行编辑。他的作品包括《如何读懂小说家》（How to Read a Novelist），以及关于美国收入不平等的《两个美国的故事》（Tales of Two Americas）等。他还是两本诗集《地图》（Maps）和《公园》（The Park）的作者。他的作品被翻译成20多种语言，发表在《纽约客》《巴黎评论》和《纽约时报》上。他是《格兰塔》（Granta）的前编辑，现在纽约大学教授写作。

林蓓蓓，浙江工业大学讲师。

万杰里·加库如（Wanjeri Gakuru），自由记者、散文作家和制片人。作品发表在《过渡杂志》（Transition Magazine），《非洲报道》（The Africa Report），《大象》（The Elephant），《洛杉矶时报》和CNN等杂志和媒体上。

亚当·柯利（Adam Curley），现居墨尔本，作品散见于《月刊》（The Monthly）、《扬起的眉毛》（The Lifted Brow）、《星期六报纸》（The Saturday Paper）、《杀死汝爱》（Kill Your Darlings）等杂志和媒体上。

印力，北京外国语大学英语学院，研究方向为英美小说。从文学批评角度发现文学翻译之美。

大卫·索洛伊（David Szalay），1974年出生于加拿大的蒙特利尔，第二年随父母迁往英国并一直生活在那里。他的第一部小说《伦敦和东南部》（London and the Southeast）为他赢得了贝蒂·特拉斯克和杰弗里·法伯奖（Betty Trask and Geoffrey Faber Prizes），接下来的两部小说《无辜者》（The Innocent）和《春》（Spring）广受好评。2016年，他的短篇小说集《那个男人》（All That Man Is）让他入选了当年的布克奖。索洛伊被《格兰塔》列入2013年英国最优秀的20位年轻小说家名单。

余烈，1984年生于湖南，现居广州。长期的阅读者、观察者，写小说，做翻译。小说作品散见于《作家》《西湖》《芙蓉》《山花》等刊物。

顾湘，本科毕业于上海戏剧学院戏文系，莫斯科国立大学新闻系硕士，作家、画家。著有随笔集《好小猫》《东香纪》《赵桥村》，短篇小说集《为不高兴的欢乐》，长篇小说《西天》《安全出口》等。

迈克尔·格林（Michael Green），作家、制作人，除了创作长篇非虚构作品，他还制作音频纪录片、声音装置以及多媒体故事。他是获得沃克利奖（Walkley-award）的播客《信使》（*The Messenger*）的制作人和主持人，《他们无法占据天空》（*They Cannot Take the Sky*）的联合编辑，以及"火线背后"（Behind the Wire）的协调人。

安德烈·道（André Dao），作家、编辑、研究者和艺术家。他是"火线背后"的联合创始人，这是一个口述历史项目，记录人们在移民拘留期间的经历。他也是获得过沃克利奖（Walkley-award）的播客《信使》（*The Messenger*）的制作人。

史文轩，南京大学历史学硕士，编辑，译者。

张赛，80年代生人，低学历，高眼光，故自封为诗人。被外卖公司封为骑士。最喜欢孩子们的命名：河南老爸书呆子。保持戏谑，保持冷静。

林白，生于广西北流，现居北京。上世纪80年代初开始写作。著有《一个人的战争》《说吧，房间》《万物花开》《玻璃虫》《妇女闲聊录》《北去来辞》等作品。部分作品被翻译成多国文字。获华语文学传媒大奖年度小说家奖、老舍文学奖长篇小说奖、人民文学长篇小说双年奖，首届及第三届中国女性文学奖，第九届茅盾文学奖提名奖等重要文学奖项。

简·卡森（Jan Carson），现居贝尔法斯特。目前已出版作品包括长篇小说《马尔科姆的橘子不见了》（*Malcolm Orange Disappears*）、短篇小说集《孩子的孩子》（*Children's Children*）、微小说集《明信片故事集》（*Postcard Stories*）等。她现在供职于爱尔兰的都柏林写作中心，同时也是北爱尔兰Translink铁路公司的巡回作家。

闫晗，北京外国语大学英语学院硕士研究生，研究方向英美文学（二十世纪英美诗歌）。

许莹玲（Julie Koh），出生于悉尼，父母是马来西亚华裔。毕业于悉尼大学政治与法律专业，毕业几年后专职写作。出版有短篇小说集《资本失格》(*Capital Misfits*)与《轻小奇妙事》(*Portable Curiosities*)。许莹玲也是新加坡独立书店BooksActually年度文学选集《BooksActually的黄金标准》的编辑、讽刺歌剧《主厨争夺战》(*Chop Chef*)的剧本作者，以及实验文学团体袋鼠乌力波（Kanganoulipo）的创始人之一。

欢乐的戴维琼斯，1987年生人，新闻学专业毕业，目前职业基层小公务员，主业收税，爱好写作。

文珍，作家。出版有小说集《柒》《我们夜里在美术馆谈恋爱》《十一味爱》《夜的女采摘员》，台版自选集《气味之城》，散文集《三四越界》，诗集《鲸鱼破冰》。历获老舍文学奖、十月文学奖、上海文学奖、山花双年奖、华语文学传媒最具潜力新人奖、茅盾文学新人奖等。

巫昂，诗歌、小说、随笔都写，先后毕业于复旦大学中文系和社科院文学研究所。曾供职《三联生活周刊》，出版有《我不想大张旗鼓地进入你的生命之中》《瓶中人》等书。2015年创立了宿写作中心，现居北京。

战洋，香港理工大学应用社会科学系助理教授，中国发展及研究中心网络成员。

昆鸟，生于河南，著有诗集《公斯芬克斯》《坏手》。

# 合作机构

Pro Helvetia
瑞士文化基金会上海办公室于 2010 年成立,旨在支持中瑞两国艺术家与机构间的合作与交流,通过开展项目促进两国在文化领域内知识与经验的分享。目前,瑞士文化基金会上海办公室开展的项目主要集中在瑞士当代艺术,其中包括视觉艺术、设计、建筑、音乐与舞蹈等众多领域。

Reportagen
一本讲述现实的瑞士独立杂志。由世界各地的杰出作家在地调研、跟随主人公、不走寻常路地写出令人振奋的报道。每两月更新一期。发行版本包括高质量的平装书及电子书。

Literary Hub
总部位于美国纽约,是当代文学生活的每日信息来源,除了原创内容和独家摘录,文学中心每日一次的特色编辑版块来自文学世界的各个领域:大大小小的出版商、期刊、书店和非营利组织。

Jalada Africa
是一个泛非洲作家的写作团体及数字出版商,成立于 2014 年,已经通过 10 个在非洲和国际上均有影响力的选集和项目,成为一个领先的文学力量,比如恩古吉·瓦·提昂戈教授(Prof. Ngugi wa Thiong'o)所著的《翻译 01》(Translation Issue 01),这份对非洲写作历史的记录已经被翻译为 95 种语言。

Gutter
是一本荣获多项奖的高质量杂志,刊登苏格兰作家的小说和诗歌,以及世界各地的文学作品,致力于在国际范围内出版最好的、新锐的苏格兰写作。

The International Literature Showcase
旨在呈现最好的英国文学,联合世界各地的文学从业者形成网络共同体,以共享最佳的实践形式、形成伙伴关系以及创造新的合作项目。

Creative Scotland
一个支持苏格兰境内所有艺术、电影和创意产业的公共机构,同时也承办来自苏格兰政府和国家乐透局(The National Lottery)的基金支持项目。

The Lifted Brow
一家成立于 2007 年、驻于澳大利亚墨尔本的非盈利文学出版机构,致力于发掘、出版和支持来自艺术家和少数群体、澳大利亚及全球各地的作品。

## 《单读》荣誉出版人

| | | | | | | |
|---|---|---|---|---|---|---|
| 龙瑾 | 昕骐 | 唐胜 | 苗蕾 | 袁小惠 | 宋莉 | 白晓萱 |
| 杨茜 | 邵竞竹 | 徐茁溪 | 肖洪涛 | 阙海建 | 言木斤 | 祝兵 |
| 朱晓舟 | 刘思羽 | 刘小军 | 何海燕 | 霍冕 | 李顺军 | 吉云龙 |
| 傅晓岗 | 王树举 | 菜菜 | 唐莺 | 叶晓薇 | 小花 | 蒋和伶 |
| 禹婧 | 杜燕 | 梅卿 | 王炜文 | 唐静文 | 谢礼兰 | 安木 |
| 喻庆平 | 徐铭 | 路内 | 鲍鲸鲸 | 綦郑潇 | 吉晓祥 | 陈硕 |
| 孙博伟 | 黄岩 | 侯芳丽 | 荔馨 | 王剑光 | 任浩宁 | 王学文 |
| 薛坤 | 贝塔 | 张蕾 | 刘红燕 | 苏七七 | 廖怡 | 章文姬 |
| 李润雅 | 潘露平 | 王元义 | 王滨 | 刘颖 | 张维 | 王作辉 |
| 恩惠 | 吴俊宇 | 洪海 | 尤勇 | 涂涂 | 童瑶 | 冯婷婷 |
| 王小冬 | 宁不远 | 桃二 | 段雪曦 | 郭旭峥 | 粥左罗 | 武卓韵 |
| 关小羽 | 王小妤 | 徐舸 | 杜蕾 | 杨怀新 | 桑桑 | 光妹 |

| | | | | | | |
|---|---|---|---|---|---|---|
| 冯丹 | 帅初 | 孔晓红 | 郭东晓 | 王大江 | 姜静 | 冯欢欢 |
| 张华 | 李峰 | 李莉 | 馬那 | 若菲 | 王一恒 | 闫蕌 |
| 李伟峰 | 吕墨杨 | 余勇 | 伍瑾 | 张若希 | 张海露 | 孟哲 |
| 景上 | 刘婧璇 | 刘婷 | 董涌祺 | 董怡林 | 刘伟 | 高晓松 |
| 梁鸿 | 姚晨 | 祁玉立 | 西川 | 张宇凌 | 秦海燕 | 于忠岩 |
| 李佳羽 | 七茗 | 罗君 | 段孟然 | 马丁 | 邵竟竹 | 喵小乐 |
| 刘亿帅 | 薛亦丁 | 马静 | 洪海 | 李泓堃 | 顾晓光 | 邹顿 |
| 裔照珺 | 方照雪 | 胡应兵 | 杨宁军 | 尹铁钢 | 王文雁 | 管洛克 |
| 李强 | 马塞洛 | 汪莎 | 四自 | 李大兵 | 孙起 | 王琼林 |
| 唐步云 | 于震坤 | 娄广博 | 金颖 | 陈菊芳 | 查涟波 | 王明峰 |

李浩宇李浩翰　听筝读诗　俐安心语　福璞美术馆　白鹊艺术

进步文化传媒　浙江台主持人张茜　雁楠山人　小明胜意　李杨

SoulSaint WONG　JOYOU 悦随文化　上海彩虹室内合唱团

姚远东方　大志小冰　李鑫聞敬　文域設計謝鎮宇　MUWU Studio

Jassie　sunsun　Grace　mybrightash　Rick Yang


（以上排名不分先后）

**图书在版编目（CIP）数据**

单读.25,争夺记忆/吴琦主编. -- 上海：上海文艺出版社,2020（2021.2重印）
ISBN 978-7-5321-7834-6

Ⅰ.①单… Ⅱ.①吴… Ⅲ.①社会科学－文集 Ⅳ.①C53

中国版本图书馆CIP数据核字(2020)第227783号

发 行 人：毕 胜
责任编辑：肖海鸥 邱宇同
特约编辑：罗丹妮 刘 婧
书脊设计：李政珂
内文制作：李俊红

书 名：单读.25,争夺记忆
主 编：吴 琦
出 版：上海世纪出版集团 上海文艺出版社
地 址：上海绍兴路7号 200020
发 行：上海文艺出版社发行中心发行
　　　　上海市绍兴路50号 200020 www.ewen.co
印 刷：上海盛通时代印刷有限公司
开 本：787×1092 1/32
印 张：11.625
插 页：66
字 数：180,000
印 次：2020年12月第1版 2021年2月第3次印刷
Ｉ Ｓ Ｂ Ｎ：978-7-5321-7834-6/I.6214
定 价：59.00元
告 读 者：如发现本书有质量问题请与印刷厂质量科联系 T: 021-37910000

001　壹　一本书就是一次纯真的跨越

023　贰　大学应该是允许人犯错的地方

041　叁　如何观察、参与今天的全球化

065　肆　知识和艺术,如何介入社会、创造"附近"

095　伍　如何获得思考的力量

壹

一本书就是一次纯真的跨越

壹　一本书就是一次纯真的跨越

**时间：** 2020 年 7 月 22 日

**对谈人：**
肖海鸥，上海文艺出版社艺文志工作室出版总监。
罗丹妮，单向空间编辑总监。
索马里，出版编辑、前媒体人，译有《一个自杀者的传说》，
　　　　99 读书人高级编辑，"那不勒斯四部曲"责编。
吴　琦，单读主编。

**内容提要：**
《把自己作为方法》的诞生过程；
项飙教授与吴琦的对话缘何开始；
如何理解这本书的封面设计；
编辑工作的经历与体会。

## 《把自己作为方法》的诞生

吴琦：《把自己作为方法》是丹妮来到《单读》后做的第一本正式出版物，也是《单读》和单向空间再次启动出版计划的第一本书。我们在商量怎样宣传推广这本书的时候，其实很为难。对我们来讲，这本书的精神和内容有一个非常确定的气质，而且这个气质是我和丹妮都认可，

并且是能够从中学习的。如何让这本书出版后的方向，不偏离这本书本身的内容，是一个很难完成的任务。

一方面我们当然希望这本书能够以热闹光鲜的方式让更多人知道，另一方面又有很多对自我的要求，怎样在中间走出一条窄路？我是希望从"编辑"的角度开始讨论，"编辑"也是我们四个人共同的身份。

在这本书的整个制作过程中，丹妮首先是用编辑的视角来策划和构想，虽然我参与到这本书的内容制作，但这中间是一个密切沟通的过程，所以我觉得不管是项老师还是我个人，其实都是在"编辑"这本书。

**罗丹妮**：一个很有意思的尴尬之处是，大家最后对谁是这本书的作者产生了分歧，我们三个都觉得对方才是，没有人认领这本书。

**吴琦**：我觉得自己受到编辑职业的很多影响，这也进而影响到我提问的方式——我们为什么做这样一本书，以及为什么从"编辑"开始聊这本书。

**罗丹妮**：对我来说，这本书的时间有点久远了。我们真正开始进入这本书，应该是 2017 年 7 月的时候。在跟吴琦的微信聊天中，我们谈起刚刚看到的一篇关于钱理群先生的专访，讨论今天在公共领域还比较活跃的知识分子还有谁，项飙老师的名字就在这个语境下出现在了我们的对话框里。

其实，我本科读书的时候就听过项飙老师的名字，对他的研究有所了解。工作后也一直跟项老师保持着联系，实际上，我跟他的沟通，最初并不是代入编辑身份的，而

壹 一本书就是一次纯真的跨越

是带着点学生的心态，常常提一些在生活中观察到的并不那么"专业"的学术问题，每次跟项老师的沟通总有出人意料的收获。

更让我惊讶的是，有一次项老师写了一篇论文，在发表前竟然发给我看，希望听我聊聊自己的看法。这对我来说是很不可思议的。我很怀疑自己能给出什么有价值的反馈，但他那种希望我谈点什么的态度很恳切。我没有使用任何学术性语言或者研究思路来回应他的问题，只是以一个普通读者的视角，对他的研究和写作提出了一些个人的理解和疑问。几乎每次，项老师都会认真回复我的这些邮件，而他的回馈让我更加受益。就是在这样并不频繁的交流中，我感受到项老师是一位特别不一样的学者。这也正是我们开启谈话可能性的背景。

说回那天我在聊天中跟吴琦提到项飙老师的名字，他很兴奋，表示愿意认识，我一下就想到几个月前在跟项老师的邮件中曾经提到做一个篇幅长的、深入的访谈的想法。但当时我没有找到合适的人。

大家首先想到的人选是媒体记者。而记者都有各自供职的媒体单位，也有要完成的工作稿件。2017 年的时候，项飙老师的知名度主要在学术圈，公共领域不会特别关注他。其次，这样一个访谈，当时并没有前情提要，没有很明确的出版计划，也没有一个特别清晰的想法：比如可以推进到什么程度、最后可以完成一个什么东西。

所以,这件事的开始就是:吴琦对项老师的研究很感兴趣,认真读了项老师的书;我呢,就向项老师介绍了这样一个朋友。恰巧不久后项老师有机会来上海,我们就一起过去了。

**索马里**:你在私人场合说过,在2017年前后,你产生了一些想要尝试更多的想法。

**罗丹妮**:这种追问我一直都有。博士毕业后去做编辑,我在编辑身份定位上有一个特别痛苦的地方,就是我所接受的这么多年的学术训练,到底让我作为一个编辑跟其他人有什么不一样的地方。我所说的不只是学术编辑,我在中华书局做了两年专业的学术出版,但心里有一种不满足,那时候的不满足没那么明确,只是觉得绝大多数的书稿很难让我兴奋,它们跟我当下的生活无法联系和呼应。

我们每个人都生活在一个具体的情境中,要租房要生活,要面对刚刚毕业在一个城市安家落户和找寻职业定位的问题,但是手头这些学术书的编辑工作往往很难跟我所处的现实产生什么实际的联系。所以2011年到了"理想国"以后,我就想做一些更有公共性的选题。但我在所谓产品线上的定位不太清晰,因缘际会,做了不少虚构类的小说;同时由于我的学科背景,我又很关注非虚构纪实类的选题。所以我在编辑定位上一直有困难,看起来好像什么都做,但做出来的东西又不是那么有分量、有经典性。

现在回头来看,这种定位上的模糊是我的局限,也是我的现实。一方面是我自己的阅读兴趣和价值取向;另一

## 壹 一本书就是一次纯真的跨越

方面我身边的朋友们大部分在媒体供职，他们都对各种社会问题比较关注，这是一群爱吐槽、爱问奇怪问题，没事就讨论思想困境的人。我的选题哪里来？只能从这些人这里来嘛。

说实话那个时候，访谈类的图书市场不太好。而且我当时接触了很多访谈类的书稿，几乎都做了"毙掉"的决定。这中间大部分是采访合集，收录一个记者在职业生涯的不同阶段、采访不同领域的人物或社会事件的稿件。对当时的我来说，它们不是我最期待的。

**吴琦**：项老师其实也提到自己有"对谈"的想法。当时项老师应该是接受过端传媒和郭玉洁的访问，这些报道突然让公众看到那些除了他的主要研究外，他关于社会问题的很多思考。国内很难看到他的英文论文和专著，但是访谈让他和国内读者迅速建立了一个直接和强烈的联系。尤其是他在海外，对国内的各种媒体现象更加好奇。所以做这样一本访谈体例的书，也是职业学者寻求转型、和今天的社会大众形成新的关系的一条路径。

丹妮说到自己怎么从编辑从业者的角度进行角色转变。从我的角度也是，2017年我刚到单向空间工作，还处在媒体工作的余波当中。我也跟戴锦华老师做了一次长访谈。戴老师是我大学时期很尊敬且对我影响很深的老师。后来我成为记者，有机会带着几年工作的亲身经验去访问的时候，我很高兴。学生和记者的身份做一个结合，把我自己很多对世界的感受和困惑拿过去丢给戴老师，问她的看法。

那次访谈给我的一个灵感，是我们有没有可能把访谈变得更长，比如说做一个5万字的访谈，访问戴老师或者其他对公共事务有介入意识的知识分子。我也没想过它会是一本书，我可能想的是它作为《单读》的一个别册或者副刊甚至是赠品。我不知道它在物理形态上应该是什么样的，因为我也不在真正的出版业，只能从媒体的角度构想它的公共功能。

所以我在前言里也写到这一点，我们三个人都在自己本身的专业领域遇到了困惑，在想要改变的时候向自己的周围寻找同伴。没有人知道这样一个看起来漫无边际的谈话是什么，但我们就先开始做，这真的是一个充满未知的起点。

**我们需要工具来帮助自己理解眼下的现实**

**索马里**：今年整个出版市场的环境发生了很大变化，很多人的注意力一夜之间也发生了变化，需要疗愈，需要那些很实际的东西。肖老师，您觉得在这样的一个时机，让大家通过一本书重新建立起对公共话题的关怀，会存在不利的因素吗？或者恰恰是在这个时候，大家特别需要这样充沛的文字和思考？

**肖海鸥**：我完全不会从这个角度来考虑问题：公司层面存在的种种限制，还有整个局势对事物是否有利。丹妮

## 壹 一本书就是一次纯真的跨越

跟我提这本书的时候,我听到是访谈其实非常兴奋。演讲集和访谈集,这两个文类是我最喜欢读的,尤其是学者型的。尤其你读那些特别难的学者,访谈集和演讲集一定是最好进入的。我老跟别人推荐那本阿兰·巴迪欧的《爱的多重奏》,我一直觉得它绝对是最好读的一本。学者在向采访者表述的时候,他讲的东西需要让访问者明白;演讲的时候,需要让大众明白。

其次,我不会考虑这本书是否盈利,而是考虑它是不是我们自己想读的。3月份丹妮、吴琦给我报选题的时候,文件名和里面的书名还是矛盾的。他们两个人很忐忑,我就说别改了,一本书永远先考虑自己是不是想读,你周边的朋友是不是想读,再去想有多少读者、多大市场。

现在疫情稍微好转,危机降低,大家当然都需要疗愈,但恰恰对公共议题的关注也是前所未有的。这个时候你需要什么?其实就像项老师书里说的,你需要一些工具来帮助你理解眼下的种种现实,否则你的生活会没有连贯性,那才是危机。我岔开来讲,丹妮的编辑手记里提到说编辑不是天职,项老师书里有一节,学术不是天职,我觉得今年每一个人都需要重新来理解我们的工作。

面对这样的现实,我们的工作能有什么作用?我是带着很多自己的困扰和焦虑来做这本书的,在这些工作中我平复下来。我认为这本书恰逢其时,为此时的大家提供思想资源或者说武器。

**索马里**：我对刚刚肖老师说的也特别有感触。之前在德国和英国逛书店，我发现对话体是他们挺常用的一种方式。虽然这些问题有局限、不够完整，但这种对话太重要了，因为它很真实。

**吴琦**：我突然想到为什么我刚才说到可以用小册子的方式做访谈，起源是在英国的书店里面，看到鲍德温的《最后的访谈》(*The Last Interview*)。现在国内出版社已经把那套书中的一些篇章买下来而且在翻译了。这册书把一个人不同阶段的访谈构建在一块，这才让我有了一个物理形态上的想象。5万字的中文访谈可以有一个像书一样的出版物作为承载方式。

**罗丹妮**：我们好像两个失忆的老人。我忘了是在上海还是在火车上，吴琦拿出实体书说大概可能是以这种形式呈现。谈话进行了三四次，难以估计它的体量多大，直到2019年谈话结束第一次统稿时发现有12万字，我才意识到它不是一个小册子。

**吴琦**：做这本书的过程中，我的状态一直在变化。最开始面对项老师是面对一个陌生人的状态，我也不像现在这样对着镜头也敢乱说，非常学生气，后来我进入记者的角色，其后又是编辑的眼光，然后我又觉得这事跟我没有关系，但书出版后又跟我脱不掉关系，必须得重新面对文本和读者，甚至还要去推荐它。

作为一个映照，我想索马里一定可以分享我这个过程中所有的角色，第一次接触到整个文本时，你首先到达的

## 壹 一本书就是一次纯真的跨越

是哪个模式呢？

**索马里**：我特别像置身于你和项老师两个人构成的课堂里，翻开，读到 50 页，我就特别怀念自己研究生时期，大概是 2007 年到 2010 年。我的导师给了我们很多书单，让我们快速阅读并且进行讨论。北京奥运之前，中国还没有像现在这样确定无疑地处在一个秩序当中，她作为一个人文学者，已经敏锐地意识到中国在这个过程中面临的挑战，是你能否把握住这个参与到所谓的大势当中的一个机会。她引用了理查德·罗蒂的那句话，"人文学科在快速地变得不相干"。

我们现在面临的情况是一样的，中国的人文学科不是要模仿美国建立一个一模一样的制度，而是书里提到的，我们以前有强烈的关于中国人的主体是什么的论调，包括项老师对革命前中央跟地方的秩序规则和延续进行了表述。当时我们作为 20 多岁的年轻人没有这么强的危机感，但她在国外已经任教 20 多年，感受到这是中国人文学科的一个最大的欠缺。我们好像一直在学习，但其实处于非常被动的状态。

到现在为止，十几年过去了，中国的人文学科依然没有贡献出一套叙事向世界言说中国，它不是一个意识形态妖魔化的东西，当然也不是一个完美的、现在已经覆盖我们新闻的那种叙事。我在看这本书的时候，觉得项老师跟我的导师以及很多中国人文社科的知识分子，所焦虑的问题是一样的。

大学毕业后,我进入媒体,大概 2011 年就关注到《全球猎身》那本书。我自己在男性杂志工作,特别希望能够把他的著作变成一个通过时尚杂志去传达的关于全球化的故事。我们看到的 IT 工业是这么复杂,在最琐碎的层面上是这么卑微、反人性,但是很遗憾当时自己因为能力限制没有完成。

这本书让我仿佛回到十三年前的课堂上。我觉得今天读到这本书的年轻人特别幸运,项老师把这么多年的个人经历和治学经历浓缩进了这样一本书,当然这跟其他的学术著作是不一样的。"大局观"这个词现在已经用滥了,但其实对于年轻人而言,最重要的还是大局观,只有这样他才不会在变动中随波逐流,最终走失。

**用注释和设计呈现一本书的独特精神**

**罗丹妮**:在回顾的过程中,我发现做这本书也是老师和朋友之间的相互激发。我们第一次谈话就确定了要有注释,项老师认为索引非常重要。整理完所有稿子后,由我来把所有我认为需要标记的地方加上注释,接下来给吴琦看,再给项老师看,然后返稿。这过程经历了两遍。项老师最后一次统稿加了很多注释,改写了我的很多注释,比如关于费孝通老师和汪晖老师的部分,都是他重新去组织语言进行梳理的。我后来查看也会理解,他的修改背后是他认为需要放到叙述里的历史背景和事件介绍。注释其实

## 壹 一本书就是一次纯真的跨越

是一个判断,而非简单的说明,不同于百度和维基百科。

基本上到了疫情中间,项老师和吴琦的工作都做完了,然后这部书稿才进入一个真正的编辑出版流程。吴琦把所有内容方面的东西弄完,之后做封面、文案、设计,他其实很快就已经从作者转变到读者和编辑的视角,并且跟这本书有距离感,很多事情他就会说你看着办,项老师也是说这件事后面全权交给你们。

我们不想盲目按照我们认为可能成功的经验和已有的模式去做,而是遵循我们对这本书的理解。所以我在这个过程中跟很多人吵架,很感谢那些跟我吵架的人。这个封面的方案我们出了很多版本,光打样也有七八个样子。这个过程我蛮痛苦,因为从一个更成熟的编辑角度来讲,这个封面不太对,字体比较特别,整个设计看上去显得老旧,各种批评声音其实都有。

最忐忑的就是做出试读本到上市前的这段时间,我陷入了彻底的自我怀疑。首先这本书是一个访谈,对话有的问题它也有,比如说分散性,在某个议题上的讨论不够深入。第二,这本书有挺强的学术性,有些地方对读者并不是很友好,比如说为了保持谈话的连续性,我们的分段太长,小标题也不是一目了然的观点,没有考虑读者是否有耐心读完,也没有配图。

直到下印前,我对于外界的评价和反馈一点把握都没有。但我非常确信的是我们一直在坚持的原则，我直到最后也坚持了它们。

**吴琦**：另外我还想补充封面的问题。当你真正这么深度地参与一本书的时候，为它选择一个封面，这几乎是一个不可能完成的任务。最后我们还是把设计这个工作交给设计师，让他成为这本书在设计上的主人。

我和丹妮其实都没有跟设计师讲需要一个这样的封面，可能说的是一个方向，解释这本书是什么，面向什么读者，这本书是怎么做出来的，所以最后他给到的方案是从内容当中生长出来的，我们接受它就长这个样子，而且符合我们对它的表述，就是简单干净。

我们把大家意见中那些行业惯例放在一边，只回到《把自己作为方法》这本书。这个过程我才重新找到了所谓的主人，帮助这本书找到自己的精神。

**罗丹妮**：我现在愿意到这个地方做事，就是想问自己是不是能够打破一些已经沉淀下来的观念。这些观念一定有对的部分，支撑我们行业走到今天，但也有一部分可能未必那么对，或者我们愿意为这种尝试付出一点点代价，比如说尝试一些新的设计师，一些其他领域的合作伙伴，一些看上去没有那么成熟的作者。

我们曾经讨论过单读书系，《把自己作为方法》是第一本，那是不是以后我们的书都是这样，我们提前告诉大家不会，还是根据每一本书的特点，寻找合适表达的语言或者呈现的方式。

**索马里**：我代表一部分读者的意见。如果你不在版权

壹 一本书就是一次纯真的跨越

页标注这个小男孩，看到这个封面，我会误以为你们找的是项飙老师的照片。这感觉特像他，从温州这个小地方跨越出来，到这个大世界的一种精神。

**吴琦**：对，我们在版权页写了这张照片的出处，其实是一个网友的摄影作品，发表在公开分享的网站上，原标题是"jump over the sun"，从太阳在水里的倒影上跳过去。我觉得跳跃的感觉很对，就是陈嘉映老师说的"一连串越来越纯净的努力"，最后我自己对这个封面的解读就是，"一次很纯真的跨越"。

我觉得这本书的一个精神，不管是项老师、丹妮还是我，都是从各自的专业往外跨。我们希望这本书能够让读者跨越自己的偏见和对于行业的一些定见。

**肖海鸥**：丹妮最早给我看稿子的时候，不停地询问意见，最主要的还是关于注释。我想知道你的一些坚持是为什么，譬如说对费孝通这一类人加注释，你们的考虑是什么？在我这样的编辑或者是普通读者看来，这应该是服务于读者的。你们加注的时候是不是对读者有一个预设？

**罗丹妮**：那时我内心作为一个编辑有点混乱，不知道这本书到底是给有人文社科兴趣的读者看，还是给更广泛的大学生看。但项老师和吴琦都比较明确，这本书就是要给一般的读书人看，是吧？

**吴琦**：加注释这个想法源自谈话的前半部分，项老师提到他的童年是80年代，我生于80年代，我是通过各种文献资料了解80年代"改革春风吹满眼""科学是第一生产力"这些叙述的。

最初我想注释的是这些有明确历史节点的东西，它们不只是一个知识点，更标示了一个时代的气氛。尤其是如果读者处在一个不同的时空当中，成长经历跟他不一样。项老师从电视或者报纸上看到的深圳特区报道的感受，和我们这些从历史教科书当中，从二手、三手材料里看到的感受是不一样的。我们永远也追不上那种历史感受，但是在一本书当中，你能不能给大家创造一些道具，去感受当时的感受，它们不仅是一个现成的历史知识，而就是他当时非常鲜活的生命体验。可能有的人或陌生或熟悉，但是如果给到更多的戏份，让灯光在这句话身上留得久一点，就相当于在电影里插入了一小段音乐，告诉你这个时候其实主人公的内心是有波澜的，这不是一个冰冷的历史知识。当然，是不是能够通过注释的方式达到这个目的，可能不一定。

后来还有很大一类注释，是刚才海鸥老师提到的关于不同领域的学者，可能在专业领域的人看来已经耳熟能详的名字，比如阿伦特和杜尚，可是如果我们仔细来看，他们属于不同的学科，更别提其中还有很多学术立场的分野。比如这本书提到伯林，很多人认为他是一个自由主义的知识分子，同时又提到汪晖，提到法兰克福学派，还有一些艺术家像徐冰等等。我觉得它提供了一个打破界限的丰富知识谱系，这会帮助我们理解这个学者看到了什么。也许熟悉阿伦特的读者会觉得这一条非常不必要，但是也许他意识到了在阿伦特和杜尚之间还可能存在一条隐秘的线索，你怎样把他们放在一块儿思考。我觉得注释更多的是一个参考和地图。

我自己习惯跟着注释去读书，看到一本喜欢的书，我会格外关注那些作者觉得对其写作影响很大的书。我觉得这是一种很重要的读书方式，也是一个捷径，偷别人的知识地图。所以在我看来，注释的意义是尽可能详尽地呈现项老师的知识地图。

**索马里**：注释很用心。类似于陈光兴的注释，其实现在的年轻人中，知道陈光兴老师的《去帝国——亚洲作为方法》等书的很少。但是你们标注了比方说项老师2016年关于北京浙江村与中国社会20年来变化的演讲当中提到的陈光兴老师的学术观点。我不觉得它是一个工具性的东西，脚注和内容更多是补充关联。

**罗丹妮**：我忍不住插一句。做试读本的时候，关于注释的分歧很大。我拿给别的审稿老师看，他们都会标出此条建议删，理由很充分。这本书给我最大的启示，就是所有意见你都要重新考虑，没有一个问题是不言而喻的，你都可以去质疑，重新进行选择。当时有个批评很中肯，说注释中像《包身工》这样的文章都在高中课文里出现过。他说我预设的读者，都经历过高中考试，这些注释可能甚至就是考试的题目……我说恰恰因此，这些注释很重要，曾经高中的政治考题出现在完全不同的语境中，成为项飙老师谈话中的一条注释，我们要不要对它进行重新思考和再认识？这才是真正检讨了源于课本和生活经验的所有知识。

## 把世界的一角讲清楚，就是全世界的话语

**索马里**：对话体有一种天然的优势，它有一些非常真实的部分可能是经过修饰性的文字表达不出来的。项飙老师很坦诚地提到别人对他的批评和质疑，甚至转述了一个岭南大学学者对他的批评，说他太沉浸在"党国"的大梦里。作为采访者，听到一个人如此坦荡地转述别人对他非常不礼貌的批评，这个瞬间是非常珍贵的。我想问吴琦能否回忆得起来，当问到这个问题时，他是一种什么样的态度？

**吴琦**：我从两个角度来回答。一个是我在现场的感受。我觉得项老师对这个问题是没有戒备的，几乎在回答所有问题时，他的状态都非常稳定且专注。你能感觉到他试图在抓住你思维的方向和线索，所有的注意力都集中在上面，很少流露出个人的情绪。比如说，当我问到他的论文被香港学者批评的时候，他谈这个话题就好像在谈别人的事。在批评这个问题上，我觉得有另外一个解释。首先他的确想听到批评，甚至渴望批评。他认为真正的批评或者意见，哪怕是偏见，都会丰富他对这个问题本身的认识。陌生声音对他来讲是一个非常天然的刺激。

壹 一本书就是一次纯真的跨越

另外，我觉得项老师跟现在国内本土的学术界，还是存在一个相对安全的距离，他天然就少了这一层的烦恼。他自己也说到，他并不会和国内的老师们有任何利益的冲突，所以大家不会提出那种非常恶劣的、带着人身攻击的批评，大家的批评更多还是从内容本身出发。所以你刚刚说的"党国的神话"，我怀疑项老师都不觉得这是一个尖锐的批评。可能他一方面觉得有意思，另一方面也觉得颇为准确。

我们做这本书的时候，也在学习他说的这种距离感。你和作品之间的距离其实会给你很多空间，去听到那些如果带入太多自己，就听不到和难消化的事儿，最后你可能发现它们都能够是一种营养。

**肖海鸥**：我当时特别标注了"个人危机"这一段，他说到很感谢与中文媒体的这几次来往，对他意义非常大，给了他一定的自信，觉得思考、工作和写作还有点意义。我当时有点意外，没想到项老师需要这些来自公众媒体、读者的回应。后来我想社会科学本身需要作用于社会，需要得到回馈，需要撞击之后的反应。我做了两段标记，一段是这个，另一段就是刚才索马里印象深刻的，中国学术能对世界做点什么，世界怎么看中国。项老师说中国学者是不是会对世界做出大的贡献，这不是我们可以计划的，学者最重要的是把关心的问题、自己的位置讲清楚。宏观的视野是需要的，但是你可以把自己定位得非常边缘，在世界的一角，你只要把这一角讲清楚，就是全世界的话语。另一段也非常之好，就在这一节的最后一段。好多人在讲《把自己作为方法》这本书的时候，就会提到沟口雄三的名篇《作为方法的中国》，以中国作为方法那就是以世界为目的。

**索马里**：我标记的是他对现在的大学生和大学老师的一种角色说明。他说大学生不要活得一板一眼，不要成为规范应该成为例外。现在的大学老师如果端着、一板一眼，他用的形容是"过时的"，他说第一你没有崇高性，第二你的特色是讲别人不太敢讲的话，因为大学给了你这样一个位置和气氛。我经常在豆瓣上看到中国很多青年学者的共同特点，他们在上面吐槽周围的一切，但是他们每年的工资都在上涨。我觉得看到了一个阶层的现实，他们越反对什么，其实越是作为一个受益者嵌合在整个体制中。

**吴琦**：我补充一点，做这本书的过程可能是在重新塑造自己。丹妮还有其他朋友跟我提了很多次，要尽可能保留我的提问，都被我无视了。后面为什么接受了，其实还是又回去思考什么叫"把自己作为方法"。最后那个环节很容易退缩，你还需要最后一口气再往前跳一步才能冲过终点线。最后还要给它的一把力是什么？其实就是作为一个提问者你看到了什么样的项飙老师，或者是重新讲述谈话是怎么发生的。

所以最后一遍改动其实是在每次访谈前加入一小段介绍，从我相对主观的视角介绍谈话是怎么开始的，它会去往哪里，以及我们对未来的设想。以及最后加了一小段结尾，这也是我们一个年轻的同事的建议，既然有前言为什么没有结束？但是结束我已经没有写前言的时候，那种饱满的情感状态了。

那个时候我比较清晰地意识到，这本书今天面世，它需要再解释。因为其中对于比如说民族问题、香港问题、全球化和逆全球化的讨论，都是建立在2020年之前的语境上。如果没有在这本书的某一个角落里解释清楚，这些发生在2020年这一切变化之前的讨论，很可能会给大家造成一些理解上的不便，以及无法和今天的现实串联的障碍。所以我觉得最后的解释可能是更重要的，向读者提示对话发生在一个很具体的时间当中。

我们得提醒自己注意到这个坐标，以及疫情这样一个非常特殊的坐标。我们要做的就是在这个世界的变化和我们自己的坚持之间，建立一个非常有机的关系。

**索马里**：我想问吴琦，你怎么描述项飙老师身上的某种矛盾性？比方说他提到跟80年代文化氛围的关系，他又是批判，但也说如果没有80年代的那种理想的氛围，当时他不会去木樨园做实地调查。我还觉得，他是我见过的学者当中对美国的理论阐释最少的，这跟他的整个生活或者是他鼓励的一个理论取向也有关系。这个矛盾现在不是一个贬义词，这是他非常动人、真实的一点。

**吴琦**：书中他一直说知识分子应该怎样调整自己的位置，就是你们不再是神坛之上或者大众的领袖，今天你们和大众处在同样一个水平面，你们的工作无非就是做一些描述，帮助大家拎出问题来思考。但是另外一方面，他思考的范畴和抓取问题的能力，对于问题的摆荡幅度和理论深度，确实是非常知识分子式的，他也非常有意识地补充自己在理论上的欠缺。所以我觉得是存在矛盾性的，甚至这个矛盾性他自己也会认同。

其实专业的知识人不可能完全等同于一个其他职业或阶层的人。中间鸿沟哪怕是项老师这样非常具有自我反思精神的学者，也天然没有办法跨越。当你是一个学者的时候，你已经选择了一个非常确定的社会位置。另外，矛盾性也不是矛盾，我觉得可能是张力所在。

这本书没有很能说服到一些读者的，是书中提出了很多跨过知识的边界，去理解实际社会层面的东西。这种跨越不是你有意识就能够完成的，它本身是一个非常复杂且具体的动作，不同行业的跨越都没有那么现成和容易。对学者来讲，在思想、写作、研究上跨越了，可能就跨越了。可是比如说对于一个编辑或一个老师，他们要跨越他们要面对的风险和质疑，要付出的代价，可能未必是一个知识分子所能完全理解和感受的。

其实书里面也已经提到了，我们在非虚构的问题上有一些争论。他从一个相对外部的视角，来看待国内这样的一个文体的发生、发展和看起来蓬勃有希望的未来，我们从内部看到的完全是另外的景象。

我很期待读者们能在这本书里找到自己的问题，解决自己的困境或者疑问，回到你们自己。我希望这本书真的跟每个读者建立关联，而不只是站在外面看一看。

贰

# 大学应该是允许人犯错的地方

## 贰　大学应该是允许人犯错的地方

**时间：** 2020 年 7 月 30 日

**对谈人：**

罗　新，北京大学历史学系教授，专业研究方向为魏晋南北朝史和中国古代民族史，学术作品有《中古北族名号研究》《王化与山险》等，近作有《从大都到上都》《有所不为的反叛者》等。

袁一丹，1982 年生于重庆，2001 年至 2013 年就读于北京大学中文系中国现代文学专业，获学士、硕士及博士学位。现为首都师范大学文学院副教授。近期研究领域为中国近现代文学与思想、抗战时期沦陷区研究、五四新文化运动研究，近作有《此时怀抱向谁开》。

罗丹妮，单向空间编辑总监。

**内容提要：**

如何看待今天的大学教育和大学生们；

大学教育追求的是什么；

期待怎样的延续和转变。

## 从学生到老师,学术不过是一种生活方式

**罗丹妮**:项飙老师在《把自己作为方法》中提到过,他在北京大学读书时曾有过格格不入的感觉。我想先请两位回忆一下自己的大学时光,各自是在什么时候想要走上学术研究的道路,在什么时候确定了自己的人生方向?

**罗新**:我上大学是很早的事了。我是北京大学81级,那个时候的北大,和项飙上大学时的北大,以及今天的北大,差别都是很大的。我读大学的时候,没有什么社会压力,读书和工作没有关系,工作是分配的。那时的中文系好像有一个风尚,不大看得上将来读研究生做学术的人,所以我的大学是玩过来的。

做学术研究是我比较晚才形成的人生目标,上大学的时候我本来想当个作家。1985年大学毕业之后,我先是回老家工作,1989年又回到北大读研究生,但是没有回中文系,而是进入了历史系。到历史系的目的也只是想来读个书,不是为了做学问。那个时候也不知道学问是什么,就是想读读书。后来觉得如果能够像老师们这样过一辈子也挺好,那时摆在我面前的道路已经很少,可以选择的人生也不多了,所以就一直这样读下来了。

我想项飙提到的"格格不入",也许每一个北大的学生,甚至每一个学生心里多多少少都有,也许对于在成长时期的人来说,差不多都这样。

**袁一丹**:刚才罗新老师说他在1981年进入大学,而我1982年才出生,2001年进入北大。罗新老师和我的"自我"

## 贰　大学应该是允许人犯错的地方

之间其实有很大的差别,他的"自我"是很丰沛的,而我的"自我"有点乏善可陈。

最近出现了一个流行词,叫做"小镇做题家",讲的是一些从小镇来的、靠应试技巧敲开大学校门的青年,他们进入"985"、"211"这样的一等学校以后,发现自己与大城市来的同学在视野和经验上有很大的差距,这种差距给他们带来很强的不适应感。他们建立了一个豆瓣小组,在小组里分享自己所谓的失败故事,以此作为排解的出口。这让我想到,虽然在我读书的年代还没出现这样一个标签,但其实我也曾经是一个"小镇做题家"。我来自重庆一个地级市的普通中学,靠自己的超强记忆力和应试技巧,推开了北大的大门。但是进入北大以后,我把过去中学时代的经验全部推翻了,开始重新建立自我,所以我的"自我",包括说话的方式,看问题、看人和事的方式,都是北大给我的,是北大的体制造就了我。

进入北大以后,我有一个比较好玩的经历。我的专业被分到了中文系,但是跟历史系的同学住在一起。我在本科时期最好的朋友是学世界史、近代史的室友,这就导致我一直游离在中文系的氛围之外。这个阴差阳错的经历,也影响到我今天的学术研究的方向。

另一方面,我要承认我在学术上是相对早熟的。我在念大三的时候,北大有一个科研项目,让我们有机会选择导师模拟做研究，由此我得以提前进入研究生的状态。但这种早熟也会导致局限，它让我的大学生活不够完整，玩得不够。

好的地方在于，当时北大的青年教师有很多时间跟学生进行非正式的交流，我有很多关于学术的想象，关于做学问的方式，不是在课堂上得到的，而是跟老师在酒桌上、在小饭馆里、在平时的聊天里获得的，这是我进入大学的另一种方式。

**罗丹妮**：我也来自一个三四线城市，高考考进中山大学历史系。我选择读硕士、博士，不是说自己在学术上早熟，只是我在本科特别向往学术研究。我当时并不太懂学术是什么，老师讲的那些问题意识、社会学的方法、乡村社会研究，我听来其实似懂非懂。但是我特别羡慕那些老师的状态，纯粹的生活方式，投入在自己热爱的东西里面，所以我当时决定以学术为业，保送研究生到了北师大读历史。但我后来也经历了个人危机，没有再走学术这条道路，虽然读了博士，拿了学位，但是我没有去做一份学术相关的工作，而是进入了出版界。

在内心深处，我一直有一个大大的疑问，学术到底对我意味着什么？我没有走学术这条道路，当然内心有遗憾，但我觉得原因是我的能力不够，创造力不够，对深入一个地方的能力特别有限。到了一个地方，用他们的语言跟他们交流，理解他们的生活逻辑，对我而言是很困难的事，所以我就有点知难而退。

因为我放弃了学术道路，所以我也想听两位聊聊做老师的经历和体会。尤其是最近受疫情影响，你们都改为在

## 贰 大学应该是允许人犯错的地方

家上网课,会有什么不同的感受?

**罗新**:这是一个很复杂的话题,我想我能够做教师,是因为那个时代读博士的人还很少,大概读完博士以后就只能够在大学教书了。读研究生的时候,先是老师说我有一点做学术的天分,然后我自己才这么觉得。我相信所谓学术思维,就是能够去理解一个问题的来历,理解解决问题的方式,理解解决问题的方式的妙处。

我是从小就下了志向,想当一名作家,但等到20多岁,我发现我做不了,我没有编故事的能力,那时有一种很强的失败感。后来发现自己还有一所长,很是高兴,就走上教书这条路。但是我和自己的学生接触并不多,包括我带研究生、博士生,接触仅限于学业这一部分。

说到上网课,有的人也许做得好一些,但是我所有的课都是讨论课,讨论课的一大要求就是一定要面对面讨论,现在你不知道你在说话的时候,有没有人在听,效果远不如在学校上课。

**袁一丹**:我记得项飙在《把自己作为方法》里提到,学术其实不过是一种生活方式,我对此特别认同。我觉得今天的大学老师确实不再是一个神圣性的职业,它只是你选择的一种稍显与众不同的生活方式。我为什么选择当大学老师,很重要的一个原因在于,大学老师可以自由支配时间,可以说在时间上是一个富翁。它的好处在这里,但它的坏处也在这里。

第二个选择当大学老师的原因是，这是一个能够塑造人、改变人的职业。虽然相比大学本科，中学阶段的孩子可能更容易受影响，想要在一个人的本科阶段改变他、改造他确实很难，越来越难，但是我仍然会尝试在某些层面影响到他们一点点，因为我自己是被我的老师改变过、重塑过的。

疫情对于大学的影响，对我来说是让课程变得很难。我自己上课的习惯是必须要跟学生有眼神交流，我需要看到他们的眼睛和微表情，然后再调整我上课的节奏和方式。这学期我的课是 70 多个人的选修课，最开始上网课的时候，我希望至少我自己能露脸，不强求学生露脸，但后来发现这样会特别卡顿，后来只能用 PPT 配音的方式讲课，这让我很难受。

另外，疫情对授课内容也有影响。我这学期的课程是讲北京的城市研究，过去我会让学生们做一个实地考察，你可以选择北京的一个局部，亲自去走走，记录个人记忆也好，做一个访问也可以。但他们现在困在各自的家里，所以我的代替性作业是让他们记录自己这半年的日常生活。

但这次疫情也有好的地方。过去上课，跟我交流的一般是坐在前两排的学生，但是永远有学生是坐在最后一排的。这次通过他们个人的记述，特别是这种日常的记述，我了解到了班上的每一个学生，这是一次很重要的分享。

**罗丹妮**：作为大学老师和领域内的专业学者，你们怎

## 贰　大学应该是允许人犯错的地方

么分配自己的时间？学术研究者、公共性写作者和带学生的老师，怎么同时扮演好这三种角色？

**罗新**：我没有把这些工作分开，我会避开一些纯技术性的题目，但并不是说我不做学术，我也没有把学术和公众分开，我认为这两者是分不开的。

如果作为一个学者，不是站在学术的立场上参与公共生活，那我不知道这个人在做什么。无论我在跟谁说话，为谁说话，我都不能够失去我作为学者的本分和本色，从个人的学术所长上参与进来。

### "给天才留空间，给中才立规则"

**罗丹妮**：现在人们习惯于对学术和公共做区分，包括《把自己作为方法》也遇到了读者的疑问。但不能说这一部分是纯学术研究，那一部分是公共讨论，因为这是一个整体的思想方法。像袁一丹老师的《此时怀抱向谁开》这本书，并不是纯粹的学术著作，但是它提供给读者的启发非常大。袁老师自己也提到想把学术思考转为一种更有弹性的文字，所以学术和公共的区别，其实是不是在表达方式上的改变？

**袁一丹**：我目前是同时在两条线上作战，一条线是专业写作，以专题论文的形式来呈现，这需要我花好几年时间去啃一个"硬骨头"。在另一条线上,我希望用更有弹性的文体,把我看到的那些夹缝里的、藏在历史褶皱里的东西,和专业之外的读者来分享。

我最近看罗新老师的《在印第安纳追寻丁韪良》,就是用游记的方式去写,用寻找的方式把学术的进程与一个人、一段历史的相遇呈现出来,读起来好像一次旅行或者探险。在我看来这就是学术文体的其他可能方式,所以我在写书评和随笔的时候,都希望把这种寻找的过程展现出来。

**罗丹妮**:是不是我们可以重新去考虑这个问题——怎么理解学术?大学教育提供给我们每个人最重要的是学术训练,还是别的什么?

**罗新**:我觉得研究生阶段跟本科生阶段的培养方式、培养目标都很不一样。本科生阶段,应该向他们展示学术是什么样的。每个老师有自己对学术的标准,把自己的标准告诉学生,让学生看到,这是很重要的。本科生的未来有无限可能,他们中间只有少数人会成为学者。所以本科不叫培养,而是给学生一个长大的机会。但是研究生和本科生有显著不同,研究生和博士生是为了培养学者、研究者。

对我来说,本科阶段是我一生当中最重要的阶段。我从一个不懂事的孩子变成一个稍微能够懂事、能够独立生活在世界上的人,这是大学阶段最重要的过程。本科生就应该以社团教育、社团活动为主,以课堂教育为辅。现在学校给本科生的课程要求太多,我总觉得他们上的课太多

## 贰 大学应该是允许人犯错的地方

了,应该再少一点,每天有半天时间不上课,集中时间去玩,去图书馆,去参加各种社团活动。研究生和博士就不一样了,要以学者的标准来要求,完全按照学术训练的方式来训练。

但是不管这个人将来做什么,不管他是读本科还是研究生,他在任何一个院系、任何一个学科里面的系统培育和专业训练,都是有意义的。这个意义不是使得他拥有更多的知识或成为一个未来潜在的研究者,而是让他至少在某一方面受到一点现代科学的训练。

现代科学的训练,会使你思考问题和认识世界有理性的基础,让你拥有一定的理性思维能力。我们能看得出来,受过好的训练和没有受过什么训练的人之间,有很大的差别。

袁一丹:我觉得大学应该是允许人犯错的地方。现在的孩子越来越不敢犯错,当然可能你步入社会以后,犯一个小小的错,就要为之付出很大的代价。但大学应该允许学生犯错,允许他去探索各种各样的可能性。可能等他走入职场以后,这些所有的可能性会变成一条很细的线,但是他必须要在这个时期去找他的边界,去想我这一辈子到底能干什么,我想干什么。我记得周作人有一首诗叫做《寻路的人》,大学其实就是让人寻路,寻找自己,塑造自己。这是我对大学的,特别是本科期间大学的理解。

我记得在《把自己作为方法》里面，项飙老师提到了一个很有趣的说法，他说大学不是要树立范例，而是要寻找例外。一开始我特别认同，但是我后来反复想过后，觉得这个话里面的"不是，而是"好像在把树立范例和寻找例外对立起来。但我们首先要说清是什么样的大学，因为不同的大学培养的人是不一样的。像北大这样的大学，当然是要去找例外，但这个例外不是在大学里生产出来的，如果一个人是个例外的话，他在任何时间、任何地点都会出来。

老北大有一句话，"给天才留空间，给中才立规则"。我想大部分的学生，即便是一流大学的学生，可能还是中等以上之才，所以树立规范仍然很重要。如果学生没有在一个学科的范式里面沉浸过，不知道学科最基本的规则的话，他生产不出思想的例外。所以我觉得范例和例外，可能不是截然二分的，先要吃透范例，然后才能去保留或者说生产出一种新的例外。

**罗丹妮**：我自己理解项飙老师说的例外，可能是内向的一种例外，这个例外可能更多的是让你去找到自己的兴趣，找到自己想要尝试的领域。

罗新老师曾在书中提到过几点精神，比如批判、怀疑、想象力和有所不为。我觉得今天的大学生很多时候的困惑是他不知道该"为"什么，不知道做什么才是有意义的。他们到大学三年级就要实习，要去找工作，职业方向也是迷茫的，同时又有学业上的论文要完成。你们有没有接受过这种迷茫的学生们的询问？作为导师或者是前辈，你们

贰　大学应该是允许人犯错的地方

会给他们哪些建议？

**罗新**：从社会和学校体制这方面来说，项飙在《把自己作为方法》里也提到，中国人虽然很多，中国社会虽然很大，但是从另外一个角度看，中国是一个很小的国家，这在于中国没有什么多样性。中国的同质性非常高，多样性非常低，这就意味着机会不多，可能性不多，你能选择的路很窄。

中国很少有大学是鼓励和容忍多样性的，整个中国社会总体也倾向于不接受、不鼓励多样性。由于中国社会出现了一段历史上罕见的和平时期，并且朝着一个方向发展，简单地说就是大家都去赚钱，整个社会的多样性进一步变窄，这也使得多样性变得更加可贵。

作为一名老师，有时我在评价学生的时候稍微反省一下，就发现我这个评价有问题。我其实应该鼓励他，不应该批评他。现在我们跟学生说本科阶段你能写就赶紧写，硕士阶段赶紧发表文章，可是我们的老师那一辈对我们的要求是完全不一样的。这是挺有意思的现象，我觉得这是因为社会给的空间越来越小，以至于像北大这样过去多样性较大的场所，现在多样性、容忍程度也很低。

我觉得人们对所谓的多样性的渴求，总是在社会发生重大变化的时候变得特别强烈。过去对多样性没有渴求，是因为所处的社会没变化，一直朝一个方向走。现在有重大变化了，大家意识到了多样性是多么宝贵。

**袁一丹**：我理解的北大，就像看北大和清华的草坪的区别。在我读书的时候，清华的大草坪特别齐整，特别漂亮，但北大没有草坪的概念，北大的草都是疯长，很少修整。

对于现在的学生来说，为什么多样性在降低，一个很大的原因是他们什么都想要。他们一进学校就会拿到一张定制的履历表，学生想的是把各种经验转换成履历表里的一条文字，四年后交出一张漂亮的履历表。当学生带着履历表做每一件事的时候，无论是在学一门课程，还是在写一篇小论文，其实都在进行一种条目的转换，把自己四年的大学时光甚至更长的时间，变成一张很漂亮、很有竞争力，也似乎很有说服力的表格，这个表格越满，其实可能性也就越少。

我读书的时候处于一种很懵懂的状态，一路跌跌撞撞走过来。他们的难题在于需要面对的诱惑太多，机会太多。出国的机会，在学术场合口头发表的机会，甚至在顶刊发表论文的机会，正是这样一些机会和诱惑的增多，让他们给自己背上了很大的包袱。但其实安安心心地、定神地在一个地方待着，你才能够去想清要做的事情。

**"短期的悲观"与"长期的乐观"**

**罗丹妮**：你们几位都是北大毕业的，但更多人也许无法进入这么好的大学，只能进入一般的学校。他们应该对大学怀着怎样的期待，怎么去看待自己的四年大学生活？

## 贰　大学应该是允许人犯错的地方

**罗新**：今天你可以在任何地方看到任何你想看的书，接触到任何你想接触的人，这一点是人类过去没有过的条件。技术让教育机会不再那么不平等，大学和地方不再具有绝对的限制了，或者说这种限制不再是不可打破的了。所以只要愿意读书，那么你的老师、你的学校不再能够束缚你。

我最近接触到好几位这样的年轻人，在地方的大学读书，但是我发现他们什么都知道，读过那么多书，想的问题几乎可以说是现在学术的前沿问题，表述也很清晰准确，让我很受鼓舞。我觉得这意味着社会在各个地方储存了好多人才，一旦有条件，这些人才都可以大片地生长，这是依靠现在的技术条件做得到的。

**袁一丹**：我在北大的时间特别长，大概有十一年，工作以后在首都师范大学。这样一种环境的转换，让我对于大学里面的不同层次和学生里面的不同层次特别敏感。过去我在考虑大学的问题，包括民国时期的大学的问题，以及对大学培养什么样的人的理解时，都会不自觉地带入北大或者老北大。但是到了首师大以后，随着我跟学生的接触越来越多，了解学生们的苦恼、烦闷、出路，以及对学术的理解是什么，我也在修正自己关于大学的理解。

其实无论在什么类型的大学里，都不要带着对理想的大学的定义去要求学生，而是先要了解你面对的是什么样的学生，了解他们的家庭、日常生活，他们对于四年后的构想。进入首师大对我很大的一个帮助是，让我重新理解原来大学有不同的层次，大学所承担的社会功能是不一样的，这也是项飙老师说的小世界的意义。他把大学这样一个抽象的大词变成一个具体的小单位，每个单位其实都有自己的意义系统。比如说首师大的意义系统，可能是给北京京郊培养很好的师资。我觉得如果我能够给京郊的，甚至更边远的学校培养合格的中学老师和小学老师，这也是一种大学的使命和意义。可能北大是制造精英与例外，但是还有一些大学能够起到一些不能替代的功能，这是我自己在首师大工作六年的感受。

**罗丹妮**：项飙老师在书里提到，他觉得自己在北大期间的理论修养和阅读文献的能力是欠缺的，这种感受在他到牛津的时候依然强烈。因为我是做出版、做编辑的，所以我会对阅读的问题有兴趣，比如如何选择要读的书，怎么去带有批判性地读书。对于一个人来说，年轻时的阅读习惯、阅读经历，会影响到他以后进入社会，走上工作。那么在今天的大学里面，我们应该让学生在阅读层面做怎样的准备？你们会不会给自己的学生布置书单，引导阅读？

**罗新**：每一个学科围绕每一个具体的问题，都会有一套比较固定的训练方法，其中最重要的就是参考文献，我们叫它历史文献学、史料学，这是对于专业研究者来说的阅读。

另外一个层面的阅读，就是还没有进入学术研究、在

## 贰　大学应该是允许人犯错的地方

成长过程当中的阅读,我年轻的时代和今天比起来就大不一样了。我上大学的时候,任何一种书出来都要印好多万册,因为全国就那么几种书,大家看的书都一样。

现在的年轻人比我们幸运得多,因为现在中国的学术书籍出版,已经和世界同步了,国外最好的书,我们这边很快会有译本。何况现在年轻人的外语水平好得多,也可以读到外文原版书、电子书。所以我想现在的问题不在于阅读,而是要找出阅读的时间。对我自己来说,能花在读书上的时间不太多,花在网上瞎看的时间倒是占主导;读微信文章占的时间比较多,真正读书的时间很少。

过去这么多年以来,我这半年读书最多,因为没有太多任务,不能出门,就在家里看书,看了好多该看的、过去没看完的书。我觉得年轻人只要坚持看书,一个月至少看一本书,这样积攒几年下来一定会很有收益。现在也有人读书很多,一年读了一两百本书,我有点担心他能不能记住。

**袁一丹**:阅读这个话题,我在读这本访谈录时得到了一个启示,我们今天谈到阅读这个词的时候,未必是一种纸面的阅读,我们还可以以阅读的方式来看待很多东西。比如说我做北京的城市研究,其实是在阅读城市的一个局部,甚至是阅读里面的一些人情世故。

阅读对我自己来说,很重要的一点就是沉浸,泡在书里面。我的阅读大概分成两部分，一部分是跟我专业相关的阅读，我在大学时期经常泡在北大图书馆，馆里有一个过刊阅览室，里面有许多晚清、民国时期的旧报纸杂志，我在做硕士和博士论文的时候，天天都去那里打卡。因为那时候不像现在，很多资源数位化，那时候我们要让管理员把我们需要的报纸刊物调出来，让我们一页页地翻，这是一个很幸福的体验，我的田野就在北大的这些旧报刊里面。

另外我特别想要强调的是，学者这种专业化的阅读，很容易把人异化。我们今天的很多阅读是为了围绕手上的课题做一篇论文，并不是真的在读书。我工作以后特别要求自己一定要有时间读闲书，当然我对闲书的定义是很广的，只要是跟我的专业不沾边的都是。而且我会尽量读纸质书，特别是开本比较小的、可以放在兜里面随时掏出来读的书，纸面阅读对我来说更容易从头读到尾。这些无关专业的书可能不是在当下和你发生什么关联，而是在更加长久的时间中体现。

**袁一丹**：罗新老师，我前不久看到您接受了一个访谈，其中您有一段话的大体意思是希望学生们相信未来。这段话让我想起您那篇很有名的文章《梦见昌平园落雪》，里面也有相似的表述。在我看来，大部分历史学家的底色是比较悲观的，对于未来的判断也是比较悲观的，但是好像您一直很肯定人在当下的意愿和情感，人可以影响未来。您刚才谈到，我们这半年或者在更长的一个时期里，未来是充满不确定性的。在这样一个似乎看不太清未来走向的情况下，为什么您能够保持乐观？

**罗新**：几乎所有的历史学者在长时段思考的时候，都是比较乐观的。长时段就是说远远把我们个体生命给淹没了的时间。比如说在几百年的时间里去看，你没有理由不乐观。过去的几百年，并不是一天比一天更好，而是总的来说越来越好。人类历史就是如此。

我们总是说历史没有目的地，但是历史有方向，这个方向就是一步一步向更好的地方发展。我们一定要有充分的准备，在个体生命的长度内，你想达到的社会目标可能达不到，但是没有关系，人类就是无数个个体构成的一个漫长的时间。我们个体的生命时间很短，但是我们有许许多多的个体来完成，来延续。所以我当然有短期的悲观，但是我更愿意有长期的乐观。

叁

如何观察、参与今天的全球化

## 叁　如何观察、参与今天的全球化

**时间：** *2020 年 8 月 6 日*

**对谈人：**

王　梆，出版有电影文集《映城志》、数本短篇小说绘本集以及漫画故事《伢三》等。电影剧作《梦笼》获 *2011* 年纽约独立电影节最佳剧情片奖，纪录片《刁民》亦在数个国际电影节参展。小说作品散见于《天南》等。作为自由记者，为海内外媒体撰写欧洲时政评论。

晓　宇，牛津大学政治学博士。

吴　琦，单读主编。

**内容提要：**

如何理解当下的全球化；

全球化对当代人造成的影响是什么；

如何观察、参与今天的全球化。

## 反全球化是否真实存在

吴琦：现在大家对全球化有很多焦虑，尤其是每天都能在新闻里看到，关于中国和美国，或者是其他国家之间关系的变化。这比我们之前阐述的全球化更加切身，中国好像已经变成全球化这个"链条"当中不可缺少甚至是非常瞩目的一个环节。你们现在生活在不同的国家，我想知道在你们的个人生活和工作中,全球化给你们带来的感受与影响主要有哪些?

**王梆**:我觉得反全球化的现象确实是存在的,无论在西方国家还是在发展中国家,都普遍呈现上升趋势。可能大家对西方国家反全球化的原因比较了解,比如说美国的锈带,英国的北部,在资本向廉价劳力转移的过程当中,这些地区的大量工人下岗,他们是受害者,所以他们肯定有怨言,这是情有可原的。

对于发展中国家是否从全球化中受益,我觉得存在争议。比如说非洲的很多国家在过一种负债的生活,像 IMF(International Monetary Fund,国际货币基金组织)那样的组织拢集大笔资金,投注在这些非洲国家的包括工业、养殖业、农业等各个领域。但问题的关键在于,这些非洲国家在目前的情况下能否偿还债务,这其实要打一个问号。当非洲国家不能偿还债务又不能被赦免的时候,本国人民其实就成为了全球化的受害者。在另一些发展中国家,爱国主义教育在主流教育中占比很大,民族主义成为一种公众情绪。当民族主义情绪跟历史联系在一起,比如说历史上的一些灾难性事件,被侵略的事实,或者不平等的条约,再跟个人内心世界联系在一起的时候,历史的耻辱感就产生了。

历史的耻辱感是民族主义的助燃剂,一触即发。今天在西方国家,比如美国或者英国,民主政治交替着一种民粹的格局,因此会出现特朗普这样的决策者,他提出的一些贸易条约和举措,我觉得都带有强烈的霸权主义色彩,

叁　如何观察、参与今天的全球化

比如在墨西哥跟美国的边境建起高墙，或者针对中国的制裁。各种历史成因加上今天的现象混合在一起，持民族主义立场的这波人怀有反全球化的情绪是不难理解的。

另外还有一点是信息不对等，我们今天活在一个看似有海量信息的时代，但是我们能否接触到对生活足够有帮助的信息？如果要在历史上寻找当代的类比参照物，我觉得应该是新教主义改革的时代。互联网给我们的冲击，让人联想到印刷术对当时社会的冲击。马丁·路德觉得资产阶级代表着新兴的力量，那么新教主义应该在很大程度上覆盖传统的天主教。但是在当时的社会，大部分人不识字，此时印刷术恰好在西方出现，就像我们今天突然有了互联网。印刷术的革命性非常震撼，一个普通的小村庄都有可能收到一种小册子，小册子里夹带着各种新思想。印刷术的出现推动了新教主义广泛传播，同时也带来了一个很可怕的现象，就是极度的两极化。近一两百年，整个欧洲都处在这样一种矛盾的状况里。我在《从上至下的暴行：英国猎巫运动》这篇文章里讲得比较详细，大家有兴趣可以看。

另一个可以将新教主义改革时代跟今天类比的现象，是假新闻。当时的畅销书是《女巫之锤》，作者是德国的宗教极端主义分子，其中没有任何科学依据，充满着厌女思想。还有一本畅销书，是苏格兰、英格兰及爱尔兰国王詹姆斯一世写的《魔鬼学》(*Demonology*)。大家都很好奇，为什么一个正常的女人天黑后突然间就变成了女巫。这些没有任何科学根据的书，莫名其妙的假新闻，带来了地狱式的破坏力，把成千上万的女性送上火刑架。今天我们生活在一个信息爆炸的时代，但是几百年前的人体验过的痛苦，我们为什么还要重新体验呢？

作为一个世界主义者，我全心全力拥抱全球化，但我又不能够忍受全球化的权力不对等。很多国家、人民不但没有变得富裕、没有过上好日子，反而越来越穷了。这部分的声音不应该被埋没，我们需要公平的信息，而不是信息的不对等。

**吴琦**：王梆给了我们一个历史的坐标。我原本希望你聊聊个人生活，在你的周围有没有关于"全球化"的争论，这样的争论在中国的舆论场其实非常激烈。当然王梆也说到这种舆论背后，有很多来自现实社会或者历史深处的力量。最近晓宇在国内待了比较长时间，处在国内的舆论场、生活场当中，你的研究专业本身也与全球化密切相关，可能对你来说这会是更切身的问题。面对这一切争论，你自己站在什么样的位置？

**晓宇**：我们在2017年左右谈过这个话题，那次谈话后不久，我看到《经济学人》最新一期的封面，大意是"你要么支持全球化要么反对"，这成为了一个新的政治谱系，取代左右之分。

全球化的争论突然之间以一种新的形式出现了。实际上80年代人们就在讨论全球化的问题，一直争论到现在，

叁　如何观察、参与今天的全球化

但当它彻底改变了我们的政治谱系的时候，大家突然觉得全球化是一个新的问题。

我一直存在一个疑问，"反全球化"这个议题是否真实存在。全球各地蜂拥而起的民粹运动，无论是特朗普领导的，还是从更为基层的抗议、社会运动起身，它们即便在辞令上面是反对全球化的，但是事实上它在组织和社会网络安排方面是利用了全球化网络的，甚至比部分支持全球化运动的人更为激进。比如说欧洲右翼与特朗普之间、整个拉美的右翼民粹与北美之间，实际上存在非常多关联。在某种意义上，我有一种全球大串联的感觉。法国国民阵线的优秀领导人到美国，勾连美国保守党人。反而是所谓支持全球化、支持进步主义意识形态的人，缺乏这种全球关联互动的激进姿势，这是一个很讽刺的点。所以我在想是否存在所谓的反全球化议题。当全球化变成一种思维方式和生活状态的时候，到底存不存在真正意义上的反全球化？当反全球化运动要用一种全球化的方式进行的时候，到底能否被叫做"反全球化"？这个议题我一直存疑。

我在全球化或世界主义立场上，总体来说还是比较坚定的，甚至比过去更为坚定。当然受疫情影响，我在国内待了很久，所有的海外研究都做不了，这是一个非常现实的问题。所谓全球流动突然被终止了，这个时候我就必须重置自己的位置。前段时间我在云南做一些边境方面的调研，有一个触动点与我们今天的议题相关，是疫情期间湖南出现了一群缅甸的偷渡者。当我们认为全球化的流动性已经终止的时候，反而有很多人不受限于正规的全球化网络或者规章，他们在某种程度上还在自由流动。他们从缅甸过境，从云南一步一步到达湖南。

这件事启发了我的一个观点，在全球化与反全球化的对立中，很多人觉得大众是反全球化的代名词，与民粹联系在一起，而精英是支持全球化的。项飙经常说普通人的国家观，我觉得还存在一个普通人的世界观，普通人怎么利用非正式的全球化网络保持和创造自己的流动性，事实上是我们缺乏关注的。我个人的流动性已经因为波及全球的疫情而终止了，恰恰是那些我觉得并非全球化受益者的一帮人，在这个时候不受限于全球化流动的终止。就是在这些人身上，我们得以讨论更具希望和开放性的全球化。

**如何在新的语境下创造新的附近**

吴琦：当时和项老师聊全球化和反全球化的问题，还是立足于英国脱欧和特朗普当选的背景下，但2020年再回头去看当时的讨论，我觉得我们可能需要更新一下时代语境。

晓宇质疑了所谓的反全球化是不是一个真实的议题。但可能由于疫情的关系，现在这个议题的确比三年前更为真实了。一方面，因为疫情切断了所谓全球化渠道；另一

叁 如何观察、参与今天的全球化

方面，因为一个超级大国正在对另外一个潜在超级大国进行封锁，至少在政策层面上。所以从我自己的感受来讲，反全球化的议题更真实了。

今天我们只能通过互联网的方式见面。那么线上见面究竟是一种全球化，还是一种全球化中断后的媒介反应？这种新的事物，我并没有想清楚怎么理解它。你会发现世界被非常物理地规定了，现在你很难再旅行，甚至国内游一度也没那么容易。这对心理上的打击还是挺真实的，它不完全是一种想象。

在这样的一个变化下，我相信我们每一个个体都会去想象，当我们真的从世界离开，我们依靠什么样的规则，信心从哪里来，该怎么工作？比如，选题从哪里来，讨论什么样的问题，与谁讨论，怎么和本来已经建立联系的世界各地的合作伙伴共同交流，语境是什么，为了什么？项老师在《把自己作为方法》里面也提到，怀疑所谓的反全球化只是另外一边的执政精英或者潜在的统治者，他们的一种策略，对统治力量的争夺。在我看来，这种争夺已经影响到了我们实际的生存状态。

原本我们讨论世界主义、全球化，可能是一个非常广阔的议题，"附近"这个词似乎跟它没有太多关系，甚至和它相反。但今天我们说回到附近或者说创造附近，是不是也是一种历史的推力或反作用力，会把你逼到一个轨道当中。之前我们说"附近",会说常回家看一看,多跟身边的人交流,关注自己周围人的生活,看上去更像是一种温柔的提醒,文明的标语。但是今天"附近"好像变成一种特别必须的东西,就像我们为什么做这样的直播讨论,为什么觉得在疫情期间和朋友的交流变得非常重要,它其实是在一个愈加封闭、走向脱节的时代环境里,人们寻找支持、寻找共鸣的求救方式。在这个语境之下,我们再去谈"附近",之前反复召唤过的,在今天变得触手可及,非常迫切。

当整个世界告诉你,我们要开始往后走,不管这个信号是真是假,是一些精英释放出来的烟幕弹,还是一个真实的、局部的政治议程,它的确会让我去想怎么样回应这个时代潮流。如果你是一个在反全球化的生存状态里,受益于全球化,也拥抱全球化,并且认为全球化是有意义、是历史前进方向的人,你怎么去构想自己眼下的工作和生活?跟谁一起构想?这些变成了特别具体的问题。我们前面说的是大的时代坐标,但在这个坐标当中,你要选择自己具体的方向和行动,你会去做出改变吗?

**王梆**:你觉得在这次疫情中,自己被锁在一种无法动弹的状态。项飙老师在疫情后的一次讨论里面提出过 immobility(不可移动性)这个词。疫情带来这么大规模的不可移动性,你在物理性层面处于无法动弹的停滞状态,哪怕出门都会下意识觉得危险。

还有一种不可移动性更可怕,思想上的不可移动性。你极度渴望能够改变现状的信息,却无法得到。疫情刚出现的时候，我很想获得一些更透明的信息，但这些信息在不同程度上消失，这会让我们的思想处在一个不可移动性的状态。最可怕的是你已经满足于同温层，满足于每天接受的这些信息，哪怕充斥假新闻。如果你觉得在这样一个小世界里面非常舒适，不愿意接收更多的、跟你的想法有抵触的信息，思想上的不可移动性将会给你的个人生活和社会带来更大的灾难。

至于我自己，我天生就是一个生活在"附近"的人。我在广州生活了十几年，广州是一个"附近"的城市。人们住在那种老式的骑楼里，因为天气炎热，要到外面纳凉，晚饭后大家在一个拱门下，搬出小板凳，端一盅冰冻的茶水，摇着蒲扇就度过一个晚上，每家每户的门都是敞开的，邻里街坊的关系非常融洽。即使现在家里有了空调，广州也还是一个附近的城市，那种浓厚的烟火气是抵挡不住的。

我当时在广州住的小区里有一个按摩院，老板和老板娘就是我的好朋友。还有一个很小的布坊，裁缝也是我的朋友。那些上门回收旧报纸的人，也会跟街坊们攀谈。每天买菜接触的每一个人都是你的世界，你的宇宙，你可以跟他们建立起一种非常融洽的关系。还有广州的小吃，广州人可以不用自己做饭，在外面吃的经济成本也是可以承受的。如果发现一家老店关门了，整条街的人都会非常沮丧。那是一种集体的怀念。

之后来到英国，刚开始很困难，伦敦移民的成分结构非常丰富，语言也很丰富，前五年我都在过语言关，没来得及融入当地。我对附近有种天然的渴望，会到处走走，跟各种人聊天。直到过了语言关，可以比较融洽地跟许多人聊深入的问题，我才开始觉得需要一种归属感，像在广州那样的归属感。

英国对我来说是全新的，什么都要重新建立，寻找归属感可能是用跟人类学比较接近的方法——从历史上去找。首先了解它的历史，再去看它的改变。比如说我居住的村庄是英格兰的一个传统农业基地，15、16世纪的时候，荷兰的治水专家一点点把这样的沼泽地改建成了鱼米之乡，我比较幸运能够生活在这个农业腹地里。19世纪工业革命，整个英格兰西南部的农业基地彻底地改变了，"圈地运动"让许多农民失去了自己的土地，不得不到城里，到伦敦、曼彻斯特那种工业中心找生活，所以人口结构发生了一个很大的转变。

今天又经历了很大的转变，新自由主义崛起，农业的重工业化转型，使得传统农业消失了，没有农民，只有工厂、养殖场。全球化对当地农业的影响也是很致命的。90年代以后，我居住的这块土地发生了一个跟19世纪一样的巨大改变。原住民迅速减少，城市里买不起房的上班族往这边涌来，还有就是像我这样文化背景跟当地大相径庭的移民也在这里生根发芽。

新的人口结构产生了，传统社区的亲缘、地缘关系在消失。我以自己居住的地方为中心画了一个30英里的圆圈，

## 叁 如何观察、参与今天的全球化

经过两年的采访和调查,想要找到社区是否存在的答案。我得到了表面的结果,社区是存在的。比如说在整个公共福利基金大裁减的情况下,图书馆还是存在的,它们全都由当地的居民自己运作。这些来自不同文化的居民,组织起这些非盈利的功能,我觉得是靠他们的价值观在支撑。

**吴琦**:听王梆讲她的经验特别有意思,某种意义上她也是在把自己作为方法。如果你光是回忆在英国的生活,可能很多人会提出质疑,毕竟英国是一个非常发达的国家。但你提到了广州的"附近"的记忆,让我们看到在不同的历史或者不同的国家发展程度之下,对附近的建设和理解都是可能的,它不一定以经济或者现代文明的发达为唯一的前提。

项飙老师提到对他影响很大的一本杜赞奇的书,内容是关于一九零几年到一九三几年之间华北农村的变化。书中提到一个相似的问题:一个社会在经历巨大变革的情况之下如何保持自身。一方面肯定要受很大的冲击,这种冲击在我们看来,也许是全球化或反全球化,但文化本身的肌理和张力是始终存在的。所以他的考察角度涉及比如国家的基层政权建设和权力的文化网络。文化网络指的是村民之间的组织、信仰或者亲属结构,即所谓乡绅、地方的权威。在国家跟普通人之间构成那样一个复杂的结构,国家力量不会马上反映到基层,中间有很长的中介过程,而且中介过程随着不同的政策,会产生微妙的变化。我觉得杜赞奇也想解释这个过程,他说这个过程不是非此即彼的,而是存在复杂性的。

刚才听王梆讲的时候,我也想到晓宇在牛津上学,后来到澳洲教书。此前我们都设想你一定在世界各地奔走,观察,记录,写作,研究,保持这样一种状态。但因为疫情你留在国内,留在武汉。和王梆不同,晓宇在很长一段时间里面没有和武汉这座城市建立起"附近"的亲密关系,甚至在世界各地的游历过程中,你会遇到很多比武汉更亲密的城市。但是这半年的经历,似乎让你对武汉这座城市的感情有很大改变。

**晓宇**:项飙之前谈附近的消失,我的理解是重新发现附近。封城那段时间,也让我重新发现了武汉,可以和很多当地的朋友见面聊天,发现很多在地性的东西。此前,我从来没有以一种成人的身份在武汉生活过——小学之前不在武汉,高中时又离开武汉。所以我的第一站就是去各种音乐现场,去找各种武汉当地的文化人。武昌那边有一个著名的音乐场所,当时老板邀请我们进去看看,里面的墙上挂着在这里演出过的各种乐队的名字,老板还给我们做介绍,比如哪个乐队上过《乐队的夏天》。就在那时候我突然想到要去看《乐队的夏天》,要去了解中国,了解我的身边人在讨论什么。对我来说,附近不只是纯粹物理空间上的,还有文化上的。

同时我觉得,重新发现附近和全球性的思维方式是不矛盾的,我可以去一个非常在地的地方聊天,跟当地人产生很密切的关系，但不代表我的思维方式要变得很当地化。进入当地的时候，我在不断重新发现全球化，原来全球化以这样的方式在我附近发生。比如说，那天在朋友聚会上聊天，旁边坐的是一个武汉乐评人，他主要写黑人音乐，我就问他为什么做黑人音乐的乐评，他说之前在加拿大生活了一段时间，骑车送外卖，了解到黑人社区，同时开始了解黑人音乐。如果不是在武汉附近，我可能很难碰到一个真正意义上专门写黑人音乐的乐评人，这样的世界性反而是在附近发生的。

所以我不觉得附近和世界是对立的，恰恰相反，当你带着世界经验再回来，附近的感觉也不一样了，成为了一种具有世界性的附近感，这让我很着迷。

## 集体、流动性与社区工作

**吴琦**：我常常用"集体"这个词，也一直宣称自己非常热爱并且受益于集体。我记得上小学时最经常听到的一个价值观，就是集体荣誉感。可能项老师不一定怀念"附近"，但我非常怀念集体的感觉。我愿意在书店里面工作，因为我和同事之间也有这样的集体感。

我在很多场合都说过，工作给我情感上最大的回报就是让我找到集体。在这个集体中大家比较融洽地生活与竞争，这会让我想到我们都生长在那种班集体中。当你觉得自己在享受附近和集体的时候，构建出这样小集体的一整套政治话语和社会机制，很有可能压抑了其他的集体和个人。

我要反对晓宇的一点是，项飙老师所说的"跨国性的自洽的小世界"，不是一个完全只对本土负责的世界，而是那些已经有全球经验、知道全球化基本逻辑的人，带着流动思想、全球意识，重回本土社会。当我们谈论世界主义的时候，免不了会跨集团。我们所谓在世界主义的浪潮中乘风破浪，无非是去仔细思辨怎样的冲浪方式更好看，不管是道德上还是效率上。但是王梆在开头特别准确和全面地总结了我们的感受。当我们说特朗普、鲍里斯·约翰逊的时候，我们说的不仅是一个具体的政客，而是他们背后的一种力量。比如说锈带地区生活停滞的人们，他们被包装成一种政治潮流，成为服务政治的巨大力量。回头来看，锈带地区的人们最基本的诉求到底有没有满足？特朗普的这些保守主义政策、反全球化政策、中美对抗政策，是否让那些支持他的选民们的利益诉求得到满足？还是说他们成为了特朗普的牺牲品？从60年代到今天，这些基础问题一直都在重复出现。

一方面作为有知识、对世界有关怀的人，我们借助互联网和从事的职业，可以去学习、研究跟观察，甚至实际地接触，我们非常清楚在今天这样的世界当中，什么样的地带，什么样的人，在付出代价以及付出怎样的代价。与此同时，当我们去回应他们，想要做力所能及的工作去改变他们的处境时，好像付出是不成正比的。代价本身的残酷性跟我们自己工作的容易性有非常大的矛盾，这个矛盾可能没有办法解决，甚至可能超出了项飙老师提出的"附近的消失"或是"跨国性自洽的小世界"。

**晓宇**：我首先觉得跨国自洽的小团体并不是原罪，全球化的经验并不是原罪，而是说如果我们仅仅就是把自己裹在这个空间里面，反而是限制自己的可能性。所以我觉得寻找附近的全球性是第一步，第二步仍然是再出发。当国境重新开放的时候，我的第一步肯定是重新回去，再出发。这个立场我没有改变，而且我更坚定了。我绝对不愿意放弃之前的流动性，流动的过程肯定带来各种世界上不同的不公等等，但我从来不觉得回归纯粹当地的方式是一个解决方案，还是要重新在一个全球化的背景中做出行动。

所以最开始我说反全球化者反而比全球化的赞同者更具有方法论的启示，连极右民粹主义者的方法、串联程度和强烈的全球性的联动性，我们现在都还没有达到，就更无从谈起真正解决社会不公、解决全球性的问题。我个人一直对小集体的概念存疑，这个质疑已经被无数的人杠过了，他们说你就是非常典型的牛津的精英主义立场。但这没有办法，无论你怎么说，别人肯定会贴标签。我对于小共同体的质疑在于，小共同体可能不具有吸引我的开放性。不仅在当地的环境中，包括在线上讨论中，如果是一帮跟你的教育背景、研究背景、态度相关的人，你会发现这是一个内循环。这个内循环跟现在公众舆论的发展趋势是相同的，我们不能允许任何一个不同于或者有异于我们观点的个体存在。我觉得流动性本身就是一种反抗的方式。

你不能被吓住，这是你不能回避的问题，你可以强调你的书店小集体，但是迟早你还是要回应。比如你们在中澳关系中怎么摆，在中美关系中怎么摆，你们是否认为文化在国际政治中存在独立性，以及这种独立性要怎样去表现，这个是你没有办法回避的问题。所以我的意思是，即便我们可以停留在一种思想上批判的温和的状态，但是我们迟早仍然要面对全球化的问题，而我们做出的选择就是我们行动的回应方式。

**王梆**：我理解的集体主义和自洽的小宇宙、同温层可能跟两位有一些偏差。首先我个人对集体主义非常冷感，对任何口号性的、大型的、人数众多的行为都保持着一种质疑。我从小生活在大院里边，跟你们一样接受的是集体主义教育。但我很喜欢的一个英国调查记者曾经在一本书里写到，我们今天要建立的社区肯定不是集体主义的。为什么他会这样说？我们今天生活在一个极度两极化的社会，一个抵制文化的社会。比如说你读一本书，找到其中几个句子，跟你的想法有出入，没有代表你的阶级，没有代表你目前的处境，你就可以把这本书拉黑取关。网上这种两极化现象更为明显。今天我们的互联网也为这种单一的声音提供了非常有利的支撑，我们生活在一个大数据里，只要你点击了两篇比较偏右的文章，接下来你就会每天收

## 叁 如何观察、参与今天的全球化

到相似的推荐,渐渐你只听到同一种声音。

在一个两极化的社会,每个人都很难被说服。我们在这样的社会里面去讲述、推广自己的主张,几乎是不可能的。我觉得新自由主义其实并没有让所有的人都富起来,而是让少部分的人富有了,让更多的人更穷困了。我觉得平等是一个神话,是不存在的。

这个时候我发现,当我介入附近、介入社区的时候,就有了一个出口。我接触的人完全来自不同党派、文化结构、资产结构,他们这些人组合在一起做事情,而不是像一群左派在一个自洽的小世界里面谈论共产主义。我们的老年活动中心里有一个很富裕的村民,去世后捐赠出他的遗产维持场地费用,很多在老年活动中心做义工的人家境都很好。你就会发现,即使你是一个仇富的人,也很难产生仇恨,因为你面对的是一个真实的个体。这个人不是代表富裕阶层,不是代表让你恨不得火烧一炬的政党,他代表的是一个和蔼可亲的人,是你的邻居,他在帮助老人,像你一样奉献微小的力量。这时谈话的空间就可以展开了,可以让你跟一个人建立起一种共识的关系。慢慢通过一种朋友式的友好的关系,把你的想法渗透进去,同时你也会接到反馈,怀疑自己的主张,你会不断地质疑,不断地论证,我的左派的、自由派的主张真的完美无缺,真的一定会给社会带来巨大的福利吗?

如果你是一个左派，面对一个右派，你们共同在为老年中心服务的时候，其实是找到了一个对话的空间。但你首先必须参与这样的活动，你坐在家里面，在互联网面前，是不可能找到这种空间的。

## 如何应对全球化带来的不平等

吴琦：王梆的经验很重要，也回应了刚才我们的问题。我不是被吓住了，而是受到一种刺激。就疫情来讲，一方面它封锁了我们的身体，另一方面也让我们得以休息。对我们这种日常需要工作的人来讲，你有了大把可以自己做决定的时间。

这个时候我有两个感受，一个感受是自己其实还欠缺很多。本来我应该是在澳洲出差，需要跟澳洲的很多出版社介绍原本的工作和计划，但是因为疫情的关系没有办法做交流，灰溜溜地回来了。我想，再有机会到陌生的人面前介绍自己和工作的时候，所有的自我说明都不是建立在一种公关式的宣传的语言上，而是像人类学的经验，能够把自己所在的位置和自己在当中的作用特别具体地解说出来。当我意识到这些的时候，我就知道自己其实需要做的工作还有很多，哪怕是"以自己作为方法"，自己到底是什么样的一个自己，光认识这个东西，就不是那么容易。所以我觉得疫情的影响让我没有那么急于与人交流，或者互相展示。

之前我们的国际合作经常有这样一种状态，他们常常

叁　如何观察、参与今天的全球化

因为你来自非常陌生的中国，有这样一家书店，还会利用网络技术做很多看起来尖端的工作，讲出这样一个中国故事，就感到蛮满意了。但我现在觉得不能够满足于这样的自我说明，我们还是得非常具体地知道每一个工种、每一个劳动，需要付出的代价和可能造成的影响。

在中国的舆论环境当中，大量人的生活本身没有层次，大家好像要么是从书本到书本，要么是从感受到感受、从观点到观点，但是背后的材料是什么？不管是你的阅读材料，还是生命经验，好像大家习惯把它拿出来放到一个很重要的位置。我受项老师很大的影响是，所有知识上的发现的前提和起点，首先是拥有材料本身。所以我说附近也好，集体也好，感受可能也是从材料当中找到介入社会、介入世界、进入全球化的入口。

我的同事为这本书想介绍词的时候，想到"你的生活就是田野现场"，说起来有些浪漫，但其实是一个特别枯燥和困难的事情。"把自我对象化"不是一件特别容易的事，你要么特别理解自己，要么全世界你都理解不了只能理解自己，要么陷入一种巨大的道德愧疚感无法原谅自己。

**晓宇**：王梆和你谈到的一个共同基点是肉身作为介入方式，从你的亲身经历中提取材料，回到经验，从经验出发。你选择的介入点，无论社区还是附近，都是空间黏度很大的概念。你的熟悉感来自于你与空间紧密的存在，你可能发现熟悉跟切入的点，但对我来说空间上的黏度不是非常的亲切，反而是空间上距离远的人给我更多亲密的感受。

这个感受不仅因为我们在一个自洽的小空间里，而是有另一种介入或对话的方式，我们还在寻找一个非党派、非意识形态的对话空间。我们的切入点可以更多元，是否存在一个空间黏度不那么大的切入点，也是我一直在寻找的一种方式。

某种程度上，附近是个空间性的概念，是否存在一个非空间性的附近，我觉得是值得探讨的。这种非空间性的附近其实又回到全球化背景，全球化使得这样的东西变得可能、可感，你已经体验过网络带来的共通感，那是我熟悉的介入感或者肉身感。物理空间受到疫情的限制，但我不觉得在限制出现之前或解除之后，空间上的亲近一定会带来必要的附近感，恰恰是我的学科给我创造了一种不同的附近感，你可能会跟距离遥远的人和文化产生附近感。

我们之前对"附近"有一种固执的认知，物理上的亲近，身份上的认同等等。是不是这样的偏见让我们产生对世界性的怀疑？可能我要和解的部分，不仅是对武汉这座城市和我的成长经历，而是说，我们本身的熟悉感并不是一种被建构出来的东西，也没有必要重新去建构一种大多数人认同的熟悉和附近。

**吴琦**：我跟晓宇可能存在一个比较大的分歧。前阵子戴锦华老师在书店里谈话，聊李沧东的小说。她提到李沧东小说给她很大的震撼是其中有强烈的罪己意识，过去只有皇帝才会这样的想法，因为他是一切的主宰，天灾人祸

叁 如何观察、参与今天的全球化

都需要他做检讨。如果我们在现代的政治语境里理解，其实可与统治阶级或者精英做置换。这个时候"罪己"其实扩大化了，权力分散到了更广泛的阶层中，更多的社会阶层享受了更优越的文明发展成果，罪己的产生是非常可能的，也许也是我们必须面对的问题。

今天的全球化潮流，一定会有些人从中受益更多，成为生活更优越、更有话语权的一群人，尤其很多人还号称自己并不与广大受压迫者站在一块，这提醒我们，全球化除了是一个横向的网络之外，我们怎么面对纵向的分裂和不平等？我至今也为这种张力所苦恼，你们会怎么回应这个问题？

**王梆**：当我们生活的环境比较闭塞，又没有办法对等接收到外界信息的时候，我们对生活空间需要有一个深入的挖掘。如果你生活在工厂里面，希望能够成为知识分子对外发声的话，你需要准确地描述这个工厂，描述是一种力量，再传播出去。如果你生活在一个农村，要把身边留守儿童的日常生活，他们在教育、亲情上的缺失，把这种乡村生活和现状精确地描述下来，在里面提纯，再找到一些发布的途径，把这些信息传递出去，在这个过程中你会得到回应，跟外界人群发生关系，他们就会想办法。现在最廉价的方式是描述文字和传播，虽然有一些阻碍，但目前来说还是比较可行。

**晓宇**：这个问题我有些矛盾。我有个强烈的观点：文化工作者不能代表发声，他们应该自己发声，提供平台或是做扩音喇叭，我个人有点反对以一种情怀式的方式代表他人发声。

同时项飙老师写过一篇论文，谈到劳工的流动，涉及一个重要的概念是中介，所有的劳工流动都需要中介。我们现在的讨论很多情况下是要去中介化，认为这是一种更为直接、成本更低、更为真诚的交流方式。但是项飙的研究发现全球化中这种中介性和中介的翻译是必然的，如果中介的力量不存在就很难进行流动。如果你完全依赖于草根性的发声过程，它的流动性就会大大受阻，一个纯粹不受污染的故事，它的流动性是有限的。中介的加入在某种程度上促进了流动，即便它失真了，这种误读反而造成了它的流动。我现在很矛盾，一方面觉得直接性的东西非常重要，另一方面我的经验又告诉我中介组织的重要性。

李沧东的《烧纸》我也读了，触动我的地方与戴老师有点相似，觉得他居然能做这样直白赤裸的自我剖析。同时我会觉得那种罪己感存在一个问题，特别在我们的圈子里，精神上经常罪己，行动上又很自洽，我反而觉得转过来会比较好，不是停留在精神上，行动上的罪己才是真正意义上反身性的存在。这好像已经成为一种知识阶层的习惯了，不断在自我批判中创造讨论空间，而不是在一个自我接受的情况下，在行动的讨论中产生一个共同的空间。

**吴琦**：我的观察不太一样，我觉得知识分子们的罪己不是太多而是太少，李沧东这样切肤的自我反省是难得的。

项老师是一个热爱矛盾和困难的人,他觉得只有思维和行动遇到矛盾和不可解释的地方才可能产生创造力。这种勇气是我之前没有想过的,你在情绪上的困境可能是推往下一个层面的开始。

我想象中一个更理想的状态可能是我们的思维跟行动互相追赶。很难决定到底是思想走在前面,还是行为走在前面,但是思想和行为会告诉我们这个答案。但像王梆说的,我们要去观察社会,观察附近,观察那些我们认为遭受了不公的人,也要拿出这样的决心和客观性来观察我们自己。

肆

知识和艺术,
如何介入社会、创造"附近"

肆　知识和艺术，如何介入社会、创造"附近"

**时间：** 2020 年 8 月 13 日

**对谈人：**

郭玉洁，知名媒体人，专栏作家。先后任《财经》记者、编辑，《生活》《单向街》（后更名为《单读》）主编，《lens》主笔，路透中文网、纽约时报中文网、彭博商业周刊专栏作家。《界面·正午》联合创始人，《正午故事》主笔。

陈思安，作家、戏剧编导。出版有短篇小说集《冒牌人生》《接下来，我问，你答》。戏剧编剧作品《海水火锅》《在荒野》《冒牌人生》等。戏剧导演作品《随黄公望游富春山》《吃火》等。

赵梦莎，abC 艺术书展策划人。

吴　琦，单读主编。

**内容提要：**

写作、戏剧团、策展，三个领域的创作有着怎样的异与同；

如何理解和使用各自的知识、艺术和语言；

如何借助各自的专业介入生活和社会的秩序。

## 与社会互动，要做到"认命不认输"

**吴琦**：你们三位身处于不同领域，我很好奇你们在选择专业的时候，有没有把所谓的介入社会，尤其是把较广义的"与社会互动"这个面向考虑进来？

**郭玉洁**：这个问题讲起来很大。我关于"社会介入"的观点经常变化。我学的是中文，现在还是认为文学艺术应该独立于政治、经济等等，拥有独立位置、创作态度，是自成一体的。

我们读书的时候，中国文学一直有个传统，觉得创作是为了留在历史书上，藏之名山传之后世，不是为了让现在的世界认识和接受，而是面向未来和历史的。这是中国文学里一个特有的东西，你会不自觉地受其影响。这也是为什么读中文的人都会有点清高，有点怀才不遇，尽管不一定有才，但是这种悲情一直都有。

西方文学里，有一阵我读哈罗德·布鲁姆的《西方正典》，他是一个不遗余力坚持文学独立性的大批评家，对抗后来的后殖民主义、女性主义等所有这些思潮。他在《西方正典》里讲过，诗歌是让你学会和自己对话。我当时觉得这句话非常好，的确就是我们在读文学的时候那种自己变得丰富和充盈的感受。

我后来产生了些变化。一个原因是我本身在做媒体，媒体离现实比较近。中文系毕业后不太容易找到工作，比较容易的就是从事媒体行业。另一个原因与性别相关。我想到另外一首诗，杨牧翻译叶芝的一首诗，叫《亚当其惩》，

肆　知识和艺术，如何介入社会、创造"附近"

即亚当的惩罚，亚当和夏娃触犯律条后遭到惩罚，夏娃要生育，亚当要劳作。杨牧老师运用了一些中国古文的语法翻译这首诗——

> 那年晚夏我们一起对坐：
> 你的好友那美丽温柔的女子
> 和你与我，谈诗。
> 我说："一行往往必须好几小时；
> 可是我们来回拆补的工夫徒劳
> 假使它看起来不像当时顷刻即有。
> 那就不如双膝跪倒
> 厨房里洗地板，或像老乞丐
> 且敲石子无论风吹雨打；
> 因为要将上乘的音质整体展现
> 比作那些工更加劳累，然而
> 总被当做游手好闲，被吵闹的
> 银行员，教师，神职人物之类——
> 殉道者称之为世界。"
>
> 于是这时候
> 那美丽温柔的女子（为她
> 许多人将因为发现她的声音

如此柔美文静而怔忡于心）

回答："生为女人应该知道——

虽然学校里不教——知道

我们必须努力促使自己美丽。"

他的意思是诗人的劳作其实也很辛苦，花很长时间琢磨，修改一行诗，听起来像是天启一样突如其来的灵感，但是过程非常辛苦。如果诗歌是让读者能够跟自己对话，那他会是一个什么样的人？在面对文学的时候，即便你能够认识到文学和艺术的独立性，也必然会碰到这样的时刻，存在一个矛盾的心态。这是我后来觉得文学和艺术应该要和社会发生关系的一个本质原因，源自我的个人经验，我想可能很多人也是这样。后来我参与了一些性别方面的运动，这个我可以待会再讲。

以上这些可能是我对文学和社会之间的关系的比较深层和起源性的认识，这个问题涉及文学和现实的距离。尤其是我也从事过媒体工作，处在这样一个比较外部的位置上，你不得不跟着它进入距离社会很近的现场。

**吴琦**：我想我们不如按照所谓的跟现场或现实的距离往前推，来决定你们的发言顺序。可能在三位的工作中，传统意义上的剧场需要面对观众，必须做些大众层面的现实工作，票房一定程度上也依赖于大众。

**陈思安**：从我个人的经验出发，我不是学中文出身的，大概从中学时期开始我就非常喜欢写作，认为这可能是我会干一辈子的事。我父母都是学中文的，从事与文学相关

肆 知识和艺术，如何介入社会、创造"附近"

的工作，我选专业的时候，他们给我的建议是不要学中文，否则可能这辈子都不再想写作了，每天要背文学史，看很多你可能不太喜欢的作品，这可能反而败坏你自己。他们是出于很实际的目的，后来我被说服，学了法学。但实际上从事了几年与法学相关的工作后，发现很多事情并不如他们所说，还是需要投入更多时间到自己认为更有意义和创造力的工作中去。

刚才郭玉洁从写作者的角度讲了很多，我可能更多从戏剧方面阐释。

在二三十岁的时候，我最初创作的几部戏都是与自己的身份认同相关——我是谁，为什么会呈现现在的状态、喜欢这样的生活方式。但是差不多二十五岁的时候，其实我没有自主地进行选择，而是很多现实的题材、他人的生活进入我的创作视野中。比较清晰的转向，是我写的第一个与自己生活经验完全无关联的故事，通过采访和各种新闻调查，通过与朋友聊天积累素材，做了一出家暴题材的戏剧：一个女性长期忍受家暴最后杀夫的故事。其实这个题材在中外都比较常见，但是那时对我来说是一个起点，可能自己的个人经验已经汲取到底了，想把创作转向更多与自己无关的、我所关注的议题。

这种状态一直积累。再后来我更多地进入了话剧实践中，发现国内剧作家的身份比较尴尬，可能在整个戏剧工业中属于话语权最低的行业。首先大部分的导演喜欢改剧本，可能排练中他们觉得气场不对，或者台词不符合演员气质，甚至是因为看不明白你的舞台提示。其次是大部分时间剧作家处于被动等待的状态。我写自己喜欢的题材，等待感兴趣的导演挑选它，到合适的剧院演出，或者参加各种各样的孵化计划。我身边比较年轻的剧作家朋友们，他们会产出很多有力量、直面当下、与现实生活有强烈共鸣、社会介入性很深的作品，但难以得到正式的演出机会。我认为新闻、文学创作和现场表演具有传递信息、感染他人、提出问题并且回应问题的功能。情绪和期待积累到顶点，就创办起了剧读节。可能大家对剧读节不是特别了解，它是介于一排人坐在一起朗读剧本和让剧本变成正式演出之间的模式，可以完整地保护剧作家内心对剧本的最初设定和构想。因为排练的周期较短，成本也是可控的。借由剧读节这样的形式，剧作家能够用一个比较完美的方式呈现自己的文本，做了一段时间发现也形成了一个小小的共同体。

项老师这本书中有个特别有意思的地方。他多次提到"认命不认输"这个概念。可能你认识到自己在社会中的位置比较小众，或者你需要找很多方式与他人、受众建立连接。你接受这个困难的现实，就是所谓的认命。但是你可能不愿意接受，你选择行动，可能从很小的起点出发，我们一起干这样一个事儿，甭管最后能做成什么，我们去推动它，看看它能走到哪。

**吴琦**：好像都经历了一些转折，尤其在社会介入议题上，一些事件或者问题推动了这个转变。

**赵梦莎**：可能我的工作相比两个老师来说，已经太脱离所谓的社会语境了。就我个人来说，选择艺术作为专业，毕业后一直从事这个领域的工作，好像是一种比较本能的吸引和引导，可能最初我并没有考虑与社会的关系这个维度。在我们学习艺术史，接触一些重要艺术作品的过程中，尤其是二战后的艺术家，他们其实在强烈地回应现实环境，回应许多社会的核心命题。那时我是通过这些作品去认识社会的。

回到今天，邀请我来提供一个艺术的角度，我觉得很羞愧。如果有核心和边缘之分，其实我们在视觉艺术当中不算非常核心的位置。艺术出版倒是有一些介入性的动作。可能大家对"艺术出版"有些陌生，我们把它拆成两部分，艺术家的书是以书作为媒介的艺术创作及自出版。自出版（self publication）是一个很强的"进入"动作，以个人作为方法来实践。我的工作对象是艺术家和展览，具体地做一些项目制的工作，包括在 abC 书展上通过个体的出版物，通过书这种小型的、纸幅的媒介反映一些社会问题。这个工作让我离社会或者更广义的大众更近，认识到先前工作的边界。我之前是在艺术媒体工作，我的读者可能也是艺术系统内部的人。

## 介入现实前，先把握好自己的位置

**吴琦**：梦莎老师说得特别谦虚。我说一点我的感受。接触艺术书展两年左右，《单读》也作为一个单位参与其中，对我的启发和震动其实挺大的，一定程度上甚至多过文学和戏剧。这只是我个人很表面的感觉，它好像真的击中了今天一些文化艺术爱好者的神经，可能更新一代的人很难完全被文学、艺术说服，但他们被 abC 书展击中。上个月，北京疫情还相对严峻，那么多人戴口罩排队等候进入书展，那种想与人交流的迫切。另一方面是独立展位迫切地想展示自己的工作，所有参与方迫切想交流的良性机制，它不是已经成熟稳定的机制，而是带着一种原生气场，这个东西特别迷人。艺术书展作为媒介的工作，最终抵达了一个比自身要宽广很多的边界。其中一些展位提出了对现实社会非常尖锐的判断和情绪。那么在整个策展过程当中，什么样的东西最打动你，最符合你对 abC 书展的愿望？

**赵梦莎**：今天的 abC 经历了一个动态变化的过程。我们最原初的状态还是在视觉艺术范畴当中，是一项系统内部的工作、一种创作形态，像我刚刚提到的"艺术家书"。但尤其是在今年刚刚结束的这场书展，我能看到更多"自觉"，很多自觉的创作对创作者所处的环境做出反馈。比如，书展上你可以看到 5 至 6 个作品回应了疫情，表达的方式或许各有角度，但他们都很自觉地做了这样的记录。

我觉得 abC 在中国有一些幸运的成分，我们被大家知道或喜爱，甚至击中一些人，是因为中国特殊的出版环境。

肆 知识和艺术，如何介入社会、创造"附近"

对我们来说，传统的出版像是殿堂里的艺术，处在一个被观看的位置。图书展又给了艺术出版一个亲近的距离，让读者能够有机会接近艺术以及大家背后关注的事物。书展更像是一个创作者自发地与观众对话交流的现场。我觉得可能我们这几年会更加着力寻找你刚谈到的能够提出问题甚至介入社会的创作者。因为在其他的场合，书店或者更大的平台，这些创作者的声音非常微小，但是我们能够通过书展集中这样的声音，为它们赋予价值，也为对这类创作感兴趣的观众提供了解和对话的机会。

**吴琦**：同样的问题抛给思安。在自己的专业和工作中，相较于行业内其他人，你们介入社会的方式是怎么样的？有没有一个变化的过程？

**陈思安**：刚刚吴琦说，艺术有直击人心的力量，带来的冲击感、提问的方式、到达受众的路径可能是戏剧和文学做不到的。这就回到了一个非常重要的问题。前段时间我跟一个记者聊天，他提出了一个很尖锐的问题，他说，我在之前的采访里谈到希望自己的创作能够提出或者回应一些问题，言外之意是戏剧和文学到今天还有这个能力吗？那一瞬间我愣住了，原来在某种程度上大家已经不再相信文学和戏剧具有这种功能。我并不觉得他冒犯了我，我只是在回想这个结论是怎么一步步到达我眼前的。

大家都知道中国当代小说的起点是问题小说。包括鲁迅写《狂人日记》是想提出一些问题，这是我们当代小说的起点。但现在可能没有人相信小说能够提问。这个问题比较复杂。我觉得一个重要的拐点是创作人自己不再相信，或把功能性摆在更重要的位置，怎么讲好故事，怎么打动别人，它不需要涉及现实层面，避而不谈宏大概念，可能就是小情小爱，把发生在我们身上的个体经验说清楚就不错了。还有一个是那么大的问题无法让读者共情，也没有那么大的空间允许你问这些有的没的问题。所以整个创作过程当中，可能你第一个想的不是我要提出什么样的问题，而是还能不能提问，如果要提出，它会是一个什么问题？这个过程中我特别留意向外面学习，比如说去年我参加了英国皇家宫廷剧院的一个项目。它是一个特别好的剧院，在欧洲拥有很大的影响力，参与这件事本身对我是个训练。这个项目抛到我眼前，我首先不会拒绝。但我看到题目真的傻眼了，Climate Change，用一个戏怎么展现气候变化，怎么把握这个问题？它既发生在现实生活中，影响着每天的衣食住行，可以细化到今年为什么这么热，气候怎么这么反常，又可以在宏观层面联系到世界上所有国家，我们生活在一个命运共同体中，无法忽视或割裂相互之间的联系，这些不是政治及其他事物能够左右的。你怎么介入这样具体又庞大的话题？这是一个国际项目，他们挑选了5个编剧，分别来自非洲、中国、印度还有叙利亚。我对叙利亚的那个男孩特别有兴趣。他跟我们差不多大，在叙利亚战争期间被征兵，跟他的战友从约旦走了8小时找到一个难民救援组织，最后被带到德国，才有机会

## 肆 知识和艺术，如何介入社会、创造"附近"

继续他的创作。刚好在爱丁堡我们俩住在一个公寓里，我问他真的有在意"气候变化"这件事吗？他说自己真的顾不上，国家处在那样一个状况下，他又失去了家庭，在德国的生活情况你们也可以想象。最后他呈现出来的戏就是这样：欧洲的伴侣在讨论气候问题，这个叙利亚男孩进入这个语境中，说你们谈论的所有事情我都不在意。他叙述了自己对气候问题的认识角度，这个问题很符合我的想象，又给了我很大的刺激，每个人在不同视角下，怎么介入一个共同的问题。最初拿到这个题我无从着手，但从结果来说又给了我很大的震撼。原来这么宏大的、与我不搭边的、又远又近的现实，你总能找到一个具体的方式阐释你在其中的位置和看法。项老师也在书里面提到类似的观点，你不一定要处于核心，但你要把握自己在世界中的位置，这件事本身很重要。

我从这个项目中得到非常大的启发：当你认为自己跟一个议题完全不存在对接的可能性时，别人把这个东西强塞给你，迫使你思考自己与它之间的关系，你会如何用创作方式进入它？

我把这个问题抛给了几个编剧。比如说，我们都来写今年年初到现在发生在国内的事情。很多人最初的反馈就是不知道应该怎么写，这些事距离我们太近了。但我觉得如果你不强迫自己重新置入语境中思考，很多事情就过去了。如果要求你用一个创作去阐释，你会选择什么路径？这很有意思。当然整个工作坊过程中我们吵得很厉害，但我觉得这是我想要的效果。每个人进入的方式不同，最后能够创作出自己的东西，你是拼命地把自己放进去，而不是摘出来。

**吴琦**：我稍微补充两个背景。一个是皇家宫廷剧院，听名字特别高大上，甚至有点贵族气，但其实它以支持青年创作、新创作、处女作为名，它给世界各地的年轻导演提供了很多创作机会。另外是刚刚说到社会问题和我们自己的关系，我想到项老师举的一个例子，美国反越战的时候，欧洲很多年轻人也支持，阿伦特就有这样一个批评，意思说你们先别闹，先考虑清楚自己的位置。

**郭玉洁**：做媒体人已经快二十年，其中大概有十几年时间我以志愿工作的形式比较深度地参与到性别运动中，或者说有较长时间的观察。我很幸运碰到两个我所认为的21世纪的浪潮。一个是媒体高度发展和自由化，另一个是性别运动，大概是2005年到2015年这段时间。作为媒体人，我们对什么东西被记录，什么东西没有资格被记录和传播有一种敏感。

今天我想讲两个我认为非常重要的文化艺术介入社会的事件，但它们没有被书写或者放进序列里。刚刚思安讲到戏剧，我觉得过去这些年，可能对我们社会影响最大的戏剧是《阴道独白》，它的原作者是美国一位女性作家伊娃·恩斯勒。她1994年开始创作这出戏剧，很大一个动因是南斯拉夫内战导致的大规模对妇女的强奸。她采访了

肆 知识和艺术，如何介入社会、创造"附近"

很多人，围绕反对对妇女的暴力这个主题，以独白形式讲了十几个故事，在小剧场演出。

这个剧本的英文版最早引入中国是在 2002 年，中文版本的演出从 2003 年开始。当时中山大学的艾晓明等几位老师在广东美术馆做了第一次演出，2004 年在复旦大学开始演出，接下来北大的戏剧社也演过，然后很多大学社团开始排演《阴道独白》，最后民间社团参与进来，持续到 2013 年左右达到高潮。北外的一个老师指导一些女生来演绎，并且他们在微博上发出了＃阴道说＃标签互动，那个时候好像真的出圈了，引起广泛的讨论。同一年，广州、上海、北京的一些《阴道独白》创作者在北京组织了一个会议来讨论和回顾这十年的历程。2012 年上海一些戏剧社已经开始公益性的商业演出，为了完全覆盖成本开始售票。那时的影响非常大，复旦大学的社团形成了一个传统，每年都进行演出，直到 2018 年被终止。

一些报道提到，那时候光一个社团可能就演出上百场。独白的形式容易上手，容易复制，你只要拿到剧本就能出演。在中国，《阴道独白》的演出有个不同之处。恩斯勒要求演出只能开放一段时间，好像是 2 月至 3 月这两个月，演出方只能自己改编一到两个独白，其余都要严格按照原版。但这出戏传入中国后，大家都开始创作自己的剧本，认为原版不是中国女性的经验，是美国女性的故事。

那个时候演出《阴道独白》有个特点，每个地方都会开一个工作坊，讨论我们自己的经验是什么，把这种经验写进剧本里。

我没有参演过这出戏，我听一些朋友说，在台上讲述这样敏感且羞于启齿的话题对他们的影响非常大，好像不再畏惧什么了。这在当时是一个非常大的戏剧运动，好像营造出了一个社区，很多人互相串联，各个剧组间分享剧本，这种借鉴是无私的，少有不愉快的事情发生。可能是因为主题和名字，《阴道独白》这出戏后来很难再被演绎，甚至很少被记录，被当作一个重要的艺术运动对待。

另一个是2012年上海的地铁行动"我可以骚你不能扰"。当年6月上海地铁某个官微发布了一个女生的照片，她穿了一件黑色蕾丝的衣服，从后面拍能够看到里面的内衣。这条微博的配文大意是夏天到了女生要自重，穿成这样容易招色狼。几位持续关注性别话题的志愿者，认为一定要做出回应，不能让它就这样过去了。于是他们在上海最大的地铁站——人民广场站，发起运动，蒙着头巾，穿着袍子，袍子上写着"我可以骚你不能扰"、"要清凉不要色狼"这样的语言。这个事件在当时影响很大，这句口号也保留到今天。不知道大家如何看待这个运动，很多人认为它是一次行为艺术，用艺术方式表达态度和立场的行动，它是有意识的。参与其中的人有剧场经验，参与过《阴道独白》的表演，设计自己的衣服，一位会做裁缝的女孩为她们制作了战袍。还有一位女孩穿了一个叫"胸器"的艺术品——把钢铁内衣穿在外面。另外，"我可以骚你不能扰"

这句口号的选取也非常有力,改变了很多人的观念。

艺术文化还能不能介入现实,如何介入现实,这些都是实在发生的。可能当下很多人没有意识到自己在用文化、艺术作品影响谁,只是想通过一种创意方式表达自己,在回看的时候才慢慢把它看清楚。这两个事情给我很多感触,它们非常有力地发生过,只是很多时候我们有意无意地忘记了,没有用这样一个框架认识它,接受它,理解它在历史过程中的作用。

## 文学和艺术,都要扎根进生活和现实

**吴琦**:我本来想问,在中国或者世界各地不同的环境下,"艺术知识进入社会"是否存在不同的理解或者实践。其潜台词是我们是否需要从海外学习一些先锋的经验。但是刚才你们讲述自己的路径时,我突然想到或许这个问题的框架也需要调整。因为我们在自己的环境中的反应和尝试已经积累了很多,有些可能不为人知,有些即便被人知道,也未必被充分地了解,更多的是比较局部的实践。刚才郭玉洁已经给了两个非常好的例子,我们能够从中重新思考这个问题。关于用知识介入社会的经验中,梦莎是不是也能分享一些这样的事例?

**赵梦莎**:刚刚思安说戏剧圈遇到的问题,我还挺新奇戏剧圈依然存在这样的创作包袱。可能视觉艺术领域已经度过了对宏大话题的迷恋。比方说，我们熟悉的很多早期当代艺术涉及中国符号的使用，以这样的面目被全球认识。后面经历了一个模糊的转折点，到我这一代宏大叙事是失效的，大家不再有反越战的观念。相对来说，我们的困惑点来自信息爆炸、身份焦虑之类的东西，而不是处在巨大的社会转型中的你是什么。

初入这个行业时，我发现当代艺术一个大的底色，是它正在变得越来越知识化。21世纪初当代艺术界具有强烈的了解哲学等各个门类讨论的话题的渴望，甚至在双年展的时候，你频繁看到的是知识界的核心话题而并非局限于视觉艺术。包括很多艺术家更像是一个学者，借用人类学、社会学的方式进行创作。举个例子，我写过当代艺术家刘窗的展评，他有个《BBRI（抑花一号）No.2》的项目。"抑花一号"是中国发明用以抑制杨絮的植物激素。最初是有人在春天用打火机点燃了像雪花一样的杨絮。他也把这个画面剪进了作品中，由此引发了他对杨树历史的关注。杨絮对市政环境和人体呼吸道健康都有很坏的影响，那为什么它会在春季泛滥成灾？其实是因为杨树成材速度快，90年代初城市广泛种植杨树作为行道树，能够迅速提高绿化率。近些年杨絮成了棘手的问题，所以发明"抑花一号"作为杨树避孕药干预结果、掉毛、漂流的整个过程。他把杨树作为对象展开研究，最后以录像呈现，但这个艺术作品背后是一种类似于社会科学的工作方法。

另外还有一位昆明的艺术家，为自己设定了十五年对

## 肆 知识和艺术,如何介入社会、创造"附近"

西南少数民族进行长线研究的计划,目前开展到第5年。这或许跟他的身份自觉有关,也可能受到许多经典摄影的影响。他就像一个人类学者一样深入地研究,走访,对话,甚至进行影像记录,最后形成自己的作品。所以我们这一代非常多艺术家有这样深刻的意识,运用知识研究的方法进行创作。

这可能也是当代艺术很吸引我的地方。当然可能更经典的西方艺术作品,比如说,克里斯托(Christo)夫妇的国会大厦,或理查德·塞拉(Richard Serra)用巨型雕塑切割联邦广场造成大家行走的困难,可能已经不仅是介入和干预,他们用了绊脚石这个词来形容。其实很多西方的创作十分激进,但从我刚才举的两个例子中,你能明确地感受到它们更多是提供一个观察角度。

**陈思安:** 项老师这本书里唯一提到的一部戏剧作品是2000年张广天导演的《切·格瓦拉》。2000年我十四五岁,没有亲身经历这样一波戏剧浪潮。后来通过读剧本和戏剧史,我了解了与《切·格瓦拉》相关的这段戏剧史,才意识到它在当时意味着什么。用项老师的话来说,这部戏的意义不在于它在艺术上获得了多高的成就,而是向所有青年发出了一种召唤。我在想,项老师离开中国后的这几年,有没有任何一个作品能够与《切·格瓦拉》引发的讨论热度相当?有很多戏卖得很好,在商业上极其成功,也有一些戏得到了广泛的报道。但如果从对青年造成很大影响甚至发出召唤的层面来谈，好像还没有这样的作品。

刚才郭玉洁说到的《阴道独白》，不客气地说，其实它对主流戏剧界的影响还较为浅层。任何这些年较关注戏剧的人，如果你问他们关于《阴道独白》的问题，可能他们的第一印象还是引入的英文版，可能不会想到从中山大学开始引发的这些参与和讨论。这当然有令人遗憾的一面，它曾经感召过那么多人，但被认可、被记录、获得后续学术讨论的程度还远远不足够。很多浅层的表演或认同与后续的认定存在小小的差距，这个差距如何弥合？这种延续需要的不是当时在场的那拨人，而是后续需要更多人开展讨论或行动。

具体到吴琦的问题。我对现在欧美剧场有一个观察，他们做社群工作的时候更多是进行社群细化，每个社群延续着自己的身份认同，比如LGBT群体、残障人士。现在欧洲戏剧社群的分界做得非常好，有纯粹的女权团体，有专门的政治剧场，还有一些专注讨论今时今日移民问题的剧场。他们围绕自己的身份认同，与社群内的人建立关联，用艺术的方式言说自身，面向超越社群边界的更广泛的人群。

去年我在爱丁堡看的一部戏非常打动我，剧名翻译成中文是《无目的行动》。这部戏是关于脑瘫患者的。当他们想要喝水的时候，正常人喝水只需一秒钟，走过去拿起杯子来。但是脑瘫患者得费很大劲做无数无目的行动，才能够到这杯水，这杯水放到嘴边又得做大量无目的行动。

## 肆 知识和艺术，如何介入社会、创造"附近"

从这样简单的行动出发，他们做了这个戏剧表演，运用了很多肢体表达，来展现脑瘫患者如何与他人讲述自己。看到他们在舞台上的挣扎，你不会觉得这个人活得太过悲惨。他们想表达的是，即便在这样的情况下，他们还是有正常的需求，有爱，希望与爱人、同社群的人、陌生人建立关联。

国内大多戏剧行动还是非常实际的。我刚提到我们建立了编剧小组，一起讨论问题，共同参与到与生活经验相关的写作中。在做了一个月公租房项目后，一位95年的编剧跟我说他的困惑，觉得文化人想要的东西太远了。比如说，他的朋友正在皮村做一个论坛剧场，不为任何展演，这个剧场只是指导农民工向老板讨薪博弈，通过语言和法律维权。他认为这是一个有效且有力的行动，直接接触社群，给社群一些实质性的帮助。

我赞同他的说法，同时也存在另一个问题，讲述故事吸引更多人参与讨论，或者直接作用于社群，两者都是有必要且有效的。每个人的兴趣和能力不同，我觉得如果每个人都能选择自己擅长且认为有效的路径，坚持做到最后都是有效的。建构者、推动者、记录者有机联合起来，形成一种良性互动，这个事情就可以不断往前滚动。但现状是这种滚动有些割裂，怎样建立一种沟通机制，让滚动延续下去，这可能会是一件比较值得期待的事。

**赵梦莎**：现在有些学校的影像学专业设置里可能就有参与式的工作。我想到云之南影像当时有个长期的工作是把摄影机交给当地农民，教他们使用摄影机，这样一来诞生了很多纪录片。所谓的纪录片可能对他们来说只是一个家庭影像，但这个工作是具有启发性的。可能艺术创作很多时候不是功能性而是启发式的。我个人更乐于看到艺术界的标准是去中心化的，这样能够让个人抛开那些包袱，有更多实践的机会。尤其是在今天，所谓的后疫情时代，大家能够开始做这样的个人实践。

刚才思安说的时候，我想起之前看的一部纪录片，这是河北瑜伽村的项目。那里有很多留守老人，新晋的村官教老人做瑜伽，通过这种方式让大家强身健体。同时这也形成了一种景观，引起其他村子的效仿。短短十几分钟的片子，你可以细想背后留守老人的社会问题。瑜伽这种外来运动被改编为田间地头劳作的口诀，进行本地化转译，成为当地老年人喜闻乐见的运动。它有很棒的介入性，得到了实实在在的结果，当你看到现场的时候，它也是启发性的。

**郭玉洁**：我想回应一下，刚才思安讲到《阴道独白》在戏剧圈和学术圈不被认可的问题。联想到戴锦华老师曾经在一次讲课中说到，现在的学术期刊发表的是屁话废话，而且越是废话越容易发表。我认为这不是《阴道独白》这部剧的问题，而是学术体制的问题。作为媒体人我对媒体有很多的批评，但我发现学术圈内趋炎附势和急功近利的现象更严重，已经到了没有办法讨论真问题的程度。

肆 知识和艺术，如何介入社会、创造"附近"

这些演出和行为不被记录和讨论的原因不是它们不重要，而是它们没有能够进入主流。《单读》的第二辑我们做的是《先锋已死》，曾经的先锋导演早已不先锋，形成了固步自封的小圈子，恰是在其他地方迸发出的活力才蕴含着改造文学艺术的可能性，因为那是人深切的生活。不管是文学还是艺术，都要扎根进生活和现实，回应问题，哪怕形式不够完美，它也肯定比那些苍白的、回避问题的东西更有意义。

这个问题我很有感触，也思考了很久。大部分既得利益的小圈子垄断话语之后，已经无法介入和回应现实，它也说明现在的创作和评论没有活力的原因，也是我们今天讨论这个问题的急迫性所在。我很遗憾这部剧没有得到严肃的讨论。没有被记录，被讨论，它就很难对社会产生本应有的、更深刻的影响。我觉得这是艺术体制、学术体制、创作者，我们自身的问题。

陈思安：前面话说到一半，我说《阴道独白》没有得到更广泛的讨论，不是在否定它的重要性，而是想说也许我们需要自己延续对它的讨论，把它变成今时今日重新面对问题的一个行动或者讨论，不是被动等待这些人重新认可它，因为这一天可能不会到来。我刚才强烈地发觉，好像艺术家比做文学和戏剧的人更加放松，在面对问题、面对自己、进行表达的时候。

**赵梦莎**：我不说别人，可能我自己始终是挺乐观的。我悲观的一面是，我不期待整个局面的改变，比如说，媒体的话语能够倾向《阴道独白》或者女性运动这样的事情。但我始终积极地相信，尽管我们可能没有机会干预和影响所有人，但局部的变化始终在发生。就像改良土壤一样，它是一个堆肥的过程，添加一些活性的东西，最后让整个生态气候好转。而且我觉得批判这件事像项飙老师评价德国人反越战一样，缺少一个具体的着力点。

可能我不是一个直接的行动参与者，但我能看到艺术领域内很多策展人、写作者或女性的行动主义者，他们对身体、女性权利有非常切近的讨论、积极的行动。比如他们针对职权骚扰问题，开展了一些具体的、小的行动。虽然这只是在非常局部的气候内部的变化，但它极大改善了我熟悉的工作环境。艺术行业内女性比例极高，尤其是基础工作的女性比例非常高。我入行的时候，很多女性其实承担着"配菜"的角色，但越来越多优秀的女性工作者，走入台前，输出她们的话语和观点。这对我来说是一个可喜的变化。他们不是以激烈的方式介入很多行动中，而是用他们认可的方式影响他人走到台前。我觉得具体的工作，把自己作为方法，可能才会真的起到一些变化。

**吴琦**：思安你说的放松是什么意思？

**陈思安**：放松本身就是一种权力。不知道这样讲你会不会介意。我接触了很多艺术从业者，能感觉到他们关注现实，讨论现实，但他们进入的点可以非常松弛，可以用私人的、具体的方式，让你会心一笑，同时也能明白他想表达什么。他可以举重若轻，用一个很大的动静吸引你的注意，到最后只是跟你开个玩笑。但是很多做文学或戏剧的人很难做到这样。因为他们的处境更让自己焦虑，文学和戏剧在今天感染别人，或者提出问题和回应问题的能力都是受质疑的，可能连他自己也怀疑。

整体氛围的不松驰好像就让他在自己可能的方向上更艰难了一些。有时候这很有意思，大家在相同的领域中，使用同样的工具或知识，但让人接受起来的感觉是不一样的。

**"距离感"是一种自我反思的能力**

**吴琦**：所以这可能是跨界谈话的意义所在。我明显感觉到今天我们谈话的那种异质性比较强，大家可能是对同一个问题的讨论，甚至观点都有些近似，但进入的角度就不太一样，当中有很多值得玩味和借鉴的地方。刚刚说到放松，我想到是不是有一个原因是艺术界自我反叛和自我爆破的革新能量其实大于文学和戏剧。比如从杜尚开始的那种极端反叛，我觉得比文学和戏剧更加致命，甚至直接想推翻这个门类，当然这种推翻很快又被艺术体制化，这里面存在张力。

我们后台收到了很多提问。第一个问的是梦莎。你刚才提到当代艺术有一段时间高度的知识化，他想知道知识化和理论化是更好地指导了艺术介入现实的行动，还是为进入艺术树立了更高的门槛，丧失了更多介入的可能？

**赵梦莎**：项飙老师在书里也提到关于知识分子话语的问题。他自谦说自己学艺不精，对理论的掌握不足，但我觉得这是跟他个人选择相关联的，可能他不那么喜欢使用空泛的理论。知识分子艺术家跟理论的知识分子也有臭气相投的一部分，树立门槛固然是存在的，因为艺术本身是一个个体经验的表达，它会主动地筛选观众。可是我不觉得艺术家是通过使用理论有意地进行筛选，更多的是知识传递的有效性问题。

**吴琦**：接下来是向郭玉洁老师的提问。《阴道独白》是一个来自外部的剧本，它演变为本土的浪潮。在中国，女性主义除了遭遇男性与女性的分别之外，是不是存在中与外的一个关系。其实刚刚你也提到《阴道独白》中有的台词或体验完全是外国经验，那我们怎么看待这种舶来的女性经验与本土经验之间的张力？

**郭玉洁**：这其实是一个蛮经典的问题。不光在性别的议题上，其实整个中国文化都面临这样的问题。我刚才讲《阴道独白》加入了很多本土经验，个人觉得比较可惜的是，没有人把这些本子放在一起讨论和提炼本土的经验到底是什么。可能上海、武汉、广州各有不同的经验，他们也曾经面向打工妹群体演出她们的经验，每个社团都在创造自己的本土经验。

女性主义的很多思想来源于西方。我们常说的女性主义几个流派，自由主义女性主义、马克思主义女性主义，其实背后都有其历史渊源和要面对的问题。我自己是个受中国传统影响很深的人，生长环境、读书经历，包括我喜欢看戏曲。我有个朋友非常批判中国文化，她说我还是很西方的，比如我特别关注女权的问题。我说我怎么说也是生活在现代的中国人，不是古代人，西方的这些东西已经不可避免地进入我们的思维和情感结构中。但是很多时候，比如回家以后仍然还有很多前现代的东西，错综复杂的家庭关系、人际关系。女性面对的问题其实每个地方都不一样，可能另外一些重视家庭关系的文明跟我们有相似的地方。我觉得我们的创造性还不够，我们应该创造出我们的性别文化正在面对的问题。

吴琦：还有一个问题可能大家都可以聊，跟我准备的问题有相似的地方。他提到项老师说的一个概念"距离感"。当你介入现实的时候，同时要保持一个介乎现实之外的观察，评判或者创作的态度，这里面是不是有一个张力？刚才大家也提到自己的例子以及国内外的一些好的事例，把自我表达和社会介入之间的关系做一个平衡。这当中你觉得比较困难的一个环节是什么？

陈思安：在我的理解中，项老师书里提出的距离感以及我们工作实践中的距离感，其实是自我反思。你有没有能力对自己的创作进行真正的反思？不是反思我写得怎么样或者有没有把这事儿说透，有没有让观众感受到我想说的话。这只是技术层面上的反思。我认为距离感是你的自我反思要带着你的真诚毫不犹豫地投入进去,但同时你对一个事情越关切,你就越容易失去自我,所以这时候需要进行反思。

我特别喜欢艾米莉·狄金森(Emily Dickinson)的一首诗 Tell All the Truth But Tell It Slant(《道全真相且曲婉含蓄》)。你必须说出所有的真相,你要清晰地说出来。如果你直接以流水账的形式描述自己所处的现实,可能不是一个最好的讲述方式。这样的艺术创作和像日记这样纯粹的个人表达之间的区别在哪?我觉得区别不是艺术家和戏剧工作者讲得多好,叙述技巧多么高超,而是他有没有自我反思的能力,这种自我反思的能力有没有反映到你的概念中,也就是所谓的距离感。

我经常提醒自己,问题意识很重要,但我有没有沉溺在自己对这个问题的认知当中,我在叙事中把自己放到了什么样的位置上。很多写作者会不自觉地从受害者的角度进入一个话题,认为我在这个世界上承受了莫大的压力和委屈,这就容易造成不放松的感觉。实际上你不把自己放在受害者的角度重新看待,可能对这件事会有新的感受和观点。这也是社群讨论很重要的原因,挖掘自己的自我沉迷是困难的,但是别人经常能一针见血地指出来。所以我特别喜欢建立创作者之间的共同体,在这个共同体里,大家的想法可能是一致的,但每个人进入的路径绝对不同,你能够反思自己的创作是不是出现了问题。

**郭玉洁:** 这个问题提得挺好,是一个特别及时和重要的补充。当我们介入现实的时候，很容易让教条或政治正确的理念完全占领，创作失去活力和艺术性。这个问题有时候要经过一段时间才表现出它的僵硬来，有时候可能当下立现。用这种创作介入现实不一定起到好的作用。

对我来说，可能的着力点有两个。一个是得加强专业能力。以我们写东西为例，让语言结构、细节描写能够达到一个基本水准。文学经历了漫长的发展，已经有很多讨论和技巧可以学习，这还是一个需要做到的基本功，而且在形式上不应该放松。另一个是应该始终重视人，不管在媒体还是其他层面的创作，人都是最重要的。我喜欢昆德拉的一句话，他说小说是这样一个东西，所有人都能从中获得理解，不管你是好的、坏的、平庸的还是什么样的。人的处境、选择、尊严或者其他各种东西能够变成你要表达的最重要的东西之一。

**赵梦莎**：我觉得艺术创作天然就有这种距离感。因为艺术是一个语境的建构，无论是用知识还是新问题。相对于其他创作来说，我们好像赋予了艺术一种特权，它跟现实是有区别的。我不是一个直接的创作者，可能是观看者或者鉴赏者。我始终觉得艺术的美丽就在于此，它会选择自己的观众。如果你理解一件作品，你会获得一种默契的快感，无论是来自知识、背后的信息还是它给你的启发。

刚刚说到对疫情的创作很困难。我在想是不是太切近现实的实践很难产生艺术，否则艺术就变成了社会工作者。艺术本身是对一个现象的视觉化转译，像炼金师一样把一种物质转化成另一种物质。所以我认为字面上的距离感是绝对的，甚至是必要条件之一。

吴琦：谢谢大家的讨论。这本书叫《把自己作为方法》，但是其实项老师袒露了很多自己的疑问，没有办法立刻被解释、立刻得到回答的问题。听大家讨论的过程中也有这样的感受，我们好像都没有一个特别确凿的路线和方式，关于如何继续我们的工作，尤其当我们意识到介入社会的重要性之后，如何介入，从哪里开始，仍旧是一个悬而未决的问题。"把自己作为方法"的言下之意，可能也是"把自己作为问题"。在今天，一个好的对话对象应该是愿意把自己作为问题，并且愿意分享问题的人。已经确证的真理或者明晰的路线好像是很难开启对话的。

前面说到戏剧，我想到彼得·布鲁克（Peter Brook）的一个比喻，他说戏剧永远只能横斜着发展，你无法构想一个特别线性的过程，总是在不同的张力和辩证关系中找到一条岔出去的路。这跟我们今天的环境很相似，刚刚提到学术体制、戏剧领域还有艺术界存在的问题，这是不是也说明这个空间在酝酿着某种可能性？今天与各位谈话，我们也发现，从不同的角度来看的确还是有很多未尽的工作可以展开，不管是别人没做完的，还是我们自己没有想好的，都应该继续探索下去。

# 伍

## 如何获得思考的力量

## 伍　如何获得思考的力量

**时间**：2020 年 8 月 22 日

**对谈人**：

陈嘉映，1952 年生，先后任教北京大学哲学系、华东师范大学哲学系，现为首都师范大学哲学系特聘教授。著有《何为良好生活》《走出唯一真理观》等，译著包括《存在与时间》《哲学研究》等。

项　飙，1972 年生于浙江温州，现为英国牛津大学社会人类学教授、德国马克思·普朗克社会人类学研究所所长，目前已出版的中文著作包括《跨越边界的社区：北京"浙江村"的生活史》《全球"猎身"：世界信息产业和印度的技术劳工》。

许　楠，单向街公益基金会创办人，"水手计划"发起人。

**内容提要**：

如何重获日常生活的意义；

怎样成为一个会思考和行动的公民；

怎样的思想工具可以帮助我们看清问题、洞察时代、激发行动。

## 语言与对话

**许楠**：今年，陈嘉映老师出版了新书《走出唯一真理观》，这本书里收录了陈老师很多的对话。项飙、吴琦的这本新书《把自己作为方法》，也是一本对话集。

大家都非常熟悉陈老师和项老师，他们是学问介入现实程度极高的学者，也非常重视思想工具、思想方法，而且也相信对话的力量。我记得陈老师曾经在他的一本书里说到，和出一本本书比起来，他更愿意去虔心地读书、思考，并且和两三个朋友交流。而项老师作为人类学家，大量的对谈和访谈是他田野调查的一部分。我的第一个问题是，两位老师觉得对话为什么是必要的、重要的？在当今时代，对话的价值是什么？我们该如何看待对话的意义？

**项飙**：语言可能就是人存在的基础。语言从哪里来？语言来自交流和对话。如果没有互动，语言就不存在。语言要是不存在，我们就没有办法去思考世界。不仅是人文世界，包括物质世界。所以在一定意义上讲，对话可能就是一个人存在的本质需求，而且是人存在的一个基本表达方式。

对我来讲，作为人类学家，我对对话的定义会比较俗一点，我将对话看为聊天。聊天为什么很重要？因为它在构造社会关系、认知自己上非常重要。我在做实地调查的时候，基本的工作方式就是聊天。上一次我去义乌，认识一个做生意的人，对他来讲，生意做得成、做不成，其实就是看聊得来、聊不来。这个是有道理的，特别是在比较低端的市场，很多东西预先没有固定价格，都是靠讨价还价，当时的场景、价格、交货时期，一系列的东西组合在一起，怎么组合？就是靠聊天，通过聊天建立一种信任、一种预期。

在中国当前的情况下，聊天有两个比较值得注意的功能。一个就是对知识的理解。聊天不能取代读书，聊天比较跳跃，可以涉及比较广的方面，但是不太能够有长的逻辑推演链，所以它的深度有限。但是聊天最重要的好处，就是让你看到一个普遍的、抽象的原则在一个具体人的具体生活经验里面是怎样呈现出来的，或者他怎样具体地去理解。从一定意义上讲，这其实是真正理解一个道理的唯一办法。

另外，聊天是排除社会等级制度的一个比较有效的"去毒剂"。在今天的社会里面，大家都非常关心自己的社会地位、社会位置，但是在真正认真聊天的时候，你至少可以把社会位置暂时地搁置下来。比如在酒桌上聊天，其实是一个非常有意思的关于等级和社会身份的博弈，开始的时候要排座位，接着谁先讲、讲什么，把这个位置定义得很清楚，然后就喝酒。但喝到一定程度之后，你发现有的人会开始挑战，比方一个人的地位比较低，他觉得老大对他不公，就会利用这个机会通过调侃、开玩笑进行发泄，像我这样不太喝酒、在旁边比较清醒的人看到就很害怕，觉得气氛好像太紧张了，但是他们又能够维持住，就只是喝酒。喝完酒之后，一定要回到那个喝醉之前的等级身份格局上。

在欧洲的一些社会群体里，比方在牛津大学学院的晚宴或者午餐上，吃饭就是聊天，而且你是随机坐的，你旁边坐的可能是学物理的、学数学的，然后你们就可以跨界聊天。为什么这里的聊天跟我们中国的吃饭聊天性质不一样？因为这里是一个比较清醒的、没有借助酒力的聊天，确实能够把你的社会身份给搁置起来。通过这样的聊天，好像社会身份平等关系确实变得相对不重要，在日常生活里面也变得不太重要。在一个相对平等的情况下，聊天也会比较活跃。古希腊人有很多聊天。到了中世纪，教皇告诉你怎么做就怎么做，有动员、有劝说，但是没有聊天。在二战之后，像英国、德国，战争很大程度上打碎了它们的等级制度。所以我觉得聊天很重要的一个意义是给我们创造一个相对平等的环境，把自己也把别人当作有尊严的人对待，不要太考虑身份，特别是等级身份的问题。

**陈嘉映**：我觉得聊天就是东一句西一句的，项飙也说到了，语言在我们人类生活中具有根本作用，包括我们对世界的认识、对他人的认识。而语言的源头当然肯定是对话，不是自言自语。我这两天碰巧在读语言学家沈家煊的文章，他对汉语的理解，与赵元任、顾德希这些语言学者相近。他们认为汉语本身就有很强的对话性，他们把对话性当作汉语语法的一种方式。比如说西方语言，它的逻辑结构允许它构造很长很长的句子，逻辑上也不乱，但是中文去构造那么长的句子,没有人能读它,实际上说着说着,可能自己也说乱了,中文实际是一答一应,一个人在写书,一个人在思考,也用一答一应的方式在推进逻辑。

刚才项飙讲到对话不能代替读书,这个我太赞成了。而且再往下讲,大家经常把对话理解成为某种谈判式的东西,好像最后一定要达成共识。刚才项飙提到的商人,他们的对话当然要有一些诉求,这个毫无疑问,但这也并不永远是一种讨价还价。他们的确是把做生意放置到一个整体的谈话环境当中。我特别要说,在学术上或者在我们的互相理解上,对话的目的很少是达成共识,从结果来说,也很少达成过共识。达不成共识,对话仍然非常重要,因为你在讲你的道理,我在讲我的道理,讲来讲去,你也没有信我的。大家最后都信一个人的话,我反倒慌了。对话不以达成共识为目的,甚至可以说,思想层的对话基本上不能以达成共识为目的。那么对话以什么为目的?就是说我虽然没有信服你的整个理论、整个态度,但我仍然从跟你的对话中修正了我的某些观念,调整了我自己,深化了我自己。在这个意义上,对话的作用不是让我们变得更加相似,而是使我们各自的思想、观点、立场和为人不断深化。

## 什么是"把自己作为方法"

**许楠**：陈老师刚才所说的这些，我的理解是对话不是要达成一种共识，而是在对话当中我们更多地去认知自我，去理解包容。接下来的一个问题是关于《把自己作为方法》这本书的。项老师，在这本书里面，您跟吴琦的对话是从您的经验入手的，但是我发现开始谈的好像还是思想层的，或者是形而上的东西。最后我们发现在这本书里面，你是把自己的经验、经历作为一个最重要的原料，以致形成了"把自己作为方法"这个题目。我作为读者很想问一下项老师，为什么要把自己作为方法？"方法"在这里到底是什么意思？

**项飙**：关于《把自己作为方法》，我不知道吴琦的记忆是什么样，如果有机会可以听他的想法。我们一开始说做一个访谈，只是说把我看社会的一些具体的观点整理一下，跟其他的访谈差不多。当然吴琦觉得要定一个背景，我的想法是需要一个社会和历史背景，所以就跟我的成长经历产生关联。我们在谈的过程当中，至少我自己觉得通过讲述自己的成长经历，反而把很多大的问题都联系起来了。

所以"把自己作为方法"不是在谈话一开始就确定的主线，而是在对话过程当中形成的一个想法，它本身是一个对话的结果。"把自己作为方法"的重点词不是"自己"，而是"方法"，因为它总的意思就是，"我如何更好地去认识世界"。认识世界需要一定的方法，通过非常直观的日常生活里面的所见所闻，你得到很多片段，那你怎样去比

## 伍 如何获得思考的力量

较连贯地、系统地叙述，形成一定的理解、一定的意义，究竟社会是怎么回事，在这个世界里我处于什么位置？你要回答这些问题的话，需要一定的方法，但是通过什么方法？当然可以是读书，然后通过理论推演，或者根据成功学的道理去规范你的人生，都可以是方法。我们说把自己作为方法的意思，就是把自己当作一个中介，是什么和什么之间的中介？其实是你和世界之间的中介，这听起来好像有一点矛盾，因为你怎么可以把自己作为一个自己和世界的中介？但是这在实践当中并不矛盾。我觉得福柯说得很有意思，就是我们要面对的不仅是自己和别人的关系，很重要的另外一组关系是自己和自己的关系，因为我们是有反思性的。

特别是今天的听众里面可能有很多青年朋友，反思性很强，自己和自己的关系是一组非常重要的关系，要把这一组关系搞得像太极拳一样，要变得非常有弹性，就是说要反观自己，但是也不能够把自己太固化，作为一切的中心。所以你自己去理解世界的时候，第一步，把自己对象化，看自己是怎么成长起来的，在什么环境下，为什么会有这些情绪，会有这些特定的、跟别人不一样的疑问。然后把这个对象化了的自己，作为一个中介，透过自己去看你的家庭是怎么组织起来的，当时的学校生活是怎么组织起来的，现在的工作环境是怎么组织起来的，从而想你个人和这个世界究竟是什么关系。

有人说释迦牟尼是一个非常伟大的科学家、实验者，这个说法比较有意思，为什么？因为他没有任何实验器材，或实验室，他唯一的实验器材是他自己的身体，不仅是身体，也有他自己的思想，他的意识结构。但他怎么样把自己的身体和意识结构转化为一种能知世界，一种去思考各种各样问题的工具呢？就是说你要创造出一种自己与自己之间的关系，要反观自己。不是说都要以自己为中心，而是说自己变成一个实验器材，像显微镜或者望远镜一样。但是我们知道，释迦牟尼最高的境界是无我，是把自己给化掉。怎么样把自己给化掉？是通过非常细微的每天的修炼、静坐、反观、内观，不断地把自己作为手段、方法，最后把自己融解掉，融解到万物之中，这就是把自己作为方法的意思。

但这个意思比较复杂，把自己作为方法，确实要建立于你究竟是个怎么样的人，这个要想清楚。但是主体性不是一个中心的主体性，不是一个本体意义上的出发点，而是分析意义上的出发点，方法论意义上的出发点，我不知道这样讲是不是比较清楚，还是说有更多的问题？

**许楠**：项老师在这本书里也说到，社会科学是提供思想的工具。那么您觉得个人的经验对别人能有帮助吗？也许我不应该问是否能够帮助到别人，但这确实是一个问题。

**项飙**：这个问题我很想听陈老师的想法，这个问题很好。因为你把自己作为一个工具、方法之后，你的特异性和个体性就变得有分析意义了，就是说你首先要考虑你的特殊性。特殊性不是随机性，不是不可以解释的，关键是怎么解释。当你把自己作为方法、作为工具去想这个特殊性和其他一般群体的关系，你可以说出它的特殊性究竟在哪里，把特殊性讲清楚了，其实也就对普遍性有了一定的掌握。

我的经历会不会对别人有启发？当然会有。我觉得其他人的生命经历对我都是有启发的，但不是去模仿别人的经历，关键是去想别人的思想方法是从哪里来的。陈嘉映老师是一个哲学家，他特别关注经验、语言、灵动的思考方式，并不一定是非常绵延的线性的推论。他的思考从哪里来？他怎么样去实践它？对我就是一种启发。启发跟模仿很不一样，启发是给你一个刺激，刺激你去想，然后要对照自己的情况进行再创造。我想，到最后我们认知社会只能够通过特殊性和个体性来回答，关键是你怎么样去定位特殊性，再去阐述特殊性。

## 人类学与社会学之分

陈嘉映：虽然我们都做反思，刚才项飙也特别谈到了反思，但是其实像这些问题，我觉得通常当事人都不是最好的回答者，因为它的影响是那么内在，我很难讲《红楼梦》或者《浮士德》对我是什么影响，因为它完全地弥漫在各种细节之中。但是我可以接着经验的特殊性说一句,可能我不会像项飙这么谈,但我相信他们的想法,并不是说从自己的经验来出发,一个人的经验当然是非常狭窄的,而且用项飙的话说也是很特殊的,如果我没读错的话,他们在书中说的意思是,无论什么理论、什么说法、什么别人的经验,如果真正深入绵长地去分析,就还是要跟自己的经验连起来。换句话说,最后你还是要有感知,要实实在在地从没经验到学到一种经验,不能从理论到理论、从概念到概念,我觉得他们有这个意思,我不知道解释得对不对,我自己也有好多问题要问项飙。

我对现代人类学有一个问题,简单来说,人类学一开始是一个正向化的研究,研究对象是那些没有文字的民族或者原始民族。后来人类学研究慢慢扩展,比如美国人研究美国人,研究街头小混混,总是一种居高临下的状态,我非常警惕这样的态度。有时候也会把所谓原始民族的生活高度地美化,但是不管怎么美化,总是一个居高临下的态势。现在人类学研究变得很多,但是我慢慢有点弄不清楚,人类学跟社会学有什么区别?

**项飙**:这里涉及两个方面,一个是人类学内部的变化,再一个是变化了之后。陈老师问题的重点就是变化了之后的人类学,其实是60年代之后,具有反思性同时又不太关注所谓原始文化的人类学跟社会学的区别。两者在实践上是有一点区别的,社会学更多关注资料的系统程度,数据要比较系统,要有问卷,统计资料比较重要,抽象程度比较高,会用很多范畴。比方收入群体,这可以是一个通过一定的概念建立出来的范畴。在西方研究中，邮政编码变成一个很重要的范畴。起初邮政编码意味着你的居住地区，后来大家发现邮政编码和人的健康状况有很强的相关关系，住在伦敦西部还是伦敦东部，死亡率都不一样。这样建立起居住、收入、种族、健康和教育几个范畴之间的关系，至少能够给你建立起一种可以证明的联系。

从操作意义上来讲，人类学就尽量不从这个范畴出发，而从一个小的群体的日常生活出发，因为人的生活里的逻辑不根据这些范畴来分。从一个具体的人出发，混在一块的各个个体在交往的过程当中，生活就像被织起来的布，每一条线都跟其他的线紧密交叉在一块。社会学可能是看到一块布，然后抽出最重要的几条线，而人类学是看到这个布怎样被织在一起。

我觉得对今天更重要的一个启发点，是这两个学科之间的联系。追溯到历史上，其实人类学和社会学是不分的，最重要的社会学鼻祖像涂尔干（Durkheim）、马塞尔·莫斯（Marcel Mauss），他们在很大程度上是人类学家。历史上，人的行为关系是通过神学这种民间传统来的，是要去规范你的，就是讲你这个好、这个不好。很少有人说谈恋爱是怎么谈的，去把这个东西给描述出来。过去大家认为这没有什么意义，而殖民主义出现后，欧洲人发现有很多社会的婚姻、家庭、财产关系、劳动关系跟欧洲完全不一样，这对他们产生了很大的冲击。他们要去对那个人的行为进行解释，就要马上建立自我和别人的关系，这就变得非常自然了。他们为什么会是那样，而我们为什么会是这样？这其实是社会学的起源。

第一本社会学教科书，《来自全球的民族志》，通过这样的民族志去理解其他民族的日常行为，提出一系列关于社区结构、家庭关系的社会学问题，这样的问题才会成为问题。后来社会学变得更专业化之后，就有了史学历史的修正主义，就开始编故事了，说人类学是对其他民族感兴趣，社会学是对工业文明、工业社会感兴趣。因为工业文明有文字、数据，所以我们用这一套；原始社会没有文字，自己不能表达自己，所以要用直接的观察去调查仪式、宗教。这其实是后来的一种教科书的写法。我觉得今天这两个学科应该更好地交融，这其实是中国社会学和人类学的一个传统，费孝通等学者已经在将这两个学科联系到一起了。

社会学有一个暗设，认为确实存在一种可以抽象的普世性，或者说，一个抽象的全球性。意思就是它可以提出一些基本的社会规律，或者说社会样式，跟具体的文化或者地区有没有一定直接的关系。人类学当然也比较关心全球性，关心别的文化等等，但是人类学有一个很大的思想，就是全球性必须要理解为是一种联系性，而不是说建立在一个可抽象的共同性上面。A、B、C彼此不一样，但是它们可能有联系性，要把这个联系性勾划出来，而不能够把它们化约为A。从实证研究上去描述具体的关联性，这可能是今天人类学的一个任务。

居高临下这个问题，我觉得现在我个人基本上是解决掉了，解决的方式之一就是对具体联系性的关注。陈老师说得很对，一开始人类学是代表殖民民族，去观察、描述被殖民民族。60年代之后，欧洲出现一个叫"崇高的野蛮人"的概念，当时西欧对自己的工业文明进行了批判，认为那些原始民族是纯洁的人类、最高的人类，但其实那个原始部落、原始民族里面的人也可能非常自私，跟你一样坏、一样复杂。你没有必要把他们放在那么崇高的位置上，关键是把这个复杂性给讲清楚。

**陈嘉映**：在我听来你的意思是，在某种意义上大家都是在研究社会，只不过好像变成了研究社会的两种不同的观点，或者至少两种不同的取向，一种更向普遍性的方向走，一种更向联系性的方向走。这会引起我的一些疑问，但是我不太想接着追问下去，否则要变成咱们俩的一个学术讨论会了，我只能抛一两个问问。

比如你讲到的太平洋悖论，我能掺入自己的好多经验，80年代去留学，到了西方社会，觉得人家的生活就是好。那时候生活差距很大，不光觉得人家的生活好，还觉得人家的社会好，甚至制度好。但是到了今天，好多人还想到国外去定居，但是原因变了，不一定是觉得那里制度多么好，可能就是想要生活好，甚至也说不清楚，但还是要去。

另外你讲到物流型权力，那也是一个蛮有意思的观察，我向听众稍微解释一下，当然我解释错了你马上可以纠正。最简单的意思就是说，过去我们中国的社会，每个人都有一个相当固定的单位、住处，甚至住处就在单位里面，一个人一个坑，都是打好的。后来随着改革开放到今天，中国变成了一个高度流动的社会，人在流动，商品在流动，什么都在流动。当时我就会设想，整个社会的各种元素流动起来之后，控制就不那么容易了。但是你观察到，一方面这种流动性在与日俱增，另一方面控制力似乎也在与日俱增，总而言之在增强，或者至少没减弱。这就跟我们一开始按常理所想的不同了，我们把它叫做物流型权力或者物流型控制。但是你没有解释的是，为什么我们以前的设想是错的？为什么它没有兑现？为什么流动性与控制力这两个搭法还蛮好的？

**项飙**：我先讲第二个问题，就是物流型权力。这个概念是作为实证现象的观察提出来的，所以最重要的是去看它如何组织起来。孙立平老师在1996年发表了一篇很重要的文章，叫做《"自由流动资源"与"自由活动空间"》。他认为中国改革最大的变化在于可以换工作，可以去别的地方。户籍制度在放松，自由流动空间在扩展，自由流动资源在增强，你可以下海，可以有第二职业等等。

原来的社会控制和社会管理建立在一个不流动的基础之上，资源分配、对人的控制都是通过这样不流动的方法来形成的。现在倒过来，大家害怕不流动，越流动越好，不仅是人在物理上的流动，还有通过网上的、电子商务的

## 伍 如何获得思考的力量

流动。你看物流行业，2003年之前这个词在中国基本是不存在的，2003年之后才作为一个业态进入人们的视野。我记得2006年的"五年规划"，第一次把物流作为一个经济形态，然后好像到2013年，中国的物流市场总份额已经超过美国，成为全球第一。今天路上的物流车、快递小哥已经成为任何城市里一个非常重要的场景。

物流型权力不仅仅是说有一种新的办法，能够把这个高度流动的社会管理起来，也是说在这样的流动过程当中，又会产生出一种新的权力来源。比较直观的就是物流的依赖性，物流的最后调控其实是有一点矛盾的，一方面它让个体方便地流动，但是提供便利是要靠集中的，通过一定的标准化、数据化后集中到几个大的平台，再对平台进行监控。所以这里有一种在管理和信息上的集中化，这种集中化体现到具体的日常生活里，就是这种依赖性，你不得不依赖一个巨大的流动系统。比方说我们的征信系统，你要违反什么规则就不让你坐车，你不能买飞机票、火车票，这其实比罚款更有效。如果你不流动，等于是一种经济和社会自杀。所以物流型权力，是指一种基于流动而形成的新的权力形态。

再说回陈老师的第一个问题，太平洋悖论。可能我还没有很好地去想，今天中美关系的变化是一个什么样的情况，但是值得反思，确实变得比较悲观。80年代出国，带着比较天真的理想主义，看他们怎么现代化，去把他们的经验拿回来用到中国。今天不是的，今天去就是为了生活好，那边草地更多，空气更加新鲜，物质生活更好。但说到制度，不一定说它们不好，至少没有什么优越性，肯定不再有那种真心去学习的理想。

这意味着什么？意味着你个人的生活目标和价值认同之间，出现了一种断裂。断裂之后，就会出现很多我们觉得莫名其妙的言论，比方说有人会在西方享受各种便利，然后在不太理解的情况下对西方的制度做出非常情绪化的批判，或者也在不太理解的情况下对国内的很多做法做出本质性的肯定。并不是说我们要去批判国内，但是很多人不是分析性的，就是把非常意识形态化的分割当做自己认同的一种基础。所以太平洋悖论的一个比较重大的意思是说，对一些条件比较好的人来讲，他的个体生活和终极价值认同之间存在断裂。

**从互联网转身**

陈嘉映：刚才讲到物流型权力，我们常常想象这些技术或者变化，将会带来另外一些变化，但是过后会发现，它没有带来这种变化，甚至带来一种相反的变化。互联网开始铺开的时候，大家都认为它能够容纳各种各样的声音，因此它对民主、对多元化、对大家的表达都有很大的好处。到今天，当然还不能有完全的结论，但我个人看，已经相当清楚了：互联网上的言论，是更趋两极化、更趋分裂的。

比如说我在一个群里面，可能有100个人，大家都是朋友，这100个人各有各的观点，有一个人开始发言，我说我不太同意，这100个人的群过几天之后就只剩我们俩在说，其他人又不好意思退。就是这么一个情况。是不是我的观察本身有什么问题？而这个观察表明了什么问题，能不能再做一点解释？

项飙：这是一个很大的社会学、人类学、传播学里的话题，我个人没有做过研究，所以完全从我个人的一个直观的、素人的观察来讲。首先我觉得互联网带来的好处还是比较多的，因为它打开了这么大的一个思想表达和情绪表达的空间。原来我们觉得谈话没有那么对立，因为是我们知识分子那一拨人在谈话，碰到的人相对同质化。互联网非常好的一点是让我们看到很多人的想法完全不同，特别是智能手机出现以后，一下子就有很多很嘈杂的声音，就像一个安静的课堂变成了一个大集市，我觉得这是很有意思的。这中间出现观点的对立和分裂，我个人也觉得可能是一个不可避免的事情，也挺好。

我觉得这本身不是一个问题，关键问题是需要有人去认真地做分析，作为相对中立的第三方的分析，或者说你自己赞同某一种观点，你可以做一种代言人式的阐释，把它说清楚。我们看到现在的社交媒体、网红带货，人的表达方式其实越来越不像自然语言，背后有很多人构造，通过大数据测量，这个人要化妆甚至要整形，他要讲得让你心动，至少在那10分钟里是让你真心心动的。在这样的社交媒体上，他作为一个主体的经验、情绪都是真实的、自发的，但又是被高度程序化设计的。特别是在社交媒体和娱乐、商业紧密结合以后，我们的意义构造系统出现了很新的情况。陈老师作为对经验和语言长期关注的哲学家，对这个问题怎么看？

**陈嘉映**：我们可能想当然地以为互联网提供了一个平台，让我来表达我的意见、我的情绪，就好像我的情绪和意见是我已经有的，现在你给了我一个渠道而已。就像是你修这个渠，水不是渠生产出来的，水是从其他地方引过来的。但是我觉得，我们的意见和情绪有时候是催生出来的。所以我觉得在讨论互联网以及诸如此类的问题时，我们至少应该警惕，互联网不仅给了我们一个表达的渠道，实际上它在制造、加强、激化我们的情绪，这完全可能。

关于你最后那个问题，我也简短地说几句。比如我是一个带货网红，我当然要让我的听众至少在这几秒钟或者几分钟之内喜欢上我，被我打动。你说我是完全装的，当然不是，但是我这个人就是有十面，有一百面，我有的面是人家比较喜欢的，有的是人家不怎么喜欢或者不大在意的。在生活中我没办法，比如说我跟我老婆、朋友，不能总拿一个面冲着他们，总要展示更多面。所以我们在一个小的社群里面，在我们的熟人环境之中，想装，做不到。但是在网上就有可能做到。

不光是网络带货，很多地方都有这个问题。我跟许楠是朋友，假设我们两个政治观点不同，可能还挺有分歧，但是我知道我们除了政治观点之外，还有好多方面互相认同。而且也可能我们俩根本就不是那么政治化的人，我们政治观点不同，就像我们对于火星上的事持不同意见一样，没有什么太大影响。但是到了网上情况就不一样了，一个立体的人有多个方面，可能只有一些方面是能交锋的，这个人的为人我无法在网上知道，我在网上只能知道你的一些观点。所以在这个意义上，我倒觉得现在网络表达是程式化、套路化的。

同时在我们小的社群里面，程式化的程度也很高，甚至可以更高，就是我们怎么对长辈、同辈、晚辈说话。但是因为它是一些小的社群，两个不同的社群交流的时候，就把这个程式打破了，我们总有隔壁可看。上网就没有隔壁可看了，全世界都是这样。

**许楠**：陈老师刚才以在网上发言举例，在互联网上的言论可能是非常激进的，好像对自己说的话不太需要负责，因为我们不是面对面的。我特别想问两位老师，你们觉得现在互联网上这种对话的生态或者趋势，对真实生活的影响是什么？

**陈嘉映**：这个请项老师来回答。

**项飙**：这是个非常重要的问题，我刚才被陈老师的一个词打动得特别深，就是转身的问题，华丽转身就是很多人的梦想。日常生活里你不得不转身，你不能够预测你的哪一面会被身边的人看见，所以这个可转身性、不可转身性特别有意思。在我的理解里面，附近最大的功能就是在于它的转身性，就是你不得不转身。什么叫附近？附近是一定的物理社会空间，在那个空间里面你不得不转身。

刚才许楠的问题就是这种互联网上的匿名性导致了观点的极端化，这是不是会影响日常生活？我觉得是，当然我没有调查，这是一个理论的可能。影响就是断裂，大的观点就回到像太平洋悖论这样的说法，一个人价值上的认知都是通过互联网的语言表达出来的，然后他到日常生活里就不谈这些事了，而是谈怎样移民、怎样出国，非常工具化。

对于学者，特别是人类学学者，怎样重塑我们的话语，把自己的经验带进去，面对面讨论一些大的价值认同的问题？而不是说，在日常生活中是一套话，表达大的观点时又完全是另外一套话。线上和线下变成两套意义构造系统，这可能是最大的变化。

我经常被问一个问题，很多青年同学想去做实地调查，但是他们有一种社交恐惧症，见了人就很紧张，不知道怎么说话，其实我自己也有一点。有一个有趣的研究，关于中国人在非洲的实地调查，当地人对华人有一个很大的负面印象，是华人不打招呼，你跟他打招呼，他不太知道怎么去回应你。我们好像不是很善于做那种看起来非常自发的、街头的聊天。我的理解是大家在脑子里面有一张非常清晰的地图，觉得自己有很多任务要完成，所以就不习惯

## 伍　如何获得思考的力量

那种有一搭没一搭的比较轻松的聊天。

但是现在情况好像变得比以前更严重了，青年同学想去做调查，但是不太知道怎样去做，这肯定跟他的社会化过程，包括心理状态是有关系的。但我不知道这是不是牵涉所谓的世界观，他们是不是把世界想象成了一个单维度的、要完成的任务，或者说已经被等级划好的一些途径，所以很难在非常具体的场景下和别人发生一种很自然的交流？或者说是他的某一种自我意识过强，所以发生这种交流变得很困难？我不知道在哲学上有没有这样的思考，能给那些青年同学们一点启发？

**陈嘉映**：首先我想说一般情况下，我不太懂得从哲学的角度看问题。我不是在抬杠，我的意思是，某一个学科的确代表了看待世界的一个特定的角度，但实际上并没有一个特定的角度叫做哲学的角度。我不认为有，这是我的观点。所以不管我说什么，我都不是从哲学的角度，而是个人的观察。

首先我还到不了社交恐惧症的程度，我们讲一个东西它是症、是病，可能就是用常理解答不了这个问题。如果我这个人好偷东西，一般不是因为我有偷盗症，而是说我父母没教好我，或者说家里比较穷。偷窃症就是说我蛮有钱的，按道理我不可能去偷窃，但是我老去偷打火机、偷丝袜，那么我就是有病，生理的病或者心理的病。

我讲一两句我的观察，如果跟你的观察不一样，请你纠正我。我觉得在社交恐惧症这方面男生要比女生严重，而且要严重很多。所以我怀疑，在某种意义上，可能因为男性本来就有社会角色，男性的社会角色意识从来都很强。我们以前的文学作品，讲打破社会阶级界线，讲的一定是女孩，圣女贞德或者什么人。男人就不太容易打破这个社会界线。

所以在这个意义上，可能跟你说的自我意识有关，但是这个自我意识不是单个人的自我意识，是整体男性的男性意识，而且男性意识又跟男性在历史上扮演的角色有关。以前男性在社会上占优势，但是现在不一定，在生活中已经看不到男性对社会地位的规定作用了，但是有可能男性仍然有社会和历史的沉积。

**项飙**：我补充一下，陈老师的观察我完全同意，而且有很多实证研究支持这个观察。刚才提到移民群体，一般都是女性能够发展出很多的朋友关系，很多男性就受不了海外生活，因为他们不能够跟当地人交流，不知道怎么摆自己的位置，很麻烦。此外，比方说老龄化程度，日本人退休之后，男性的健康下降非常快，而女性能够有一定的朋友圈。再一个非常经典的案例是工人阶级群体的兴起，很重要的一个原因是女性家属在工人居住区里形成自己的一个网络，但是女性的贡献完全不被显示。最后一个例子是我自己在浙江村的调查，两兄弟之间的合作，成功的不太多，更普遍的合作是两姨襟之间的，就是一个女性的丈夫和这个女性的兄弟之间的合作，要比两兄弟之间的合作普遍得多，原因就是有个女性在中间担当调停的工作。

这在性别研究中很有意思，为什么女性会扮演这样的角色？可能又要说回到平等性，从角色定义上来看，正是因为女性被相对地边缘化，所以她在个体行为上可以比较自由，反过来又做了很多牺牲来维持这种以男性为主的体系。就像陈老师讲的，男性这么长时间以来一直处在优越的位置，现在现实突然变化了以后，你不知道自己怎样摆位置，所以出现了很多的心理紧张。

**避免过度思辨化**

**许楠**：有一位听众提问，他说现在很多平台上的对话有年轻化的趋势，话题讨论者可能缺乏实际生活经验，有时候有极端化情绪的倾向，面对生活中的实际问题时，常常不用单一的理论来定义问题，想请问老师，对这种现象有什么看法？如何在互联网中相互理解并同质化？项老师，您来回答这个问题好吗？

**项飙**：我可以先说两句，但是我觉得陈老师也能够做出很好的回应。在思考方式上，你怎样去把握跟自己的经验没有直接关系的问题？间接上会有很多关系，但经验和认知必然会有一个距离。

我对刚才这位听众的回应就是要回到"把自己作为方

法"，从自己的生活经验出发，尽量地往下想。今天我们很多讨论都是从范畴出发，你要解构，解构是很重要的。范畴是怎么来的，在所感知的生活环境里面，把它先降下来，降到你能够比较从容把握的那个程度，然后再去讲，讲得激烈一点，也不会引起那种无谓的争吵，因为大家一下子就知道你说的是什么意思。

刚才陈老师也讲到，自己作为方法是什么意思，其实就是理解，什么叫懂、什么叫理解，所谓懂和理解，就是你能够把对方说的东西和你自己的感知建立一种联系，虽然你没有经历过，但你建立起感知上的联系，这样沟通性一下子就出来了。从我的角度来讲，这是思考的习惯。当然如果你要做研究、写作的话，这也是非常重要的写作和研究习惯。就是不要放弃大的东西，但同时一定要有降解的能力，要帮别人想清楚，在他观察的世界当中，这些东西意味着什么。

**陈嘉映**：我不知道提问的这位朋友是什么背景，他听到的这些他觉得不太满意的网上讲座或者对话，是来自一些学者还是谁。我觉得可能跟年不年轻关系不太大，我这把年纪了也没啥生活经验。现在大学里面各种各样的项目，中外大致差不多，就是弄一大堆理论，说什么理论优先，经验要往理论里套，不是要用经验来修正理论。

以前我们做文学批评，讲作品总是优先的，不管批评什么，我们都是在说作品。现在你看我们的文学理论，都是在说理论。在学院里，你如果不是从理论说起，那不就成了普通的谈小说、谈诗歌了吗？就成了聊天了，是吧？

最后理论透视出的作品是这样的东西，我有多少经验都没用，因为我从来没经验过理论透视出的那些东西。

**许楠**：我们接下来问第二个问题，对话可以作为一种认识自己和世界的方法，但是怎样才能进行有效的对话？现在许多学者好像不再倾向于对社会问题发表看法，想问老师们，在当下社会，知识分子该是怎样的？以学术为志业的知识分子是否已经不合时宜？

**项飙**：我个人倾向于学者是一种职业。学者为我们做的主要工作就是记录，精确地记录和分析现在发生的情况，然后提出一些警示。比如说你觉得这个事情要再这样搞下去，可能会有一些危险，或者有一些预想不到的东西，而你可以在那之前先把这个事情怎么发生的描述清楚，这可能是从实证科学角度来讲的学者的功能。打一个很大的比方，在启蒙、道德上的判断，你作为公民当然有自己的判断，那不是学者的专利，而且很多人对那个情况比学者更熟悉，他做的判断其实比学者要好得多。学者能做而别人一般做不了的，就是比较系统地把这个事情讲清楚，然后让关心这个事情的人比较快地了解究竟是怎么回事，所以精确性、系统性是我们主要的工作。

这并不意味着学者的工作好像就是一个非常技术性的记录，在这里，对话又非常重要，为什么呢？对一个事情怎么样才叫精确的描述，为什么需要对事情进行精确的描述？我们在实践过程当中，自己的眼光往往会被某一种固定的视角所限制，所以我们看到的东西就是一个特殊的面，这个面并不是错误的，但是你看不到其他的面，看不到这个面和其他的面是什么关系。这个时候学术圈内部的对话就很重要，它督促你不断地去看别的面，这样就不断会有新的问题。比如说你又看到别的面，它和刚才那个面有矛盾，你要把这个矛盾解释清楚，必须要想得更深，这是一个不断深化的过程。

所以今天如果说学者不太愿意发表自己的观点，我个人倒是不太担心，因为学者的观点并不比其他人的观点更有价值。但是我也同意现在我们的对话交流做得比较少，大家都有一点封闭，都是赶快完成任务，好像谈话聊天都是浪费时间。所以我觉得下一步不是说去发表观点，而是分享假设，多提一些具体操作过程当中的假设，然后跟别人分享，这个可能是学者对话的一种未来。

**陈嘉映**：整个态度上我和项飙是差不多的，但我还是可以从我的角度补充几句。现在发表意见也不是太容易，你让他发表意见，发表意见之后你也得替人家想一想。进一步来说，首先就是读书人、知识分子、知识人本身的角色已经在变化，可能越变越好，也可能越变越坏，但是你不要把任何时代的那个角色当做是稳定不变的。不要把自己想象成宋朝的士大夫，或者80年代的所谓知识分子、知识人。刚才项飙讲一个知识分子或者学者，他有意见、有观点，但是这个观点就一定特别有价值吗？特别的价值在哪儿呢？一个知识人的知识一般来说并不是社会知识，不是怎么烹调，怎么打鱼，知识人的知识，优点在于知识的系统性。

一般来说，我们并不知道事实是怎样的，所以需要知识人去通过研究调查来告诉我们。而我们要是真正知道了事情是怎么样的，我们差不多也就知道应该做什么了。

**项飙**：非常同意，就是说没有超出对事实理解之外的抽象的判断，应该怎么办、应该怎么做，都是嵌入到你对这个事实本身的理解上面的。刚才陈老师讲到，现在知识人没有怎么打鱼、怎么种田这方面的知识，这里我想补充一点，就是葛兰西那种有机知识分子。最早的有机知识分子就是工厂里面的技工，他们非常熟悉机器怎么运转，工人怎么围绕机器工作。这一套知识是他对整个社会分工、整个制度进行分析的一个基础。现在我们还看不到太多这样的例子，我不太知道现在互联网经济当中会不会兴起这样的一些新的知识分子。今天互联网的技术性程度很高，对于大数据是怎么玩的，或者说种子基因改造，像我和陈老师其实不是特别懂。具体事实的一般性判断是比较危险的，所有有价值的判断还是要嵌入到具体事实当中。

**许楠**：和项老师书中提到的"附近"相比，互联网是不是创造了另一种"附近"？

**项飙**：我个人的感觉是互联网上的交流，不是一种新的附近，也不是对附近的替代。因为附近真正的意思就是你很难去选择，也很难被选择，你跟邻里街头巷尾碰上了，你逃不了，他也逃不了，不管尴尬不尴尬你就得面对，就得有一搭没一搭地聊，一会讲这个事，一会讲那个事，立体感就出来。这是附近的最原初的意思。

有很多互联网上的小组是事先选择的，是单维的，用陈老师的话讲它是切片的。从对话里面，你学到的知识是一个身体性的知识。这个身体不是说肉身，而是说这个人，像我说到陈老师，他是一个活生生的人，通过他自己的思考、经验，用非常具体的方式表达出来的那一套知识，所以我可以把陈老师当成一个很具体的榜样。但是如果没有榜样的话，可能就没有所谓道德标准，没有看到慷慨的人、温和的人，你不知道什么叫慷慨，什么叫温和。在这个意义上，肉身化是个体化的，是一个人的生命经历凝结好之后再传达出来的知识和理解，这不能被虚拟的交流所替代。

**陈嘉映**：刚刚你讲到身体与对话，我突然就想起一句话，是说两个人说话的时候不能离太近，因为离太近的话，呼吸就会打扰对话。对话本身是立体的，从眼神一直到气息都在里面，我们把它写成书，隔着音频听，这都是不得已的事情。我小时候读歌德的书，我说如果我要是跟歌德住邻居，我何必读书呢，是吧？

我从来不相信系统技术对人类来说只是一个工具。我刚才提到，互联网不止是表达的一个渠道，它在塑造我们的表达，改变甚至生成我们的表达，这是一个稍微有点深度的话题，我在这儿就不多讲了。我现在要讲的是另外一方面，虽然我们对这个世界可做的不多，比如面对互联网

## 伍　如何获得思考的力量

这样巨大的现实存在,我能干什么呢?首先我改变不了它,第二我还不能拒绝它。就像那时候开始使用电话,我就是不用电话,我到别人家去串门,事先也不打个电话,去了就敲门。头一年还行,十年之后人家就会说我这个人太没教养了,不打个招呼就来敲门,是吧?所以我觉得一个有反思精神的或者对自己有要求的年轻人,就是在明知刚才所有这些情况下,还是尽量挖掘技术能够对你产生的正面的作用,避免负面的作用。

比如说我本来喜欢东西伯利亚的一种音乐,但是我很难找到这种音乐,也根本没有人能跟我聊,结果网络上成立了一个小组,专门交流东西伯利亚的音乐,二十几个人,他们谈得来,互相传递发现。虽然不要轻易地以为它只是工具,但是它当然驱动了很多很多好的东西。

**许楠**:最后一个来自听众的问题。想问一下两位老师,目前国内大学里面各门学科似乎都在排斥思想,认为实证高于思辨,于是出现了大批符合实证标准但是缺乏思想的研究,请问两位老师是怎么样看这种现象的?

**陈嘉映**:他用了思想和思辨两个词,指的意思好像有点一样,我很同意这位朋友,但是在项飙那儿可能是不一样的。项飙认为实证非常非常重要,因为他就是做实证的,但是他并不认为思想不重要。实证是跟什么东西对的呢?在某种意义上可能跟思辨对着,我不知道,我现在接着让项飙回答。

**项飙**：感谢陈老师刚才非常简短的一句话，划出一个非常重要的三角关系，就是思想、思辨和实证。我理解刚才那个朋友提问的意思，如果你看今天的学刊上发表的各种各样的文章，里面有不少图表、不少数据，现在数据不难拿，特别是如果你不太在意数据的可靠性的话。你读完了这些文章之后，印象模模糊糊，或者说并没有触动你什么东西，不能够形成新的理解，我估计这位朋友大概是这个意思。

是不是因为实证过分，而思想或者思辨不足呢？从我的角度来看，可能是相反的，我觉得首先是因为他的实证不足，就是他所谓的实证不过是把材料放成一个比较平滑的、比较容易读的样式，用一种文章的方式发表出来，所以它是一种文本整理工作。这个跟实证不是一回事，实证是说我真的去发现材料背后为什么会是这样，为什么会在今天发生这个情况。如果事情都是合理的，为什么不早一点发生，为什么不在别的国家发生，然后你看里面这些人究竟是什么样的人，他是什么样的背景、性别、地域，他具体在做这个事情的时候，怎么向别人解释，又怎么向自己解释，用的是什么样的语言等等。这样扒下去的话，他就会打动你的心灵。所以实证跟材料不是一回事。

其次就是思想和思辨之间确实有比较大的关系，思辨是用一种逻辑主导的方式来对所掌握的材料进行一种有序化的工作。材料就这么多了，你也不想再多拿了，你怎么样把这些材料整合到一个比较自圆其说的样式里面，就像是在一个逻辑上构造出的筐子，把葡萄、桃子和苹果三个不一样的东西放在一块。好，那我就先放苹果，然后再放桃子，然后再放葡萄，为什么？因为它们有一个大小的序列，大、中、小，看起来是比较平滑的结构，但是你根本体会不到苹果的香味，桃子毛茸茸的表面，葡萄多汁的感觉。这种操作可以认为是一种思辨的操作，当然思辨操作本身是重要的，作为一个工具是非常重要的。在没有新的材料的情况下，思辨让你在逻辑上不断地验证你这些说法的严密性。

思想总是跟问题联系在一起，最大的思想就是提出一个新的问题。我们看到的生活好像都是挺自然的，思想让你发现世界和生活完全有另外一种可能，把这个可能讲清楚，我觉得这就是思想。为什么我们把思想定义成这样呢？因为它会给你一个新的光亮、新的刺激。在这个意义上，思想和思辨可以说是对立的，因为思辨是要平滑化，一个篮子装三个水果；思想是说为什么苹果跟葡萄是不一样的，有没有可能种出带葡萄味道的苹果。

在今天的情况下，我觉得下一步的工作还是多问题化，实证是我们最可贵的材料，用马克思的话讲，我们的生产工具是价值的来源，所以实证不能丢。然后是要避免过度思辨化，在实证的基础上提出新的思想。